B. E. PFEIFFER

STARS UPON US

ARENA DER ELEMENTE

IMPRESS

© Tamara Wassermann

Wer die 1984 geborene **Bettina E. Pfeiffer** nach ihren Geschichten fragt, sollte Zeit mitbringen. Denn neben ihrer Familie sind ihre teils eigensinnigen Charaktere ihre große Liebe. Deswegen verbringt sie viel Zeit in mystischen Welten voller Magie, Dämonen, Göttern und Sagengestalten. Über mangelnde Ideen kann sich die studierte Betriebswirtin nicht beklagen, wohl aber über fehlende Zeit, da Familie, Katzen, Haushalt und Job neben dem Schreiben nicht zu kurz kommen dürfen.

Kapitel 1

Ich riss meinen Kopf zurück und vollführte eine Drehung, um der Klinge auszuweichen. Die Luft vibrierte vom singenden Metall, das sie durchschnitt und dabei die Spitzen meiner Haare absäbelte. Wie Gold schimmerten meine sonst dunkelbraunen Strähnen, als sie zu Boden fielen.

Doch das nahm ich nur aus den Augenwinkeln wahr, denn ich durfte mich nicht ablenken lassen. Auch nicht von meinem viel zu schnell klopfenden Herzen. Beinahe wäre mein Kampf zu Ende gewesen, weil ich in Gedanken versunken war.

Loreen, meine Gegnerin, war mir nicht gewachsen und ich würde nicht vor den Augen meiner Alpha gegen sie verlieren.

Deswegen wirbelte ich herum, zog die zweite Klinge aus meinem Gürtel und ließ die Schwerter auf meine Gegnerin niedergehen.

Eins. Zwei.

Loreen wich dem ersten Schlag aus, wurde aber vom zweiten getroffen.

»Das wird dir nichts nützen!«, rief sie mit vor Zorn bebender Stimme und ging zum Gegenangriff über.

Sie tat genau das, worauf ich gehofft hatte, schlug ziellos zu und tappte in meine Falle. Sie trat auf ein feines Netz, das ich aus Magie gewoben hatte. Sie stieß einen Fluch aus, als Ranken aus dem Sand schossen und sich um ihre Handgelenke legten.

Mir blieb nicht viel Zeit. Loreen rief sofort ihre Magie, um meine Fesseln zu lösen. Die ersten Ranken begannen bereits zu welken. Mit einem schnellen Schritt war ich bei ihr, trat ihr das Schwert aus der Hand und hielt ihr meine Klinge an die Kehle.

Unsere Blicke trafen sich und Wut loderte in ihren Augen auf.

»Gut gemacht, Emaya«, erklang eine vertraute Stimme.

Ich wandte mich ihr nicht zu, rang nach Atem und hielt mich davon ab, mir mit dem Handrücken den Schweiß vom Gesicht zu wischen. Innerlich fluchte ich über die dicke, gepolsterte Schutzkleidung, die ich tragen musste. Wir übten mit echten Waffen und dieser Anzug schützte uns vor ernsten Verletzungen. Aber er verhinderte auch, dass wir uns frei bewegen konnten und heizte meinen Körper viel zu sehr auf.

»Loreen, du musst noch viel üben, wenn du eines Tages von der Göttin ausgewählt werden willst«, meinte Aryanna, unsere Ausbilderin und Alpha-Kriegerin, die mittlerweile zwischen uns stand.

Ich musterte Loreen, die mit hängendem Kopf aufstand, ihre Waffen aufhob und die Arena ohne ein weiteres Wort verließ. Sie war ein bisschen jünger als ich und würde somit nicht an den Prüfungen teilnehmen können. Ich lebte seit neunzehn Sonnenumdrehungen und war deswegen alt genug, um als Kriegerin für das Erdelement anzutreten.

»Was dich betrifft«, wandte Aryanna sich an mich und betrachtete mich mit der ihr eigenen Mischung aus Abscheu und Stolz, »kann ich nicht anders, als dich zu loben. Du hast dich in den letzten Mondzyklen deutlich verbessert und deine Nahkampfkraft ist stärker als die der meisten Anwärterinnen für die dritten Ehrenkämpfe.«

Mit einem Nicken nahm ich ihre Worte entgegen und rang mir ein Lächeln ab. Seit vor einer Sonnenumdrehung bekannt gegeben wurde, dass eine neue Prüfung der Elemente bevorstand, hatte ich jeden Tag vom ersten bis zum letzten Sonnenstrahl geübt und nachts meine Magie gestärkt, indem ich Zauber wirkte, die ich auch im Schlaf halten konnte. Ich hatte nie innegehalten, mich nie geschont, ganz gleich, wie sehr meine Muskeln schmerzten oder wie schwach ich mich nach einer Nacht fühlte, in der ich zu viel Magie verbraucht hatte.

Seit ich zurückdenken konnte, wollte ich von der Göttin ausgewählt werden, um mich in der Prüfung der Elemente zu beweisen. Ich wollte es mehr als alles andere und wurde dadurch zu einer Außenseiterin.

Nur meine Zwillingsschwester Kalliste sorgte sich wirklich um mich. Sie verarztete meine Wunden, wenn ich es mit dem Üben einmal übertrieb, oder deckte mich zu, wenn ich unter dem Sternenhimmel einschlief.

Wir hatten nur einander, seit unser Vater vor drei Sonnenumdrehungen spurlos verschwunden war. Unsere Mutter hatten wir bei den letzten Ehrenkämpfen verloren, als wir noch kleine Kinder waren. Das lag nun fünfzehn Sonnenumdrehungen zurück und jeden Tag vermisste ich sie. Eigentlich hätte mich diese Erinnerung lähmen und einschüchtern sollen. Aber mein Vater hatte stets erzählt, dass Mama nicht nur wegen der Klinge ihres Gegners gestorben war. Papa schien einige Geheimnisse gehütet zu haben, über die er nie hatte reden wollen. Doch über die Vermutungen zum Tod meiner Mutter hatte er häufig gesprochen. Und das war einer der Gründe, warum ich an den Ehrenkämpfen teilnehmen wollte. Nur wenn ich in die Hauptstadt reiste, konnte ich meine eigenen Nachforschungen anstellen.

»Hörst du mir überhaupt zu?«, riss Aryanna mich aus meinen Gedanken.

Wie alle Kriegerinnen des Erdelements hatte sie langes dunkles Haar und die Farbe ihrer Augen glich der des ausgetrockneten Bodens, der unsere Siedlung umgab. Sie war etwa fünf Sonnenumdrehungen älter als ich und erst vor Kurzem zur neuen Alpha gewählt worden. Seitdem trug sie das Wappen unseres Schutztieres, eine Hirschkuh, als Tätowierung auf dem Oberarm.

»Vergib mir, Alpha«, murmelte ich und neigte mein Haupt.

»Ich bin von dem Kampf noch ein wenig ausgelaugt. Es war mein Siebenter heute und die Sonne hat den Zenit noch nicht erreicht.«

»Du wirst deine Kräfte schonen müssen, Emaya«, tadelte Aryanna mich und verzog ihr Gesicht zu einer missbilligenden Miene. »Solltest du tatsächlich erwählt werden, wirst du auch im Haus der Elemente regelmäßig üben müssen, aber bis zu den Kämpfen darfst du dich nicht verausgaben. Besonders nicht deine magischen Fähigkeiten. Du hättest Loreen ohne Zauber bezwingen müssen.«

»Ja, Alpha«, sagte ich und konzentrierte mich auf ihre Erklärung.

Sie erzählte mir nichts, was ich nicht schon wusste, nämlich welche Ehre es für mich wäre, für die Prüfung der Elemente ausgesucht zu werden und dass es keine Garantie gab, aber die Göttin stets nur würdige Krieger erwählte.

Meine Gedanken schweiften längst wieder ab, als sie davon begann, dass noch nie eine Kriegerin unseres Elements unter den drei siegreichen Kämpfern gewesen war. Seit über achtzig Sonnenumdrehungen gab es die Ehrenkämpfe und stets hatten die Elemente Feuer, Metall und Holz den Sieg davongetragen, was daran lag, dass die ruhmreichen Elemente vom Hochkönig mit mehr Magie belohnt wurden und somit immer stärker sein würden als die unterlegenen. Sie erhielten Sonderprivilegien, bekamen mehr Nahrung und ihre Alphas wurden in den Rat des Hochkönigs berufen. Neben meinem Element waren auch Wasser und Luft nie unter den Siegern gewesen.

Mir gefiel die Vorstellung nicht, den Hochkönig der sechs Elemente von Kira zu treffen. Er galt als Geist in seiner eigenen Hauptstadt, weil ihn kaum jemand zu Gesicht bekam. Außerdem war er ein Unsterblicher, um den sich Legenden rankten, die nur hinter vorgehaltener Hand erzählt wurden. Niemand lebte so lange wie König Leonid.

Die Kämpfe, für die wir trainierten, hatte er ins Leben gerufen. Die Magie, die wir Krieger freisetzten, wenn wir starben, nährte die Sterne, deren Licht uns alle schützte. Es hinderte die dunklen Kreaturen, die vor unseren Siedlungen lauerten, die schützenden Mauern zu zerstören. Diese Wesen besaßen starke schwarze Magie und waren gefährliche Jäger, deren Klauen tödlicher waren als alle Waffen, die wir besaßen.

Deswegen nannte man die Prüfung der Elemente auch Ehrenkämpfe. Selbst unser Tod war bedeutungsvoll. Ohne uns würde auch der letzte Stern, der noch einsam am Himmel stand, erlöschen und die Menschen nicht mehr sicher sein.

»Hast du noch Fragen zur Auswahl?«, beendete Aryanna ihre Ausführungen, wie sie es jedes Mal tat.

Der Blick aus ihren dunkelbraunen Augen bohrte sich tief in mich, während ich den Kopf schüttelte. Ich wusste längst, wie die Auswahl ablief.

»Dann solltest du jetzt gehen und dich erholen«, schlug Aryanna vor. »Wir sehen uns morgen im Tempel der Göttin.«

»Ja, Alpha«, sagte ich und neigte demütig meinen Kopf.

Dann wandte ich mich ab und ging durch die Arena zu den Waffenständen, um die geliehenen Schwerter zurückzubringen.

»Du hast heute gut gekämpft«, sagte Nele zu mir, als sie ihre Waffen ebenfalls abstellte.

Nele war unter den Kriegerinnen wohl am ehesten meine Freundin. Mit ihr wechselte ich zumindest ab und zu ein Wort.

»Du auch«, murmelte ich, obwohl ich ihren Kampf nicht beobachtet hatte.

»Wir sehen uns morgen bei der Auswahl, ich muss noch ein wenig üben«, verabschiedete sie sich und ging in jenen Bereich der Arena, in dem wir unsere magischen Fähigkeiten trainierten.

Einen Moment sah ich ihr dabei zu, wie sie die Luft mit ihrer Magie zum Vibrieren brachte, bevor dünne Ranken aus dem sandigen Boden schossen. Neles Magie war deutlich schwächer als meine, aber ihr Kampfstil war beeindruckend. Nele wirkte noch zierlicher als die anderen Kriegerinnen, aber sie besaß eine Kraft, die selbst Aryanna bei Duellen zusetzte.

Mit einem Schulterzucken wandte ich mich ab und verließ den Kampfring. Ich atmete auf, als ich den Schutzanzug ablegen konnte. Bei der Prüfung der Elemente würde ich eine Rüstung und eine Maske tragen müssen, aber ich stellte mir alles angenehmer vor als diese dicken Anzüge, die mit Federn, Sand und anderen Dingen gefüllt waren, um Verletzungen zu vermeiden.

Jetzt wischte ich mir den Schweiß von der Stirn und wandte mich der kalten Quelle zu, die vor dem Fenster der Waffenkammer lag. Der Winter war noch nicht vorüber, weswegen es draußen eiskalt war. Aber ich hatte so geschwitzt, dass der Stoff an meiner Haut klebte.

Also zog ich meine feuchte Kleidung aus und warf sie achtlos auf den Boden. Zum Glück hatte ich ein sauberes Gewand zum Wechseln mitgebracht. Fröstelnd rieb ich über meine Arme, während ich nackt hinaustrat. Mein Atem gefror vor meinen Augen, dennoch rannte ich los und sprang in die Quelle.

Gänsehaut überzog meinen Körper. Ich verharrte einen Moment im eiskalten Wasser, dann sprang ich wieder auf und rannte, so schnell ich konnte, zur Waffenkammer zurück.

Die Pfützen, die meine nackten Füße auf dem Steinboden hinterließen, gefroren zu Eis und ich zitterte, als ich die Tür hinter mir schloss und zu einem Feuer trat, das in einem Kohlenbecken loderte. Ich trocknete mich so gut es ging mit einem Tuch ab, dann hockte ich mich vor die Flammen und schloss die Augen.

»Kamana, sei mir gnädig«, flüsterte ich und verschränkte meine Finger für ein Gebet an die Göttin der Jagd, die über unser Element wachte. »Erfülle mir den Wunsch und erwähle mich, um deinem Namen und deinem Element Ehre zu bereiten.«

Und gib mir die Möglichkeit, mehr über den Verbleib meines Vaters herauszufinden, fügte ich in Gedanken hinzu.

Das Verschwinden meines Vaters war zwar rätselhaft, schien aber leider nicht der einzige Vorfall dieser Art zu sein. Immer wieder verschwanden Menschen, die wegen einer Unterredung mit dem Rat des Hochkönigs in die Hauptstadt gerufen worden waren, noch vor ihrem Aufbruch. Dafür blieben seltsame Spuren zurück: Pfützen aus geschmolzenem Silber, einem Erz, dem man unermessliche Kraft nachsagte. Jene Wesen der Dunkelheit fürchteten sich davor. Leider gab es nicht mehr viel Silber und die Kreaturen um unsere Siedlung wurden stärker, je mehr das Licht der Sterne schwand.

Ich senkte meinen Kopf, um das Gebet zu beenden, dann zog ich mich an. Ich schloss den Gürtel meiner Hose und schlüpfte in den dunklen Umhang, den Kalliste genäht hatte. Meine Zwillingsschwester konnte nicht kämpfen, aber sie lernte die Heilkräfte unseres Elements zu nutzen und kümmerte sich um unser Heim.

Ein Gedanke ließ meine Brust eng werden. Sollte ich erwählt werden und in den Kämpfen sterben, wäre Kalliste allein. Sie verdiente zwar Geld mit ihren Heilmitteln, aber ohne meinen Sold von der Kriegergilde würde es für sie schwer werden. Noch dazu, weil sie kaum auf sich Acht geben konnte.

Wir glichen einander äußerlich aufs Haar, aber Kalliste benahm und kleidete sich wie eine Dame, während ich eine Kriegerin war und lieber in hohen Stiefeln und bequemen Hosen herumlief als in lieblichen Kleidern. Meine dunkelbraunen Haare flocht ich mir zu einem simplen Zopf, weil sie mich sonst beim Kämpfen störten. Sie betonte mit ihren aufwendigen

Flechtfrisuren ihre grünlichen Augen. Bei mir machte sich niemand die Mühe, die Farbe zu ergründen, noch nicht einmal ich selbst.

Ich schob den Gedanken beiseite und verließ die Arena in Richtung unseres Hauses. Der Weg führte mich am Markt vorbei und ich blieb stehen, um frisches Obst zu kaufen.

Durch die Magie der Erde konnten wir selbst im Winter die süßesten Früchte zum Reifen bringen und mehrmals im Lauf einer Sonnenumdrehung ernten. Obwohl unsere Kräfte nicht vom Hochkönig erhöht wurden, würden wir nie Hunger leiden. Ob das Element Metall wohl in der Lage wäre, genug Nahrung zu ernten, um ihre Siedlungen zu versorgen, wenn sie nicht in den Rat des Hochkönigs einzogen? Sie konnten mit ihrer Magie den Sturm beherrschen, was zwar im Kampf hilfreich war, aber Menschen nicht ernähren konnte.

Ich schnaubte und schob den Gedanken beiseite. Gewissensbisse durfte ich mir nicht erlauben, denn wenn ich die Vorrunden gewann und in die Ehrenkämpfe einzog, standen drei Menschen zwischen mir und dem Sieg. Drei Menschen, deren Leben ich nehmen musste, wenn ich gewinnen wollte. Zu zögern oder Mitleid zu empfinden konnte ich mir nicht leisten, weil es meinen eigenen Tod bedeuten würde. Im Rat des Hochkönigs zu sitzen würde mir die Möglichkeit geben, Antworten auf meine Fragen zu finden. Ich würde meine Schwester versorgen und meine Mutter ehren können. Nichts anderes hatte ich gewollt, seit sie mir genommen wurde.

An einem Marktstand blieb ich stehen und besorgte Äpfel, weil Kalliste sie liebte und ich ihr eine Freude machen wollte. Ich zahlte und setzte den Weg zu unserem Haus fort.

Schon vor der Haustür konnte ich das Essen riechen, weswegen ich gleich die Küche aufsuchte. Kalliste stand mit einer Schürze vor dem Feuer und rührte in einem Topf. Sie war im Gegensatz zu mir eine ausgezeichnete Köchin.

»Du bist früh hier«, meinte sie, ohne aufzusehen.

»Aryanna wollte, dass ich mich schone«, entgegnete ich und stellte die Äpfel ab.

»Das sage ich ständig und du hörst nie auf mich«, brummte Kalliste.

»Du bist auch nicht meine Alpha«, gab ich zu bedenken.

»Du könntest trotzdem auf mich hören«, meinte Kalliste und drehte sich um. »Warst du schon wieder in der Quelle schwimmen?« Ihr Tonfall wurde tadelnd und sie stemmte ihre Hände in die Hüften.

»Ja, ich mag es nicht, wenn ich verschwitzt heimlaufe.«

»Deswegen holst du dir lieber ein Fieber, weil du im Winter mit nassen Haaren herumrennst?«, schalt sie mich.

»Von nassen Haaren bekommt man kein Fieber.«

»Nein, aber sie tropfen auf deine Kleidung und die kalte Luft kühlt dich ab. Dann entzündet sich deine Lunge und du bekommst Fieber.«

»Schon gut, schon gut«, gab ich mich geschlagen und hob abwehrend die Hände. »Wenn ich morgen erwählt werde, wird es ohnehin nicht mehr vorkommen, weil die Kriegerinnen dann bald abreisen.«

Meine Schwester räusperte sich und ihr Gesicht wurde blass. »Ich wünschte trotzdem, du würdest nicht erwählt werden. Was ist, wenn du nicht zurückkommst?«

Ich seufzte und trat auf sie zu. Behutsam legte ich meine Hände auf ihre Schultern.

»Ich komme zurück«, versprach ich. »Und unser Leben wird dann besser sein. Vielleicht finde ich auch heraus, was Papa zugestoßen ist, wenn ich in der Hauptstadt bin.«

Kalliste nickte kaum merklich und rang sich ein Lächeln ab, das angestrengt wirkte. Sie glaubte nicht daran, dass unser Vater noch lebte. Ich wollte ihn nicht aufgeben, doch auch meine Hoffnung schwand. Aber vielleicht konnte ich zumindest erfahren, was ihm zugestoßen war.

»Das Essen ist gleich fertig«, sagte Kalliste und drehte sich wieder zum Feuer um. »Geh dich abtrocknen und umziehen. Danach reden wir.«

»Ja, Mama«, brummte ich, ging jedoch in mein Zimmer.

Kalliste hatte recht, meine Haare hatten eine nasse Spur auf meiner Kleidung hinterlassen und die Kälte fraß sich in meine Haut.

Als ich die Küche in trockener Kleidung wieder betrat, hatte Kalliste den

Tisch längst gedeckt. Sie hatte das feine Geschirr herausgenommen. Es hatte unserer Mutter gehört und viele der mit Blumen bemalten Teller waren in der Zeit nach ihrem Tod zerbrochen. Wir benutzten sie selten. Aber heute hatte Kalliste diese Teller gewählt.

Sie lächelte. »Ich dachte, zur Feier des Tages … wer weiß, wann wir wieder gemeinsam essen.«

»In einem Mondzyklus«, erklärte ich entschieden. »So lange dauern die Prüfungen.«

»Ja«, sagte sie und lächelte immer noch. Aber die Sorgenfalte auf ihrer Stirn blieb.

Nachdem sie den Eintopf auf die Teller verteilt und Wein in unsere Gläser geschenkt hatte, ließ sie sich nieder. Ich griff nach ihrer Hand, wie ich es immer tat, und sie sprach das Gebet an Kamana.

»Beschütze Emaya und bring sie zu mir zurück«, beendete sie ihre Bitte.

»Noch bin ich nicht erwählt worden«, murmelte ich.

»Nein, aber es würde mich wundern, wenn die Göttin auf dich verzichtet«, entgegnete meine Schwester. »Du bist die Stärkste unseres Elements. Sie wird dich zu ihrer Kriegerin berufen.«

»Das hoffe ich«, sagte ich.

Denn ich wollte diese Prüfung gewinnen. Für meine Mutter. Meinen Vater. Für Kalliste. Und um mir selbst zu beweisen, dass sich all meine Arbeit ausgezahlt hatte.

Kapitel 2

Der eiskalte Wind trieb mir Tränen in die Augen. Kalliste schob sich ihren Schal vor Mund und Nase und auch ich überlegte einen Moment, es ihr gleich zu tun, ließ es dann aber, obwohl die Kälte in meinen Lungen schmerzte. Ich war eine Kriegerin und ich würde mir keine Schwäche anmerken lassen. Nichts sollte meine Wahl gefährden.

Auf dem Weg zum Tempel, der im Herzen der Erdsiedlung lag, begegneten wir Freundinnen meiner Schwester, die mich mit gebührendem Abstand begrüßten, während sie Kalliste herzlich umarmten. Aber ich war es nicht anders gewohnt.

Vor dem Tempel wartete bereits eine große Menge auf den Einlass. Das Heiligtum wurde nur zu besonderen Anlässen geöffnet, ansonsten war es Priestern vorbehalten, es zu betreten. Gebete an Kamana brachte man am hauseigenen Schrein dar oder warf Blumen in den kleinen Teich vor dem Tempel.

Als die Türen geöffnet wurden, drängten die Menschen sich in das Heiligtum. Nur wenige Feuer brannten, denn Flammen zu nähren kostete Magie, die wir durch das schwindende Licht der Sterne kaum noch besaßen.

Alle Zauber, die nicht mit unserem Element verbunden waren, mussten durch geliehene Magie des Hochkönigs gewirkt werden und je schwächer die Sterne wurden, umso schwächer wurden auch die Kräfte des Königs.

Aber die Wände schirmten uns zumindest vor dem eisigen Wind ab und durch die vielen Leiber, die sich stehend aneinander drängten, wärmte sich der Tempel aus braunem Stein schnell auf.

Kerin, der oberste Priester der Kamana, stand in seinem dunkelbraunen Kaftan und einer dunkelgrünen Schärpe, auf der die Hirschkuh abgebildet war, vor dem Altar. Er war ein gebrechlicher Mann mit lichtem weißen Haar und unzähligen Falten im Gesicht. Seine Miene war so kalt wie der lehmige Fußboden, auf dem wir standen. Hinter Kerin erhob sich ein Baum, dessen Wurzeln den Boden rund um den Altar durchbrachen. Blüten so leuchtend wie die Abendsonne öffneten sich auf seinen zahlreichen Ästen. Jede von ihnen symbolisierte eine von uns. Über diese Blumen würde die Göttin die zehn Kriegerinnen erwählen, die für sie zur Prüfung antreten sollten.

Unser Element entsandte nur Frauen in die Arena. Wir wurden zwar von unseren Gegnern belächelt, aber dennoch schlugen wir uns gut. Bisher hatte es bei jeder Prüfung zumindest eine unserer Kriegerinnen in den letzten Kampf geschafft. Das gelang nicht jedem Element.

Jetzt, da ich hier stand, umringt von all den Menschen meines Elements, begann meine Hand zu zittern. Ich hasste mich für diese Schwäche und hielt den Atem an, als die kühlen Finger meiner Schwester sich um meine schlossen.

»Du wirst gewählt werden«, flüsterte sie mir zu und lächelte.

Ich lächelte zurück. Die Unsicherheit, ob ich hierher zurückkehren würde, machte mir Angst. Aber niemand sollte je sehen, wie sehr ich mich davor fürchtete. Nicht einmal Kalliste. Ich musste meine Mauern höher errichten.

Um uns begannen die ersten aufgeregten Gespräche, auf die Kerin nur gewartet zu haben schien. Er hob gebieterisch seine Arme und forderte Ruhe ein.

Alle verstummten und Kerin trat auf den Baum zu. »O weise Göttin Kamana, Herrin über die Erde und die Jagd, beehre uns mit deiner Gegenwart«, stimmte er seinen monotonen Gesang an.

Ich hörte nicht zu. Das Gebet war stets dasselbe, ganz gleich, zu welchem Anlass es gesprochen wurde. Meinen Kopf senkte ich zwar wie die anderen, sprach aber meine eigenen Worte und bat die Göttin mich zu erwählen. Ich würde ihr Ehre bringen und bekommen, was ich wollte. Wir würden also beide gewinnen.

Die Stille rauschte in meinen Ohren, als Kerins Stimme zwischen den Wänden verklang. Ich blickte wieder zum Altar.

Der Priester wandte sich so langsam zum Baum um, als wollte er ihm die Möglichkeit geben, noch höher zu wachsen.

»Lass uns deinen Willen wissen, o große Göttin«, bat Kerin und breitete seine Arme aus. Die Stickerei der Hirschkuh auf seinem Rücken leuchtete golden im Feuerschein und die Luft knisterte von Kerins Magie.

Eine Blüte fiel herab und landete in seiner Handfläche. Sie zerfiel zu Staub und ein Stück Papier kam zum Vorschein. Laut las der Priester den Namen vor, mit dem jeder gerechnet hatte.

»Die Göttin hat Aryanna erwählt sie bei der Prüfung zu vertreten«, verkündete Kerin und wartete, bis wir alle der Göttin unsere Lobpreisung gesprochen hatten.

Danach wiederholte Kerin das Ritual, bat die Göttin um einen Namen und erhielt eine Blüte. Jedes Mal breitete sich Hitze in meinem Magen aus und ich verkrampfte mich ein bisschen mehr, weil mein Name nicht fiel.

Kalliste drückte meine Hand fester, als neun Kriegerinnen erwählt worden waren und Kerin die letzte Blüte betrachtete.

Sie zerfiel zu Asche. Ich hielt den Atem an. Quälend langsam hob Kerin das Stück Papier an.

Mein Herz schlug so laut, dass ich seine Stimme kaum noch hörte.

»Die Göttin hat gewählt«, verkündete Kerin und wandte sich um. Sein Gesicht wirkte blass und noch faltiger. Er befeuchtete seine Lippen und räusperte sich. »Die letzte Kriegerin für die Prüfung ist … Kalliste Sonnrad.«

Stille legte sich über den Tempel und nur das Keuchen meiner Schwester war zu hören.

»Was?«, entfuhr es mir viel zu schrill und alle Augen richteten sich auf mich. »Das kann nicht sein. Sie ist keine Kriegerin.«

Kerin, der eben noch selbst an seinen Worten gezweifelt zu haben schien, räusperte sich erneut, richtete sich zu voller Größe auf und warf mir einen finsteren Blick zu.

»Wer bist du, dass du es wagst, die Entscheidung der Göttin anzuzweifeln?«, fragte er mich voller Tadel.

»Kalliste ist Heilerin«, erklärte ich aufgebracht. »Sie hat noch nie eine

Waffe geführt, nie offensive Magie eingesetzt. Ganz gleich, wie stark sie auch ist, sie kann nicht zu der Prüfung gehen.«

Gemurmel erhob sich um uns und Kalliste zitterte so stark, dass ich meinen Arm um sie legen musste. Meine Schwester heilte Wunden, rettete Leben, sie nahm sie nicht. Die ersten Runden der Prüfung waren harmloser als die letzten drei Kämpfe. Aber auch in den nicht tödlichen Duellen konnte man schwer verletzt werden oder sterben. Und dann musste man noch mit den Kriegern der anderen Elemente zusammenleben. Die Schauermärchen über die Brutalität der Wölfe, wie man die Krieger des Metallelements nannte, und die Hemmungslosigkeit der Bären, die dem Holzelement entstammten, ließen selbst mich zittern. Ich hatte gehört, dass sie sich Gespielinnen aus meinem Element nahmen. Keiner dieser Kerle sollte meine Schwester in die Finger kriegen!

»Fragt die Göttin noch einmal, Priester«, forderte nun auch Aryanna. »Es kann nicht in ihrem Sinn sein, eine der stärksten Kriegerinnen hier zu lassen.«

Kerin biss sich auf die Unterlippe und gab ein Schnauben von sich. Die Priester genossen hohes Ansehen, aber die Alpha stand im Rang über ihnen. Ihr Wille war Gesetz, also neigte Kerin seinen Kopf und wandte sich erneut dem Baum zu.

Doch in dem Moment verwelkten alle Blüten und die ausgedörrten Blätter fielen zu Boden.

Ich schrie auf, mein Herz raste und auch Kalliste gab einen gequälten Laut von sich, als die letzte Blüte auf dem Altar landete und sich zu Asche verwandelte.

»Der Wille der Göttin ist eindeutig«, verkündete Kerin und Triumph schwang in seiner Stimme mit. »Die zehn Kriegerinnen sind erwählt, die Entscheidung gefallen.«

»Aber«, setzte ich an, doch Aryanna packte meinen Arm und drehte mich zu sich um.

»Sei still«, zischte sie. »Es lässt sich nicht mehr ändern. Behalte zumindest deine Würde.«

Sie fletschte die Zähne beim Sprechen und die Wut ließ ihre Augen gefährlich blitzen, als wäre sie ein Raubtier und nicht die Alpha der Hirschkühe. Ich wusste, dass es keinen Sinn hatte zu diskutieren.

Mein Magen verkrampfte sich vor Anspannung und ich musste tief durchatmen, um mich nicht auf die Füße meiner Alpha zu übergeben.

»Bereite deine Schwester vor, so gut du kannst«, sagte Aryanna und ließ mich los. »Es ist der Wille der Göttin, dass sie mich begleitet, also kann ich nichts dagegen tun. Du solltest ihr helfen, damit sie die ersten Runden unbeschadet übersteht und dann zu dir zurückkehrt.«

Die Leute hatten begonnen den Tempel zu verlassen und Aryanna schloss sich ihnen an. Nur Kalliste und ich rührten uns nicht. Ich zog sie näher an mich. Sie schlang ihre Arme um mich und vergrub ihr Gesicht an meiner Schulter. Ihre Tränen drangen durch meinen groben Winterumhang, der mich nicht vor dem Zittern, das auch von mir Besitz ergriffen hatte, schützen konnte.

»Ich kann das nicht«, schluchzte Kalliste, als wir allein waren. »Ich bin keine Kriegerin. Ich kann nicht ...«

»Shhhh«, machte ich und strich über ihren Rücken. »Es wird alles gut.«

Sie riss sich los und sah mich verständnislos an. »Wie kannst du so etwas behaupten?«, fuhr sie mich an.

»Lass uns nach Hause gehen«, flüsterte ich und blickte mich verstohlen um.

In meinen Gedanken formte sich ein Plan, der gefährlich für uns beide war und den ich nie gefasst hätte, wenn ich nicht so verzweifelt gewesen wäre. Angst legte sich mit eisigen Klauen auf meine Schultern. Niemand durfte etwas ahnen. Niemand.

»Komm jetzt«, drängte ich Kalliste. »Wir reden zuhause.«

Sie betrachtete mich mit bebenden Lippen, dann nickte sie und griff nach meiner Hand.

***

»Hast du den Verstand verloren?«, keuchte sie und schüttelte heftig den Kopf.

Ich verschränkte meine Finger und hielt ihrem entsetzten Blick stand. Was ich vorschlug, war gefährlich, aber unsere einzige Möglichkeit.

»Wenn irgendjemand den Tausch bemerkt …«

»Wer sollte es bemerken?«, unterbrach ich Kalliste leise. »Die Kriegerinnen kennen dich nicht und deine Freundinnen wissen nichts über mich. Niemand wird zu mir kommen, um sich heilen zu lassen und vor den Prüfungen muss man nicht zeigen, ob man kämpfen kann. Ich werde also nicht auffallen. Und wenn die Vorrunden beginnen, wird ohnehin keiner darauf achten, wie ich kämpfe. Vielleicht werden sie denken, dass die Göttin weise gewählt hat, weil ich tatsächlich Kampfgeschick besitze.«

»Aber Emaya«, sagte sie und griff nach meinen Händen. »Wenn jemand den Schwindel bemerkt, werden sie dich hinrichten.«

Ihre Stimme bebte und ihre Augen glänzten. Sie sorgte sich nur um mein Leben, dabei war ihres ebenso verwirkt, wenn ich mich verriet.

»Niemand wird den Unterschied bemerken«, beharrte ich. »Wir sehen uns so ähnlich, sogar unsere Stimmen klingen gleich. Nur werde ich mich unter den Kriegerinnen etwas schüchterner geben müssen und du selbstsicherer, wenn du das Haus verlässt, während ich weg bin.«

»Aber du bist so ungeschickt darin, deine Haare zu frisieren«, murmelte sie.

Ich lachte. »Das ist deine größte Sorge? Dass meine Frisuren nicht sitzen könnten?«

Kalliste blieb ernst. »Das ist es, was uns am meisten unterscheidet«, erwiderte sie. »Wenn du deine Haare so trägst wie immer, ist das verdächtig.«

»Na schön«, brummte ich. »Dann werde ich sie mir eben jeden Tag anders flechten und behaupten, ich wäre zu nervös, um es ordentlich zu machen.«

Meine Schwester biss sich auf die Unterlippe und wischte sich mit dem Handrücken über die Wangen. »Was ist, wenn du fällst? Wie Mutter?«

Sie flüsterte die Worte nur, dennoch konnte ich ihre Angst deutlich hören.

»Das werde ich nicht«, versprach ich. »Ich komme in den letzten Kampf und werde ihn gewinnen. Dann muss mir der Hochkönig einen Wunsch erfüllen und ich werde ihn bitten nach Vater suchen zu lassen.«

»Willst du deinen Wunsch wirklich dafür verschwenden?«, raunte Kalliste. »Ich denke nicht, dass wir ihn noch lebend finden werden.«

Ich tätschelte ihre Hand. »Wir werden sehen. Vielleicht finde ich auch schon vor den Kämpfen etwas heraus. Immerhin habe ich ein paar Tage Zeit, um mich in der Hauptstadt umzusehen.«

»Emaya«, hauchte meine Schwester. »Sei vorsichtig. Es ist schon ein Risiko, wenn wir die Plätze tauschen. Du musst dich nicht noch zusätzlich in Gefahr bringen.«

»Ich überlege es mir«, murmelte ich und sah ihr in die Augen. »Heißt das, du bist einverstanden, dass wir die Rolle der anderen einnehmen?«

Kalliste zögerte einen Moment und mein Herz schlug mir bis zum Hals. Allein die Vorstellung, meine sanftmütige Schwester müsste sich gegen einen Krieger des Feuers oder Metalls wehren, bereitete mir heftige Magenschmerzen. Diese Elemente waren nicht zimperlich und in den Vorrunden sammelte man Punkte, indem man seine Gegner verletzte. Wenn dieser sich nicht richtig wehren konnte, schwebte er in Lebensgefahr.

Aber Gefahren lauerten eben nicht nur im Kampfring, sondern auch im Haus. Es gab Geschichten darüber, wie Frauen von den Kriegern der siegreicheren Elemente verschleppt und missbraucht wurden. Wenn jemand das bei mir versuchte, könnte ich mich wehren. Kalliste nicht.

»Es bedeutet dir viel, an dieser Prüfung teilzunehmen«, begann meine Schwester leise.

Ich drückte ihre Hand. »Du bist mir wichtiger als jede Prüfung«, sagte ich.

»Ich weiß«, erwiderte sie mit schwachem Lächeln. »Du willst mich beschützen, wie du es immer machst. Und ich habe Angst, auch nur einen Fuß in die Arena des Hochkönigs von Kira zu setzen. Aber ich sorge mich darum, was aus dir wird, wenn der Schwindel auffliegt. Wir widersetzen uns dem Willen der Göttin.«

»Du sorgst dich um die Falsche«, erwiderte ich. »Denn auch du bist in Gefahr, wenn man mich enttarnt. Und ich glaube nicht, dass die Göttin mich bestrafen würde. Auch sie hat eine Schwester, die sie beschützt.«

Kalliste lächelte bei der Erwähnung der alten Legende. Darin hatte Kamana sich ebenfalls für ihre Schwester ausgegeben, um ihr Leben zu schützen. Nach einem Herzschlag verschwand das Lächeln meiner Schwester jedoch wieder.

»Ja, nur bin ich dann nicht der Gnade eines Tyrannen ausgeliefert«, flüsterte sie. »Sondern unserer Alpha.« Sie seufzte tief und wich meinem Blick aus. »Ist es selbstsüchtig, wenn ich dem Tausch zustimme?«

»Nein«, erwiderte ich und musste schmunzeln. Kalliste war nie selbstsüchtig gewesen. Sie hatte schon als kleines Mädchen ihre Nachspeise mit mir geteilt, nachdem ich meine aufgegessen hatte. »Denn ich habe ihn vorgeschlagen. Lass mich gehen, um dein Leben zu schützen und meine Pflicht zu erfüllen. Ich habe Mama damals versprochen, dass ich mich um dich kümmern werde. Jetzt ist es soweit.«

Ihre grünen Augen bohrten sich in meine, dann nickte sie kaum merklich. Mir fiel eine schwere Last von den Schultern und zugleich schnürte sich meine Kehle zu. Trotzdem sprang ich auf und umarmte meine Schwester.

Wenn ich morgen die Schwelle unseres Hauses überschritt, legte ich mein Leben in die Hände von Kamana. Jener Göttin, die meinen Namen nicht gewählt hatte und deren Willen ich umging.

Meine Hände zitterten, als ich gemeinsam mit Kalliste für die Reise packte. Jetzt gab es kein Zurück mehr und ich musste darauf vertrauen, dass meine Stärke meine Schwester und mich schützen würde, wie sie es immer getan hatte.

Kapitel 3

Der Himmel sah aus, als stünde er in Flammen, als ich das Haus verließ und die Kapuze über meinen Kopf zog. Ich trug ein Kleid von Kalliste. Sie ging in meiner Kriegerinnenmontur neben mir und hielt mein Bündel in ihren Händen. So hätte ich mich verhalten, wenn ich an ihrer Stelle gewesen wäre.

In allen Häusern brannte Licht. Die Bewohner blickten aus den Fenstern und winkten uns. Es war ihre Art, den Kriegerinnen Glück zu wünschen. Nur die engste Familie durfte bis zum Tor, das in die kahle Wüste voller dunkler Kreaturen hinausführte, mitkommen.

Wir verließen unsere Siedlungen nicht. Alles, was wir zum Leben brauchten, erschufen wir mit Magie. Vor den Mauern lauerte nur der Tod. Selbst unsere stärksten Kriegerinnen vermochten es nicht, die Kreaturen, die angeblich aus der Schwärze der Nacht erschaffen worden waren, niederzustrecken.

Der Hochkönig nutzte seine Macht, um diese Wesen zu töten. Aber es schien, als würden sie sich dennoch stärker vermehren. Auch trauten sie sich immer näher an die Mauern heran. Nachts konnte man sie heulen und ihre Krallen wetzen hören.

Das war ein Grund mehr für mich, in der Arena des Hochkönigs zu gewinnen. Wenn er meinem Element mehr Magie verlieh, konnten wir die Kreaturen vertreiben und nachts besser schlafen.

Der Gang zum Tor fiel mir dennoch schwer und mein Herz schlug mit jedem Schritt lauter. Obwohl die Luft sich eiskalt auf meiner Haut anfühlte, schwitzte ich und musste meine Finger in den Stoff des Kleides graben, um sie am Zittern zu hindern.

Aryanna stand in einer Rüstung aus braunem Leder und ohne Umhang am Tor und starrte uns entgegen. Sie hatte ihre Arme vor der Brust verschränkt und ihre Miene war finster wie immer. Hatte sie meine Verkleidung bereits durchschaut? Ihre Augen bohrten sich in mich, als wüsste sie, dass ich den Willen der Göttin ignorierte.

Drei andere Kriegerinnen und ihre Familien standen bereits neben der Mauer und beachteten uns nicht. Aber die Aufmerksamkeit der Alpha genügte, um mich ertappt zu fühlen.

»Was denkst du dir?«, zischte sie, als ich sie erreicht hatte.

Mir war heiß und kalt zugleich und meine Hände zitterten noch stärker. Ich musste nicht zu meiner Schwester blicken, um zu wissen, dass es ihr ebenso ging, denn ich konnte ihre Anspannung deutlich fühlen.

»Ich …«, begann ich, doch Aryanna hob eine Hand, um mich zu unterbrechen.

»Dass du keine Kriegerin bist, weiß ich«, fauchte sie und entriss meiner Schwester mein Gepäck, um es mir gegen die Brust zu drücken. »Aber du bist keine feine Dame, die eine Vergnügungsreise in die Hauptstadt macht, um sich neue Kleidung auszusuchen. Benimm dich wie eine Kriegerin, sonst zerfleischen dich die anderen Elemente, noch ehe du die Arena betrittst.«

Ich zwang mich ruhiger zu atmen, dann senkte ich den Blick. »Ja, Alpha«, murmelte ich.

Aryanna hatte mich nicht durchschaut. Noch nicht. Dennoch wollte die bleierne Schwere nicht von meinen Schultern gleiten. Ich musste darauf achten, was ich tat, wie ich sprach und wie ich mich bewegte. Meine Wandlung von der schüchternen Heilerin zur Kriegerin durfte nicht zu schnell stattfinden, obwohl alles in mir diese Tarnung am liebsten sofort abgeworfen hätte.

»Ich kann dich nicht beschützen, Kalliste«, sagte Aryanna leise und sah dabei von mir zu meiner Schwester.

Wieder lief mir ein eiskalter Schauer über den Rücken, als ihr Blick sich trübte und ich Verwirrung darin zu erkennen meinte. Aber vermutlich bildete ich mir das nur ein.

»In der Arena bist du auf dich gestellt und ich weiß nicht, wie viel ich dir in der kurzen Zeit beibringen kann«, fuhr Aryanna fort und seufzte. »Der Wille der Göttin mag Gesetz sein, aber ich wünschte, ich könnte Emaya an deiner Stelle mitnehmen, denn um sie muss ich mir keine Sorgen machen.«

Meine Schwester und ich senkten unsere Blicke tiefer und schwiegen.

»Verabschiedet euch voneinander, wir brechen gleich auf«, meinte Aryanna und entfernte sich von uns.

Ich ließ das Bündel sinken und fiel meiner Schwester um den Hals. Sie keuchte und erwiderte die Umarmung. Ihre Tränen tränkten meinen Umhang und ihre Schultern bebten genauso stark wie meine.

»Ich wünschte, wir müssten das nicht machen«, hauchte sie. »Es tut mir leid, Emaya. Wenn ich nur ein wenig stärker wäre ...«

»Würde ich dennoch deinen Platz einnehmen«, unterbrach ich sie leise. »Hab keine Angst um mich. Es wird alles gut.«

Sie nickte und ließ mich los. Dann hob sie ihre Hand und berührte mit ihrem Daumen meine Stirn. Wie von selbst fielen meine Augen zu und ich fühlte das zarte Vibrieren ihrer Heilmagie auf meiner Haut.

»Möge die Göttin dich schützen und deinen Pfad sicher nach Hause lenken«, wisperte Kalliste.

Als sie ihre Hand sinken ließ, hob ich meine und berührte ihre Stirn mit meinem Daumen. »Möge die Göttin über dich wachen, bis wir uns wiedersehen«, murmelte ich.

Dann trat ich zurück und hob mein Bündel auf. Ich presste es fest an mich, weil die Angst mich zittern ließ und ich nicht wollte, dass Kalliste es bemerkte.

Sie verschränkte ihre Arme und sah zu, wie ich zu Aryanna ging. Mittlerweile waren alle Kriegerinnen eingetroffen und hatten sich von ihren Familien verabschiedet. Ich war erleichtert und zugleich besorgt Nele unter ihnen zu entdecken. Hoffentlich durchschaute sie meine Verkleidung nicht.

»Macht euch bereit von der Magie getragen zu werden«, sagte die Alpha mit fester Stimme.

Nur ein einziges Mal war ich mit Magie gereist. Damals, als meine Mutter in der Arena gefallen war und wir zu ihrem Grab in der Hauptstadt gebracht wurden. Ansonsten gab es keine Möglichkeit, zwischen den Siedlungen zu reisen. Nur spezielle Magie ermöglichte es uns, sicher von einem Ort zum anderen zu gelangen.

Ich hatte vergessen, wie es sich anfühlte, wenn sich Magie um die Haut legte und der Körper schwerelos wurde. Eigentlich empfand ich es als angenehm, dennoch schnürte sich meine Kehle zu, während ich zu Kalliste blickte.

Sie wirkte so viel gefasster, als ich mich gerade fühlte. Sie hob ihren Arm zum Gruß und rang sich ein Lächeln ab. Dann löste sie sich vor meinen Augen auf und während ich durch den Himmel flog, fragte ich mich, ob sie nicht doch immer die Stärkere von uns beiden gewesen war.

***

Es dauerte nur wenige Herzschläge, bis der Flug endete und meine Beine den Boden wieder berührten. Stimmen von Menschen, die um Lebensmittel feilschten und ihre Waren anpriesen, drangen an mein Ohr. Rötlicher Staub bedeckte meine Stiefel und den Saum des Kleides und ließ mich husten.

Alerich, die Hauptstadt der sechs Elemente, wirkte schmutziger und die Häuser verfallener als bei den letzten Kämpfen vor fünfzehn Sonnenumdrehungen.

»Die Magie wird immer unzuverlässiger«, brummte Aryanna und stieß scharf den Atem aus. »Kommt, ich führe euch zu unserer Unterkunft. Wir hätten eigentlich dort landen sollen.«

Die Alpha drehte sich um und schritt zügig an den gaffenden Menschen vorbei. Hier war es eindeutig wärmer als in der Erdsiedlung. In unseren dicken Umhängen, die die Farben unseres Elements, also Braun in allen Varianten, trugen, fielen wir auf. Die Kleidung der Menschen hier war weiß.

Aryanna ließ alle neugierigen Blicke an sich abprallen und führte uns zielstrebig an von rötlichem Staub bedeckten Gebäude vorbei zu einem Haus, das groß genug war, um unsere halbe Siedlung in sich aufzunehmen. Es war so hoch, wie vier unserer Häuser aufeinandergestapelt und das Dach glich einer Kuppel. Die weißen Wände waren mit Sand bedeckt und wirkten schmutzig. Es gab nur wenige Fenster und die lagen sehr hoch über meinem Kopf. Außerdem schien es nur eine einzige Tür zu geben.

Wir betraten die Eingangshalle, deren Boden aus Fliesen in den Farben der sechs Elemente bestand. Rot, blau, hellblau, silber, gold und braun. Hohe Säulen trugen die gebogene Decke und Feuerschalen verströmten Wärme und einen würzigen Duft.

Die Decke schien von Magie erschaffen worden zu sein, denn ein Sternenhimmel wie frisch nach den Ehrenkämpfen spannte sich über meinem Kopf, den ich in den Nacken legte, um besser sehen zu können.

Meine Kapuze rutschte herunter und meine misslungene Flechtfrisur kam zum Vorschein. Kalliste hatte mich erst nicht gehen lassen wollen, aber ich hatte ihr erklärt, dass spätestens morgen jeder wusste, dass ich meine Haare nicht mehr so kunstvoll aufstecken konnte wie sonst.

»Wunderschön«, hauchte ich und war wohl nicht die Einzige, die diesen Zauber bestaunte. Auch die anderen Kriegerinnen blickten wortlos hinauf, bis wir von lautem Gelächter gestört wurden.

»Sieh an, unsere Beutetiere sind angekommen«, erklang eine tiefe männliche Stimme.

Ich wandte mich in die Richtung, aus der sie gekommen war, und vergrub meine Finger im Stoff des Kleides. Zehn Männer in silbern glänzenden Hosen und Kaftanen standen in einem Säulenbogen und betrachteten uns so gierig, als würden sie sich jeden Moment auf uns stürzen. Wir waren ihre Beute und genau so sahen sie uns an.

»Wölfe«, keuchte eine Kriegerin neben mir und nutzte mich gleich als lebenden Schutzschild, indem sie sich hinter mich duckte.

Das waren sie also, die berüchtigten Krieger des Metalls, die Wölfe. Das Tier meines Elements war eine Hirschkuh, aber ich wusste, dass uns die anderen Krieger als Rehe bezeichneten. Ob die Jagd auf uns bereits eröffnet war?

Die Männer bewegten sich langsam auf uns zu. Hunger loderte in ihren Augen. Die Luft knisterte. Selbst Aryanna wirkte eingeschüchtert, obwohl sie sich zu ihrer vollen Größe aufrichtete und ihre Hände in die Hüften stemmte.

»Wie hast du uns genannt, Wolf?«, fragte sie zornig.

Es war nicht schwer zu erkennen, wer der Alpha dieser Gruppe war, denn er führte die Männer an. Und selbst wenn er hinter ihnen gelaufen wäre, hätte ich ihn bemerkt, denn seine Schultern wirkten breiter als die der anderen und er strahlte eine Dominanz aus, die mir den Atem raubte.

Seine Haare reichten ihm bis zu den Ohren, waren dunkelgrau mit schwarzen Spitzen und seine Augen so silbern wie die hellsten Blitze am Horizont.

Die anderen Kriegerinnen zogen die Köpfe ein. Nur ich hielt meinen erhoben wie Aryanna.

»Beute«, sagte er mit einem Grinsen und sein Blick wanderte von meiner Alpha zu mir.

Ich verkrampfte mich, denn seine Mundwinkel wanderten noch weiter nach oben und er machte einen Schritt auf mich zu.

»Was für ein hübsches kleines Reh wir hier haben«, sagte er und der Klang seiner Stimme vibrierte in meinem Inneren.

Gänsehaut überzog meinen Körper, als er noch näher kam, doch ich wich nicht zurück. Trotzig hob ich mein Kinn und hielt seinem intensiven Blick stand.

»Willst du spielen, kleines Reh?«, fragte er und stand nun so dicht vor mir, dass ich mein Kinn noch höher heben musste, um ihm ins Gesicht blicken zu können. »Ich gebe dir auch einen Vorsprung, bevor ich dich jage. Aber wenn ich dich fange, wirst du meine Beute.«

Mein Atem beschleunigte sich und Enge legte sich um meine Brust. Was erlaubte sich dieser Kerl?

»Ich bin weder deine Beute noch die eines anderen«, erwiderte ich mit fester Stimme.

Er hob eine Augenbraue und lehnte sich nach vorn, bis sein Oberkörper meinen berührte.

»Weißt du eigentlich, was für eine Ehre es für dich sein sollte, von mir ausgewählt zu werden, mein Rehlein?«, raunte er nah an meinem Ohr.

Ein Schauer lief durch meinen Körper und meine Haut prickelte. Wie in Trance legte ich meine Hände auf seine Brust und stieß ihn von mir.

Er lachte, wich einen Schritt zurück und baute sich dann wieder vor mir auf.

»Ich mag es, wenn meine Beute widerspenstig ist«, verkündete er und zwinkerte, als seine Krieger in das Lachen einstimmten.

So schnell, dass ich nicht einmal meine Hände heben konnte, stand er wieder vor mir und packte mich an den Armen.

»Wag es nicht …«, setzte Aryanna an, doch als der Wolf bedrohlich knurrte, verstummte sie.

Ich keuchte und verwünschte meinen Körper, der zu zittern begann. Der Wolf hielt mich fest und senkte seinen Kopf, bis sein Gesicht meines berührte. Also stimmten die Geschichten über die Raubtiere, die sich einfach nahmen, was sie wollten. Zum Glück blieb das Kalliste erspart.

»Doch nicht so mutig, kleines Reh?«, fragte er leise und sein Atem strich über meine Haut.

»Lass mich los«, hauchte ich, denn mehr als ein heiseres Flüstern brachte ich nicht zustande.

»Bist du sicher?« Sein Griff lockerte sich, dennoch wusste ich, dass ich mich nicht befreien könnte, selbst wenn ich es versuchte. »Wir könnten uns die Jagd sparen und ich nehme dich gleich mit in mein Lager und mache dir klar, wem du gehörst.«

»Ich gehöre niemandem«, erwiderte ich. »Also lass mich los.«

Seine Lippen schwebten einen Lufthauch entfernt über meinem Hals und ich hielt den Atem an. Meine Haut prickelte, Hitze sammelte sich in meiner Brust, bereit, meinen Körper zu fluten.

Ich schloss die Augen und wünschte mir, er würde mich endlich mit seinen Lippen berühren, weil ich eine Sehnsucht in mir fühlte, die mich um den Verstand zu bringen drohte.

Doch noch während ich das dachte, begann er zu lachen und ließ mich los. Er machte einen Schritt zurück und erst da bemerkte ich, dass die anderen Krieger sich ebenfalls lachend zurückzogen.

»Die Spiele haben begonnen«, sagte der Alpha und zwinkerte mir zu. »Mal sehen, wen von euch wir erobern.«

Damit wandte er sich ab und führte seine Männer durch den Torbogen in ihren Flügel zurück. Ich blieb zitternd mit den anderen Kriegerinnen in der Halle stehen.

»Wir müssen uns vorsehen«, murmelte Aryanna. »Wenn die Wölfe sich jetzt schon auf uns stürzen, werden die anderen Raubtiere nicht weniger zimperlich sein. Ihr wisst, dass es für diese Männer Tradition ist, Frauen unseres Elements und der Luft zu erobern, bevor die Ehrenkämpfe beginnen. Deswegen sollten wir nie allein durch die Gänge dieses Hauses wandern. Habt ihr verstanden?«

Wir nickten und folgten unserer Alpha durch einen anderen Torbogen, hinter dem eine Treppe zu einem Dutzend Türen führte.

»Jede von euch hat ein eigenes Zimmer mit Bad«, erklärte Aryanna. »Es gibt auch ein großes Dampfbad, das wir uns mit den anderen Elementen teilen müssen.« Ein Raunen ging durch die Gruppe, aber die Alpha ließ es mit einer Handbewegung verstummen. »Wir werden auch das Essen mit ihnen einnehmen und im gleichen Raum mit ihnen trainieren müssen. Gewöhnt euch also daran und lasst eure Verteidigung nie sinken. Diese Raubtiere machen vor nichts und niemandem Halt und wie ihr Alpha bereits gesagt hat ... die Spiele haben begonnen.«

Kapitel 4

Ich saß vor dem Frisiertisch und kämmte meine Haare aus. Gleich würde Aryanna mich zum Abendessen abholen, worüber ich froh war, denn nach allem, was bei unserer Ankunft geschehen war, wollte ich ganz bestimmt nicht allein auf die anderen Gruppen treffen.

Ich ließ die Bürste sinken, um mich im Spiegel zu betrachten. Meine grünlichen Augen sahen müde aus und das dunkelbraune Haar ließ meine Haut noch blasser wirken. Die vollen Wangen verliehen meinem Gesicht etwas Weiches, das ich immer gehasst hatte. Kein Wunder, dass Männer wie der Wolf-Alpha uns als Beute betrachteten. Aber ich würde mich gegen jeden von diesen Kriegern wehren.

Ich stand auf und ging zum Schrank. Er war voll mit Kleidung, die mir wie auf den Leib gegossen passte. Als hätte jemand gewusst, dass ich dieses Zimmer wählen würde.

Ich strich über den braunen Kaftan, den ich in der Hand hielt. Noch nie hatte ich so edle Kleidung besessen oder so weichen Stoff berührt.

Seufzend fuhr ich mit den Fingern durch mein offenes Haar. Weil ich einfach keine aufwendigen Flechtfirsuren machen konnte, hatte ich mich dazu entschieden, es zu lassen. Außerdem konnte ich es so wie einen Vorhang vor mein Gesicht ziehen, damit mich niemand beobachtete.

Als ich aufstand, zitterten meine Beine und ich überlegte mir eine Ausrede einfallen zu lassen, um nicht an dem Essen teilnehmen zu müssen. Ich wollte dem Wolf-Alpha nicht erneut begegnen. Allein bei dem Gedanken an ihn wurden meine Knie weich.

»Reiß dich zusammen«, brummte ich und strich den Kaftan glatt. »Er spielt mit dir, um dich einzuschüchtern.«

Ich wusste nicht, welche Ziele er verfolgte oder was es ihm und den anderen Raubtieren nützte, uns so zu behandeln. Aber ich würde mich nicht darauf einlassen. Alles, was er damit erreichte, war, dass ich wütend wurde.

Es klopfte, ich ließ die Gedanken ziehen und öffnete die Tür. Aryanna klopfte gerade an eine andere Tür, die sich genau wie meine öffnete, nachdem unsere Alpha weiter gegangen war.

Nele trat heraus und schritt auf mich zu. Sie wirkte blass und verschränkte ihre Finger ineinander. Nele mochte eine unserer stärksten Kriegerinnen sein, trotzdem war sie schüchtern. Ein wenig erinnerte sie mich an Kalliste und vermutlich mochte ich sie deswegen.

»Wie geht es dir?«, fragte sie leise, während wir auf die anderen Kriegerinnen warteten.

Dass sie mich ansprach, überraschte mich. Nele war fremden Personen gegenüber sehr zurückhaltend. Aber vielleicht wollte sie Kalliste schützen und ihr beistehen. Es hätte zu Nele gepasst.

»Ganz gut, denke ich«, murmelte ich und senkte den Blick, wie meine Schwester es getan hätte. »Und dir?«

»Ich habe mich beruhigt«, meinte sie und sah sich verstohlen nach allen Seiten um. »Diese Wölfe sind …«

»Arrogant«, warf ich ein, doch sie überhörte es.

»Gut aussehend«, sagte sie leise und ihre Wangen färbten sich dunkel.

Ich kniff die Augen zusammen. Gut aussehend?

Das Bild des Alphas tauchte vor mir auf und ich hörte seine tiefe Stimme, die selbst jetzt, da ich nur daran dachte, Gänsehaut in mir auslöste.

Ich räusperte mich. Vermutlich lag es an der Magie, die sie besaßen und für die ich irgendwie empfänglich war.

»Aber sie machen mir Angst«, gestand Nele. »Sie sind irgendwie so … roh.« Sie rang sich ein Lächeln ab. »Ich fand es übrigens bewundernswert, dass du ihren Alpha abgewehrt hast. Keine von uns konnte sich rühren, aber du hast ihm die Stirn geboten.«

Ich setzte zu einer Erwiderung an, als Aryanna auf uns zutrat. »Das war mutig und unglaublich dumm«, sagte sie streng. »Du hättest schweigen sollen, dann hätte er schnell das Interesse an dir verloren. Die Raubtiere mögen Beute, mit der sie spielen können.«

»Ich hätte ihm also erlauben sollen mich in sein Zimmer zu schleppen?«, fragte ich und ballte meine Hände zu Fäusten.

»Das hätte er nicht«, meinte Aryanna, aber wirklich sicher klang sie nicht. »Es ist nicht verboten, sich mit Kriegern anderer Elemente einzulassen, solange die Ehrenkämpfe noch nicht angefangen haben. Erst ab dem Moment werden wir streng von den anderen getrennt.«

Ob der Hochkönig wusste, wie manche Männer mit den weiblichen Kriegern umgingen und trotzdem nicht eingriff?

»Aber die Wölfe sind nicht unser größtes Problem«, riss Aryanna mich aus meinen Gedanken. »Sie spielen nur mit uns und schüchtern uns ein. Aber in ihr Lager nehmen sie so gut wie nie jemanden mit, weil es sie ablenkt. Vor den Eulen und den Bären würde ich mich an eurer Stelle mehr in Acht nehmen. Die einen werden euch umschmeicheln, die anderen einfach nehmen, was ihnen gefällt.«

Wollte sie uns ängstigen? Zumindest bei Nele schien sie damit Erfolg zu haben. Sie zitterte und ihre Hand tastete verstohlen nach meiner. Ich verschränkte unsere Finger miteinander und hielt dem Blick meiner Alpha stand.

»Versuch dem Wolf-Alpha aus dem Weg zu gehen und vor allem nie mit ihm allein zu sein«, meinte Aryanna. »Durch dein Verhalten könnte er sich sonst ermutigt fühlen, doch Jagd auf dich zu machen.«

»Ich hatte nicht vor mich ihm allein zu stellen«, murmelte ich und unterdrückte die Schärfe in meiner Stimme. Ich durfte niemals vergessen, dass ich mich außerhalb der Arena wie Kalliste verhalten musste.

»Gut. Das gilt für euch alle. Geht immer zu zweit und schreit laut um Hilfe, falls die anderen Elemente euch bedrängen, weil ihr ihren Avancen nicht nachgeben wollt«, schärfte uns Aryanna ein, ehe sie sich in Bewegung setzte und uns zum Torbogen führte.

Ich knurrte leise und folgte ihr neben Nele in die Halle. Dort befand sich eine lange Tafel, an der die sechzig Teilnehmer der Prüfung Platz finden sollten. Davor standen bereits die Vertreter des Feuerelements, leicht an ihrer roten Kleidung zu erkennen, und die Vertreter des Holzelements in ihren goldenen Kaftanen.

Die Eulen des Feuers erinnerten tatsächlich an Raubvögel. Die Haare der Krieger schimmerten bräunlich oder gräulich wie das Gefieder ihres Wappentiers und waren wirr in alle Himmelsrichtungen aufgestellt. Es überraschte mich, eine Frau unter ihnen zu entdecken. Ich musterte sie und mir wurde bewusst, dass sie die Alpha sein musste, da jeder andere Krieger auf ihre Befehle zu warten schien. Ihre leuchtend roten Augen erfassten mich sofort. Ihr Gesicht war spitz wie die der anderen und ihre Nase erinnerte mich an einen Schnabel. Sie zog ihre Mundwinkel hoch und betrachtete mich interessiert.

Neben den Eulen standen die Bären und sie machten ihrem Totemtier alle Ehre. Ich hatte die Wölfe bereits für muskulös gehalten, aber diese Männer wirkten wie Berge. Ihr Alpha musste der Mann mit den langen goldenen Haaren und dem Vollbart, der ihm bis zur Brust reichte, sein. Er schien der älteste Krieger zu sein. Erste Falten umrahmten seine goldenen Augen. Dieser Mann überragte mich um mindestens zwei Köpfe und seine Schultern waren so breit, dass ich mich fragte, wie er durch die Türen passte.

»Sieh an, wenn das nicht die Rehe sind«, grunzte der Alpha und verschränkte grinsend seine Arme vor der Brust. »Wen von euch werde ich heute als Nachtisch zu mir nehmen?«

Bevor er auf die Idee kam, mich auszuwählen, senkte ich den Kopf und schob mir meine Haare vors Gesicht. Nele tat es mir gleich. Es gefiel mir nicht, mich so unterwürfig zu zeigen, aber vielleicht hatte Aryanna recht damit, dass ich diese Männer nicht herausfordern sollte.

»Wir haben sie zuerst für uns in Anspruch genommen«, erklang eine tiefe Stimme und ich blickte verstohlen auf.

Der Alpha der Wölfe baute sich vor dem der Bären auf und Blitze loderten in seinen Augen auf. Zu meiner Überraschung war es der Bär, der den Blickkontakt unterbrach und schnaubte.

»Das werden wir ja noch sehen«, sagte er. Dennoch war klar, dass er gerade gegen den Wolf verloren hatte.

Bevor noch weitere Worte ausgetauscht werden konnten, erschienen die Schlangen des Wassers und die Raben der Luft. Genau wie unser Element hatten sie bisher noch keinen der ihren unter den drei Gewinnern gehabt. Während die Raben nur einen Mann in ihrer Mitte hatten, entdeckte ich bei den Schlangen zwei Frauen und acht Männer. Weder die Bären noch die Wölfe hatten Kriegerinnen in ihren Reihen.

»Es wurde aber auch Zeit, dass ihr endlich erscheint«, brummte der Bären-Alpha. »Ich war bereits am Verhungern.«

Der Tisch war leer und ich fragte mich, ob das Essen erst aufgetragen wurde, wenn wir alle saßen. Noch während ich das dachte, erschien aus einer Tür, die vor einem Atemzug noch nicht dort gewesen war, ein Mann in blütenweißer Kleidung.

Seine fast weißen Haare hatte er zu einem strengen Zopf zusammengebunden und seine hellblauen Augen waren kalt wie Eis. Das Gesicht war faltenlos. Die Magie, über die er verfügte, knisterte in der Luft und erschuf eine Aura um ihn, die ihn gefährlich wirken ließ. Er verschränkte seine Arme hinter dem Rücken und stellte sich ans Kopfende.

»Setzt euch«, befahl er uns und wartete, bis jeder einen Platz auf den Bänken gefunden hatte.

Ich saß ganz außen am Tisch. Neben meiner Gruppe hatten die Raben, ihre Haare so schwarz wie das Gefieder ihres Wappentiers, Platz genommen und am anderen Ende die Schlangen. Uns gegenüber saßen ausgerechnet die Wölfe und neben ihnen die Bären und Eulen.

Stille legte sich über uns. Ich riskierte es, meinen Blick einen Moment zu heben und bereute es sofort. Er traf ausgerechnet auf den des Wolf-Alphas, der mich wohl die ganze Zeit über beobachtet hatte.

Hastig ließ ich meinen Kopf wieder sinken und spürte dennoch, dass seine Augen weiterhin auf mir ruhten.

»Ich bin Dyral«, stellte der Mann sich vor. »Erster Diener des Hochkönigs von Kira und somit obliegt mir die Ehre, euch seine Grüße auszurichten und euch hier willkommen zu heißen.«

Er machte eine Pause und ich war mir nicht sicher, ob er eine Reaktion von uns erwartete. Doch wir schwiegen und nur das Knarren der Bänke, wenn sich jemand bewegte, war zu hören.

»Da ich fürchte nicht eure volle Aufmerksamkeit zu haben, solange ihr hungrig seid, werde ich euch die Regeln des Hauses erst nach dem Essen erklären«, fuhr Dyral etwas missmutiger fort.

Ein Klatschen erklang und ich keuchte, als aus dem Nichts Teller voller Essen erschienen. Speisen, von denen ich bisher nur gehört hatte, dampften direkt vor meiner Nase und verströmten köstliche Gerüche.

In meiner Siedlung gab es nur das, was die Erde uns schenkte, also ernährten wir uns von Obst, Gemüse und Getreide. Aber hier bog sich die Tafel unter Fischen, Fleisch, Süßspeisen ... Und allein ihr Anblick trieb mir das Wasser in den Mund.

»Esst, wir reden später«, sagte Dyral und die Raubtiere stürzten sich auf die Speisen.

Ich rückte vom Tisch zurück. Die Wölfe rissen Fleisch mit ihren Händen ab, schoben es sich in den Mund und gruben ihre Finger in den nächsten Braten. Verunsichert blickte ich zu Aryanna, die einen Teller zu sich zog und den Wolf, der ihn ihr wegnehmen wollte, anknurrte.

Also wagte auch ich nach einem Teller zu greifen und war erleichtert, dass der Alpha der Wölfe gerade seine Finger ableckte und mich nicht davon abhielt. Ich bot meine Eroberung Nele an, die starr vor Angst dasaß und mich dankbar anlächelte, bevor sie etwas von dem Teller nahm.

Während sie sich bediente, suchte ich den Raum nach Dyral ab. Doch er und die Tür in der Wand waren verschwunden. Die Magie, über die er verfügte, war mächtig und passte zu keinem Element. Portale zu erschaffen stand nur in der Macht des Hochkönigs. Das hatte ich zumindest geglaubt.

Als ich sah, wie die Bären ihre Gesichter in die Fische drückten, Stücke mit ihren Zähnen herausrissen, mit offenen Mündern kauten und Fischfetzen mit Spucke vermischt durch die Gegend flogen, verging mir der Appetit.

»Nicht die feinste Art zu essen«, sagte der Wolf-Alpha neben mir.

Ich riss meinen Kopf herum und starrte in die hellgrauen Augen dieses Mannes, der sich trotz seiner Größe unbemerkt neben mich gesetzt hatte.

Er stützte sein Kinn auf einer Hand ab und grinste. »Nicht so schreckhaft, wie ich es mir von einem Reh gewünscht hätte«, meinte er.

»Was willst du?«, fauchte ich und verkrampfte meine Finger um meinen Teller, damit er ihn mir nicht wegnehmen konnte.

Er beugte sich nach vorn und atmete tief ein. »Deinen Geruch in mein Gedächtnis brennen, mein Rehlein«, erwiderte er leise. »Damit ich dich überall finde.«

»Kannst du dir nicht jemanden suchen, der auf diese Sprüche steht?«, fragte ich finster.

Sein Grinsen vertiefte sich, dann deutete er mit dem Kinn zu den Bären. »Wäre es dir wirklich lieber, einer von denen erobert dich?«, fragte er zurück. »Und mit erobern meine ich, er packt dich, wirft sich deinen Körper über die Schultern und schleppt dich irgendwohin, wo ihr ungestört seid.«

»Und du würdest das anders machen?« Ich gab mir keine Mühe, den Hohn aus meiner Stimme zu nehmen.

»Ich würde nie etwas mit dir machen, das du nicht willst«, erwiderte er und das Grinsen verschwand. »Bei den anderen wäre ich mir da nicht so sicher.«

Bevor ich etwas dazu sagen konnte, zog er einen Teller mit hellem Fleisch heran und platzierte ihn direkt vor mir.

»Du solltest das versuchen. Es schmeckt dir sicher besser als das, was du auf deinem Teller hast.«

»Wieso?«, hakte ich nach, als er Anstalten machte aufzustehen.

Da war es wieder, dieses Grinsen, das Hitze durch meinen Körper sandte, die sich in Wut verwandelte, je länger er mich so ansah.

»Das hier«, er deutete auf den Teller, den er vor mich geschoben hatte, »ist ein gegartes Huhn. Und was du hast«, er lehnte sich nach vorn, bis unsere Nasen sich fast berührten, »ist Reh und das ziemlich blutig gebraten.«

Ich ließ den Teller los. Er lachte leise und schob ihn fort. Lautlos kehrte er auf seine Seite des Tisches zurück und ich starrte auf das Hühnerfleisch vor mir. Es duftete köstlich, trotzdem musste ich mich zwingen davon zu essen.

Niemand schien bemerkt zu haben, dass der Wolf-Alpha bei mir gesessen hatte. Niemand, außer Nele, die blass geworden war. Ich wusste nicht, ob sie unser Gespräch verfolgt hatte, dennoch nahm ich ihr das blutige Rehfleisch aus der Hand und bot ihr das neue Gericht an.

Wortlos aß sie weiter und auch ich schluckte Bissen um Bissen hinunter. Ich würde meine Kraft brauchen. Denn in den nächsten Tagen musste ich trainieren und darauf achten, nicht die Beute von jemandem zu werden.

Kapitel 5

Die Schmatzgeräusche und das Rülpsen wurden immer leiser. Der Bären-Alpha tätschelte seinen Bauch und grunzte genüsslich, ehe er sich zurücklehnte. Er war der Letzte, der noch gegessen hatte, und kaum hatte er damit aufgehört, verschwanden die Teller vom Tisch und Dyral erschien erneut.

»Habe ich jetzt eure ungeteilte Aufmerksamkeit?«, fragte er mit monotoner Stimme.

»Na ja, ein wenig Weinbrand wäre nicht schlecht«, erwiderte der Bären-Alpha und seine Männer lachten.

Dyral schoss ihnen einen warnenden Blick zu. Die Männer verstummten sofort und senkten ihre Köpfe.

»Ihr seid hier, weil eure Götter euch erwählt haben, um an der dritten Prüfung der Elemente teilzunehmen«, verkündete Dyral. »Ihr werdet um die Ehre kämpfen, im Rat des Hochkönigs zu sitzen und für euer Element mehr Kraft zu erringen. Der Kampf wird einigen von euch das Leben kosten. Doch diese verlorenen Leben werden die Sterne mit neuer Kraft versorgen.«

Meine Hände begannen zu zittern und ich umfasste schnell den Saum meines Kaftans, damit niemand es bemerkte. Als ich jedoch kurz aufsah, starrte ich in die silbernen Augen des Wolf-Alphas. Seine Miene wirkte diesmal weicher. Aber das musste ich mir einbilden, also blickte ich schnell wieder auf meine verkrampften Hände hinab.

»Die Ehrenkämpfe finden in genau achtundzwanzig Tagen statt«, fuhr Dyral fort. »Bis dahin wird es Prüfungen innerhalb und außerhalb der Arena geben, bei denen ihr Punkte erringen könnt. Die Aufgaben sind diesmal anders als bei der letzten Prüfung, aber dazu werde ich zu gegebener Zeit noch mehr verraten.«

Er machte eine Pause und ließ seinen Blick schweifen. Dyral hob sein Kinn und sah uns vielsagend an. Das machte mich noch nervöser, als ich ohnehin schon war.

»Die vierundzwanzig Krieger mit den meisten Punkten nehmen an den Ehrenkämpfen teil. Der Rest darf zwar bleiben, bis die Entscheidung gefallen ist, aber selbst nicht mehr an den Kämpfen teilnehmen.«

Er machte erneut eine Pause und angespannte Stille senkte sich über uns.

»Da keiner von euch Fragen zu haben scheint«, meinte Dyral und seine Stimme klang seltsam zynisch, »kommen wir zu den Regeln im Haus.«

Es knallte und ich zuckte zusammen, als vor mir ein dickes Buch in weißem Ledereinband auf dem Tisch landete. Mehrere dieser Wälzer lagen auf der Tafel verteilt, aber niemand rührte sie an.

»Innerhalb dieser Mauern ist Magie verboten, außer jener, die der Hochkönig nutzt, um euch zu versorgen«, erklärte Dyral und schritt hinter den Schlangenkriegern entlang. »Es ist euch nicht erlaubt, im Haus zu kämpfen und erst recht nicht, euch zu verletzen.«

Mittlerweile hatte er eine Kriegerin der Raben erreicht und blieb stehen. Die Frau wandte ihm zögerlich den Kopf zu. Sie keuchte, als er eine Hand auf ihre Schulter legte und Magie zu wirken begann.

»Verstöße gegen diese Regeln werden bestraft«, erklärte er und die Kriegerin schrie auf.

Ich presste meine Lippen aufeinander. Es roch nach verbranntem Haar und die Frau begann zu wimmern. Dyral ließ sie los und sie sank bewusstlos auf der Kriegerin neben ihr zusammen.

Mir entging nicht, wie zornig die Eulen-Alpha Dyral musterte.

Als wäre nichts geschehen, ging Dyral weiter. »In der Übungsarena ist es euch erlaubt, Kämpfe auszutragen, jedoch ohne Magie. Solltet ihr euch dabei verletzen, wird niemand bestraft.«

Jetzt hatte er Aryanna erreicht, die sich unwillkürlich verkrampfte.

»Beziehungen zwischen den Elementen sind vor den Ehrenkämpfen erlaubt«, sagte Dyral und ging dann weiter. »Solange sie einvernehmlich sind, versteht sich.«

Ich fühlte seinen Blick in meinem Rücken und musste mich davon abhalten aufzusehen und den Wolf-Alpha anzustarren. Als Dyral den Tisch umrundete und hinter den Wölfen stehen blieb, atmete ich aus und lockerte meine schmerzenden Finger.

»Sobald die Ehrenkämpfe beginnen, ist es euch verboten, euren Flügel zu verlassen, es sei denn, ihr werdet zu eurem Kampf abgeholt. Ihr werdet dort mit allem Nötigen versorgt, es gibt also keine Ausreden. Bis dahin könnt ihr die Gemeinschaftsbereiche zu jeder Zeit nutzen.«

Dyral grub seine Finger in die Schultern eines Wolfs und der gab ein Knurren von sich.

»Wer gegen die Regeln, die ich gerade genannt habe, verstößt, hat mit Bestrafung zu rechnen. Das kann ein Abzug der durch Kämpfe errungenen Punkte sein, aber auch der Ausschluss von der Prüfung oder ein Gefängnisaufenthalt. Sogar Hinrichtung, je nach Schwere eures Vergehens.«

Er gab den Wolf frei.

»Und nun kommen wir zu eurer ersten Prüfung«, sagte er und schnippte.

Am Kopfende des Tisches erschien ein Pokal aus Glas, von dem magische Schwingungen ausgingen.

»Diese Prüfung werden die Krieger eines Elements gemeinsam bestreiten. Ihr gewinnt, wenn ihr den Pokal am Ende der Woche in den Händen haltet«, erklärte Dyral.

»Was sollen wir dafür tun?«, wollte der Bären-Alpha wissen.

»Ganz einfach«, antwortete Dyral. »Am Ende der Frist rufe ich alle Elemente zusammen und fordere den Pokal ein. Jenes Element, das ihn besitzt, erhält die Punkte.«

»Und wie sollen wir ihn erringen?«, fragte die Eulen-Alpha scharf.

»Das Los entscheidet, welches Element ihn als Erstes bekommt«, meinte Dyral. »Dieses Element darf ihn innerhalb seines Flügels verstecken und die anderen Elemente sollten sich überlegen, wie sie an den Pokal herankommen.«

»Mit anderen Worten, Ihr wollt, dass wir die Zimmer der anderen Krieger durchwühlen«, knurrte die Eulen-Alpha. »Wenn Ihr unsere Wut aufeinander schüren wollt, gibt es auch andere Methoden.«

»Oh, es geht mir nur darum, festzustellen, wer verborgene Talente besitzt«, erwiderte Dyral gefährlich leise und stützte sich auf dem Tisch ab. »Den Pokal aufzuspüren erfordert Magie, die nicht jeder wirken kann, die aber für diese Prüfung erlaubt ist. Ihn zu beschützen erfordert Kraft.« Er richtete sich wieder auf. »Diese Aufgabe testet also Entschlossenheit, Talent und Stärke. Und jetzt lasst uns herausfinden, wer ihn als Erstes bekommt, bevor ihr wieder über eure Zeit verfügen könnt.«

Er schnippte erneut und je ein Tuch in der Farbe unserer Elemente flog in den Pokal. Dyral kniff die Augen zusammen, ließ seine Hand über dem Kelch schweben, griff hinein und zog das blaue Tuch heraus.

»Meinen Glückwunsch, Wasser«, sagte er und reichte dem Schlangen-Alpha mit den hellblauen Haaren und Augen den Pokal. »Versteckt ihn gut.« Er verschränkte seine Arme wieder hinter dem Rücken. »Die Tafel wird stets mit Essen gefüllt sein, ihr könnt euch jederzeit hier bedienen. Wir sehen uns am Morgen des siebenten Tages, um den Sieger zu küren.«

Er ging zur Tür und trat hindurch. Sie hatte sich kaum hinter ihm geschlossen, als sie auch schon wieder verschwand.

»Her mit dem Pokal!«, donnerte der Bären-Alpha und schlug mit der Faust auf den Tisch.

»Auf keinen Fall!«, zischte der Schlangen-Alpha und presste ihn an sich.

»Wenn du ihn mir nicht freiwillig gibst, dann …«

»Du bist wirklich dümmer als Holz!«, fuhr die Eulen-Alpha den Bären an. »Hast du Dyral nicht zugehört? Keine Gewalt in diesem Haus. Wenn du den Pokal willst, stiehl ihn, sobald sich die Möglichkeit bietet.« Ein Grinsen erschien auf ihrem Gesicht. »Aber dazu fehlt dir vermutlich der Verstand, Koda, nicht wahr?«

Koda, der Bären-Alpha, lief rot an.

»Hast du mich gerade wirklich dumm genannt, Citlali?«, fuhr er die Alpha an.

»Wundert dich das denn?«, fragte der Wolf und grinste zufrieden.

Die Krieger des Wassers versammelten sich um ihren Alpha und zogen sich in ihren Bereich zurück. Die Magie des Pokals hinterließ allerdings eine

Spur in der Luft und ich konnte sie immer noch wahrnehmen, obwohl er längst fort war.

»Schön, wenn ich den Pokal also erst stehlen muss«, meinte Koda und sein Blick wanderte über die Rabenkriegerinnen und uns, »dann suche ich mir jetzt eben meinen Nachtisch aus.«

Ich beging den Fehler, nicht sofort wieder auf meine Hände zu starren und die goldenen Augen des Bären-Alphas trafen auf meine. Einen kurzen Moment sah er sich noch um, dann grunzte er und setzte sich in Bewegung. Er umrundete den Tisch und hielt auf mein Element zu. Aryanna erhob sich und baute sich mit verschränkten Armen vor uns auf.

»Geh mir aus dem Weg, Kleine«, knurrte Koda. »Dich will ich heute nicht.«

»Du wirst keine meiner Kriegerinnen anfassen«, erwiderte Aryanna und ich konnte sie nur bewundern, weil sie so ruhig klang. Koda hätte sie mit seinen Händen in zwei Teile brechen können und es hätte ihn vermutlich nicht einmal viel Kraft gekostet.

»Auch das hat Dyral klar gesagt, Beziehungen müssen einvernehmlich sein«, fuhr Aryanna fort.

»Oh, das werden sie sein, keine Sorge«, knurrte Koda.

Ich bemerkte, dass er Nele ansah, die neben mir zu zittern begonnen hatte. Schnell legte ich meinen Arm um sie und stand mit ihr auf.

»Was tust du?«, keuchte sie leise.

»Dich in Sicherheit bringen«, erwiderte ich und zog sie mit mir.

»Wo genau willst du hin?«, fuhr Koda mich an und schob Aryanna einfach zur Seite.

Er stapfte auf uns zu und ich zog Nele enger an mich, als hätte ich eine Chance, mich gegen Koda zu behaupten. Der Bären-Alpha streckte seine Hände aus, doch er erreichte uns nicht.

»Mal ehrlich, jemand sollte dir Manieren beibringen«, knurrte der Wolf-Alpha gefährlich leise. Er hatte sich zwischen uns und Koda geschoben und sah mich kurz über die Schulter an. »Bring sie weg. Sofort.«

Ich nickte und schleppte Nele in unseren Flügel. Wir ließen die Halle hinter uns, in der die Stimmen immer lauter wurden. Einen Moment überlegte ich, Nele in ihr Zimmer zu bringen und anschließend zurückzukehren. Aber ich verwarf die Idee und brachte sie in mein Zimmer.

Nele sank auf das Bett, nachdem ich sie losgelassen hatte, um die Tür zu verriegeln. Sie war blasser als der Morgenfrost auf den Pflanzen im Winter und ihre Hände bebten in ihrem Schoß.

»Alles in Ordnung?«, fragte ich und setzte mich neben sie.

»Wieso ich?«, hauchte sie. »Wieso denkt er, ich würde das wollen?«

»Weil er ein dummer Fleischberg ist, der denkt, ihm gehört alles, nur weil sein Element letztes Mal das Stärkste war«, erwiderte ich finster.

Nele biss sich so fest auf die Unterlippe, dass Blut herausquoll. »Ich muss ihn in der Übungsarena zum Kampf herausfordern, damit er sieht, dass er mich nicht einfach haben kann«, sagte sie leise.

»Auch wenn ich denke ... also ... meine Schwester meinte, du bist eine hervorragende Kriegerin«, stammelte ich und griff nach ihrer Hand. »Aber selbst wenn du die Stärkste von uns bist, bin ich nicht sicher, ob du Koda bezwingen kannst.«

Ich schluckte, nachdem ich die Worte ausgesprochen hatte.

»Dann ist es zumindest bald vorbei und ich muss mich nicht mehr vor dem fürchten, was er mir antun könnte«, hauchte sie und Tränen liefen über ihre Wangen. »Darf ich heute hierbleiben? Ich habe Angst, dass er in mein Zimmer einbricht.«

»Das Bett ist groß genug«, erwiderte ich und Nele fiel mir um den Hals.

»Danke«, flüsterte sie. »Ich bin froh, dass du hier bist, Emaya.«

»Wie hast du mich genannt?«, fragte ich atemlos und schob sie von mir.

Sie wischte sich die Tränen mit dem Handrücken aus dem Gesicht. »Ich kenne Kalliste nicht gut«, sagte sie leise. »Ich weiß, dass sie freundlich ist. Aber niemand ist so leichtsinnig sich für jemand anderen mit einem Bären-Krieger anzulegen, außer ... dir, Emaya.«

»Unsinn, Emaya würde das auch nicht machen. Du irrst dich, wenn du denkst ...«

»Es ist gut«, unterbrach Nele mich und tätschelte meine Hand. »Ich verrate es nicht. Mir war klar, dass du gehen würdest, um Kalliste zu schützen. Weil du leichtsinnig bist, wenn es darum geht, anderen zu helfen. Keine Sorge, außer mir wird niemand Verdacht schöpfen. Dazu kennen sie dich nicht gut genug. Aber ich bewundere deine Stärke schon so lange.«

Ich schluckte. »Wenn jemand es herausfindet …«

»Ich sage nichts«, versprach sie.

»In Ordnung«, murmelte ich, obwohl mein Magen sich schmerzhaft zusammenzog.

Nele schenkte mir ein verschwörerisches Lächeln und streckte sich dann. »Wir sollten schlafen. Aryanna hat morgen ein straffes Programm für uns geplant«, sagte sie und schlug die Decke zurück.

Ich löschte das Licht und legte mich neben sie, aber auch als ihr Atem schon regelmäßig ging, konnte ich nicht einschlafen. Meine Gedanken überschlugen sich und ich fragte mich, worauf wir uns hier wirklich eingelassen hatten.

Ein Geräusch erregte meine Aufmerksamkeit. Etwas knackte neben dem glaslosen Fenster und ich setzte mich auf.

Langsam schlich ich durch das dunkle Zimmer zu der Öffnung in der Wand, lehnte mich hinaus und spähte in die mondlose Nacht. Es war zu dunkel, um etwas zu erkennen. Gerade wollte ich mich wieder in mein Zimmer zurückziehen, als ein Kopf vor mir auftauchte.

Ich wollte schreien, aber eine große Hand legte sich über meinen Mund und dämpfte das Geräusch. Ein Arm schloss sich um mich und drückte mich rücklings gegen eine breite Brust.

»Ganz ruhig, Rehlein, ich bin es«, erklang eine vertraute Stimme und ich erstarrte. »Ich gebe deinen Mund frei, wenn du nicht schreist.«

Er hielt mich so fest, dass ich nicht einmal den Kopf drehen konnte.

»Ich werde dir nichts tun, ich will nur reden«, raunte er.

Hatte er Nele nicht bemerkt? Nur sie könnte mir helfen, falls er doch andere Absichten hatte.

Zögerlich nickte ich und er zog seine Hand zurück.

»Ich wollte nur sehen, wie es dir geht«, sagte er.

Ich drehte mich herum, um ihm ins Gesicht sehen zu können. Noch immer lag sein Arm um meinen Körper und seine Nähe ließ meine Wangen glühen.

»Was kümmert es dich?«, zischte ich.

»Nun, ich habe deiner Freundin und dir geholfen zu fliehen, oder nicht?«, meinte er und ich sah selbst im Dunkeln seine Augen aufblitzen.

»Woher weißt du, in welchem Zimmer ich schlafe?«, fragte ich.

Er berührte meine Nase. »Dein Geruch, Rehlein«, antwortete er und obwohl ich seine Gesichtszüge nicht erkennen konnte, war ich mir sicher, dass er dabei grinste. »Seid ihr beiden in Ordnung?« Mit einem Mal klang er ernst.

»Ja. Danke«, brachte ich hervor.

»Ihr müsst euch vorsehen«, meinte er. »Die anderen Alphas haben Koda klar gemacht, dass er keinen Freibrief hat. Aber ich kenne den Kerl leider zu gut. Er nimmt sich, was ihm gefällt, ohne Rücksicht auf andere.«

»Machen das nicht alle Raubtiere?«, warf ich ein.

Er knurrte und gab mich frei. »Nein.« Das war alles, was er erwiderte. »Ihr seid sicher. Also habe ich mein Gewissen beruhigt und kann jetzt wieder gehen.«

Die Wärme war aus seiner Stimme gewichen und er schwang seine Beine aus dem Fenster.

»Warte«, sagte ich hastig.

Er hielt inne und sah mich an.

»Ich kenne deinen Namen nicht«, murmelte ich verlegen.

»Und wozu willst du ihn wissen?«, fragte er frostig und stieß den Atem aus. »Ich heiße Dante.«

»Em ... Kalliste«, erwiderte ich.

Er nickte und setzte zum Sprung an.

»Dante!«, sagte ich und er sah mir wieder ins Gesicht. »Danke für deine Hilfe. Ich ... weiß das wirklich zu schätzen. Und auch, dass du dich nach uns erkundigt hast.«

»Vorsicht, mein kleines Reh«, erwiderte er und entblößte seine Zähne. »Ich könnte sonst denken, dass du mich magst.«

»Davon träumst du«, brummte ich.

Dante lachte. »Vielleicht. Bis morgen, mein Rehlein.«

Damit stieß er sich ab und ich hörte, wie er draußen schwer auf dem Boden landete. Ich trat ans Fenster, doch sehen konnte ich ihn nicht und auch seine Bewegungen waren so gut wie geräuschlos. Die Dunkelheit hatte ihn einfach verschluckt.

Schnaubend schob ich einen Schrank vor das Fenster. Wenn Dante hier herauf gelangte, konnte das jeder andere auch und ich wollte in dieser Nacht ganz sicher nicht noch weitere Besucher empfangen müssen.

Kapitel 6

»Wir stärken unsere Körper, um mehr Magie wirken zu können«, erklärte Aryanna, als wir die Übungsarena betraten.

Ich rechnete es ihr hoch an, dass sie sich die Mühe machte, mir noch etwas beizubringen, deswegen tat ich so, als wäre das alles neu und spannend für mich. Natürlich wusste ich all das längst. Je mehr körperliche Ausdauer wir besaßen, umso länger konnten wir unsere Zauber aufrechterhalten. Das war im Kampf wichtig, besonders, wenn wir unseren Gegnern körperlich unterlegen waren. Und wenn ich an die Krieger der anderen Elemente dachte, wurde mir bewusst, dass wir nur auf diese Weise gewinnen konnten.

Außer uns hatte sich noch niemand in der Arena eingefunden und wir alle atmeten erleichtert aus. Beim Frühstück hatten uns nur ein paar Raben und ein Wolf Gesellschaft geleistet. Ein Krieger des Holzelements hatte mit weinbesudeltem Kaftan und lautstark schnarchend auf dem Boden gelegen. Offensichtlich hatte es am Abend noch ein Gelage gegeben, denn überall standen leere Weinfässer herum.

Unwillkürlich fragte ich mich, ob auch Dante dort gewesen war, nachdem er bei mir gewesen war. Zornig schüttelte ich den Gedanken ab. Ich hatte andere Sorgen als die Frage, ob der Wolf sich betrunken hatte.

Nele blieb an meiner Seite, bis Aryanna ihr auftrug sich aufzuwärmen. Meine Freundin warf mir einen letzten Blick zu, dann setzte sie sich mit den anderen Kriegerinnen in Bewegung.

Eigentlich wollte ich mich ihnen anschließen, aber Aryanna legte eine Hand auf meine Schulter.

»Hör zu, Kalliste«, sagte sie leise. »Die Göttin allein weiß, warum sie dir diese Prüfung aufbürdet. Ich kann dir in drei Wochen nicht beibringen, eine

Kriegerin zu werden. Alles, was ich dir zeigen kann, ist, wie du deine Magie stärkst und so in den ersten Runden nicht verletzt wirst.«

Ich wollte ihr widersprechen, aber meine Schwester hätte das nie gewagt. Und wie hätte ich meiner Alpha auch erklären sollen, dass ich durchaus in der Lage sein würde, zu kämpfen, ohne mich zu verraten?

»Deswegen wirst du keine Waffe anrühren, wenn wir nicht allein in dieser Arena sind«, fuhr Aryanna fort. »Denn sobald die anderen Krieger wissen, wie schwach du bist, werden sie sich auf dich stürzen. Und sollten sie dich trotz der Masken, die wir alle in der Arena des Hochkönigs tragen müssen, erkennen, werden sie alles daransetzen, Punkte gegen dich zu erringen.«

»Wie erringt man Punkte?«, fragte ich, als hätte ich noch nie etwas davon gehört.

»Jeder Treffer wird mit unterschiedlichen Punkten belohnt«, erklärte Aryanna. »Die mit Magie sind wertvoller als die mit Waffen, weil sie schwieriger zu erringen sind. Für das Verteidigen erhält man keine Punkte, außer man wehrt einen magischen Angriff mit Magie ab.« Sie stieß den Atem aus. »Ich würde dir raten an deiner Schutzmagie zu arbeiten, um Verletzungen, die dir mit Waffen zugefügt werden, zu vermeiden.«

Mehr als ein Nicken brachte ich nicht zustande. Wäre ich wirklich Kalliste gewesen, hätte mir diese Taktik vermutlich das Leben gerettet. Aber ich war eben nicht meine Schwester.

»Lauf jetzt ein paar Runden und dann versuch dich an etwas, das deine Kraft und Ausdauer stärkt«, schlug meine Alpha vor und wandte sich dann ab.

Schnaubend setzte ich mich in Bewegung und lief zwei Runden durch die Arena, während die anderen Kriegerinnen bereits Schutzanzüge anlegten und sich zu zweit aufstellten. Ich würde mir etwas einfallen lassen müssen, um trainieren zu können.

Ich konnte mich auch nachts frei im Haus bewegen und hierherkommen. Natürlich war es riskant, allein durch den Irrgarten an Gängen zu spazieren, aber mir würde keine andere Wahl bleiben. Gegen eine Holzpuppe zu kämpfen und die Muskeln auf diese Weise zu fordern war besser, als drei Wochen kein Schwert zu halten.

Während ich meinen Plan schmiedete, betraten andere Krieger die Arena. Als ich das Silber der Wölfe erkannte, blieb ich vor einer Kletterwand stehen. Sie befand sich mitten im Raum, war im Boden und an der Decke verankert und sah recht stabil aus.

Bunte Steine waren in der Mauer verankert. In der Waffenkammer in meiner Siedlung hatte auch eine solche Wand gestanden, allerdings war sie nicht so hoch gewesen.

Dennoch griff ich nach dem ersten Stein und zog mich hoch, bis ich meinen Fuß auf ein anderes Felsstück setzen konnte. Klettern baute Kraft und Ausdauer auf und je mehr Abstand ich zwischen mich und die Wölfe brachte, umso besser.

Ich war gerade einmal auf halber Höhe angekommen, als die Wand zu wackeln begann und jemand mir hinterher kletterte. Ich vergrub meine Fingernägel in den bunten Steinen und starrte die Wand an. Ohne hinzusehen, wusste ich, dass dieser Jemand nur Dante sein konnte. Und als ich meinen Kopf wandte, blickte ich in seine silbernen Augen.

»Ich wusste nicht, dass Rehe gerne klettern«, sagte er mit schiefem Grinsen.

»Dasselbe könnte ich über Wölfe behaupten«, erwiderte ich. Ich war bereits außer Atem und er wirkte, als hätte er lediglich einen Spaziergang gemacht.

»Wenn die Aussicht auf Beute reizvoll ist, klettern wir sogar Wände hoch«, meinte er mit einem Schulterzucken und betrachtete mich dann eindringlich. »Siehst müde aus, Rehlein. Hast du schlecht geschlafen?«

Ich zog mich ein Stück weiter hoch und starrte nach oben zu der Glocke, die ich unbedingt läuten wollte. Dieses Ziel lenkte mich von Dantes Nähe ab. Und davon, hinunter zu sehen. Ich hatte vergessen, wie sehr ich es hasste, mich so hoch über dem Boden zu befinden.

»Bei jedem Geräusch bin ich hochgeschreckt, weil ich dachte, ein Wolf versucht wieder in mein Zimmer zu gelangen«, brummte ich.

Mittlerweile brannten meine Arme wie Feuer und jede Faser meines Körpers war angespannt und zitterte. Die Glocke schien unglaublich weit entfernt zu sein und ich war nicht sicher, ob ich es bis ganz nach oben schaffen würde.

»Nachdem du den Schrank vor das Fenster geschoben hast, wäre das schmerzhaft gewesen«, warf Dante ein.

Ich krallte meine Finger in die Steine, an denen ich mich festhielt, und sah ihn an. »Woher weißt du von dem Schrank?«

Ein Grinsen umspielte seine Lippen. »Ich habe eine Weile vor deinem Fenster gewartet«, sagte er.

»Du hast Wache gehalten?«, fragte ich überrascht.

»Nenn es, wie du willst«, meinte er mit einem weiteren Schulterzucken und deutete mit dem Kinn nach oben. »Ist noch ein ziemliches Stück. Willst du umkehren?«

Ich setzte gerade zu einer Erwiderung an, als unter uns Gebrüll losbrach. Auch die Schlangen und Bären hatten die Arena betreten und schienen in einen Streit geraten zu sein. Ein Krieger der Schlangen stieß einen Bärenkrieger von sich und dieser stürzte sich mit erhobener Faust auf ihn.

Den Alpha der Schlangen konnte ich nicht entdecken, dafür Koda, der nichts unternahm, um den Kampf zu beenden. Er sah gar nicht richtig hin, denn er hatte wieder Nele ins Auge gefasst.

»Er wird es nicht wagen, ihr hier nahe zu kommen«, raunte Dante mir ins Ohr. Sein warmer Atem strich über meine Haut. Er faszinierte mich und gleichzeitig warnte mich eine Stimme, ihm nicht zu vertrauen. Er war ein Raubtier und hatte mich bei unserem ersten Treffen als Beute bezeichnet. Warum auch immer er ein solches Interesse an mir hatte, es konnte nichts Gutes bedeuten.

Etwas stieß gegen die Wand und sie schwankte bedrohlich. Ich schrie auf und grub meine Nägel noch tiefer in die Steine, aber meine Beine verloren den Halt.

Doch ich fiel nicht, denn Dante schob sich hinter mich und presste meinen Körper gegen die Wand. Wieder stieß jemand dagegen, sie schwankte noch stärker, doch Dante hielt mich fest.

»Ganz ruhig, ich habe dich«, murmelte Dante. »Atme langsamer, sonst wirst du ohnmächtig und dann kann ich dich nicht mehr halten.«

Erst da bemerkte ich, wie schnell mein Atem ging, wie stark meine Finger kribbelten und mein Körper zitterte. Ich schluckte und zwang mich langsamer Luft zu holen, aber es wollte mir nicht gelingen. Meine Wangen glühten, weil ausgerechnet der Wolf mitbekam, wie viel Angst ich hatte.

»Hey«, hauchte Dante. »Hör auf meinen Atem und folge ihm.«

Er sog geräuschvoll die Luft ein und stieß sie ebenso geräuschvoll wieder aus. Erst konnte ich seinem Rhythmus nicht folgen, denn die Wand schwankte und obwohl Dante mich hielt, hatte ich panische Angst davor abzustürzen. Aber dann beruhigte ich mich wirklich. Ich fühlte die Bewegungen seines Brustkorbs und hörte ihn atmen. Und mit jedem Atemzug wurde ich ruhiger.

»Gut«, sagte Dante leise. »Und jetzt werden wir hinunterklettern. Im Moment sind diese Idioten damit beschäftigt, sich im Kampfring zu messen, also sollte niemand mehr gegen die Wand rennen. Ich werde neben dir klettern und fange dich, wenn du abrutschen solltest. Aber das wirst du nicht, in Ordnung?«

Ich nickte und zitterte wieder stärker, als Dante mich freigab. Mein Körper schmerzte und mein Atem kam stoßweise. Da meine Finger schwitzten, rutschten sie immer wieder von den Steinen. Ich vermied es, nach unten zu blicken, während ich mit meinen Zehenspitzen nach einem Felsen tastete und mich langsam in Richtung Boden bewegte.

Als meine Füße endlich wieder auf dem Sand der Arena standen, beugte ich mich vornüber und schloss die Augen, in denen Tränen brannten. Dann presste ich meine Finger in den Stoff meiner Hose.

»Wenn du Höhenangst hast, solltest du nicht klettern«, murmelte Dante. »Es gibt andere Übungen, um Kraft und Ausdauer zu steigern.«

»Ich weiß«, erwiderte ich, ohne ihn anzusehen. »Ich bin früher schon geklettert, aber die Wände bei uns sind nicht so hoch und ...«

»Schon gut«, unterbrach er mich. »Du musst dich nicht immer verteidigen.«

Nein, das musste ich nicht, aber ich schuldete ihm meinen Dank. Als ich mich jedoch aufrichtete, um ihn anzusehen, grinste er verwegen und alles in mir sträubte sich dagegen, die Worte auszusprechen.

»Also, habe ich mir jetzt dein Vertrauen erkämpft?«, fragte er und trat näher. »Und bekomme ich dafür eine Belohnung?« Sein Finger strich über meine Wange, meinen Hals hinab und hinterließ ein Brennen auf meiner Haut. »Wie wäre es mit einem Kuss?«

Gerade hatte ich begonnen in ihm nicht mehr das Raubtier zu sehen, das sich bei erster Gelegenheit auf mich stürzen würde. Aber nun, da er mich so ansah, mit Hunger in den Augen und dem Grinsen, das seine Zähne entblößte, wurde mir klar, dass ich beinahe einen schweren Fehler begangen hatte.

»Nein«, sagte ich und ballte meine Hände zu Fäusten.

Ich machte einen Schritt zurück, aber die Wand versperrte mir den Weg und Dante nutzte das aus. Er kam näher und stützte sich mit den Händen neben meinem Kopf ab.

»Dabei habe ich mir gerade solche Mühe gegeben, dir zu helfen«, murmelte er und beugte sich nach vorn.

»Ich wusste nicht, dass du eine Gegenleistung erwartest, sonst hätte ich deine Hilfe nicht angenommen«, zischte ich.

Dante lachte und beugte sich noch weiter zu mir herab. Mein Körper reagierte auf ihn und ich hielt den Atem an, als ich die Wärme seiner Lippen auf meinen fühlte.

Da war etwas in mir, das diesen Kuss unbedingt wollte, obwohl ich mich gleichzeitig dagegen sträubte. Dante war gefährlich, ganz gleich, wie er sich gerade verhalten hatte.

Und dennoch senkte ich meine Lider und hob mein Kinn leicht an.

»Dann geht die Hilfe dieses Mal auf mich«, meinte Dante grinsend und stieß sich von der Wand ab. »Such dir eine andere Beschäftigung, Rehlein. Ich werde nicht immer da sein, um dir zu helfen.«

Einen Moment starrte ich ihm atemlos nach, während er zum Kampfring schritt.

»Ich brauche deine Hilfe nicht«, rief ich ihm nach.

Er hob eine Hand und bewegte seine Finger, ohne sich zu mir umzudrehen. Ich schnaubte und trat gegen die Kletterwand, die daraufhin wieder zu schwanken begann.

In mir tobte ein Inferno aus Wut und ich musste es irgendwie loswerden. Und weil ich das in der Arena nicht konnte, traten mir vor Zorn die Tränen in die Augen. Wäre ich als Emaya hier gewesen, hätte ich Dante jetzt herausgefordert, ganz gleich, wie aussichtslos es gewesen wäre. Aber als Kalliste konnte ich das nicht. Deswegen ging ich zu einem der unzähligen Sandsäcke und prügelte darauf ein, ignorierte das Brennen meiner Muskeln und das Zittern meines Körpers.

Jubel rund um den Kampfring ließ mich innehalten. Schweiß lief mir in Strömen über den Rücken und die Stirn, aber meine Wut war immer noch nicht verraucht. Sie loderte sogar noch mehr auf, als ich Dante entdeckte, der im Ring stand und seine Arme in einer Siegerpose in die Luft reckte. Zu seinen Füßen lag einer der Bärenkrieger, sein Gesicht blutüberströmt. Ich erkannte ihn. Es war derjenige, der den Streit mit den Schlangen verursacht hatte.

Mein Herz setzte einen Schlag aus. Hatte Dante mit ihm gekämpft, weil dieser Krieger mich in Gefahr gebracht hatte?

Kopfschüttelnd wandte ich mich ab und schlug wieder auf den Sandsack ein. *Das ist reines Wunschdenken,* sagte ich mir, obwohl ich nicht verstand, warum ich mir wünschen sollte, dass dieser Kampf etwas mit mir zu tun hatte.

Entschlossener als zuvor nahm ich mir vor Dante genauso wie allen anderen Kriegern aus dem Weg zu gehen. Auch wenn sich das als schwierig erweisen würde.

Kapitel 7

Wir saßen in einem großen Raum, der zu unserem Flügel gehörte.

Beim Essen hatte ich schnell etwas hinuntergeschlungen und mich dann zurückgezogen, bevor die anderen Elemente die Halle betreten hatten.

Nele hatte sich mir angeschlossen, denn auch sie wollte nicht mehr Zeit als nötig mit den Kriegern der anderen Elemente verbringen. Jetzt saßen wir wieder nebeneinander und hörten Aryanna zu, die über den Pokal sprach, den wir am Ende der sieben Tage in unserem Besitz haben sollten. Neben den Punkten, die wir benötigen würden, um in die Ehrenkämpfe zu gelangen, wollte ich den Sieg vor allem deswegen, um den anderen Elementen zu beweisen, dass sie uns nicht unterschätzen durften.

»Es scheint, als hätten die Schlangen den Pokal nicht mehr«, sagte unsere Alpha gerade. »Zumindest haben die Eulen beim Essen angedeutet, dass sie ihn bereits gestohlen haben.«

»Wie haben sie ihn gefunden?«, fragte Wyrla, eine unserer ältesten und reifsten Kriegerinnen.

»In einem Brief, den ich von Dyral erhalten habe, steht, dass es in jedem Element einen Krieger gibt, der den Pokal spüren kann. Außerdem erhält jede Gruppe ein Hilfsmittel, das man nur einmal verwenden kann. Mehr darf ich erst sagen, wenn wir den Pokal an uns bringen wollen«, erklärte Aryanna und betrachtete uns. »Konzentriert euch, kann eine von euch die Magie wahrnehmen?«

Ich schloss meine Augen und atmete ein paar Mal tief durch, obwohl ich mir keine Hoffnungen machte, diese Magie wirken zu können. Dann keuchte ich, als ich den Pokal deutlich vor mir sah, genau wie den Raum, in dem er sich befand. Meine Sicht war verschwommen, aber ich entdeckte das Wappen der Eulen an der Wand und eine Vitrine, in der der Pokal stand.

»Das ist unmöglich«, murmelte ich.

»Was?«, blaffte meine Alpha.

»Ich kann ihn wahrnehmen«, erklärte ich mit bebender Stimme. »Er befindet sich in einem Zimmer der Eulen.«

Aryanna stieß den Atem aus und rieb sich über die Schläfen. Es gefiel ihr nicht, dass ausgerechnet ich der Schlüssel zu dieser Prüfung war. Mir gefiel die Sache auch nicht.

»Sollen wir den Pokal gleich heute stehlen?«, fragte Nele zögerlich.

»Nein«, antwortete unsere Alpha nach einer Weile. »Wir holen ihn uns kurz vor Ende der Prüfung.«

»Bis dahin wird er nicht mehr bei den Eulen sein«, warf Wyrla ein.

»Das ist egal, Kalliste kann ihn wahrnehmen«, gab Aryanna zu bedenken. »Je kürzer wir ihn verteidigen müssen, umso besser. Sobald wir wissen, wo er sich am Abend vor Ende der Prüfung befindet, überlegen wir uns, wie wir ihn bekommen.«

»Und wenn er dann bei den Bären ist?« Neles Stimme zitterte.

»Sie sind uns körperlich überlegen«, gab Aryanna zu. »Aber sie sind nicht gerissen. Es wäre nicht schwer, ihnen den Pokal abzunehmen. Mehr Sorgen hätte ich bei den Eulen, den Raben und den Wölfen.«

Ich schauderte, als sie das Totem nannte. Zwar war ich Dante den Rest des Tages erfolgreich aus dem Weg gegangen, aber ich wusste, dass mir das nicht immer gelingen würde.

»Zieht euch jetzt für die Nacht zurück«, befahl Aryanna. »Morgen werden wir uns ein wenig schonen. Einige von euch sind heute an ihre Grenzen gegangen.« Ihr Blick blieb einen unendlich langen Moment an mir haften. »Das Dampfbad steht uns zur Verfügung, wir sollten es morgen also nutzen. Denkt aber daran, diesen Raum niemals allein aufzusuchen!«

Mir gefiel die Vorstellung nicht, dass wir es uns mit den anderen teilen mussten. Aber vielleicht würden die Eulen den Pokal verteidigen und die anderen in der Arena trainieren.

Gemeinsam mit Nele kehrte ich in mein Zimmer zurück. Meine Freundin knetete ihre Finger und holte mehrmals Luft, sagte jedoch kein Wort.

»Möchtest du heute wieder hierbleiben?«, fragte ich.

Sie seufzte und lächelte erleichtert. »Aber nur, wenn ich dich nicht störe.«

»Bei was solltest du mich stören?«, wollte ich wissen.

Sie senkte den Blick und knetete wieder ihre Finger. »Ich habe gestern gehört, wie der Wolf-Alpha zu dir gekommen ist«, gestand sie leise. »Wenn ich euch also im Weg bin ...«

»Ich habe ihn nicht gebeten zu mir zu kommen«, unterbrach ich sie. »Außerdem habe ich den Schrank vor das Fenster geschoben, weil ich nicht will, dass er hier auftaucht.«

»Es ist nur ... ich habe euch heute beobachtet«, murmelte Nele. »Und zugesehen, wie er gegen den Bären bekämpft hat, der dafür verantwortlich war, dass du beinahe abgestürzt wärst.«

»Er hat den Gegner sicher zufällig gewählt«, brummte ich.

»Das glaube ich nicht«, beharrte meine Freundin.

»Wie auch immer«, meinte ich. »Du kannst hierbleiben und der Schrank bleibt auch dort, wo er jetzt ist.«

Nele versuchte es zu verstecken, aber ich ahnte, dass sie Angst hatte. Deswegen würde ich heute Nacht auch nicht in die Übungsarena schleichen. Ich wollte sie nicht allein lassen.

»In Ordnung, vielen Dank«, erwiderte Nele und klang erleichtert.

Wir machten uns bettfertig und legten uns hin. Aber obwohl ich erschöpft war, mein Körper schmerzte und ich schlafen wollte, gelang es mir nicht.

Schnaubend stand ich auf, als ich sicher war, dass Nele schlief. Das Zimmer kam mir stickig vor, also schob ich den Schrank ein wenig vom Fenster fort und atmete tief durch, als kühle Luft meine Haut berührte.

Der Himmel über Alderich war noch dunkler als über unserer Siedlung. Auch der letzte Stern, der noch gegen die Dunkelheit gekämpft hatte, war erloschen. Es würde noch fast einen Mondzyklus dauern, bis die Ehrenkämpfe begannen und neues Licht den Nachthimmel erleuchtete. Deswegen nannte man die gefallenen Krieger dieser Kämpfe auch ›Sternenkrieger‹. Ihr Tod zauberte neues Licht an den Himmel.

Ich fragte mich, ob der Himmel früher so stark geleuchtet hatte wie die Decke in der Gemeinschaftshalle. Soweit ich wusste, waren die Sterne früher nicht erloschen. Aber die Legenden waren unvollständig und manche widersprachen sich sogar. Ich wusste also nicht sicher, warum Krieger der Elemente sterben mussten, um die Sterne zurückzuholen. Aber seit einigen Generationen wurde es so gehandhabt.

Ich nahm eine Bewegung aus den Augenwinkeln wahr und wich zurück, als jemand an mein Fenster sprang und sich am Sims festhielt.

»Den Mond wirst du erst morgen sehen«, sagte Dante und grinste. »Wobei er nur eine Sichel sein wird.«

»Was willst du hier?«, fragte ich kühl und verschränkte meine Arme vor der Brust.

»Mir gefällt unsere Tradition, dass ich dich jeden Abend besuche«, erwiderte er.

»Das ist unser zweiter Abend und damit war es bisher keine Tradition«, brummte ich.

»Schade, dass du es so siehst«, entgegnete er immer noch grinsend und zog sich höher. »Darf ich reinkommen? Hier zu hängen ist ein wenig unbequem.«

»Ich bin nicht allein«, sagte ich.

»Ja, deine Freundin ist bei dir, aber sie hat uns gestern schon nicht gestört«, meinte er.

»Was willst du, Dante?«

»Ist das nicht offensichtlich?«, fragte er immer noch grinsend zurück.

»Die Antwort ist auch jetzt Nein«, schnaubte ich.

»Ach, und wie lautete die Frage?«, hakte er nach und setzte sich auf den Sims. »Denn ich habe keine gestellt.«

»Nur eine Forderung meinst du?«

Ich wich nicht zurück, obwohl er sich wieder nach vorn lehnte. Er sollte nicht denken, dass ich nachgeben würde.

»Auch das nicht, aber vielleicht unterbreite ich dir ein Angebot«, meinte er und klang mit einem Mal ernst.

»Und das wäre?«

Er schwieg einen Moment und mir wurde unter seinem intensiven Blick unwohl.

»Ich stelle dich unter meinen Schutz, bis die Vorrunden enden und die Ehrenkämpfe beginnen«, sagte er schließlich und fuhr fort, bevor ich etwas einwerfen konnte. »Damit ist auch deine Freundin sicher, weil Koda es nicht wagen wird, mich herauszufordern.«

Ich grub die Finger in meine Arme, bis es schmerzte. »Und was hast du von diesem Abkommen?«

»Nun, ich kann eine Tradition erschaffen«, meinte er. »Indem ich dich jeden Abend besuche, um meine Ansprüche geltend zu machen.«

»Vergiss ...«

»Ich werde dich nicht ins Bett zwingen, aber für die anderen muss es aussehen, als hätte ich dich erobert«, unterbrach er mich und hob beschwichtigend die Hände. »Außerdem hoffe ich, dass ich mit der Zeit dein Vertrauen gewinne.«

»Wieso willst du mein Vertrauen?«, fragte ich.

»Weil ich Aryanna nicht traue«, flüsterte er. »Sie wirkt wie jemand, der über Leichen geht, um zu bekommen, was sie will. Du nicht und ich brauche eine Erdkriegerin, die mir hilft Antworten zu finden.«

»Antworten worauf?«, hakte ich nach und flüsterte ebenfalls.

Ich hatte mich nach vorn gebeugt und mein Gesicht schwebte neben seinem. Dante legte eine Hand an meinen Hinterkopf und ich ließ es zu, weil ich wissen wollte, was er meinte.

Seine Lippen strichen über mein Ohr und ich erschauderte. Er musste es bemerkt haben, aber er reagierte nicht darauf.

»Das erzähle ich dir, wenn ich sicher sein kann, dass du mich nicht bei der ersten Gelegenheit verrätst«, hauchte er und zog sich dann zurück. »Haben wir eine Abmachung?«

Ich betrachtete seine dunkle Gestalt. Selbst jetzt strahlte er Macht und

Dominanz aus. Es wunderte mich nicht, dass er der Alpha der Wölfe war, auch wenn er nicht viel älter sein konnte als ich.

»Komm morgen wieder, dann bekommst du eine Antwort«, brummte ich.

Er lachte. In meinem Inneren hallte der Klang seiner Stimme nach und erfüllte meinen Körper mit einem angenehmen Kribbeln.

»Also doch eine Tradition, mein Rehlein«, meinte er amüsiert.

»Kannst du aufhören mich Rehlein zu nennen?«

»Nein, das wird mir nie gelingen«, erwiderte er und zwinkerte. »Schieb den Schrank wieder vor das Fenster, wenn du schlafen gehst. Nur zur Sicherheit.«

Bevor ich noch etwas sagen konnte, sprang er hinunter und verschwand in der Dunkelheit. Da ich außer seinem Aufprall nichts hören konnte, fragte ich mich, ob er wieder vor dem Fenster Wache hielt. Und vor allem wieso.

Aber ich schob den Gedanken fort und rückte das Möbelstück wieder vor das Fenster. Ich musste dringend schlafen. Denn selbst wenn wir morgen einen Ruhetag einlegten, durfte ich meine Verteidigung niemals sinken lassen und brauchte genügend Kraft.

Kapitel 8

Unter dem Begriff ›Dampfbad‹ hatte ich mir ganz sicher nicht das vorgestellt, was mich hier erwartete. Dieser Raum war noch größer als die Halle, in der wir unser Essen einnahmen. In der Mitte befand sich ein See. Mehrere Wasserfälle, die aus den Wänden flossen und bis zum Dach hinaufreichten, speisten ihn. Über uns thronte eine Glaskuppel, durch die das Licht der Sonne fiel.

Links und rechts an den Wänden entdeckte ich Balkone, auf deren Unterseite ich die Totemtiere unserer Elemente erkannte. Offensichtlich führte ein Zimmer in jedem Bereich zu diesem Ort.

Es war noch früh am Morgen und wieder hatten sich nur wenige Krieger der anderen Elemente beim Frühstück blicken lassen. Hier schienen wir noch vollkommen ungestört zu sein. Das war mir nur recht, denn ich fühlte mich in dem hellbraunen Badeanzug, der jedes Detail meines Körpers preisgab, schon ohne die Anwesenheit der anderen Krieger nicht wohl.

Deswegen stieg ich schnell in das warme Wasser. Meine Muskeln entspannten sich augenblicklich und ich ließ mich treiben.

Die anderen Kriegerinnen blieben am Ufer, aber ich schwamm bis zu den Wasserfällen und verschwand dahinter. Als ich eine Höhle entdeckte, die dahinter verborgen lag, zog ich mich bis zu einem Vorsprung hoch und atmete durch, weil ich endlich allein war. Das dachte ich zumindest. Etwas streifte meine Schulter.

Hastig drehte ich mich um und erkannte Dante, der mir ein müdes Lächeln schenkte. Er lag auf der Seite und stützte sich auf seinen Unterarm, während ich auf meinen Knien blieb.

»Kann es sein, dass du meine Nähe suchst?«, fragte er mit tiefer Stimme.

Ein silbernes Medaillon hing um seinen Hals. Mein Blick blieb aber nicht lange daran hängen, denn er wanderte über seinen von Wassertropfen bedeckten Oberkörper. Ich hatte erwartet, dass er muskulös war, weil man es selbst durch den recht weiten Kaftan erahnen konnte. Aber ihn so vor mir zu sehen …

Mir entging nicht, dass auch er meinen Körper eingehend betrachtete und seine Augenbraue nach oben wanderte, als sich unsere Blicke trafen.

»Ich hatte keine Ahnung, dass du hier bist«, antwortete ich und ärgerte mich, dass es nicht ansatzweise so schlagfertig klang, wie ich es mir wünschte.

»Entspann dich«, erwiderte er grinsend. »Ich weiß, dass du keine Ahnung haben konntest. Interessant ist es trotzdem.«

Er setzte sich auf und sein Blick wanderte erneut über meinen Körper. Ich musste den Impuls, meine Arme vor der Brust zu verschränken, unterdrücken.

»Du ziehst die Einsamkeit also doch der Gemeinschaft vor«, meinte Dante und sein Grinsen vertiefte sich.

Mir lag die Erwiderung ›Ich bin kein einsamer Wolf, wenn du das meinst‹ auf der Zunge, ich schluckte sie aber hinunter.

»Was machst du hier?«, fragte ich stattdessen.

»Dasselbe wie du«, entgegnete er. »Mich vom gestrigen Tag erholen.«

Mein Blick fiel auf eine frische Wunde an seiner Schulter. Als Dante bemerkte, dass ich darauf starrte, drehte er sich weg und ich konnte die Verletzung nicht mehr sehen.

»Ist gestern in der Arena passiert«, meinte er.

»Hast du viele Kämpfe ausgetragen?«, wollte ich wissen.

»Nur einen«, gab er zurück und räusperte sich. »Ich halte nichts von diesem Gehabe. Wir kämpfen früh genug gegeneinander. Aber dieses eine Duell musste sein.«

Ich zog meine Beine an und legte mein Kinn auf den Knien ab.

»Mit offenen Haaren gefällst du mir übrigens am besten«, verkündete Dante aus dem Nichts.

»Was?«, fragte ich blinzelnd.

»Obwohl du mit nassen Haaren auch ziemlich gut aussiehst«, sprach er weiter, als hätte er mich gar nicht gehört. »Dein Name bedeutet ›die Schönste‹, wenn ich mich nicht irre. Er passt zu dir.«

Ich presste meine Kiefer fest aufeinander. Das war nicht mein Name und er passte ganz bestimmt nicht zu mir. Dante versuchte mich für sich zu gewinnen, aber das würde ihm nicht gelingen, denn ich kannte die Wahrheit über die Wölfe.

Mir gefiel der Ausdruck in seinen Augen nicht, als er näher kam. Meine Haut kribbelte erwartungsvoll, aber ich ignorierte es. Er war mein Feind und falls er hinter mein Geheimnis kam, war es aus mit mir. Also rückte ich von ihm ab, während Dante sich auf allen vieren auf mich zubewegte.

»Was hast du vor?«, hörte ich ihn noch sagen, da glitt ich bereits mit den Beinen voraus in den See zurück und tauchte unter dem Wasserfall hindurch.

Zum Glück folgte Dante mir nicht und ich gesellte mich wieder zu den anderen Kriegerinnen. Aryanna hatte recht, ich sollte nicht allein sein. Und doch hatte ich vor ihren Rat zu missachten. Heute Nacht, wenn ich in die Übungsarena schleichen würde.

***

Ich hatte Nele in meinen Plan eingeweiht, in der Arena zu üben. Nele hatte mir angeboten mitzukommen, aber ich entschied mich gegen ihre Begleitung. Allein war ich unauffälliger und ich musste meine Gedanken ordnen.

Als sich die Dunkelheit der Nacht über das Haus legte und die Geräusche der Gelage verstummten, machte ich mich so leise wie möglich auf den Weg. Zwar hatte ich erwartet, dass Dante mich an meinem Fenster aufsuchen würde, aber er war nicht erschienen.

Ob er endlich eingesehen hatte, dass ich kein Interesse an ihm hatte?

Irgendwie hoffte ich es und fürchtete mich gleichzeitig davor.

Ich schnaubte leise, um das Brennen in meiner Kehle zu loszuwerden und ging auf Zehenspitzen durch die Halle, in der mich lautes Schnarchen empfing. Offensichtlich hatten es einige Krieger in ihrem Rausch nicht geschafft, sich in ihre Zimmer zu schleppen.

Froh darüber, die Halle durchquert zu haben, ohne auf jemanden zu treffen, der wach war, rannte ich durch den Gang zur Arena. Als ich die Tür öffnete, empfing mich silbernes Licht und das schwere Atmen eines Menschen, der gerade trainierte.

Ich blieb stehen und lauschte. Jemand schien auf einen Sandsack einzuschlagen. Sie hingen ein wenig versteckt hinter einer Ecke und ich musste näher herangehen, um zu sehen, wer sich in der Arena befand.

Selbst von hinten war er unverkennbar. Er schlug mit seinen Fäusten auf den Sack ein und drehte seinen nackten Oberkörper dabei, während seine Beine in der silbernen Hose fast stillstanden. Schweiß glänzte auf seiner Haut und ich entdeckte eine lange Narbe, die vom rechten Schulterblatt bis zum Gesäß reichte.

Dante ließ sich nicht anmerken, ob er meine Gegenwart wahrnahm, und schlug weiter auf den Sandsack ein.

Zack, zack, zack, hallten seine Schläge durch die leere Arena.

Zögerlich kam ich näher. Er war allein und schien gerade seine Wut an dem Sandsack auszulassen. Trotzdem wollte ich nicht umkehren. Etwas zog mich magisch an.

Als ich nur noch wenige Schritte von ihm entfernt war, blieb ich stehen. »Ich dachte, du kommst heute zu mir, um meine Entscheidung zu erfahren«, sagte ich laut genug, dass er es hören musste.

Dante schlug noch einmal zu, dann ließ er seine Fäuste sinken und griff nach einem Tuch, mit dem er über sein Gesicht wischte. Er wandte seinen Kopf nur leicht, sah mich aber nicht an.

»Und ich dachte, es wäre dir lieber, wenn ich es nicht tue«, erwiderte er.

Ich biss mir auf die Unterlippe, weil ich nicht wusste, was ich dazu sagen sollte. Dante stieß den Atem aus und wandte sich nun doch zu mir um.

»Was machst du hier, Kalliste?«, wollte er wissen und seine Stimme glich einem Knurren. »Du solltest nachts nicht durch das Haus streifen, erst recht nicht allein.«

»Ich muss üben«, meinte ich und zuckte mit den Schultern.

Er hob eine Augenbraue. »Warum machst du das nicht tagsüber, wenn die anderen Kriegerinnen dir Sicherheit bieten können?«

Ich verschränkte meine Arme vor der Brust. »Es ist kompliziert«, murmelte ich.

Dante ließ das Tuch fallen und sah mir ins Gesicht. Langsam, wie ein

Raubtier, kam er auf mich zu. Ich schluckte, richtete mich aber zu meiner vollen Größe auf und hob mein Kinn an.

»Kompliziert, so?«, hauchte er und blieb direkt vor mir stehen.

Meine Haut kribbelte, als ich seine Wärme darauf spürte. Ich räusperte mich. »Kompliziert und vor allem eine lange Geschichte«, erklärte ich.

Der Blick aus seinen silbernen Augen bohrte sich in meine Seele und ich dachte, er würde die Wahrheit erkennen, würde sehen, dass ich jemand anderer war, als ich vorgab zu sein. In diesem Moment wollte ich ihm alles erzählen, ihn bitten mir zu helfen und verstand selbst nicht wieso.

Dante legte seinen Zeigefinger unter mein Kinn und hob es noch ein Stück mehr an. Er senkte seinen Kopf herab und ich erstarrte, während in meinem Inneren ein Sturm tobte. Ich wusste, dass er mit mir spielte und doch wollte ich seine Nähe.

Ich wollte meine Arme heben, um sie in seinem Nacken zu verschränken, da seufzte er.

»Ich wünschte, du würdest mir genug vertrauen, um mir diese Geschichte zu erzählen«, raunte er. »Aber das tust du nicht, mein Rehlein, und ich verstehe nicht wieso.«

Als hätte jemand einen Eimer eiskalten Wassers über mich gegossen, ließ ich meine Hände sinken. Wieder hätte ich fast einen Fehler begangen. Was hatte ich mir bloß dabei gedacht?

»Weil du der Wolf bist und ich das Reh?«, schlug ich vor.

Dante schwieg und musterte mich nachdenklich.

»Aber ich habe über deinen Vorschlag nachgedacht«, sagte ich nach einer Weile. »Warum willst du meine Hilfe?«

»Das ist ebenfalls kompliziert«, nutzte er meine eigenen Worte gegen mich. »Aber ich brauche einen Krieger aus jedem Element, der mich unterstützt.«

Ich verschränkte meine Arme vor der Brust. »Ich kann mich nicht mit einem Wolf einlassen, ohne zu wissen, worauf genau. Du musst mir mehr verraten, wenn du willst, dass ich auf dein Angebot eingehe.«

»Ich verstehe«, meinte Dante. Ich rechnete damit, dass er mir nichts mehr sagen und mich fortschicken würde. Stattdessen atmete er einmal tief durch und legte eine Hand an meine Taille. Der Druck seiner Finger war angenehm und seine Wärme beruhigend. Meinetwegen hätte er mich die ganze Nacht so halten dürfen.

»Sag mir, mein Rehlein ... verschwinden in deiner Siedlung auch Menschen aus heiterem Himmel? Und findet man nur silberne Pfützen?«

»Woher ...«

»Shhhh«, hielt er mich davon ab, die Frage auszusprechen. »Ich fasse das als Ja auf. Und so, wie ich deinen Gesichtsausdruck deute, ist jemand, der dir wichtig ist, auf diese Weise verschwunden.«

Ich nickte zögerlich und starrte Dante an. »Heißt das, du weißt, was mit diesen Menschen geschieht? Wo man sie hinbringt?«

»Ja«, erwiderte er nach einer unendlich langen Pause. »Und deswegen brauche ich deine Hilfe.«

Seine Hände strichen über meinen Rücken. Hätte uns jetzt jemand gesehen, hätte er gedacht, wir würden uns innig küssen.

Trotz seiner Nähe konnte ich klare Gedanken fassen. Würde Dante mir helfen meinen Vater zu finden?

»Außerdem sind diese Ehrenkämpfe nicht das, was uns der Hochkönig von Kira weismachen will. Das Licht der Sterne wird trotz unserer Opfer immer schwächer, weil das siebente Element fehlt.«

»Das siebente Element?«, wisperte ich.

»Ja.« Er senkte seinen Kopf. Ich fühlte seine Lippen auf meinem Hals, hielt mich an ihm fest, als meine Beine weich wurden und Hitze meinen Körper durchströmte.

»Sag mir alles, was du weißt, und ...«

Er lachte trocken. »Oh, so weit ist es mit meinem Vertrauen zu dir dann auch noch nicht. Wenn ich dir mehr erzähle, könnte mich das den Kopf kosten, solltest du dich dazu entschließen, mich zu hintergehen.«

»Und du denkst, wenn ich dir jetzt meine Hilfe zusichere, werde ich dich nicht verraten?«

Dante hob den Kopf ein wenig und sein Gesicht war meinem so nah, dass kaum noch ein Lufthauch zwischen uns Platz hatte. »Schätze ich dich so falsch ein, wenn ich glaube, dass du loyal bist?«

»Nein«, brachte ich heiser heraus. »Aber meine Loyalität muss man sich verdienen.«

»Wenn die Zeit reif ist, werde ich dir alles erzählen«, versprach er. »Wir beide werden lernen müssen uns zu vertrauen. Schritt für Schritt. Also, mein Rehlein«, er löste seine Hand von meiner Taille, brachte etwas Abstand zwischen uns und hielt sie mir hin, »wirst du meine Verbündete? Auch wenn dich das vielleicht in Gefahr bringt?«

Ich blickte auf seine Hand, dann sah ich ihm ins Gesicht. Er wusste etwas, das mir helfen könnte meinen Vater zu finden. Und wenn es aussah, als hätte ich mich auf ihn eingelassen, würde kein anderer Krieger versuchen mich zu erobern. So hätte ich Ruhe und könnte mich auf die bevorstehenden Kämpfe konzentrieren.

»Einverstanden«, sagte ich und schlug ein.

Er ließ meine Hand los und schloss seine Arme erneut um mich. Ich wehrte mich nicht. »Entweder bist du sehr mutig oder sehr dumm«, murmelte er und seine Lippen strichen dabei über meinen Hals. »Oder ich bin überzeugender, als ich dachte.«

»Du weißt etwas über die Menschen, die aus den Siedlungen verschwinden«, erwiderte ich und sog scharf den Atem ein, als er seine Lippen auf meinen Hals presste. Wie von selbst lehnte ich mich zurück, während sich meine Finger in seine Schultern gruben. »Und du hattest recht. Mein Vater ist einer der Menschen, die verschwunden sind.«

Dante seufzte, ohne sich zu bewegen.

»Ich will wissen, was mit ihm geschehen ist«, fügte ich hinzu, als er nichts erwiderte.

»Dann halte in eurem Flügel die Augen und Ohren offen«, meinte er schließlich. »Ich werde jeden Abend zu dir kommen, wenn die anderen schlafen. Niemand darf von unserer Abmachung wissen.«

»Ach, dann willst du mich doch nicht beschützen?«, fragte ich gespielt vorwurfsvoll. »War das nicht Teil deines Angebots?«

»Doch, das werde ich«, entgegnete er ernst. »Solange ich kann.« Er richtete sich auf und ließ mich los. »Und jetzt bringe ich dich zu deinem Bereich zurück. Geh nie wieder nachts allein hinaus.«

Seine Stimme klang bedrohlich, ein Knurren, das keinen Widerspruch zuließ. Trotzdem verschränkte ich meine Arme und hob mein Kinn an.

»Und wie soll ich dann für die Wettkämpfe üben?«, wollte ich wissen.

Er schloss seine Arme so schnell um mich, dass ich nicht einmal schreien konnte.

»Du solltest die Vorrunden nicht überstehen, wenn du weißt, was gut für dich ist«, antwortete er mit bedrohlich tiefer Stimme. »Die Kämpfe werden dieses Mal anders sein und ich will nicht, dass dich jemand in winzige Stücke zerreißt.«

»Weil das dein Vorrecht ist?« Meine Stimme überschlug sich fast, weil ich wusste, dass ich ihn unnötig reizte.

Dante hob seine Mundwinkel zu einem finsteren Lächeln. »Ganz genau«, sagte er.

Dann ließ er mich wieder los, zog seinen Kaftan an und hielt mir seine Hand hin, als wäre gerade nichts gewesen. Ich ergriff sie nicht, sondern schritt neben ihm her, durchquerte an seiner Seite die Halle und wollte direkt in meinen Flügel gehen, da packte er mich am Handgelenk und wirbelte mich zu sich herum.

»Morgen werde ich allen klar machen, dass du unter meinem Schutz stehst«, verkündete er. »Es könnte jedoch sein, dass dir die Art und Weise nicht gefällt.«

»Wieso? Wirst du mich beißen?«, fragte ich und versuchte mich an einem Grinsen. Es gelang mir nicht.

»So etwas Ähnliches«, erwiderte er. »Hass mich nur nicht, wenn ich es mache. Ich erkläre es dir dann.«

»Sag mir doch einfach jetzt, was es ist«, brummte ich.

»Wo bliebe denn da der Spaß?«, wollte er wissen und ließ mich los. »Süße Träume, mein Rehlein.«

»Dante!«, rief ich ihm nach, aber er blieb nicht stehen. »Du blöder Mistkerl!«

Ich ballte meine Hände zu Fäusten. Dann öffnete ich sie und strich mit den Fingerspitzen über jene Stelle am Hals, die er mit seinen Lippen berührt hatte. Sie prickelte immer noch. Ich seufzte.

»Was bist du nur für eine Närrin«, flüsterte ich. »Jetzt hast du dich mit einem Wolf eingelassen.«

Kapitel 9

Nervös stocherte ich mit dem Löffel in dem Brei herum, den ich mir vom Frühstückstisch genommen hatte. Heute Morgen waren wir etwas später also sonst zur Tafel gekommen und es befanden sich bereits einige Krieger im Saal, obwohl ein paar von ihnen aussahen, als wären sie immer noch nicht nüchtern.

»Alles in Ordnung?«, fragte Nele leise und griff unter dem Tisch nach meiner Hand.

»Ja, alles wunderbar«, log ich und rang mir ein verkrampftes Lächeln ab.

»So siehst du aber nicht aus«, flüsterte sie. »Was ist los?«

Bevor ich zu einer Antwort ansetzen konnte, knallte etwas vor uns auf den Tisch und ich starrte in die toten Augen eines Tieres.

»Bei Kamana«, keuchte Nele und sprang auf.

»Kalliste«, sagte Dante, der auf der anderen Seite des Tisches stand.

Ich presste meine Lippen aufeinander und musterte erst das Tier und dann ihn. Sein silbernes Gewand hatte sich vom Blut seiner Beute dunkel gefärbt. Übelkeit stieg in mir auf, als ich wieder den toten Körper auf dem Tisch ansah. Das Tier besaß Ähnlichkeiten mit einer Hirschkuh, nur war es deutlich kleiner.

»Was ...«, begann ich und schluckte den bitteren Geschmack in meinem Mund hinunter, während ich Dantes Blick mied.

Offensichtlich wagte niemand zu atmen, geschweige denn ein Wort zu sagen. Jeder starrte uns an und ich verstand immer noch nicht, was hier vor sich ging.

Dante stützte sich auf der Tischplatte ab. »Sieh mich an«, forderte er mich auf.

Ich presste meine Finger zusammen und hob langsam den Kopf. Das Blut an seiner Kleidung ließ ihn wie das Raubtier wirken, das er war.

Er hob eine Hand und deutete auf das tote Tier zwischen uns. »Ich habe eine Beute für dich erlegt und biete sie dir an, um deine Gunst zu gewinnen.«

Die Wölfe gaben ein dunkles Knurren wie aus einer Kehle von sich, die Krieger der anderen Elemente begannen zu tuscheln.

»Heißt das, du wirbst damit um sie?«, fragte Aryanna mit schriller Stimme.

Ich sah immer noch Dante an, dessen Augen meine gefangen hielten. Er nickte, ohne den Blickkontakt zu unterbrechen, und das Getuschel wurde lauter.

»Nimmst du mein Geschenk an?«, fragte er und streckte mir die Hand entgegen.

Auch an seiner Haut klebte das Blut des Tieres und ich fragte mich, wo er Jagd darauf gemacht hatte. Ich konnte mir nicht vorstellen, dass in der Hauptstadt solche Tiere lebten, was bedeutete, dass er Alderich verlassen hatte. Die dunklen Kreaturen lauerten bestimmt auch hier vor den schützenden Mauern. Hatte er sich wirklich diesem Risiko ausgesetzt, nur um mich unter seinen Schutz zu stellen?

Noch konnte ich umkehren, ihn ablehnen und einen Rückzieher machen. Aber noch während ich das dachte, nickte ich und hauchte ein »Ja«.

Ich hatte das Wort kaum ausgesprochen, da stand Dante schon neben mir, schob seine Arme unter meine Kniekehlen und Schultern und hob mich hoch. Die Wölfe stimmten ein Geheul an. Ich wollte mich gegen Dante wehren, doch er zog mich an seine Brust und lähmte jede meiner Bewegungen.

»Dann wird es wohl Zeit, dass du dein Recht einforderst, bevor ihr euch das Fleisch deiner Beute teilt«, grölte Koda und grinste anzüglich.

»Genau das werde ich jetzt machen«, erwiderte Dante.

Ich legte die Hände an seinen Kragen. »Du hast mich reingelegt«, zischte ich, während er in den Flügel der Wölfe ging. »Du elender …«

»Shhhh«, machte er nur und beschleunigte seine Schritte.

Mit seinem Ellbogen drückte er die Klinke einer Tür herunter und stieß sie auf. In einer drehenden Bewegung warf er sie hinter uns zu und setzte mich auf dem Bett ab.

Sofort sprang ich auf und wollte zur Tür rennen, aber er packte mich am Ellbogen und hielt mich fest.

»Wage es ja nicht …«

»Ich habe doch gesagt, ich werde nichts tun, das du nicht willst«, erklärte er mit tiefer Stimme. »Aber jeder erwartet, dass ich es mache. Und deswegen kann ich nicht zulassen, dass du das Zimmer in den nächsten zwei Stunden verlässt.«

»Zwei Stunden?«, fragte ich und zog die Augenbrauen zusammen.

Er hob einen Mundwinkel zu einem schiefen Grinsen. »Ich habe einen Ruf zu verteidigen«, entgegnete er und deutete dann auf das Bett. »Setz dich bitte und ich erkläre dir alles.«

Abwehrend verschränkte ich die Arme vor der Brust und betrachtete die Blutflecken auf seiner Kleidung. Dante blickte an sich herab und atmete geräuschvoll aus. Dann zog er den besudelten Kaftan über seinen Kopf, warf ihn auf den Boden und legte die Hände an den Knopf seiner Hose.

»Was machst du da?«, keuchte ich.

»Das Blut stört dich. Ich ziehe mich um, sonst wirst du nie aufhören mich anzusehen, als wäre ich eine der dunklen Kreaturen, die vor den Städten lauern«, erklärte er und öffnete die Hose.

Mit brennenden Wangen wandte ich mich zum Bett um und räusperte mich. »Denkst du nicht, dass jemand vor der Tür steht und lauscht?«, fragte ich.

»Wenn ich nicht die Erlaubnis dazu gebe, darf niemand, der nicht zu meinem Rudel gehört, diesen Flügel betreten«, erwiderte Dante. Stoff raschelte, aber ich sah mich dennoch nicht zu ihm um. »Und meine Krieger lauschen nicht. Sie haben sowas wie Anstand.«

Ich zuckte zusammen, als seine Hände sich fast sanft auf meine Schultern legten.

»Du kannst dich wieder umdrehen«, meinte er.

»Musstest du mir ein totes Tier auf den Tisch legen?«, wisperte ich, ohne seiner Aufforderung zu folgen.

»Auf diese Weise zeigen die Männer meines Elements, dass sie Interesse an einer Frau haben«, erklärte er. »Und die meisten anderen Krieger wissen das auch.«

»Ich wusste es nicht«, entgegnete ich.

»Davon bin ich ausgegangen«, sagte er ruhig.

Ich ballte meine Hände zu Fäusten und wirbelte herum, um seine Berührung abzustreifen. Wenn er mich gestern vorgewarnt hätte, wäre mir jetzt nicht so übel. Dieses Verhalten bewies mir, dass ich ihm nicht vertrauen konnte und es niemals tun durfte. Er war im Vorteil und nutzte es aus.

»Dann erzähl mir endlich, was du mir gestern nicht sagen wolltest«, fuhr ich ihn an und ließ mich schnaubend auf das Bett plumpsen.

»Ich fürchte, dazu ist es noch zu früh«, antwortete er und lehnte sich an eine Wand.

»Du hast behauptet, du würdest mir alles erklären«, brummte ich.

»Ich meinte nur das mit dem toten Tier«, sagte er ernst. »Was ich gerade getan habe.«

»Und was sollen wir zwei Stunden hier eingesperrt machen, wenn du mir nichts verraten willst?«, fragte ich und bereute es in dem Moment, als er zu grinsen begann.

»Was immer du möchtest.« Seine Stimme hatte wieder diesen tiefen Klang angenommen, der etwas in mir auslöste, das ich selbst nicht verstand. »Ich würde dir ja vorschlagen, wir machen das, was ohnehin jeder von uns erwartet.« Ich ließ meine Finger knacken und er zwinkerte. »Aber wenn ich mir die Ringe unter deinen Augen ansehe, würde ich sagen, du solltest lieber schlafen.«

»Hättest du wohl gerne, weil ich dann wirklich wehrlos bin«, erwiderte ich finster und Dante schnaubte. »Wir könnten uns auch einfach unterhalten.«

»Unterhalten«, wiederholte er das Wort, als hätte er es noch nie gehört.

»Ja. Erzähl mir etwas über dich und ich erzähle dir von mir.« Er legte den Kopf schief und das Schmunzeln veränderte sich. »Du willst, dass wir einander vertrauen. Wie soll das sonst gehen?«, fragte ich aufgebracht.

»Ach, darum geht es dir.« Dante stieß sich von der Wand ab, kam zu mir und ließ sich so langsam neben mir sinken, als würde er auf meinen Einspruch warten. »Gut. Was willst du wissen?«

Ich zuckte mit den Schultern. »Vielleicht woher die Narbe auf deinem Rücken stammt?«

Seine Kiefer mahlten und die Ader an seinem Hals pochte deutlich schneller. »Definitiv zu früh für diese Art von Gespräch«, knurrte er.

»In Ordnung, dann ... erzählst du mir vielleicht etwas von deiner Familie?«, schlug ich vor. Er begann seine Finger zu kneten. »Ihr Wölfe habt doch Familien, oder?«

»Ja«, murmelte er. »Ich bin der älteste von vier Brüdern. Und ich habe die jüngeren mehr oder weniger allein großgezogen.«

»Was ist mit deinen Eltern?«, wollte ich wissen.

»Auch noch zu früh«, meinte er. »Was ist mit deiner Familie? Du hast gesagt, dein Vater wäre verschwunden.«

»Ich habe eine Schwester«, sagte ich und hätte beinahe ›Kalliste‹ hinzugefügt, konnte mich aber gerade noch davon abhalten. »Wir sind Zwillinge und standen uns immer nahe. Ich war immer die Starke und habe sie beschützt.« Ich ließ den Kopf sinken. »Ich weiß nicht, was aus ihr wird, solange ich hier bin. Wir hatten nur noch einander.«

»Ein Grund mehr, warum du nicht versuchen solltest in die Ehrenkämpfe zu gelangen«, meinte Dante und seine Stimme klang so sanft, dass ich ihm für die Worte kaum böse sein konnte.

Trotzdem zog ich meine Hand zurück, als er seine darauflegen wollte. »Du verstehst es nicht. Es geht um mehr, als bloß zu überleben.«

»Kalliste«, murmelte er. »Ich weiß nicht, wie stark du bist, aber von vierundzwanzig Kriegern überleben nur drei die Ehrenkämpfe. Der Rest wird geopfert, um angeblich die Magie zu erneuern und den Sternen ihr Licht zurückzugeben.« Er griff nach meiner Hand und diesmal ließ ich es zu. »Du sollst nicht eine von ihnen sein.« Ich wollte widersprechen, aber er legte seine Finger auf meine Lippen. »Kehr zu deiner Schwester zurück, wenn die Vorrunde zu Ende ist. Du stehst unter meinem Schutz und niemand wird es wagen, dich in der Arena zu verletzen.«

»Wir tragen dort Masken«, warf ich nuschelnd ein und sein Finger kitzelte dabei meine Lippen.

Er hob seine Mundwinkel. »Dann werde ich wohl deine Arme mit meinen Krallen zeichnen müssen«, meinte er und zupfte an meinem Ärmel. »Lass sehen, wo ich ein schönes Muster anbringen könnte …«

Ich drückte meine Finger an seine Brust, um ihn wegzuschieben, und er lachte.

»Du kannst es dir ja noch überlegen«, verkündete er mit einem Zwinkern.

»Wenn ich nicht in die Ehrenkämpfe soll«, hakte ich nach, »wozu brauchst du mich dann? Du wolltest einen von jedem Element …«

»Was niemand wissen darf«, flüsterte er verschwörerisch und wartete, bis ich nickte. »Ich will, dass du meine Augen und Ohren bist. Mir alles berichtest, was im Lager des Erdelements besprochen wird.«

»Warum? Ich dachte, ich sollte dir helfen die verschwundenen Menschen zu finden und nicht dir einen Vorteil bei den Prüfungen zu verschaffen.«

»Du musst mir nichts über eure Taktiken verraten«, erwiderte er beschwichtigend. »Es ist mir gleich, ob ihr den Pokal für diese Aufgabe bereits gestohlen habt oder wie ihr ihn stehlen wollt. Ich will auch von den anderen Prüfungen nichts wissen oder die Stärken und Schwächen eurer Kriegerinnen erfahren. Ich will nur wissen, ob ihr andere Informationen erhaltet als wir und wie diese lauten.«

»Und wozu das alles?«

Er schüttelte den Kopf und legte seine Hand an mein Gesicht. Die Geste hatte etwas Vertrautes und ich fragte mich unwillkürlich, ob wir uns ab jetzt vor den anderen auch so zeigen würden.

»Das kann ich dir noch nicht sagen«, entgegnete er.

»Weil wir einander nicht vertrauen.« Ich schob seine Hand von meinem Gesicht.

»Weil es uns beide in Gefahr bringt«, warf er ein. »Aber wenn ich und meine … nennen wir sie Partner, mehr Beweise haben, werde ich dich einweihen und dich um Hilfe bitten.«

»Hilfe wobei?«, hakte ich nach.

Dante stieß den Atem aus und schwieg. Ich wusste, dass er mir keine Antwort darauf geben würde. Ich hätte weiter nachhaken können, aber ich wollte ihn nicht unnötig reizen, dann erzählte er mir vielleicht gar nichts mehr.

»Was meinte Koda eigentlich damit, dass wir uns das Fleisch deiner Beute teilen?«, fragte ich nach einer Weile, um die bedrückende Stille zu durchbrechen.

»Es ist Tradition, dass wir erst das Bett und dann die Beute mit unserer Auserwählten teilen«, antwortete Dante. »Und zwar die Leber. Möglichst roh.«

»Nicht dein Ernst.« Ich schüttelte mich. »In meiner Siedlung gibt es kaum Fleisch und ich bin nicht sicher, ob ich so etwas runterkriege.«

»Nun, wir beide nehmen die Leber gemeinsam zwischen unsere Zähne«, erklärte er und ich schüttelte mich wieder. »Und wenn du es erträgst, mir so nahe zu kommen, kann ich das ganze Stück essen. Aber dazu müssen unsere Lippen sich wohl oder übel kurz berühren.«

Ich betrachtete ihn und fragte mich, ob er mich wieder hereinlegen wollte. Aber dann kam mir in den Sinn, dass er das bisher auch nicht getan hatte. Also nickte ich.

»Gut, ich vertraue dir«, murmelte ich und als er sich aufrichtete, fügte ich hastig hinzu: »Dieses eine Mal.«

»Ist ein Anfang«, meinte er und streckte sich. »Und jetzt leg dich auf das Bett und schmieg dich an mich.«

»Und so schnell missbrauchst du mein Vertrauen«, brummte ich.

»Du solltest zumindest ein bisschen nach mir riechen«, erwiderte er ruhig. »Sonst wissen die anderen, dass ich in den zwei Stunden noch nicht einmal deine Hand halten durfte.«

»Denkst du wirklich, dass sie eine Veränderung meines Geruchs bemerken würden?«, hakte ich nach.

Dann wurde mir klar, dass Dante mein Zimmer gefunden hatte, weil er meinem Geruch gefolgt war.

»Schön«, gab ich nach.

Ich wartete, bis er sich hingelegt und seinen Arm gehoben hatte, dann lehnte ich mich an ihn. Meine Wange ruhte an seiner Schulter und sein etwas zu schneller Herzschlag beruhigte mich.

Er warf einen Kaftan über mich, der eindeutig nach ihm roch. Als mir bewusst wurde, dass ich seinen Geruch erkannte, hielt ich den Atem an.

»Wieso machst du das alles, Dante?«, fragte ich leise. »Und sag mir jetzt nicht, weil du eine Erdkriegerin brauchst, die für dich spioniert.«

»Würdest du denn eine andere Antwort glauben?«, stellte er die Gegenfrage.

»Kommt auf den Versuch an«, entgegnete ich.

»Den heben wir uns vielleicht auch für später auf.« Er gähnte. »Und jetzt mach die Augen zu, mein Reh, und schlaf. Heute werden wir ohnehin zu nichts anderem kommen, als so zu tun, als wären wir an der Hüfte zusammengewachsen.«

Ich schwieg und strich mit meinen Fingern über seine Brust. Dann fielen mir langsam die Augen zu und ich schlief tatsächlich in den Armen des Wolfs ein.

Kapitel 10

Es gefiel mir nicht, wie erwartungsvoll die anderen Krieger mich anstarrten, als wir in den Saal zurückkehrten. Ich hatte eigentlich gehofft, dass sie sich in die Arena oder das Dampfbad zurückziehen würden, aber wie es schien, hatten sie nur auf uns gewartet. Und das, obwohl wir sicher länger als zwei Stunden fort gewesen waren.

Dante legte besitzergreifend seinen Arm um meine Schultern und ließ mich auch nicht los, als wir den Tisch erreichten, auf dem immer noch mein halb gegessenes Frühstück unter dem toten Tier lag.

»Ihr wart ziemlich lange fort«, meinte Koda und klopfte Dante auf den Rücken.

Obwohl die Luft bedrohlich knisterte, sobald sich die beiden im selben Raum befanden, hätte man in diesem Moment beinahe meinen können, dass zwischen ihnen keine Rivalität herrschte. Verstohlen suchte ich nach Aryanna und Nele, die sich in eine Sitzecke zurückgezogen hatten. Die Blicke, die mir die anderen Kriegerinnen meines Elements zuwarfen, ließen ein unwohles Gefühl in meiner Magengrube zurück. Aber damit würde ich jetzt wohl leben müssen.

Wir alle kannten die Geschichten über die Wölfe und Bären und doch hatte ich mich mit einem von ihnen eingelassen, vertraute ihm mehr oder weniger mein Leben an.

»Na, dann wird es jetzt wohl Zeit, die Beute zu teilen«, meinte Citlali, die plötzlich neben uns stand.

Ihre roten Augen musterten mich und das Lächeln, das ihre Lippen umspielte, ließ mich schaudern. Es musste einen Grund geben, dass sie als Frau die Alpha der Eulen war, die sonst nur männliche Krieger zu den Prüfungen schickten. Ich durfte nicht den Fehler machen, sie zu unterschätzen.

»Sozusagen, um diese Verbindung zu beschließen«, fügte die Eule hinzu.

Wortlos löste Dante seinen Arm von meinen Schultern und griff nach meiner Hand. Dann zog er ein Messer aus einem kalten Braten und ging mit mir zu dem Kadaver. Als er dem Tier die Klinge in den Leib rammte, wurde mir übel. Haut riss und Blut quoll aus der Wunde.

»Lass sie doch los, dann geht es einfacher«, riet Koda ihm lachend. »Wir stehlen sie dir schon nicht weg.«

Dante sah mich kurz an und ich nickte, also ließ er mich los und teilte das Fleisch mit dem viel zu kurzen Messer. Es kostete mich Mühe, nicht eine Hand vor meinen Mund zu pressen und zu würgen, während er an dem Tier herumriss und seine Finger tief in das Fleisch steckte. Als er die Hand wieder hervorzog, hielt er etwas großes Labbriges in seiner Faust.

Mit einigen Schnitten entfernte Dante die größten Adern von der Leber und betrachtete sie. Einen Moment wanderten seine silbernen Augen zu mir, als wollte er noch einmal prüfen, dass ich keinen Rückzieher machen würde. Also trat ich auf ihn zu und rang mir ein Lächeln ab.

Er hielt mir ein Stück hin, das ziemlich dünn war und biss seinerseits in den viel fleischigeren Teil der Leber.

Mein Herz klopfte wie wild in meiner Brust und bittere Galle bahnte sich ihren Weg hoch durch meine Kehle. Dennoch öffnete ich meine Lippen und biss in das überraschend weiche, warme Fleisch.

Ich starrte Dante in die Augen und betete zu Kamana, dass ich nicht doch etwas von der Leber essen musste. Denn der metallene Geschmack des Blutes breitete sich in meinem Mund aus und mein Atem beschleunigte sich.

»Nun macht schon«, knurrte Koda.

In dem Moment legte Dante seine Hand an meine Taille und zog mich an sich. Er begann zu kauen und näherte sich mir, bis er das letzte Stück Leber gegessen hatte und seine Lippen meine berührten.

Ich war von Dantes Sanftheit überrascht. Obwohl er grob hätte sein können, war seine Berührung zart und zurückhaltend. Sie reichte allerdings aus, um ein Inferno in meinem Inneren zu entfachen. Dante wollte sich zurückziehen. Aber ich wollte diesen Kuss noch nicht beenden. Also verschränkte ich meine Finger in seinem Nacken und gab ihn nicht frei, sondern presste meine Lippen gegen seine.

Erst sog er scharf den Atem ein, dann gab er einen kehligen Laut von sich, legte seine zweite Hand an meinen Hinterkopf und zog mich enger an sich. Seine Wärme flutete meinen Körper und ich hielt mich an ihm fest, weil meine Knie weich wurden.

Abrupt, als hätte er erst jetzt begriffen, was er gerade tat, ließ er mich los und rang genauso um Atem wie ich.

»Wenn ihr es jetzt hier auf dem Boden macht, schwöre ich, übergebe ich mich«, brummte Citlali. Die Eule nahm ein Messer und griff in den Tierkadaver.

Ich vergrub mein Gesicht an Dantes Schulter, als sie etwas aus dem Körper herausschnitt und schmatzend verschlang.

»Wunderbare Qualität, Dante«, lobte Citlali. »Aber von einem meisterhaften Jäger wie dir habe ich auch nichts anderes erwartet. Du erringst jede Beute.«

Mir gefiel der Ton nicht, der in ihrer Stimme mitschwang, doch ich sagte nichts.

»Kalliste!«, rief Aryanna und ich zuckte zusammen.

»Ja, Alpha«, murmelte ich, nachdem ich mich von Dante gelöst hatte.

»Wenn du jetzt wieder etwas von deiner Zeit opfern kannst, sollten wir in die Arena gehen, um zu üben«, zischte Aryanna.

Ihre Augenbrauen zuckten und ihre Wangen glühten.

»Ja, Alpha«, erwiderte ich, senkte meinen Blick und folgte ihr und den anderen Kriegerinnen zur Arena, ohne mich noch einmal zu Dante umzusehen.

***

Aryanna ließ mich schwitzen. Zuerst musste ich doppelt so viele Runden laufen wie alle anderen, dann gab sie mir einen Stab, mit dem ich auf einen Teppich einschlagen sollte. Ich durfte erst aufhören, wenn sich kein Staub mehr daraus löste. Aber ganz gleich, wie oft ich darauf eindrosch, immer wieder stob roter Sand hervor und brachte mich zum Husten.

Die anderen Kriegerinnen hatten die Arena längst verlassen und Aryanna unterhielt sich mit dem Alpha der Schlangen, als sich jemand vor mir aufbaute. Ich hörte auf den Teppich zu bearbeiten und blickte in das schmale Gesicht und die dunkelblauen Augen einer Frau mit langen blauen Haaren.

Sie stemmte eine Hand in die Hüfte, in der anderen hielt sie ein Schwert, das ziemlich scharf aussah.

»Ganz allein, Wolfsschlampe?«, fragte die Schlangenkriegerin mit eiskalter Stimme.

»Wie hast du mich genannt?«, zischte ich.

»Wem der Name passt«, meinte sie nur. »Die anderen Erdkriegerinnen dürften es dir ziemlich übelnehmen, dass du dich mit dem Alpha eines anderen Elements eingelassen hast. Und bei dem Rest bist du auch durch, weil jeder ein Auge auf Dante geworfen hatte.«

»Ach, aber weil ich ihn bekommen habe, bin ich eine Schlampe?«

Ich ließ den Stab sinken und richtete mich zu meiner vollen Größe auf. Hilfesuchend blickte ich mich in der Arena um. Doch Aryanna war verschwunden. Ich war allein mit der Schlangenkriegerin.

»Weil du nun einmal eine bist«, entgegnete sie und ihre Finger um den Schwertgriff zuckten. »Du bist ein Beutetier. Es würde mich wundern, wenn er dich jetzt, da er seinen Spaß mit dir gehabt hat, auch nur eines weiteren Blickes würdigen sollte.«

Sie stellte sich breitbeiniger hin und machte sich kampfbereit, obwohl sie ein Schwert in den Händen hielt und ich nur einen Holzstab.

»Aber selbst wenn nicht, er ist jetzt nicht hier und du bist somit wehrlos«, zischte sie und entblößte ihre gespaltene Zunge.

Ich umfasste den Stab mit beiden Händen und veränderte die Position meiner Füße, bis mein Stand stabiler war. »Ich brauche Dante nicht, um mich zu verteidigen«, erwiderte ich mit vor Zorn bebender Stimme. »Das kann ich auch allein.«

Sie lächelte siegessicher. »Das werden wir sehen.«

Mit einem Schrei stürzte sie sich auf mich und ließ ihr Schwert durch die Luft wirbeln. Es war ein plumper Angriff und ich ahnte, dass es eine Finte sein musste. Ich wich nicht aus, sondern zielte mit meinem Stab auf ihre Beine.

Die Kriegerin bemerkte es nicht und stolperte über den Stab. Hastig zog ich ihn zurück und schwang ihn. Wuchtig traf ich sie am Becken und sprang dann nach hinten. Sie stieß einen Fluch aus. Staub wirbelte auf, als sie ihre Klinge hob und auf mich zu rannte.

Diesmal war ich zu langsam. Im letzten Moment wehrte ich das Schwert mit dem Stab ab. Mein Herz pumpte wie wild, als die Klinge das Holz zerteilte. Ich rollte mich zur Seite und starrte auf die zerbrochenen Hälften in meinen Händen. Meine Wange brannte, wo die Schlange mich getroffen hatte.

»Und jetzt?«, fragte sie und hob ihre Mundwinkel. »Wirfst du die Dinger nach mir?«

Ich war es gewohnt, mit zwei Schwertern zu kämpfen. Die meisten Kriegerinnen meines Elements wählten ein Schwert und einen Schild. Ich nicht. Aber das hier waren keine Schwerter, sondern zwei Hälften eines kaputten Stabs. Und Holz würde dem Stahl ihrer Klinge nicht lange standhalten.

Viele Möglichkeiten, diesen Kampf zu gewinnen, hatte ich also nicht. Magie war untersagt und in meiner Reichweite gab es keine anderen Waffen. Deswegen musste ich listig vorgehen.

Ich bewegte mich zur Seite und sie folgte mir. Als ich den Teppich erreicht hatte, griff die Schlange erneut an. Hastig packte ich den Stoff und riss ihn herunter. Sie fluchte, als ich ihn über sie warf und mit den Holzstücken ihren Oberkörper bearbeitete.

So schnell ich konnte, umrundete ich sie und schlug mit den Stöcken auf sie ein. Es gelang ihr, den Teppich abzuschütteln und sich zu mir umzudrehen, also zielte ich auf ihre Hand. Sie schrie und ließ das Schwert fallen, stürzte sich dann aber auf mich und riss mich zu Boden.

Wir wälzten uns im roten Sand der Arena und ich hieb mit den Stöcken auf sie ein. Die Kriegerin bohrte ihre Krallen in mein Gesicht und ich warf das Holz fort, um ihre Handgelenke packen zu können. Ich lag unter ihr und schaffte es irgendwie, mein Bein zu heben und sie unsanft zwischen die Schenkel zu treten. Bei einem Mann hätte das sicher mehr Wirkung gezeigt, aber auch die Kriegerin keuchte und ich nutzte den Moment, um sie von mir zu werfen.

Meine Finger gruben sich in den Sand und ich kämpfte mich auf die Füße, rannte auf das Schwert zu, das auch die Kriegerin zurückholen wollte. Die Göttin der Jagd verlieh mir die Kraft, schneller zu sein und es zu packen, bevor die Schlange es erreichte.

Lose Haarsträhnen fielen mir ins Gesicht und Sand bedeckte meine schweißnasse Haut, als ich die Spitze auf die Brust der Kriegerin richtete. Sie rang um Atem und hob ihre Arme mit den Handflächen nach vorn. In ihrem Gesicht leuchteten die Spuren meiner Schläge genauso dunkelrot auf wie auf ihren Handgelenken.

»Verschwinde«, keuchte ich und brüllte die Worte dann, da sie nicht darauf reagierte.

Das siegessichere Lächeln kehrte trotz der Niederlage auf ihre Lippen zurück. »Es ist noch nicht vorbei«, meinte sie. »Ich freue mich darauf, dir in der Arena gegenüberzustehen und dich mit meiner Magie zu zerquetschen.«

»Oder ich dich mit meiner«, entgegnete ich.

Sie lachte nur und humpelte aus der Arena.

Ich ließ das Schwert sinken und atmete langsamer. Mein Körper zitterte vor Aufregung und Anspannung. Ich war froh, dass Aryanna schon vor dem Kampf verschwunden war und mich nicht beobachtet hatte. Sonst hätte sie erkannt, dass ich nicht Kalliste war.

Einen Moment blieb ich noch regungslos stehen, dann brachte ich das Schwert zurück in die Waffenkammer und machte mich auf den Weg in mein Zimmer. Ich musste die Spuren dieses Kampfs dringend loswerden, bevor ich zum Abendessen ging. Obwohl ich jetzt noch weniger Lust hatte, den anderen Kriegern zu begegnen.

Kapitel 11

Als ich den Saal betrat, hatten sich bereits die meisten Krieger eingefunden. Unsicher suchte ich nach Dante und atmete erleichtert auf. Er saß an seinem Platz und das tote Tier war vom Tisch verschwunden.

Einer seiner Krieger, der mich entdeckt hatte, stieß ihn an und Dante wandte sich zu mir um. Zumindest würdigte er mich noch immer eines Blickes.

Ich nickte ihm zu, doch bevor ich an ihm vorbeigehen konnte, packte er mein Handgelenk und zog mich auf seinen Schoß.

»Du wirst heute hier essen«, verkündete er und die anderen Wölfe schlugen grölend auf die Tischplatte.

»Aber ich kann nicht …«

»Doch, du kannst und du wirst«, unterbrach er mich leise.

Seine Pupillen weiteten sich, als er in mein Gesicht blickte. Er umfasste mein Kinn und drehte mein Gesicht ein wenig, musterte den Schnitt, der immer noch leicht blutete.

»Was ist da passiert?«, fragte er und ein Knurren schwang in seiner Stimme mit.

»Jemand meinte, ich könnte mich ohne dich nicht wehren«, erwiderte ich. »Ich habe das Gegenteil bewiesen.«

»Wer?« Diesmal war seine Stimme wirklich nur noch ein Knurren und er kniff die Augen zusammen.

»Ist unwichtig«, wiegelte ich ab.

»Ist es nicht«, sagte er. »Du stehst unter meinem Schutz und alle wissen es.«

Dante ließ mein Kinn los und ballte seine Hand zur Faust, bis seine Knöchel knackten. Also umfasste ich sie mit meinen Händen, die so viel kleiner waren als seine.

»Mir ist nichts passiert«, redete ich auf ihn ein. »Beruhig dich.«

»Wie soll ich das anstellen? Du bist meine Gefährtin und trotzdem wagt es jemand, dich anzugreifen.«

Es war nicht schwer zu erkennen, dass er wütend war. Sein Blick wanderte bereits die Tafel entlang und ich ahnte, dass er die Kriegerin, gegen die ich gekämpft hatte, an ihren Blessuren erkennen würde.

Ohne zu zögern, ließ ich seine Hand los, umfasste stattdessen sein Gesicht und lehnte mich nach vorn. Meine Lippen streiften seine Schläfe und Dantes Körper verspannte sich.

»Was tust du?«, fragte er atemlos.

»Zeigen, dass du meine Beute bist«, raunte ich ihm ins Ohr und berührte es dann mit meinen Lippen.

Damit hatte ich seine Aufmerksamkeit und seine Arme schlossen sich besitzergreifend um mich. Keinen Herzschlag später ließ er mich aber wieder los und schob mich ein Stück zurück, bis ich auf seinen Knien statt seinen Oberschenkeln saß.

»Du spielst mit dem Feuer«, verkündete er und sein Blick bohrte sich in meinen. »Selbstbeherrschung ist nicht meine Stärke.«

Ich griff nach einem Teller auf dem Tisch, zog ihn heran und deutete darauf. »Dann lass uns essen«, schlug ich vor.

Dante knurrte und griff schließlich zu. Auch ich zwang mich etwas zu essen, obwohl ich den Geschmack der Leber immer noch auf meiner Zunge spürte. Außerdem war es seltsam, auf dem Schoß des Wolf-Alphas mein Essen einzunehmen. Aber da Dante immer noch einen Arm um meine Taille gelegt hatte, hätte ich nicht einmal aufstehen können, wenn ich es gewollt hätte.

Neben uns langten besonders die Krieger des Holzelements und die Wölfe beim Weinbrand zu, während die Eulen sich zurückzogen. Nur Dante griff nicht nach dem Dekantier mit der goldenen Flüssigkeit und lehnte ab, als einer seiner Krieger ihm ein Glas reichen wollte.

»Du trinkst nicht?«, fragte ich beiläufig.

»Meine Sinne müssen klar bleiben«, erwiderte er. »Immerhin muss ich ein Rehlein davon abhalten, sich in Schwierigkeiten zu bringen.«

»Ich sagte doch, der Kampf ist zu meinen Gunsten ausgegangen«, rechtfertigte ich mich und schnaubte.

»Weißt du«, begann er und seine Hand strich meine Wirbelsäule hinauf.

Ich erschauderte und er lächelte, aber es wirkte nicht wie das siegessichere Lächeln, das er sonst auf den Lippen trug.

»Mit dem Alkohol schwindet auch meine Selbstbeherrschung und du bewegst dich ein bisschen zu viel auf mir«, raunte er mir zu.

»Ich bewege mich doch gar nicht«, meinte ich verlegen.

Er drückte seine Hand zwischen meine Schulterblätter. Ich lehnte mich nach vorn und stütze mich an seiner Brust ab, um nicht auf ihn zu fallen.

»Ich sagte dir schon, du spielst dennoch mit dem Feuer, kleines Reh«, hauchte er und Gänsehaut überzog meinen Körper. Seine Lippen wanderten zu meinem Ohr und ich hielt den Atem an, als ich sie über meiner Haut schweben fühlte. »Und du hast keine Ahnung, wie verführerisch du bist.«

»Weil ich das nicht bin«, entgegnete ich.

Er lachte. Rau und tief. »O doch, das bist du. Zumindest für mich.«

Ich drückte meine Hände gegen seine Brust und stemmte mich hoch. »Hör auf mit mir zu spielen«, forderte ich viel zu stockend.

Seine Lider waren halb gesenkt und er seufzte. »Wird deine Freundin die Nacht heute wieder bei dir verbringen?«, fragte er, statt darauf einzugehen.

»Ich weiß nicht, vermutlich«, antwortete ich ausweichend.

»Dann werde ich heute nicht nach dir sehen«, meinte er.

Ich nickte nur, doch in meinem Magen bildete sich ein Knoten. Irgendwie hatte ich gehofft, er würde später vorbeikommen.

»Dafür werde ich dich nach dem Frühstück wieder mit in mein Zimmer nehmen, damit wir ungestört reden können«, fuhr er fort.

»Tz«, machte ich.

Dante öffnete seine Augen vollständig und betrachtete mich mit einem Grinsen. »Hattest du denn auf etwas anderes gehofft?«

»Der Ton macht die Musik«, erklärte ich.

»Ich habe doch ganz normal gesprochen«, meinte er mit einem Schulterzucken.

»Seid ihr dann fertig?«, verhinderte Aryanna die Antwort, die ich mir gerade zurechtlegte.

Ich drehte mich zu meiner Alpha um, die mit in die Hüften gestemmten Händen hinter uns stand.

»Du wirkst zornig, Aryanna«, sagte Dante leichthin. »Bist du unglücklich über meine Wahl?«

»Was du machst, ist mir eigentlich gleichgültig«, brummte meine Alpha. »Aber wenn du meine Kriegerinnen davon abhältst, sich auf das, was ihnen bevorsteht, vorzubereiten ...«

»Hast du dich nicht mit Zenus, dem Schlangen-Alpha, eingelassen?«, unterbrach Dante sie.

Ich blinzelte und sah verstohlen zu meiner Alpha. Wieso hatte sie einen Krieger der Schlangen ausgewählt? Hatte er ihr Schutz zugesichert?

Aryannas Augen weiteten sich und ihr Gesicht wurde blass. Einen Moment lang formten ihre Lippen lautlose Worte, dann räusperte sie sich. Woher Dante das wusste, ahnte ich nicht. Aber er schien mehr zu wissen und mehr zu sehen als die meisten anderen.

»Deswegen kann ich diese Verbindung auch nicht untersagen«, erklärte Aryanna schließlich. »Aber etwas mehr Zurückhaltung würde euch guttun oder seht ihr hier andere Paare so miteinander umgehen?«

Dante hob die Mundwinkel. »Wie wir miteinander umgehen, ist allein unsere Sache, findest du nicht?«

Seine Stimme war gefährlich leise und Aryanna wich einen Schritt zurück.

»Wir haben jetzt einige Dinge zu besprechen«, sagte sie und klang tatsächlich unsicher. »Kalliste, komm jetzt. Du bist immer noch eine Erdkriegerin.«

Ohne auf mich zu warten, wandte sie sich ab und ging in unseren Flügel. Ich wollte ihr folgen, da legte Dante seinen zweiten Arm um mich und hielt mich fest.

»Bei ihr musst du besonders aufpassen«, raunte er mir zu. »Aryanna ist ehrgeizig und sie spielt ihr eigenes Spiel. Ihre Allianzen sind nicht zufällig gewählt und sie verbirgt etwas.«

»Und es gefällt ihr nicht, dass ich mich mit dir eingelassen habe«, fügte ich hinzu.

»Weil sie deinen Platz will«, meinte er. »Das hat sie mir am ersten Abend ziemlich deutlich zu verstehen gegeben.«

Mein Blick verfinsterte sich und eine seltsame Hitze flutete meinen Körper. Wieso fühlten sich seine Worte wie eine glühende Schwertspitze auf meiner Haut an?

»Kein Grund so finster zu schauen«, sagte Dante leichthin. »Ich schwöre dir, ab jetzt werde ich dir vor jedem anderen Krieger Schutz bieten. Auch vor deiner Alpha. Was dir heute passiert ist, wird sich nicht wiederholen.« Er ließ mich los, schob mich auf die Beine und stand dann ebenfalls auf. »So, und jetzt muss ich mich um ein paar Dinge kümmern. Halte deine Augen und Ohren für mich offen.«

»Wozu?«, fragte ich. »Du weißt doch ohnehin schon alles.«

»Nein«, antwortete er. »Und vieles hätte ich ohne Hilfe nicht herausgefunden.« Er zwinkerte. »Wir sehen uns morgen, mein Rehlein.«

Als er sich zu mir herunterbeugte und einen Kuss auf meine Wange hauchte, kribbelte alles in mir. Hastig wandte ich mich ab, bevor ich noch einen Blick in seine Augen riskieren konnte. Das alles war nur gespielt und ich durfte das nie vergessen.

Meine Beine trugen mich nur langsam in den Flügel des Erdelements. Als ich endlich im Versammlungsraum ankam, warteten schon alle auf mich. Aryanna funkelte mich an, die anderen Kriegerinnen nickten mir zu. Ich setzte mich neben Nele, die mich zum Glück anlächelte und mir so das flaue Gefühl im Magen nahm.

»Da wir endlich vollzählig sind«, brummte Aryanna, »sollten wir über die nächsten Tage sprechen. Den Pokal sollten wir spätestens übermorgen Abend in unseren Händen halten.« Sie wandte sich mir zu. »Kannst du ihn finden?«

Ich schloss die Augen und konzentrierte mich auf das feine Surren der Magie des Pokals. Dann nickte ich. »Er ist immer noch im Zimmer der Eulen.«

»Dann verteidigen sie ihn besser, als ich dachte«, meinte Aryanna. »Ich war sicher, dass die Wölfe oder Bären ihn bereits gestohlen haben. Nun, wir werden sehen, wo er sich übermorgen befindet. Dann überlegen wir, wie wir ihn an uns bringen.«

»Ist das wirklich eine gute Idee?«, fragte Wyrla. »Wir dürfen uns zwar nicht verletzen, aber in der Arena werden die anderen Elemente ihren Zorn kaum bändigen, wenn wir sie bestehlen.«

Aryanna hob ihr Kinn. »Das Element, das den Pokal erringt, wird dem Hochkönig von Kira vorgestellt«, verkündete sie und unterbrach das Raunen, das sich erhob, mit einer Handbewegung. »Auch das stand in dem Brief. Und ich möchte, dass wir diejenigen sind, die zu ihm vorgelassen werden. Er soll sehen, welche Macht wir besitzen, denn soweit ich Dyrals kryptische Worte am ersten Abend verstanden habe, könnte es sein, dass die Regeln für die Prüfungen und Kämpfe dieses Mal anders sein werden. Wenn der Hochkönig uns vor den Ehrenkämpfen kennenlernt, haben wir vielleicht einen Vorteil. Zumal wir ihm bewiesen haben, dass man uns nicht unterschätzen darf.«

Ich wurde hellhörig. Hier ging etwas vor, das ich noch nicht begriff, und ich hoffte, Dante würde es bald aufklären.

»Also, Kalliste«, sagte Aryanna streng. »Wir brauchen deine Fähigkeiten. Ich hoffe, du stellst sie in den Dienst unserer Göttin.«

»Natürlich, Alpha«, erwiderte ich mit demütig geneigtem Kopf.

»Gut. Der morgige Tag ist ein Feiertag in Alderich. Deswegen seid ihr angehalten das Haus zu verlassen und euch auf den Straßen sehen zu lassen«, fuhr Aryanna fort. »Kein Training und ihr verbringt auch nicht den gesamten Tag im Schlafzimmer.« Sie schoss mir einen feindseligen Blick zu.

»Und jetzt geht. Ich muss mich noch um etwas kümmern.« Mit diesen Worten entließ unsere Alpha uns.

Ich ergriff Neles Hand und beugte mich zu ihr hinüber, bevor wir aufstanden. »Komm mit zu mir, bitte«, flüsterte ich ihr ins Ohr.

Sie nickte und wir verließen hinter den anderen Kriegerinnen den Raum. Zielstrebig gingen wir zu meinem Zimmer.

»Geht es dir gut?«, fragte Nele besorgt und legte ihre Hände auf meine

Schultern, sobald ich die Tür hinter uns geschlossen hatte. »Hat er dir wehgetan?«

»Wer?«, murmelte ich und lachte dann. »Dante? Nein, hat er nicht.«

Sie atmete geräuschvoll aus. »Also sind sie doch nicht wahr.«

»Was denn?«, fragte ich.

»Die Schauermärchen über die Wölfe«, antwortete sie. »In der Erdsiedlung wurde uns ja immer erzählt, wie grob und gefährlich sie sind. Aber ich habe heute von einer Rabenkriegerin gehört, dass Wölfe ihre Gefährtinnen auf Händen tragen und alles tun, um sie zu schützen.«

Meine Wangen wurden heiß, als ich daran dachte, wie Dante reagiert hatte, als er die Wunde in meinem Gesicht bemerkt hatte. Wie zärtlich er mich berührt hatte. Es passte nicht zu dem Verhalten, das er den anderen Kriegern zeigte, aber mir gegenüber war er fürsorglich und sanft.

»Ja, ich denke, die Schauermärchen sind nicht wahr«, murmelte ich und spürte einen Stich in meiner Brust. »Auch wenn das mit Dante und mir ...«, begann ich und hielt inne. »Kannst du ein Geheimnis bewahren? Ich meine, noch eines?«

Nele nickte und ich erzählte ihr, dass Dantes Zuneigung nur gespielt war und wir eine Allianz für die Kämpfe geschmiedet hatten.

Bei dem Gedanken wurde mein Herz schwer. Irgendwie wollte ich mir nicht vorstellen, wie Dante eine andere Frau umwarb.

»Ich verstehe, aber trotzdem ist er gut zu dir. Bei den Bären soll es allerdings anders sein«, sagte Nele leise, nachdem ich geendet hatte. »Koda hat gestern eine der Schlangen in sein Bett gezerrt.«

Sie knetete ihre Finger.

»Dir wird er nichts tun«, sagte ich schnell. »Du stehst auch unter Dantes Schutz.«

»Ich weiß das zu schätzen, aber das müsst ihr nicht machen«, meinte sie. »Und ich werde ab jetzt wieder in meinem Zimmer schlafen. Damit ich euch nicht abhalte von ...«

»Bleib noch eine Nacht«, unterbrach ich sie schnell. »Er kommt mich heute nicht besuchen und ich würde mich besser fühlen, wenn du hier bist.«

»In Ordnung«, stimmte sie mit einem Lächeln zu. »Aber ab morgen werde ich mich in meinem eigenen Zimmer verbarrikadieren.«

»Klingt nach einem guten Plan«, entgegnete ich.

»Was wirst du morgen machen?«, fragte Nele, als wir uns ins Bett legten und ich das Licht löschte. »Den Tag mit Dante in der Stadt verbringen?«

»Ich weiß es noch nicht«, gestand ich. »Bisher wusste ich nicht, dass wir einen Feiertag haben, und er hat mich noch nicht gefragt. Vermutlich hat er andere wichtige Dinge zu erledigen.«

»Ach, ich glaube, er will bei dir sein«, verkündete Nele entschieden. »So, wie er dich ansieht, wundert es mich, dass er heute Nacht nicht hier auftauchen will.«

»Er ist der Wolf-Alpha«, warf ich ein. »Spätestens, wenn die Ehrenkämpfe beginnen, sind wir Feinde.«

»Mag sein«, gab sie zu. »Wenn ihr beide daran teilnehmt.«

Ich schwieg und starrte an die dunkle Zimmerdecke. Es gab keine Zukunft für uns, selbst wenn das, was Dante und mich verband, echt gewesen wäre. Allein bei dem Gedanken fühlte ich ein Brennen in meiner Kehle und schluckte dagegen an. Ich hoffte nur, dass wir uns bei den Ehrenkämpfen nicht auf Leben und Tod in der Arena gegenüberstehen würden.

Kapitel 12

Ich zerrte an dem Kleid herum, das ich anziehen musste. Am Morgen hatte es an der Tür meines Schranks gehangen und Nele hatte ein ähnliches in ihrem Zimmer gefunden.

Als Aryanna dann in einem enganliegenden Kleid mit tiefem Ausschnitt vor uns stand und uns zur Eile mahnte, wusste ich, dass ich dieses Gewand würde tragen müssen.

Das Kleid war wieder wie für mich geschneidert. Es schmiegte sich eng an meinen Körper. Der Stoff des Oberteils war fast durchsichtig und der Rock so hoch geschlitzt, dass bei jedem Schritt meine Beine zum Vorschein kamen. Mir war nicht klar, warum wir uns für den Feiertag in Alderich so herausputzen mussten. Wenn die Menschen Krieger sehen wollten, hätten wir uns doch eher Rüstungen anlegen sollen.

Mir entging nicht, wie sich die Augen der männlichen Krieger auf uns richteten, als wir den Saal betraten. Die Männer trugen tatsächlich Lederrüstungen. Warum mussten wir uns so verkleiden, wenn sie sich ganz gewöhnlich anziehen durften? Und wieso wusste man außerhalb von Alderich scheinbar nichts von diesem Feiertag? Ich zumindest hatte noch nie etwas davon gehört und auch Dante hatte ihn gestern nicht erwähnt.

Mein Blick wanderte zur Tafel, an der die meisten Wölfe saßen, nur Dante nicht. Also straffte ich meine Schultern und ging zu meinem Platz. Ich hatte ihn noch nicht erreicht, da erklangen schwere Schritte hinter mir. Meine Nackenhaare richteten sich auf. Das Gefühl seines Blicks auf mir ließ mich zusammenzucken und ich hob meinen Kopf, um ihn anzusehen.

Dante stand in seiner grauen Rüstung vor mir. Er trug keine Waffen, aber allein seine Ausstrahlung genügte vermutlich, um jeden Gegner zur Aufgabe zu bewegen. Seine Augen glitten über meinen Körper und er machte einen Schritt auf mich zu. Behutsam legte er den Umhang, den er eben noch getragen hatte, um meine Schultern.

»Ich weiß nicht, ob ich den annehmen darf«, murmelte ich.

»Darfst du, weil er ein Geschenk von mir ist«, entgegnete er ruhig. »Ich muss doch sicher gehen, dass kein anderer dich anstarrt.«

Ein Lächeln stahl sich auf mein Gesicht, das er erwiderte.

»Ich weiß, ich habe gesagt, wir gehen nach dem Frühstück auf mein Zimmer«, meinte er. »Aber dieser Feiertag hat mich etwas unerwartet erwischt. Also werde ich erst am Abend zu dir kommen können.«

»Und während der Feier?«, fragte ich. »Wie lauten deine Pläne da?«

»Ich werde den Tag nutzen, um mich in der Stadt umzuhören«, antwortete er.

»Allein?«, hakte ich nach.

Er nickte. »Es ist sicherer«, murmelte er und strich eine Haarsträhne aus meinem Gesicht. »Ich mache es wieder gut.«

»Wovon sprichst du?« Ich blinzelte und hielt den Atem an, als er mein Gesicht in seine Hände nahm.

»Dass ich dich den Tag über allein lasse.«

»Du musst nichts gut machen«, erwiderte ich unsicher.

»Doch, das muss ich.«

Dann ließ er mich los und wir setzten uns dicht nebeneinander auf meine Seite des Tisches. Wir aßen schweigend, weil zu viele Augen auf uns gerichtet waren.

Nach dem Frühstück führten die Alphas uns hinaus auf die Straßen der Stadt, die mit bunten Fähnchen in den Farben der Elemente geschmückt waren.

Die Menschen winkten uns zu und ich war froh mich in Dantes Umhang hüllen zu können. Nele drängte sich an mich und ich schirmte sie von neugierigen Blicken ab. Im Gegensatz zu Citlali, die in ihrem gewagten Kleid zwischen Koda und Dante ging und ihren Körper wohl gerne zur Schau stellte, gefiel es den meisten anderen Kriegerinnen nicht, so schutzlos zu sein. Aber sie war eine Alpha und konnte vermutlich hervorragend kämpfen, egal was sie trug.

Auf einem Platz im Stadtzentrum, direkt vor dem Ratsgebäude der Elemente, hatte man ein Podest errichtet, auf das die Alphas kletterten. Wir sollten davor warten. Immerhin war der Bereich, in dem wir uns aufhielten, abgesperrt und Männer in weißen Rüstungen standen mit gezückten Schwertern davor. Vermutlich waren sie die Gardisten des Hochkönigs.

Ich drehte mich um und betrachtete das Ratsgebäude, über dem die Banner mit den Wappentieren der Elemente wehten. Hier trafen sich die Alphas, wenn der König sie rief. Dieses Gebäude war ein Symbol dafür, dass die Elemente sich nicht bekämpfen mussten, sondern auch friedlich miteinander reden konnten.

Als Dyral auf der Bühne erschien, schob ich meine Gedanken beiseite. Der erste Diener des Königs sprach von einem großen Feiertag, da heute vor achtzig Sonnenumdrehungen der unsterbliche Leonid den Thron bestiegen und die Elemente vereint hatte. Der Hochkönig selbst erschien allerdings nicht auf der Tribüne. Selbst an dem Feiertag, der ihm gewidmet war, wirkte es, als würde er gar nicht existieren.

Aryanna war als Alpha immer wieder in der Hauptstadt gewesen, aber auch sie war dem König nie begegnet. Ich nahm mir vor mit Dante darüber zu sprechen, sobald sich die Möglichkeit dazu ergab.

»Also feiert, Bürger von Alderich«, beendete Dyral seine langatmige Rede. »Feiert und freut euch auf die nächste Prüfung der Elemente.« Er hob einen Kelch aus Glas mit blutroter Flüssigkeit darin an. »Auf die Krieger, die das Licht der Sterne für uns neu erringen werden.«

»Auf die Krieger!«, riefen die Menschen zur Antwort, aber niemand jubelte.

Von irgendwo erklang Musik und der Duft nach Essen stieg mir in die Nase. Die Gardisten verschwanden mit Dyral und die Krieger mischten sich unter die Leute. Trotzdem war die Stimmung nicht ausgelassen. Sie war nicht festlich, eher erzwungen. Niemand lächelte, niemand freute sich. Es fühlte sich seltsam an, hier zu sein.

Nele griff nach meiner Hand. »Ich werde mich zum Haus zurückschlagen«, meinte sie. »Kommst du mit mir?«

Ich sah mich nach Dante um, aber er war bereits verschwunden.

»Emaya?«, flüstere meine Freundin.

»Ich denke, ich werde zum Friedhof der Krieger gehen«, murmelte ich. »Ich würde gerne meine Mutter besuchen …«

Nele drückte meine Hand. »Soll ich mit dir gehen?«

»Nein, ich … wäre gerne allein.«

Sie umarmte mich kurz. »Pass auf dich auf«, raunte sie.

»Und du auf dich«, erwiderte ich.

Dann ließen wir uns los und Nele verschwand in der Menge. Ich zog den Umhang enger um mich und sah mich noch einmal nach Dante um, konnte ihn aber nicht finden.

Seufzend schlängelte ich mich durch die feiernden Menschen und versuchte mich an den Weg zum Friedhof zu erinnern.

***

Die Geräusche der Feier waren längst in der Ferne verklungen, als ich durch das gusseiserne Friedhofstor trat. Der Weg aus weißem Kies war mit einer roten Sandschicht überzogen und das Gras, das die Grabstellen umgab, wirkte verwelkt.

Ich hatte den Friedhof nicht auf Anhieb gefunden, aber zumindest hatte ich unterwegs eine Blume von einer Hauswand pflücken können, um sie meiner Mutter mitzubringen. Meine Schritte knirschten auf dem Kies und waren das einzige Geräusch, das ich vernahm. Kein Tier schien sich hierher verirrt zu haben und erst recht kein Mensch. Ich fühlte mich, als hätte ich eine andere Welt betreten, die nicht zu Alderich und seinem seltsamen Fest zu Ehren des Hochkönigs gehörte.

Die Gräber der Sternenkrieger waren nach Elementen aufgeteilt. Ich ging vorbei an jenen des Feuers, des Holzes und Metalls. Von ihnen befanden sich die meisten Krieger an diesem Ort. Beim Wasser wurden es schon deutlich weniger Marmorplatten, die man über die Körper gelegt und in die Erde eingelassen hatte. Bei Wind und Erde entdeckte ich jeweils nur drei Grabstellen.

Ich hielt auf die Marmorplatten meines Elements zu, die hellbraun gefärbt waren. In goldener Schrift hatte man die Namen der Sternenkriegerinnen in den Stein gemeißelt. Ich las jeden von ihnen und drehte mich um, als ich Schritte hörte.

»Wenn ich es nicht besser wüsste, hätte ich gesagt, du hast nach mir gesucht«, sagte Dante und blieb dicht hinter mir stehen.

Ich hatte nicht mit ihm gerechnet. Trotzdem überraschte es mich nicht, dass er hier war. Unsere Wege kreuzten sich ständig.

»Aber meinetwegen bist du nicht hier«, meinte er, als ich schwieg und deutete auf das Grab. »Besuchst du ein Familienmitglied?«

»Meine Mutter«, antwortete ich mit brüchiger Stimme.

Er betrachtete den goldenen Namen auf dem Stein. ›Lira Sonnrad‹ stand in geschwungenen Buchstaben darauf und der Kampf, in dem sie ihr Leben verloren hatte. Sie hatte gegen einen Krieger des Metallelements verloren.

»Das tut mir leid«, flüsterte Dante.

Wieder schwieg ich und presste meine Finger zusammen. Ein Krieger seines Elements hatte meine Mutter getötet und mein Vater hatte erzählt, dass etwas bei dem Kampf nicht mit rechten Dingen zugegangen war. Aber das konnte ich ihm nicht sagen, ohne es wie einen Vorwurf klingen zu lassen.

»Du solltest nicht allein hier sein«, sagte Dante schließlich.

»Ich wollte ungestört mit meiner Mutter reden«, entgegnete ich scharf. »Die anderen haben das respektiert.«

Niemand außer Nele wusste, dass ich hier war. Aber das musste ich ihm nicht erzählen, denn die Wahrheit ging ihn nichts an.

»Die anderen ahnen auch nicht, in welcher Gefahr du schwebst«, murmelte Dante.

Ich fuhr zu ihm herum und sah ihn mit zusammengekniffenen Augen an. »Und die wäre?«

Er holte tief Luft und ließ dann seine Schultern sinken. Statt meine Frage zu beantworten, wechselte er das Thema. »Du bist Heilerin, Kalliste. Du hast noch nie ein Kampftraining absolviert. Wieso willst du zu den Ehrenkämpfen, wenn deine Göttin offensichtlich falsch gewählt hat?«

Ich presste meine Kiefer aufeinander. »Du ziehst Erkundigungen über mich ein, statt mit mir zu reden?« Er musterte mich schweigend und ich schnaubte. »Das verstehst du nicht.«

»Aber ich würde es gerne verstehen«, meinte er. »Hier kann uns niemand belauschen. Erzähl es mir.«

Kopfschüttelnd wandte ich mich wieder dem Grab zu. »Warum sollte ich dir etwas erzählen, wenn du dich selbst in Schweigen hüllst und mich hinter meinem Rücken ausspionierst?«, fragte ich mit vor Zorn bebender Stimme.

»Es ist noch zu früh ...«

»Dafür auch«, unterbrach ich ihn schroff.

»Ich verstehe«, brummte er. »Dennoch bleibe ich dabei. Du solltest nicht allein hier sein. Ich warte, aber dann begleite ich dich zum Haus zurück.«

»Wolltest du dich nicht um etwas kümmern?«, fauchte ich. Aber kaum hatte ich ihn angefahren, fühlte ich mich schlecht. Dante schien besorgt um mich zu sein.

»Du bist wichtiger«, sagte er leise.

Mein Herz wurde schwer von den Schuldgefühlen, die mich erdrücken wollten. Deswegen griff ich nach seiner Hand, bevor er sich abwenden konnte.

»Bleib, bitte«, bat ich ihn. »Es ... tut mir leid, dass ich so wütend bin.«

Mehr konnte ich nicht sagen. Dante nickte und stellte sich neben mich. Als meine Augen vor Tränen brannten, legte er einen Arm um meine Schultern und ich ließ es zu. Er wusste, dass ich Schwächen besaß und irgendwie war es schön, sie nicht immer verstecken zu müssen.

Mama, dachte ich. *Ich weiß nicht, warum es mir so wichtig ist, aber ich möchte das beenden, was du begonnen hast. Vielleicht finde ich heraus, was dir widerfahren ist. Ich fühle deine Stärke in mir und deinen Schutz, denn du wachst immer über mich. Bitte, pass auf Kalliste auf.*

Ich räusperte mich und wischte mit dem Handrücken über mein Gesicht. Dann sank ich vor dem Grab auf die Knie und legte die Blume auf die Erde. Mit geschlossenen Augen ließ ich Magie durch meine Finger fließen und fühlte, wie die Blume Wurzeln in den Boden schlug und zu wachsen begann. Sie hüllte den Marmorstein ein und unzählige kelchförmige lila Blüten öffneten ihre Köpfe.

»Sie hat diese Blumen geliebt«, erklärte ich, als ich aufstand.

Dante legte seinen Arm um mich und zog mich an sich. »Sie sind wirklich schön«, meinte er. »Deine Magie ist etwas Besonderes.«

»Ja, ich kann Pflanzen wachsen lassen«, brummte ich.

Für ihn musste das lächerlich sein. Das Metallelement konnte den Sturm lenken und Blitze erzeugen. Ich konnte die Erde beben lassen, schwache Ranken verzaubern und Pflanzen zum Wachsen bringen. In der Arena würde mir das nur bedingt helfen.

»Du erschaffst Leben«, warf er ein. »Und das so selbstverständlich, als wäre es überhaupt nicht schwer.«

Ich stieß den Atem aus. Es klang beinahe wie ein Kompliment und mit Komplimenten hatte ich noch nie umgehen können.

»Wir können meinetwegen gehen«, murmelte ich nur.

Dante ließ mich los und hielt mir seine Hand hin. Einen Moment zögerte ich, dann ergriff ich sie. Weil ich diese Nähe und Vertrautheit, die zwischen uns bestand, mochte.

Er führte mich über Nebenstraßen vorbei an dem Fest bis zum Haus der Elemente. Vor der Tür blieb er stehen.

»Soll ich mit dir hineingehen?«, fragte er.

»Nein, bis zu meinem Zimmer finde ich den Weg allein«, erwiderte ich mit einem schiefen Lächeln.

Er seufzte. »Ich habe kein gutes Gefühl dabei, dich jetzt allein zu lassen.« Dante strich über meine Hand. »Geh bitte direkt in dein Zimmer und verriegle die Tür. Ich bin zum Abendessen wieder hier und komme in der Nacht zu deinem Fenster.«

»Dante, was geht hier vor?«, hakte ich nach.

Ich keuchte, als er mich unvermittelt in seine Arme zog. »Ich erzähle es dir heute Nacht«, versprach er und ließ mich dann los. »Geh bitte in dein Zimmer.«

Verwirrt nickte ich und betrat das Haus. Ich sah ihn noch einmal an, dann schloss ich die Tür.

Kaum war sie zu, traf mich etwas an der Schläfe und ich krachte gegen die Wand. Erneut traf mich etwas, dann wurde alles um mich schwarz.

Kapitel 13

Meine Schläfen pochten. Holz splitterte. Metall klirrte und jemand schrie. Dann wurde es still und nur das Knurren eines Wolfs drang an mein Ohr.

Ich blinzelte und fluchte leise, weil etwas in meinen Augen brannte.

»Bleib liegen«, sagte Dante immer noch knurrend.

Es dauerte einen Moment, bis ich meine Umgebung erkannte. Ich lag im Eingangsbereich des Hauses neben einem Mann, der mich aus toten Augen anstarrte.

Ich schrie und wollte zurückweichen, da löste sich ein Mann in schwarzem Umhang aus dem Schatten und stürzte sich auf Dante. Der riss einen Arm hoch und fing die Hand ab, in der sein Angreifer einen Dolch hielt, dann rammte er ihm die Faust in den Bauch. Dante packte den Mann und warf ihn zu Boden. Dann ging er auf ihn los. Ich hörte ein Knacken. Der Mann rührte sich nicht mehr. Mir wurde übel.

Laute Schritte kamen näher. Jemand rannte an Dante vorbei, sprang über mich, riss die Tür auf und verschwand aus dem Haus. Schreie erklangen und Krieger aller Elemente rannten auf uns zu.

Sie starrten auf die beiden Leichen zu Dantes Füßen. Er war mittlerweile wieder aufgestanden und kam zu mir.

Gerade noch hatte er mit bloßen Händen zwei Männer getötet und jetzt hob er mich mit ebendiesen Händen behutsam hoch und presste seine Lippen auf meine Stirn.

»Ich hätte gleich mit dir kommen sollen«, sagte er leise. »Verzeih mir.«

»Was ... wer ...«, stammelte ich und mein Blick wanderte zu den beiden Toten.

»Bei Kamana, Kalliste«, keuchte Nele. »Was ist geschehen?«

Ich kam nicht zu einer Antwort.

»Wir haben sie zu spät bemerkt«, erklärte ein Eulenkrieger. »Sie haben beim Luftelement gestöbert und wir haben sie dort gestellt. Aber ein paar konnten entkommen.«

»Wie viele?«, wollte Dante wissen.

»Ein gutes Dutzend«, meinte ein Schlangenkrieger. »Nur die Götter wissen, was sie hier wollten.«

Dantes Kiefer knackte und der Ausdruck auf seinem Gesicht versetzte mich in Angst. Aber bevor ich ihn fragen konnte, was los war, erschien jemand, mit dem ich nicht gerechnet hätte.

»Was ist hier los?«, fragte Dyral grimmig und starrte auf die beiden Männer auf dem Boden. »Einbrecher?«

»Sieht so aus«, entgegnete Dante mit vor Wut bebender Stimme. »Oder Auftragsmörder?«

Dyral sah ihn mit unbewegter Miene an. »Ihr seid die Krieger der Götter. Einige von euch werden als Sternenkrieger helfen, die Magie zu erneuern. Für die Menschen hier seid ihr Helden. Wer sollte es auf euch abgesehen haben?«

Dantes Körper bebte und sein Atem ging stoßweise. Ich war mir sicher, dass er sich auf Dyral gestürzt hätte, wenn er mich nicht halten würde. Auch mich machte der Diener des Hochkönigs nervös. Allerdings konnte ich nicht greifen, was mich an ihm störte. Ein seltsames Gefühl erfasste mich jedes Mal, wenn ich diesem Mann zu nahe kam.

»Dante«, hauchte ich und er wandte seinen Blick tatsächlich von Dyral ab, um mich anzusehen. »Würdest du mich auf mein Zimmer bringen? Bitte.«

»Ich kann nicht«, sagte er. »Deine Alpha erlaubt es nicht. Aber ich bringe dich in mein Zimmer.«

Ohne ein weiteres Wort trug er mich an Dyral und den Kriegern vorbei. Hinter uns bellte Dyral Befehle, wie man mit den Leichen umzugehen hätte. Ich hoffte nur, Dante würde keine Schwierigkeiten bekommen.

»Wer waren diese Männer wirklich?«, fragte ich kaum hörbar, als wir sein Zimmer betraten.

»Vermutlich hat Dyral selbst sie geschickt«, antwortete Dante leise und legte mich behutsam auf sein Bett. »Sein Geruch haftet an ihnen.«

»Aber warum hat er sie geschickt?«

Dante verschwand in seinem Badezimmer und kehrte mit einem Krug und einem Tuch in den Händen zurück. Er tauchte den Stoff in den Krug, wrang ihn aus und tupfte an meinem Kopf herum.

Das weiße Tuch färbte sich rot und ich biss die Zähne zusammen, weil selbst seine sanften Berührungen schmerzten.

»Ich weiß nicht warum«, sagte er, ohne innezuhalten. »Mir fehlen noch zu viele Antworten, damit sich ein Bild ergibt. Aber entweder haben sie es eigentlich auf mich abgesehen und du warst nur zur falschen Zeit am falschen Ort oder sie haben etwas gesucht.«

»Was könnten sie gesucht haben?«

Dante schwieg einen Moment, dann atmete er geräuschvoll aus. »Das kann ich dir noch nicht erzählen. Es bringt dich noch mehr in Gefahr. Aber wenn ich mir ansehe, was sie mit dir gemacht haben, bereue ich es, dich da hinein gezogen zu haben.«

Ich schluckte und legte meine bebenden Finger auf seinen Unterarm. Er sah mir in die Augen, während ich nach Worten suchte. Wie hätte er wissen sollen, was heute geschieht? Waren die Männer etwa hinter mir her? Aber wieso?

Doch die einzige Frage, die über meine Lippen kam, war: »Heißt das, du willst unsere Vereinbarung lösen?«

»Dazu ist es wohl zu spät«, antwortete er grimmig. »Es würde dich in noch größere Gefahr bringen, wenn ich mich von dir abwende. Also werde ich einfach besser auf dich achtgeben müssen.«

Ich wollte widersprechen, ihm sagen, dass ich selbst auf mich aufpassen konnte. Aber als ich den Ausdruck in seinen Augen sah, ließ ich es. Er schien sich schuldig zu fühlen, obwohl er das nicht tun musste. Es war nicht seine Schuld, dass diese Kerle mich überrumpelt hatten, ich hätte besser auf meine Umgebung achten müssen.

»Aryanna meinte, dass der Gewinner der ersten Prüfung zum Hochkönig gebracht wird«, lenkte ich das Gespräch in eine andere Richtung, obwohl immer noch so viele Fragen offenblieben.

»Ja, das ist richtig«, erwiderte er. »Ich nehme an, Aryanna will dort unbedingt hin.«

Ich nickte und sog scharf den Atem ein, als ein stechender Schmerz durch meinen Kopf fuhr.

»Nun, dann wird sie sich wohl mit Koda einlassen müssen, um das zu erreichen«, brummte Dante.

»Wieso? Ich dachte, die Eulen haben den Pokal ...«

»Nein, die Bären haben ihn heute gestohlen«, meinte Dante. »Und es ihm abzunehmen könnte schwierig werden. Fast so schwierig wie mir.«

»Ist das eine Herausforderung?«, fragte ich und stöhnte leise beim Aufsetzen.

Dante schnaubte. »Du solltest liegen bleiben.«

»Es geht mir gut«, log ich, weil ich nicht wollte, dass er sich Sorgen machte. »Ich habe einen ziemlichen Dickschädel.«

»Ja, das ist mir bereits aufgefallen«, brummte er.

»Ich tue mal so, als wäre das ein Kompliment«, meinte ich.

»Die richtigen Komplimente nimmst du nicht an, aber das schon?« Dante hob seine Mundwinkel. »Irgendwie werde ich aus dir nicht schlau, mein Rehlein.«

»Du spielst deine Spiele und ich meine«, entgegnete ich neckisch.

»Du denkst also, das alles ist ein Spiel?«, fragte er mit belegter Stimme. Bevor ich antworten konnte, seufzte er und stand auf.

»Wo gehst du hin?«, fragte ich und wollte ebenfalls aufstehen, doch mir wurde sofort schwindelig.

»Ich suche deine Freundin Nele und bitte sie sich um dich zu kümmern«, erwiderte er. »Ich würde lieber selbst bleiben und dich beschützen, aber ich muss etwas erledigen.«

»Bring mich einfach zum Erdflügel«, schlug ich vor. »Ich finde Nele dann schon.«

Dante zögerte, dann kam er zu mir und hob mich hoch. Diesmal wehrte ich mich nicht.

»Bitte glaub mir, dass ich lieber für dich da wäre«, raunte er nah an meinem Ohr.

»Ich glaube dir«, antwortete ich und meinte es auch so.

Vor der Treppe, die zu den Zimmern meines Elements führte, blieb er stehen und setzte mich ab. Ich lehnte mich an ihn, weil meine Beine fast unter mir nachgaben und weil ich noch nicht bereit war ihn loszulassen.

»Lass dir das Essen auf dein Zimmer bringen«, sagte er. »Und ruh dich aus. Bleib nicht wach und warte auf mich. Wir können auch morgen reden.«

Er klang besorgt und weil mir ohnehin schon schwindlig war, nickte ich nur. Ich war froh, als ich Nele erblickte, die mit schnellen Schritten auf uns zukam.

»Kalliste«, flüsterte sie und betrachtete meine Schläfe.

»Kümmere dich bitte um sie«, forderte Dante sie auf. »Sie soll sich schonen, am besten nur liegen. Wenn eure Alpha damit ein Problem hat, soll sie das mit mir klären.«

»Natürlich, ich bleibe bei ihr«, versprach Nele.

»Danke.« Dante beugte sich zu mir herab und hauchte einen Kuss auf meine Stirn. »Wir sehen uns morgen.«

»Pass auf dich auf«, raunte ich, als er mich Nele in die Arme drückte.

Er lächelte, dann ging er und ich hörte die Haustür kurz darauf ins Schloss fallen.

»Ein Glück, dass Dante gleich durch die Tür kam, als dieser Kerl sich auf dich gestürzt hat«, murmelte Nele auf dem Weg zu meinem Zimmer.

Ich legte mich auf das Bett und atmete erleichtert auf. Bevor ich noch ein Wort sagen konnte, fielen mir die Augen zu und meine Gedanken verschwanden in einem Strudel aus Schmerz. Ein seltsames Gefühl nistete sich in meiner Brust ein, weil Dante sich in meine Träume schlich.

***

Als ich aufwachte, lag Nele neben mir und graues Tageslicht fiel durch das vom Schrank halb versperrte Fenster herein. Ich streckte mich und keuchte, als meine Hand einen Körper neben dem Bett berührte. Hastig drehte ich mich um und fluchte leise, weil meine Schläfe wie wild pochte. Dann starrte ich Dante an, der auf einem Stuhl saß.

Seine Augen waren geschlossen, sein Kopf war auf seine Brust gesunken und das dunkelgraue Haar mit den schwarzen Spitzen fiel ihm ins Gesicht. Er atmete tief und regelmäßig.

So lautlos wie möglich setzte ich mich auf, um ihn zu betrachten. Selbst im Schlaf wirkte er angespannt.

Das Bett knarrte, als ich näher an ihn heranrückte, aber er öffnete die Augen nicht. Deswegen strich ich ihm behutsam die Haare aus der Stirn und betrachtete ihn.

»Hast du wirklich in der Nacht auf mich aufgepasst?«, fragte ich leise.

»Ich hätte sonst nicht schlafen können«, murmelte er und öffnete die Lider. »Obwohl der Schlaf hier nicht viel erholsamer war.«

Dante streckte sich und gähnte. Dann hob er seinen Arm und winkte mich zu sich. Zwar war mir nicht ganz wohl dabei, mich auf seinen Schoß zu setzen, weil ich dem Stuhl nicht zutraute, uns beide zu tragen, dennoch ging ich zu ihm.

»Fühlst du dich besser?« Er zog mich an sich und obwohl das Holz knarrte, gab es unter meinem zusätzlichen Gewicht nicht nach. Also schmiegte ich mich an ihn, weil seine Nähe mein viel zu schnell schlagendes Herz beruhigte. »Als ich am Abend nach dir gefragt habe, meinte Nele, du wärst vor Erschöpfung mitten im Gespräch eingeschlafen.«

»Ja, ich habe den Schlaf wohl wirklich benötigt«, antwortete ich und strich durch sein leicht zerzaustes Haar. »Aber es geht mir gut, du musst nicht länger hierbleiben.«

»Und wenn ich es will?«, hakte er nach und sah zu mir auf.

»Dann bist du hier willkommen«, entgegnete ich.

Dante schloss seine Arme um mich und lehnte sein Gesicht an meine Schulter. »In dem Fall würde ich gerne noch bleiben, bis deine Freundin aufwacht.«

»In Ordnung«, murmelte ich und schloss meine Augen.

Und schon war ich wieder in den Armen meines Wolfs eingeschlafen.

Kapitel 14

Aryanna hatte uns noch vor dem Frühstück in dem großen Raum unseres Flügels zusammengerufen. Zu meiner Überraschung hatte sie dort Essen auf dem großen Tisch auftragen lassen.

Als ich eintrat, kam sie zu mir und musterte mich. Von dem Argwohn, den sie mir die letzten Tage entgegengebracht hatte, war in ihren Augen nichts mehr zu erkennen.

»Geht es dir gut?«, fragte sie und klang ehrlich besorgt.

»Ja, ich hatte Glück«, entgegnete ich. »Ich habe die Angreifer nicht bemerkt …«

»Niemand hat das«, meinte meine Alpha. »Sie sind eingebrochen, als wir beim Fest waren. Allerdings haben sie wohl nicht damit gerechnet, dass einige Krieger früher zurückkommen und sie stören würden.« Sie stieß den Atem aus. »Ein Glück, dass niemand wirklich verletzt wurde. Bis zu den Arenakämpfen sollten alle Krieger wieder gesund sein.«

Ich nickte und war froh mich endlich setzen zu können. Aryanna erzählte von dem Einbruch, während wir aßen. Aber viel mehr, als dass vermummte Männer in das Haus eingedrungen waren und gegen einige Krieger gekämpft hatten, konnte sie nicht berichten.

»Wir wissen nicht, was sie gesucht haben«, schloss sie ihre Erzählung ab. »Aber Dyral hat versprochen die Sicherheitsvorkehrungen zu erhöhen. Das Haus steht unter einem Schutzzauber des Hochkönigs und es sollte niemandem außer uns möglich sein, es zu betreten. Aber die Magie scheint auch hier bereits schwächer zu werden und das haben diese Männer ausgenutzt.«

Ich grub meine Fingernägel schmerzhaft in meine Oberschenkel, um ein Schnauben zu unterdrücken. Dante traute Dyral nicht und ich hatte immer ein mulmiges Gefühl, wenn ich dem Diener begegnete. Vielleicht lag es an seiner Macht, aber etwas an ihm missfiel mir. Entweder hegte Aryanna keine Vermutungen, dass Dyral selbst hinter dem Einbruch steckte, oder sie verbarg es gut.

»Aber es ist doch seltsam«, meinte nun Wyrla und schob ihren Teller von sich. »Wir werden aufgefordert an dem Fest teilzunehmen und in der Zwischenzeit bricht hier jemand ein. Wozu? Was könnten wir besitzen, das für andere interessant ist?«

»Das wird Dyral im Auftrag des Königs herausfinden«, entgegnete Aryanna kühl. »Und wir sollten uns auf den heutigen Tag konzentrieren. Kalliste, kannst du den Pokal spüren?«

Ich schloss die Augen und folgte dem Knistern der Magie. Diesmal führte es mich in den Bereich der Wölfe in ein Zimmer, das riesengroß war und eine Balkontür besaß. Dort, in einem Regal zwischen Trophäen, entdeckte ich den Pokal.

»Er ist bei den Wölfen«, erklärte ich.

Aryanna nickte. »Das erklärt, warum die Bären gestern Abend in der Halle auf die Wölfe losgegangen sind«, sagte sie. »Wir werden bis nach Einbruch der Dunkelheit warten. Sollte der Pokal dann noch bei den Wölfen sein, besprechen wir das weitere Vorgehen. Nutzt den restlichen Tag, um euch zu erholen, wir treffen uns heute Abend wieder hier.«

Ich war froh, dass ich mich auf mein Zimmer zurückziehen konnte. Allerdings hatte ich gehofft Dante zu sehen. Als ich heute Morgen aufgewacht war, war er nicht mehr bei mir gewesen. Hoffentlich sorgte er sich nicht unnötig um mich.

Nele und ich nutzten den Tag, um meine Wunden zu versorgen. Zum Erholen gingen wir auf den Balkon, den man vom Dampfbad aus sehen konnte. Warme Luft umgab uns und ich schlüpfte aus dem viel zu warmen Kaftan. Mein Blick wanderte zu dem Balkon des Wolfsflügels. Hinter dieser Tür lag der Pokal.

Ich hatte ein mulmiges Gefühl dabei, ausgerechnet Dante zu bestehlen. Vielleicht nahm ja ein anderes Element den Wölfen den Pokal bis zum Abend ab. Allerdings war ich nicht sicher, ob ich wirklich darauf hoffen wollte.

***

»Ich soll mich in die Unterkunft der Wölfe schleichen?«, fragte ich.

»Ganz recht. Wenn die Wölfe später im Saal beim Essen sitzen, kannst du dich hineinschleichen«, erwiderte meine Alpha.

»Aber wie soll ich das schaffen, ohne bemerkt zu werden?«

»Zum einen werden wir an dem Essen teilnehmen und erklären, dass du noch zu schwach bist, um uns zu begleiten«, meinte Aryanna und zog etwas aus ihrer Hosentasche, »und zum anderen wirst du das vorher trinken.«

Sie hielt mir ein Fläschchen mit milchiger Flüssigkeit vor die Nase. »Was ist das?«, fragte ich, ohne es entgegenzunehmen.

»Ein Trank, der dich für einige Minuten unsichtbar macht«, erklärte sie. »Dyral hat jedem Alpha einen gegeben, um diese Aufgabe zu meistern. Ich sollte nichts sagen, bis wir ihn verwenden. Du bist diejenige, die den Pokal spürt, also solltest auch du ihn holen.«

Ich hatte kein gutes Gefühl dabei, weil es mir vorkam, als würde ich Dante hintergehen.

»Du bist eine Kriegerin der Göttin Kamana«, sagte Aryanna streng. »Benimm dich auch so. Du bist zwar eine Heilerin, aber du hast die Gabe, den Pokal zu spüren und deswegen musst du dich der Herausforderung stellen. Ich werde ihn dann bis morgen früh schützen.«

Zögerlich hob ich meine Hand und nahm ihr das Fläschchen ab. »Wie lange wirkt der Zauber?«, wollte ich wissen.

Aryanna zuckte mit den Schultern. »Ich denke, nicht lange. Also beeil dich lieber und trink ihn erst, kurz bevor du aufbrichst.«

Ich nickte und steckte den Trank ein.

***

Der Knoten in meinem Magen zog sich noch enger zusammen, als die Kriegerinnen zum Essen aufbrachen. Es war schon recht spät und die Stimmen, die aus dem Saal drangen, klangen bereits sehr angeheitert. Kurz bevor das Licht der Halle auf mich fallen konnte, setzte ich das Fläschchen mit dem Zauber an meine Lippen und trank die bittere Flüssigkeit.

Keuchend taumelte ich gegen die Wand. Meine Haut schien in Flammen zu stehen. Nele drehte sich zu mir um und biss sich auf die Unterlippe.

»Kalliste?«, fragte sie leise.

»Hier«, gab ich von mir und hielt mir den Bauch, in dem das Feuer immer noch tobte.

»Es wirkt«, hauchte sie. »Schnell, bevor der Zauber verfliegt.«

So gerne ich gerannt wäre, ich konnte nicht. Mein Körper brannte und meine Schläfen pochten. Also schlich ich hinter Nele her in den Saal, in dem die meisten Krieger noch an der Tafel saßen. Mein Blick huschte kurz zu den Wölfen und beim Anblick von Dantes Rücken nagten die Schuldgefühle noch mehr an mir.

Als die Kriegerinnen sich setzten und Aryanna von meinem Unwohlsein berichtete, eilte ich zum Flügel der Wölfe. Ich ließ mich von der Magie des Pokals leiten und fand die Tür zum großen Zimmer mit dem Balkon auf Anhieb.

Ich hatte sie gerade hinter mir geschlossen, da hörte ich Schritte. Hastig rannte ich auf das Regal zu. Mein Herz schlug mir bis zum Hals.

Mit zitternden Fingern tastete ich nach der Magie des Pokals und zog ein Gefäß aus dem Regal, das ihm gar nicht ähnelte. Doch kaum berührte ich es, veränderte es sich und ich erkannte ihn wieder.

Schnell steckte ich ihn unter meinen Kaftan und hoffte, die Magie des Tranks würde auch den Pokal unsichtbar machen. In dem Moment ging die Tür auf und Dante trat ein.

Erst schien er mich nicht zu bemerken, dann hob er den Kopf und seine Nasenflügel blähten sich. Mein Geruch verriet mich. Ein Grinsen erschien auf seinen Lippen, während er sich durch den Raum bewegte und mir den Fluchtweg versperrte.

»Ich hatte geahnt, dass du diese Gabe besitzt«, sagte er und wandte seinen Kopf hin und her, suchte nach mir. »Ich bin nicht sicher, ob ich froh sein soll, dass es dir gut genug geht, um herzukommen, oder wütend, weil du dich dazu hast anstiften lassen.«

Er blieb stehen, als ich einen Schritt zur Seite machte, und drehte sich in meine Richtung. Es war unmöglich, an ihm vorbei zu gelangen und zur Tür zu rennen. Dante würde mich mühelos einfangen, selbst wenn er mich nicht sehen konnte.

Mein Blick wanderte zur offenen Balkontür, durch die warme Luft hereindrang. Ich versuchte mich zu erinnern, wie hoch die Terrassen lagen und ob ich einen Sprung ins Wasser wagen konnte. Ob Dante mir nachspringen würde?

»Kalliste, sei vernünftig«, murmelte Dante. »Lass den Pokal hier. Ich will nicht gegen dich kämpfen. Ich kann dich nicht sehen und könnte dich aus Versehen verletzen. Außerdem solltest du nicht zum Hochkönig gehen. Lass mich ihm entgegentreten.«

Tut mir leid, Dante, dachte ich. *Aber ich brauche diese Punkte, um in die Ehrenkämpfe zu kommen.*

Mit meinem Fuß stieß ich absichtlich gegen einen Sessel und Dante wandte sich sofort dorthin. Ich nutzte diesen kurzen Moment und sprintete los. Meine Schritte hallten im Dampfbad wider und ich schwang mich über das Geländer, hob die Arme im Fallen über meinen Kopf und tauchte in das warme Wasser ein.

Ich wusste nicht, ob ich immer noch unsichtbar war, aber als ich auftauchte, stand Dante am Geländer und starrte auf das Wasser hinab.

»Kalliste!«, rief er mit bebender Stimme.

Offensichtlich konnte er mich nicht sehen. Einen Moment überlegte ich, ihm zuzurufen, dass es mir gut ging, aber ich konnte nicht. Ich tauchte wieder unter und schwamm zum Balkon meines Elements. Woher ich die Kraft dazu nahm, wusste ich nicht. Aber ich schaffte es, mich aus dem Becken zu hieven und dann an den Schlingpflanzen hinaufzuklettern. Dann zog ich mich keuchend über das Geländer. Ich schleppte mich klatschnass ins Zimmer und verriegelte die Tür hinter mir. Erst jetzt zog ich den Pokal unter meinem Kaftan hervor und betrachtete ihn.

Meine Augen brannten, als ich an Dante dachte und ich sank auf die Knie. Es gab genügend Gründe, diese Aufgabe gewinnen zu wollen. Dante musste das verstehen. Ich hatte alles richtig gemacht. Wieso fühlte es sich dann so falsch an, gerade ihm den Pokal gestohlen zu haben? Ich konnte nur hoffen, dass er am Abend vorbeikam und wir das klären konnten.

Unfähig allein aufzustehen blieb ich auf dem Boden liegen, bis Aryanna mich fand. Sie half mir auf die Beine und nahm den Pokal an sich.

»Das hast du gut gemacht«, lobte sie mich. »Geh dich umziehen und ins Bett. Morgen Abend werden wir mit dem Hochkönig speisen. Niemand wird mir diesen Pokal noch abnehmen können.«

Sie lächelte und ihr siegessicherer Blick, den sie auf den Pokal warf, ließ mich erschaudern. So schnell ich konnte, rannte ich in mein Zimmer und verschloss die Tür. Dann schob ich den Schrank vom Fenster fort, zündete eine Kerze auf dem Frisiertisch an, um mir Licht zu spenden, setzte mich auf den Sims und wartete. Und wartete. Und wartete.

Kapitel 15

Meine Kleidung fühlte sich immer noch feucht an, obwohl ich schon seit Stunden hier saß. Die Kerze, die ich entzündet hatte, spendete kaum noch Licht, da sie fast komplett herabgebrannt war. Aber ich stand weder auf, um mich umzuziehen, noch um eine neue Kerze zu entzünden. Weil ich Angst hatte, dass er nicht kommen würde, wenn ich nicht am Fenster auf ihn wartete.

Immer wieder sank mein Kopf gegen die Brust und ich fuhr mit klopfendem Herzen hoch. Wenn ich hier einschlief, war das Risiko abzustürzen nicht gering. Trotzdem blieb ich sitzen.

Irgendwo, hinter den Mauern von Alderich, meinte ich bereits das erste Licht der aufgehenden Sonne zu erkennen. Aber vielleicht bildete ich mir das nur ein. Die Mondsichel thronte noch am Himmel und grinste auf mich herab, als wollte sie mich für meine Dummheit verspotten.

Dass Dante nicht kommen wollte, konnte ich verstehen. Diese Prüfung mochte Teil des Wettbewerbs sein, aber ich hatte ausgerechnet ihm den Pokal abgenommen. Ich wäre an seiner Stelle auch wütend gewesen.

Meine Lider wurden erneut schwer und ich erlaubte mir sie einen Moment zu schließen. Ich war so schlaftrunken, dass ich ihn erst bemerkte, als er neben mir saß und mein Gesicht mit seinen warmen Händen umfasste.

»Du solltest nicht am Fenster einschlafen«, murmelte er und ich war nicht sicher, ob Zorn in seiner Stimme mitschwang.

Die Kerze ging gerade aus. Dennoch konnte ich sein Gesicht gut erkennen. Meine Arme fühlten sich taub an, trotzdem hob ich sie, um meine Hände in seinem Nacken zu verschränken. Er sollte nicht gehen, nicht bevor ich mit ihm geredet hatte.

»Ich dachte, wenn ich nicht am Fenster sitze, kommst du nicht«, erwiderte ich.

Er schnaubte. »Ich wollte auch nicht kommen«, sagte er. »Erst wollte ich dir nachspringen, aber ich konnte nicht, weil ich dich nicht gesehen habe und nicht auf dir landen wollte. Dann musste ich versuchen den Pokal zurückzuholen, aber das ging nicht, weil wir den Unsichtbarkeitszauber bereits verbraucht hatten und Aryanna ihn nicht aus den Augen lässt. Und dann bin ich eine Ewigkeit unter deinem Fenster herumgelaufen und habe überlegt, was ich mit dir machen soll.«

Ich wartete einen Moment, aber er sprach nicht weiter. »Und zu welcher Entscheidung bist du gekommen?«

»Ich bin nicht sicher«, brummte er. »Einerseits würde ich dich gerne mit bloßen Händen erwürgen, andererseits fand ich deinen Sprung in den See ziemlich beeindruckend und bewundere deinen Mut, dass du das Risiko eingegangen bist, gegen mich um den Pokal kämpfen zu müssen.«

»Hättest du denn mit mir gekämpft?«, hakte ich nach.

Er gab ein Knurren von sich und schüttelte dann den Kopf. »Ich hätte dich verletzen können. Damit hätte ich zwar nicht gegen die Regeln verstoßen, aber ich hätte es nicht tun wollen.« Seine Augen fanden meine erneut. »Ich will dir niemals wehtun.«

Die letzten Worte hatte er nur geflüstert, aber sie hallten in meinem Herzen wider. Ich schlang meine Arme um ihn und Dante kämpfte mit dem Gleichgewicht, während ich mich an ihn schmiegte.

»Es tut mir leid, dass ich dir den Pokal weggenommen habe«, wisperte ich und räusperte mich, um die Enge in meiner Kehle zu vertreiben. »Aber ich musste es tun. Ich brauche die Punkte, um ...«

Weiter kam ich nicht. Denn Dante packte mich an den Hüften, hob mich hoch, stieg mit mir in das stockfinstere Zimmer und drückte mich unsanft gegen die Wand.

»Um in die Ehrenkämpfe zu gelangen?«, zischte er und schüttelte mich. »Wieso?«

»Weil ich mein Leben lang darauf hingearbeitet habe«, rechtfertigte ich mich und grub meine Nägel in seine Arme. Er schien es nicht einmal zu bemerken.

»Du bist eine Heilerin«, erwiderte er. »Wie kannst du also behaupten, dass du auf diese Kämpfe hingearbeitet hast?«

Von meinem viel zu schnell schlagenden Herz abgesehen war es plötzlich vollkommen still. Dantes Augen schimmerten selbst in der Dunkelheit silbern und ich fühlte, wie sie sich in meine Seele bohrten.

»Ich kann nicht«, stammelte ich.

»Du kannst nicht oder du willst nicht?«, hakte er nach.

»Wenn ich es dir sage, könnte es dich in Schwierigkeiten bringen«, antwortete ich mit bebender Stimme.

»Das Risiko gehe ich ein«, meinte er und klang fast sanft. »Sag es mir. Bitte.«

Mein Atem kam stoßweise und meine Augen brannten von ungeweinten Tränen. Ich löste meine Nägel aus seinen Armen und senkte den Kopf, damit er es nicht sah.

»Meine Schwester und ich«, begann ich und die Worte klangen wie ein langgezogenes Schluchzen, »sind Zwillinge. Wir gleichen uns aufs Haar. Charakterlich könnten wir jedoch nicht unterschiedlicher sein.«

Ich rang um meine Fassung, aber der Damm, den ich so mühevoll aufrechtzuerhalten versuchte, brach mit jeder Silbe ein Stück mehr auseinander.

»Ich bin nicht Kalliste«, hauchte ich. »Mein Name ist Emaya und ich habe den Platz meiner Schwester eingenommen, um sie zu schützen.« Ich schluchzte leise. »Sie wäre schon in den Vorrundenkämpfen verloren gewesen. Ich verstehe nicht, warum die Göttin sie gewählt hat, aber es wäre ein Fehler gewesen, wenn ich sie hätte gehen lassen. Lieber verliere ich mein Leben und weiß, ich habe alles gegeben, um sie zu retten, als dass sie wegen eines Irrtums stirbt.«

Dante schwieg und ich hob langsam den Kopf, um ihn anzusehen. Er drückte mich immer noch gegen die Wand, aber sein Griff lockerte sich. Sein Blick war weich und er löste eine Hand von meinen Armen, um die Tränen behutsam aus meinem Gesicht zu wischen.

»Es tut mir leid, dass ich diese Bürde bei dir ablade«, platzte es aus mir heraus, weil er nichts erwiderte.

»Ich bin froh, dass du es mir anvertraut hast«, sagte er schließlich und ich meinte ein Lächeln auf seinem Gesicht zu erkennen.

Ich atmete viel zu schnell. »Wenn du mich melden willst, kann ich es verstehen …«

»Wenn ich das gewollt hätte«, unterbrach er mich sanft, »hätte ich es schon vor drei Tagen getan.«

»Vor drei Tagen?«

Er nickte. »Nachdem du verletzt worden bist«, erklärte er und strich über die verschorfte Wunde an meiner Wange. »Du hast mir vorgeworfen hinter deinem Rücken Fragen zu stellen. Nun, ich habe tatsächlich Nachforschungen angestellt und mich mit den Kriegerinnen deines Elements unterhalten. Ich habe sie gefragt, wie gut deine Kampfkünste sind, um herauszufinden, gegen wen du dich durchgesetzt haben könntest. Sie meinten, dass du noch nie gekämpft hättest, aber deine Schwester eine der stärksten Kriegerinnen des Erdelements wäre. Da habe ich eins und eins zusammengezählt.«

»Du wusstest es«, keuchte ich.

»Sagen wir, ich hatte eine Ahnung«, meinte er mit einem Zwinkern. »Deswegen habe ich dich am Grab gefragt, warum du an den Ehrenkämpfen teilnehmen willst, aber da warst du noch nicht bereit mir zu vertrauen.« Er zog mich in seine Arme. »Ich bin froh, dass du es jetzt bist.«

Ich lehnte meinen Kopf an seine Brust und fühlte mich mit einem Mal leicht wie eine Feder. Als hätte Dante mir eine schwere Last von den Schultern genommen.

»Weiß Aryanna davon?«, fragte er.

Ich schüttelte den Kopf.

»Sonst jemand?«

Diesmal reagierte ich nicht und Dante seufzte.

»Also weiß Nele es«, schloss er aus meinem Schweigen.

»Es ist ihr am ersten Abend aufgefallen«, erklärte ich. »Ich hätte es ihr niemals gesagt, weil es sie in Gefahr bringt. Und jetzt könntest du auch Probleme bekommen, wenn herauskommt, dass du es weißt.«

Er lachte bitter. »Das ist im Moment die geringste meiner Sorgen. Aber immerhin gehe ich morgen nicht zum Hochkönig und riskiere direkt von ihm hingerichtet zu werden.«

»Was wolltest du vom Hochkönig?«, fragte ich vorsichtig.

»Ist nicht wichtig, weil ich es jetzt nicht holen kann«, entgegnete er.

»Aber ich könnte ...«

Er schob mich von sich und drückte mich wieder gegen die Wand. »Nein«, knurrte er.

»Dante ...«

»Nein. Du magst Todessehnsüchte haben, aber ich werde dich nicht in noch größere Gefahr bringen«, fuhr er mich an. »Der Hochkönig könnte erkennen, dass du nicht die bist, für die du dich ausgibst. Und wenn du ihm dann auch noch etwas entwendest, enthauptet er dich an Ort und Stelle.«

»Hör zu«, erwiderte ich mit fester Stimme. »Wenn ich ohnehin in Gefahr bin, kannst du mir auch sagen, was du stehlen wolltest, und ich versuche es für dich zu finden.«

Er ließ mich los und fuhr sich mit den Händen durch die Haare. »Verdammt, Emaya«, murmelte er und die Art, wie er meinen Namen aussprach, ließ mich erschaudern.

»Bitte, Dante. Ich will dir helfen und da ich den Pokal gestohlen habe, schulde ich dir etwas.«

»Du schuldest mir nichts«, brummte er und sah mich erschöpft an. »Ich will nicht dafür verantwortlich sein, dass dein hübscher Kopf rollt.«

Ich ging zu ihm und nahm seine Hände in meine. »Bitte, lass es mich versuchen. Ich verspreche dir, wenn es zu gefährlich ist, werde ich mich nicht unnötig einem Risiko aussetzen.«

Er betrachtete mich einen Moment lang schweigend und stieß dann den Atem aus. »Ich würde dir so gerne glauben«, meinte er.

»Bitte«, hauchte ich.

Dante zögerte, dann entzog er mir seine Hände, nur um sie wieder auf meine Schultern zu legen. »Du gehst kein unnötiges Wagnis ein. Schwör es auf das Leben deiner Schwester.«

»Ich schwöre es auf das Leben meiner Schwester«, erwiderte ich leise.

Er stieß den Atem aus und drückte meine Schultern. »Gut. Ihr werdet in den Wohnbereich des Königs geführt, um dort das Abendessen einzunehmen. Angeblich habt ihr dann die Möglichkeit, euch in einigen Räumen umzusehen. Wenn meine Informationen stimmen, bewahrt er in seinem Arbeitszimmer eine Spieluhr auf.«

»Eine Spieluhr?«, fragte ich ungläubig.

»Sie birgt ein Geheimnis«, meinte er ausweichend. »Mehr kann ich dir nicht sagen, zu deiner Sicherheit. Ich bin nicht sicher, über welche Kräfte der König verfügt. Wenn er etwas an dir wahrnimmt, das dich verrät, würde ich mir das nie verzeihen. Aber wenn du sie hast, werde ich dir alles erzählen.«

»Gut, wie sieht sie aus?«, wollte ich wissen.

»Ein Kästchen so groß wie deine Hände«, erklärte er, ließ meine Schultern los und hob meine Hände an. »So schwarz wie die sternenlose Nacht, doch sieben Lichter schmücken den Deckel.«

»Sieben Lichter?«, fragte ich atemlos, weil er meine Hände beim Reden an seine Lippen geführt hatte. »Wieso sieben?«

Ich keuchte, als er einen Kuss auf meine Fingerspitzen hauchte. »Das, meine kleine Meisterdiebin, erzähle ich dir, wenn du morgen Abend wohlbehalten wieder hier bist.«

In meinem Körper loderte ein Feuer hoch, während Dante meine Hände liebkoste. Meine Brust wurde eng und das Atmen fiel mir immer schwerer, je öfter ich seine Lippen auf meiner Haut spürte.

»Bleibst du heute hier?«, fragte ich und war doch nicht sicher, ob die Worte von mir stammten, weil ich meine eigene Stimme nicht erkannte.

Dante hielt in seiner Bewegung inne und ließ dann meine Hände los. »Das halte ich für keine gute Idee«, meinte er.

»Du musst heute nicht auf dem Stuhl schlafen«, beeilte ich mich zu sagen. »Das Bett ist breit genug und ...«

»Emaya«, unterbrach er mich und erneut lief ein Schauer durch meinen

Körper, als er meinen Namen aussprach. »Ich sagte schon, dass du ziemlich an meiner Selbstbeherrschung kratzt. Und wenn du jetzt neben mir liegen würdest ... ich weiß nicht, ob ich dann nicht doch etwas täte, das du gar nicht willst.«

Ich schnaubte. Ich kratzte an seiner Selbstbeherrschung? Er hatte doch meine Hände geküsst.

»Außerdem solltest du schlafen, wenn du bis jetzt wach warst«, meinte er versöhnlicher. »Allein.«

»Gut, dann sehen wir uns morgen«, sagte ich so emotionslos wie möglich.

Ich wandte mich ab und hielt den Atem an, als er seine Arme um mich schlang und ich seine Brust an meinem Rücken spürte.

»Ich mache das für dich«, erklärte er. »Das weißt du, oder?«

Wusste ich das? Vermutlich. Gefiel es mir? Eher nicht.

»Gute Nacht, Dante«, brummte ich.

Er ließ mich los und nahm seine Wärme mit. »Gute Nacht, mein Rehlein«, murmelte er und schwang sich aus dem Fenster.

Ich ließ meine Schultern sinken und schloss die Augen. Die Aussprache mit ihm hatte ich mir anders vorgestellt, aber zumindest hasste er mich nicht. Und ich wusste, dass mein Geheimnis bei ihm sicher war.

Seufzend gestand ich mir ein, dass ich dem Wolf tatsächlich vertraute. Mehr als meiner eigenen Alpha.

Kapitel 16

Aryanna rutschte nervös auf der Bank herum. Sie trug den Pokal bei sich, ich konnte seine Gegenwart deutlich fühlen, obwohl sie ihn verbarg.

Wir hatten uns zum Frühstück an der Tafel eingefunden und warteten darauf, dass Dyral auftauchte, um einen Sieger zu küren. Als er dann tatsächlich am Kopfende des Tisches erschien, ließ jeder Essen und Besteck fallen und starrte zum ersten Diener des Hochkönigs.

»Es ist Zeit, herauszufinden, wer die erste Prüfung gewonnen hat«, verkündete Dyral, als würde er ein Todesurteil verlesen. Wobei er daran vermutlich mehr Spaß gehabt hätte. »Welches Element ist im Besitz des Pokals?«

Mit einem Lächeln erhob Aryanna sich und zog den Pokal unter ihrem Kaftan hervor. Sie brachte ihn Dyral, während die anderen Krieger teils zornig, teils überrascht miteinander zu tuscheln begannen.

Dyral drehte den Kelch in seinen Händen und nickte dann. »Meinen Glückwunsch an das Erdelement. Jeder Kriegerin stehen somit zusätzliche einhundert Punkte für die Ehrenkämpfe zu.«

»Einhundert?«, tobte Koda, sprang auf und schlug auf den Tisch.

Es hätte mich nicht gewundert, wenn dieser unter der Wucht seines Fausthiebs zusammengebrochen wäre. Teller und Speisen flogen durch die Luft und landeten lautstark auf dem Boden.

»Wie könnt Ihr es wagen, so viele Punkte für so eine lächerliche Aufgabe zu vergeben?«, brüllte der Bären-Alpha. »Für gewöhnlich werden fünfundzwanzig Punkte verteilt.«

»Dieses Mal ist vieles anders als in den Prüfungen davor«, entgegnete Dyral ruhig. »Ich hatte es am ersten Abend angekündigt, wenn du dich erinnerst? Wenn ihr Bären diese Aufgabe für so lächerlich haltet, frage ich mich allerdings, wieso ihr nicht siegreich wart.«

Kodas Gesicht lief knallrot an und er fletschte die Zähne. Ich war mir sicher, dass er Dyral jeden Moment packen und zerquetschen würde. Aber da erhob sich Citlali und wandte sich dem Bären-Alpha zu.

»Du bist nur sauer, weil du dich jetzt anstrengen musst«, sagte sie mit einem schiefen Lächeln auf den Lippen. »Noch steht eine Aufgabe bevor und dann finden auch noch die Kämpfe in der Arena statt. Hundert Punkte sind für starke Krieger schnell aufgeholt und das weißt du.«

Grunzend nickte Koda und ließ sich schwer auf die Bank zurückfallen. Ich bewunderte die Eulen-Alpha und fragte mich gleichzeitig, warum sie Koda geholfen hatte.

»Da wir bereits von der neuen Aufgabe sprechen«, meinte Dyral und ließ den Pokal durch Magie verschwinden. »Ab morgen Abend werden jeden Tag jeweils zwei Kriegerinnen und Krieger eines jeden Elements Jagd auf die dunklen Kreaturen vor den Toren Alderichs machen. Das bedeutet, jeder von euch wird zweimal auf die Jagd gehen.«

»Was?«, entfuhr es mehreren Kriegern wie aus einer Kehle.

Dyral hob seine Hände und die Rufe erstarben so abrupt, als hätte er sie mit Magie unterbunden. »Da das Licht der Sterne schwach wird, vermehren sich die schwarzen Kreaturen schneller. Sie werden hungriger und die Stadtmauern allein vermögen sie nicht mehr lange aufzuhalten. Aus dem Grund werdet ihr in Gruppen von je drei Kriegern Jagd auf sie machen. Die Mitglieder der Gruppen werden ausgelost, aber es steht euch natürlich frei, diese zu tauschen.«

»Und welche Regeln gibt es für die Jagd?«, wollte Dante wissen.

Langsam wandte Dyral sich ihm zu und ein eiskaltes Lächeln umspielte seine Züge. »Keine. Ihr dürft Magie einsetzen und jede Waffe, die ihr tragen könnt, mitnehmen. Jede Gruppe wird gemeinsam bewertet. Tötet ihr also zu dritt zehn Kreaturen, bekommt jeder zehn Punkte. Um eure Chancen zu erhöhen, dürft ihr eure Partner tauschen.«

»Jede Kreatur ist nur einen Punkt wert?«, fragte Koda ungläubig. »Wisst Ihr, wie schwer es ist, diese Biester zu zerstören?«

»Natürlich. Deswegen hat der König ja auch euch für diese Aufgabe ausgewählt.« Dyral verschränkte seine Hände hinter dem Rücken. »Heute Abend erhaltet ihr die vorläufige Aufstellung, wer mit wem auf die Jagd geht. Wie gesagt, ihr könnt gerne tauschen, die meisten von euch können schließlich lesen und schreiben und sich mit anderen unterhalten.« Damit wandte er sich Aryanna zu, die immer noch vor ihm stand. »Deine Kriegerinnen sollen sich für den Abend mit dem König angemessen anziehen. Kleidung wird in ihren Zimmern auf sie warten. Ich hole euch ab, wenn die Sonne hinter dem Horizont verschwindet.«

Aryanna verneigte sich und richtete sich erst wieder auf, als Dyral mitsamt der Tür, durch die er schritt, verschwunden war. Dann klatschte sie in die Hände und stürmte auf uns zu.

»Ihr habt den ersten Diener gehört, wir ziehen uns um«, forderte sie uns auf und zerrte einige Kriegerinnen von ihren Plätzen. »Los, bewegt euch.«

Ich warf Dante einen prüfenden Blick zu. Er nickte kaum merklich, sagte jedoch nichts. Und auch ich kam nicht mehr dazu, mit ihm zu reden, denn Aryanna umfasste meine Schultern und zog mich mit sich in unseren Flügel.

***

»Brauchst du Hilfe, mein Rehlein?«, fragte Dante und ich hörte, dass er grinste.

Ich stand in einem Kleid mit ausladendem Rock aus mindestens zehn Lagen Tüll vor dem Spiegel und versuchte die Häkchen im Rücken zu schließen. Schnaubend sah ich ihn über die Schulter hinweg an.

»Wärst du so freundlich?«, fragte ich.

Er schwang sich zum Fenster herein und stellte sich hinter mich. Seine Finger strichen über meine nackte Haut und ich unterdrückte ein Schaudern. Dann begann er Haken für Haken zu schließen.

»Zumindest ist das Kleid nicht fast durchsichtig«, sagte er amüsiert.

»Aber genauso eng wie das andere und es zeigt mehr, als mir lieb ist«, erwiderte ich.

Neben dem bauschigen Rock bestand das Kleid aus einer engen Korsage, die meine Brüste so weit hochdrückte, dass ich befürchtete, sie könnten gleich herausfallen. Meine Schultern waren nackt und es gab keine Stola, mit der ich mich bedecken konnte. Langsam beschlich mich der Verdacht, dass der König Frauen gerne wie Fleisch bestaunen ließ. Die männlichen Krieger hätten bestimmt nur feiner bestickte Kaftane anziehen müssen.

Dante murmelte etwas, das ich nicht verstand, und mühte sich mit den Haken ab. Als er fertig war, beugte er sich hinab und seine Lippen strichen über meine unbedeckten Schultern, während seine Finger meinen Arm hinabglitten.

Mein Herz setzte erst einen Schlag aus, dann pochte es so heftig, dass ich fürchtete, man könne es durch meinen Brustkorb klopfen sehen.

»Mir wäre es auch lieber, du würdest so ein Kleid nur für mich tragen«, raunte er mir ins Ohr.

Ich schluckte und wandte mich zu ihm um. Seine Hände strichen über meine Taille, wo die Korsage in den viel zu breiten Rock überging.

»Kann es sein, dass du den Reifrock noch nicht trägst?«, fragte er mit belegter Stimme.

»Woher weißt du, was das ist?«, stellte ich die Gegenfrage. »Und nein, ich trage ihn noch nicht.«

»Ich musste als Alpha immer wieder in die Hauptstadt«, erwiderte er. »Und ich bin mir ziemlich sicher, dass die Frauen im Königssitz immer Reifröcke unter diesen Kleidern hatten.«

»Ach, hast du sie denn alle ausgezogen?« Ich versuchte neckisch zu klingen, aber selbst in meinen Ohren klang es eifersüchtig.

»Manche ja«, gestand er und umfasste meine Hände, als ich einen Schritt zurückweichen wollte. »Wir Wölfe toben uns aus, bis wir eine Gefährtin wählen. Danach gibt es nur noch diese eine für uns.«

Da lag etwas so Ernstes in seinen Augen, dass ich nicht wusste, wie ich damit umgehen sollte. Es schmerzte mich, zu wissen, dass er einmal eine andere Frau auf Händen tragen würde. Ob er sich dann überhaupt noch an mich erinnern würde?

»Wieso siehst du mich an, als würdest du gleich weinen?«, fragte er vorsichtig und zog mich näher zu sich. »Habe ich etwas Falsches gesagt?«

Ich schüttelte den Kopf, unfähig etwas zu erwidern. Es stand mir nicht zu. Weder die Eifersucht noch der Wunsch, dass er diese Worte auf mich bezog.

Dante seufzte und legte seine Arme um mich. »Emaya, versprich mir, dass du auf dich aufpasst«, flüsterte er. »Wenn du die Spieluhr nicht findest, ist das nicht schlimm, dann gibt es eine andere Lösung. Aber komm zu mir zurück.«

»Das werde ich«, versprach ich und schmiegte mich an ihn.

Nur einen Moment wollte ich seine Wärme noch genießen und Kraft sammeln für das, was mir bevorstand.

»Ich komme zu dir, sobald du zurück bist«, fuhr er fort. »Und dann erzähle ich dir, was ich weiß.«

»Das wäre schön«, murmelte ich und schloss meine Augen.

Dante ließ mich los und trat einen Schritt zurück. »Sei vorsichtig«, bat er mich.

Ich rang mir ein Lächeln ab. »Es wird alles gut«, meinte ich.

Er wirkte nicht überzeugt, aber das lag vermutlich daran, dass ich selbst nicht sicher war, ob es stimmte. Ich hätte Dante gerne an meiner Seite gehabt. Aber das war nicht möglich.

Als es an die Tür klopfte, riss ich den Kopf herum und Dante hechtete zum Fenster. Er sprang hinaus und ließ mich allein zurück.

»Bist du fertig?«, wollte Aryanna wissen, als sie eintrat.

Sie trug ein ähnliches Kleid wie ich, nur war ihres üppig mit goldenen Fäden durchwirkt, um sie von uns anderen Kriegerinnen abzuheben.

»Ja, Alpha«, sagte ich pflichtbewusst, senkte meinen Kopf und folgte ihr hinaus.

Ich drehte mich nicht noch einmal zum Fenster um, obwohl ich gehofft hatte Dante dort zu sehen. Aber ich ließ es bleiben. Diese Aufgabe musste ich ohne ihn bewältigen.

Kapitel 17

Die Königsresidenz sah anders aus, als ich sie mir vorgestellt hatte. Ich hatte erwartet, dass unser König in einem prunkvollen Schloss lebte.

Aber Dyral führte uns zu einem Haus, das genauso gebaut war wie alle anderen in Alderich. Nur war es etwas größer und die weiße Fassade sauberer. Im Inneren strahlte es allerdings vor Gold und Juwelen. Selbst die Möbel glänzten, als hätte man sie stundenlang poliert.

Dyral ließ uns kommentarlos in der Halle stehen und verschwand dann hinter einer weißen, mit goldenen Ranken verzierten Doppeltür. Die anderen Kriegerinnen tuschelten, nur Nele und ich schwiegen und hielten uns bei den Händen. Ich fühlte mich an diesem Ort nicht wohl und ich ahnte, dass es Nele genauso ging.

Als die Tür sich wieder öffnete, trat Dyral heraus und schlug mit einem schweren Stab dreimal auf den hellen Marmorboden.

»Seine Majestät, Hochkönig Leonid von Kira«, verkündete er und sank dann in eine tiefe Verbeugung.

Leonid trat ein und blieb mit hinter dem Rücken verschränkten Händen vor uns stehen. Wir knicksten, was bei den meisten von uns ungelenk wirkte. Leonid schien es nicht zu stören. Er betrachtete uns, ehe er uns bedeutete uns zu erheben.

Das Gesicht des Königs wirkte jung dafür, dass er weit über achtzig Sonnenumdrehungen alt sein musste. Wie Dyral trug er einen blütenweißen Kaftan, allerdings war seiner mit goldenen Mustern verziert. Eine Krone suchte ich vergebens auf seinem Kopf, dafür stellte ich fest, dass seine Haar- und Augenfarbe ständig wechselten. Einmal besaß er goldenes Haar wie die Bären, einmal fast schwarzes wie die Raben, einmal schimmerten seine

Iriden rot, dann wieder braun. Als könnte sein Aussehen sich nicht entscheiden, zu welchem Element er gehörte.

Der Hochkönig nickte Dyral zu und verschwand dann wieder durch die geöffnete Doppeltür.

»Wenn ihr mir bitte folgen wollt«, herrschte Dyral uns an und wartete nicht darauf, dass Aryanna ihn erreicht hatte, bevor er hinter dem König hereilte.

Weil die Röcke so schwer waren, fiel es mir schwer, Schritt zu halten. Bei jeder Bewegung schlugen sie mir gegen die Beine und ließen mich straucheln. Auch den anderen erging es nicht viel besser.

Dyral führte uns durch eine weitere Tür und blieb stehen. Er deutete in den Raum hinein, neigte seinen Kopf kaum merklich und ließ uns eintreten. Mein Mund klappte auf, als ich den Kronleuchter mit den wie unzählige Sterne funkelnden Lichtern sah, der über der mit Blumen geschmückten Tafel hing.

Aryanna trat auf den König zu, der am Kopfende stand. Sie knickste und stammelte etwas, das ich, weil sie so leise sprach, nicht richtig verstand. Aber Leonid nickte ihr lächelnd zu, also schienen ihm ihre Worte zu schmeicheln.

Der König selbst sprach nicht und bedeutete uns nur uns zu setzen. Erst als Diener das Mahl auftrugen, erklang seine Stimme zum ersten Mal. Obwohl sie weich und schmeichelnd wirkte, schwang etwas in ihr mit, das mich frösteln ließ. Eine Disharmonie wie bei einem schlecht gestimmten Instrument … »Bedient euch bitte, seid nicht schüchtern.«

Dann schwieg er wieder.

Wir wagten es nicht, uns zu unterhalten, also war nur das Klirren des Bestecks auf dem mit feinen Mustern verzierten Porzellan zu hören. Es war viel zu still.

Meine Hände zitterten, als ich sie unter dem Tisch auf meinen bauschigen Rock sinken ließ. Falls ich die Spieluhr an mich bringen konnte, musste ich sie irgendwo verstecken. Ich hatte eine Idee, aber ich wusste nicht, ob sie funktionieren würde. So leise ich konnte, riss ich an einer Stofflage meines Rockes, um eine Öffnung zu erzeugen. Schnell sah ich mich um. Niemand schien das Reißen des Stoffs gehört zu haben. Ich wollte die Öffnung vergrößern. Doch solange alle schwiegen, wagte ich es nicht.

Nachdem Leonid mit seinem Essen fertig war, räusperte er sich und wandte sich Aryanna zu.

»Ich gestehe«, begann er und räusperte sich erneut, als würde ihm das Sprechen schwerfallen, »dass ich überrascht war, als man mir mitteilte, wer den Pokal errungen hat. Ich hatte ja damit gerechnet, die Wölfe oder Eulen heute hier bei mir sitzen zu haben.«

Alle blickten zum König. Endlich konnte ich den Stoff weiter aufreißen und stopfte ein Stück Apfel in die Öffnung. Es glitt den Rock hinab. Ich hob meinen Fuß und tastete auf dem Boden herum, konnte ihn aber nicht finden. Dann zog ich am Rock und Feuchtigkeit drang durch den Stoff an meinen Knöchel. Der Apfel war in meinen Röcken verschwunden, dann würde das mit der Spieluhr auch klappen.

»Nun, wir haben erst ganz zum Schluss in den Kampf um den Pokal eingegriffen«, gestand Aryanna und lächelte dabei gewinnend.

»Ein kluger Zug, meine Liebe«, erwiderte Leonid. »Man muss wissen, wie man seine Kräfte einteilt, um zu gewinnen.« Er ließ seinen Blick über uns schweifen. »Wer war denn die Kriegerin, deren Gabe den Pokal aufgespürt hat?«

»Das war Kalliste Sonnrad«, antwortete Aryanna und deutete auf mich.

Die mittlerweile silbernen Augen des Königs wanderten zu mir und ich zwang mich seinen Blick zu erwidern. Kälte breitete sich in meinem Körper aus und ich atmete erleichtert aus, als Leonid wieder wegsah. Meine Hand zitterte mit einem Mal so stark, dass ich mein Weinglas loslassen musste, um nichts zu verschütten.

»Ein wahrlich seltenes Talent für eine Heilerin«, meinte Leonid und das Zittern nahm zu, als er hinzufügte: »Ich spüre deutlich ihre Magie, die so anders ist als die der anderen Kriegerinnen.«

»Ja, die Wahl der Göttin war überraschend«, pflichtete Aryanna bei. »Aber wie es scheint, so richtig wie Eure Entscheidungen, Hoheit.«

Leonid lächelte kühl und starrte dann wieder mich an. Mir gefiel die Aufmerksamkeit nicht, die er mir schenkte.

Ich musste die Öffnung im Stoff noch vergrößern, damit mehr als ein

Apfelstück hineinpasste, und das konnte ich nicht, solange der König mich nicht aus den Augen ließ.

»Dein Gesicht kommt mir so bekannt vor«, meinte Leonid und betrachtete mich noch intensiver. Dann lächelte er. »Ach, jetzt weiß ich es. Lira Sonnrad ... sie war deine Mutter, nicht wahr?« Ich nickte und verkrampfte meine Finger um den zerrissenen Stoff meines Kleides, als er lachte. »Wie aus dem Gesicht geschnitten. Sie war eine wahrlich große Kriegerin. Schade, dass sie ihr Leben verloren hat. Aber vielleicht erringst du den Sieg, der ihr verwehrt geblieben ist.«

Ich nickte wieder und senkte dann meinen Blick. Zum Glück wandte der König sich nun an Wyrla und verwickelte sie in ein Gespräch. Er sprach mit einigen Kriegerinnen und schien über jede gut informiert zu sein.

Der König ließ das Dessert auftragen, das er Zuckercreme nannte. Es wurde in einem Schälchen serviert, sah aus wie dickflüssiger Honig und roch herrlich süß. Dennoch musste ich mich zwingen etwas zu essen. Leonid beobachtete mich wieder und mein Magen zog sich schmerzhaft zusammen.

»Ich werde jetzt mit jeder von euch unter vier Augen sprechen«, verkündete der König, als er aufstand. »Die anderen können sich in der Zwischenzeit in den Räumen umsehen und die Schätze bestaunen, die ich während meiner Regentschaft gesammelt habe.«

Er lachte, als hätte er einen Scherz gemacht und rief dann Neles Namen auf. Sie sah mich entsetzt an, stand zögerlich auf und folgte dem König in einen anderen Raum.

Da ich nicht wusste, wie viel Zeit mir blieb, bis Leonid mit mir reden wollte, schlenderte ich sofort Richtung Arbeitszimmer. Auch Wyrla zog es dorthin und wir bestaunten gemeinsam die alten Karten, die an den Wänden hingen.

»Hat die Welt einmal so ausgesehen?«, überlegte ich laut und betrachtete die Wälder und Berge, die zwischen den Siedlungen der Elemente lagen.

Vielleicht sah sie immer noch so aus, aber da wir unsere Siedlung nur verließen, wenn wir nach Alderich gerufen wurden, wusste ich es nicht. Landkarten gab es keine mehr. Sie waren überflüssig geworden. Die Elemente blieben lieber für sich und besuchten einander nicht.

»Vermutlich«, meinte Wyrla. »Bevor die dunklen Kreaturen alles zerstört haben.«

Ich musste an die Geschichten denken, die es über die Zeit gab, bevor Leonid zum König wurde. Die Elemente waren damals verfeindet gewesen und er hatte sie vereint, um die dunklen Kreaturen davon abzuhalten, uns alle auszulöschen. So war er zum Hochkönig geworden. Was er davor gewesen war, wusste niemand. Manche Legenden besagten, dass die Magie selbst ihn erschaffen hätte, aber so wirklich wollte ich das nicht glauben.

Wyrla und ich schritten gemeinsam durch den Raum und ich musste mich zwingen weiterzuatmen, als mein Blick auf ein Regal fiel, in dem unzählige kleine Truhen standen. Und mitten unter ihnen entdeckte ich die Spieluhr aus schwarzem Holz, auf deren Deckel sieben Sterne golden leuchteten. Ich hatte das Gefühl, sie würde nach mir rufen.

Ich ermahnte mich nicht hinzusehen. Ein Diener betrat den Raum und forderte Wyrla auf ihm zum König zu folgen. Endlich war ich allein im Arbeitszimmer, trotzdem ging ich gemächlich weiter und steuerte dann, so langsam ich konnte, noch einmal auf das Regal zu.

Mein Herz schlug mir bis zum Hals und meine Hände schwitzten, als ich hastig nach dem Kästchen griff. Ich presste es an meinen Rock, als zwei Kriegerinnen den Raum betraten.

Sie grüßten mich und unterhielten sich dann über die Landkarten. Ich schlenderte zum Fenster und suchte mit meinen Fingern nach dem Loch, das ich in den Rock gebohrt hatte, konnte es aber nicht finden. Je länger ich brauchte, umso hektischer wurden meine Bewegungen. Endlich meinte ich das Loch ertastet zu haben und schob die Hand mit der Spieluhr hinein.

Ich fluchte innerlich darüber, dass ich die Öffnung nicht größer gemacht hatte und mühte mich ab das Kästchen durchzuzwängen. Dann ließ ich es los. Es rutschte den Rock hinab. Ich wartete, hielt die Luft an und hoffte es nicht auf den Boden aufschlagen zu hören. Doch ich spürte, wie sein Gewicht um meine Füße baumelte. Mein Plan war aufgegangen.

Gerade wollte ich erleichtert durchatmen, als eine eiskalte Hand meine Schulter berührte.

»Kalliste Sonnrad«, sagte der König und ich wandte mich langsam zu ihm um. Mein Körper gefror zu Eis und mein Magen zog sich zusammen.

Der Blick des Königs ging mir durch Mark und Bein und ich war mir sicher, dass er den Diebstahl bemerkt hatte. Jeden Moment würde er nach seinen Wachen rufen und mich enthaupten lassen.

»Würdet ihr uns allein lassen?«, fragte er die anderen Kriegerinnen, ohne seine Augen von mir zu lösen.

Ich wollte sie anflehen nicht zu gehen. Da schloss sich die Tür bereits hinter ihnen und ich war mit dem König allein.

Drei unendlich erscheinende Atemzüge lang standen wir uns schweigend gegenüber. Dann ergriff der König das Wort.

»Es muss schwer sein, mit der Identität einer anderen Frau zu leben«, meinte er.

In meinem Magen explodierte etwas und ich war nicht mehr in der Lage zu atmen. Er hatte erkannt, dass ich nicht Kalliste war, würde mich sicher gleich zur Hinrichtung schicken und ...

»Der Schatten deiner Mutter lastet schwer auf deinen Schultern. Vermutlich bist du ihr deswegen so ähnlich. Weil du nie die Möglichkeit hattest, du selbst zu sein.«

Der König lächelte und obwohl ich erleichtert hätte sein müssen, war ich es nicht. Denn noch immer war ich mir sicher, dass er mich durchschaut hatte.

»Hoheit?«, fragte ich kleinlaut.

»Du eiferst ihr doch nach, nicht wahr?«, wollte er wissen.

Zögerlich nickte ich. »Ich bewundere sie sehr.«

»Und dabei hast du vergessen, deine wahren Fähigkeiten zu entwickeln«, meinte er schließlich. »Was schade ist. Ich fühle großes Potential in dir. Sehr großes. Aber etwas fehlt dir, nicht wahr?«

Mir gefiel nicht, wie er mich bei diesen Worten ansah. Ich hatte die Wölfe für Raubtiere gehalten, doch im Vergleich zum König wirkten sie wie Lämmchen.

»Ich bin gespannt, wie weit du es bei dieser Prüfung bringen wirst, *Kalliste*«, sagte der König, zog den Namen bedeutungsvoll in die Länge und legte seine Hände auf meine Schultern.

Mir wurde eiskalt, als seine Finger über meine Schlüsselbeine strichen und meine Arme hinabglitten. Magie erfüllte die Luft und meine Knie wurden weich. Es fühlte sich an, als würde Leonid mir das Leben aussaugen. Übelkeit erfasste mich und mir wurde schwindelig.

»Du wirst doch alles daransetzen, um mich nicht zu enttäuschen, oder, meine Schöne?«

Ich wusste nicht, was ich antworten sollte, also stammelte ich: »Ich werde mein Bestes geben, Hoheit.«

»Davon gehe ich aus«, erwiderte er.

Der König ließ mich unvermittelt los und wandte sich ab. Er war längst fort, als ich es wagte, wieder Luft zu holen und mich am Schreibtisch abzustützen.

Mir wäre es lieber gewesen, Leonid wäre der Geist geblieben, für den ich ihn gehalten hatte. Denn jetzt wusste ich, dass er mich in meinen Träumen heimsuchen würde.

Kapitel 18

Als wir ins Haus zurückkehrten, feierten die anderen Krieger wieder im großen Saal. Es wurde gesungen und gegrölt. In diesem Moment wirkte die Vorstellung, dass wir uns in wenigen Tagen gegenseitig umbringen würden, so unwirklich wie der Frieden, der gerade zwischen uns herrschte.

Ich blieb nahe der Tafel stehen und suchte nach Dante, konnte ihn aber nicht finden. Auch Aryanna fiel seine Abwesenheit auf.

»Wo habt ihr den Wolf-Alpha gelassen?«, fragte sie gehässig und ließ sich auf dem Schoß des Schlangen-Alphas nieder.

Sie selbst hatte mich mehr als einmal getadelt, dass ich zu viel Zeit mit Dante verbrachte. Jetzt setzte sie sich zu Zenus, als wäre das vollkommen normal.

»Der ist uns so auf die Nerven gegangen, dass wir ihn in die Arena geschickt haben, um sich abzulenken«, erwiderte der Schlangenkrieger und grinste mich spöttisch an. »Er ist wie ein Hund, der auf sein Herrchen wartet, vor der Tür auf und ab gelaufen. Es wundert mich, dass dort noch keine Furchen zu sehen sind. Aber das zeigt, was er wirklich ist. Ein räudiger Köter.«

Einige Krieger lachten, andere knurrten etwas Unverständliches. Ich ballte meine Hände zu Fäusten und wollte mich zur Arena durchschlagen, doch Aryanna rief mich zurück.

»Kalliste, der Tag war lang und ab morgen kämpfst du um Punkte. Geh in dein Zimmer.«

»Aber Alpha«, setzte ich an.

»Auf dein Zimmer!«, fuhr sie mich an.

Meine Knöchel knackten, so fest ballte ich die Fäuste. Ich konnte mich

Aryanna nicht widersetzen. Deswegen senkte ich den Kopf und stapfte in mein Zimmer, während die Wut in mir ein Inferno auslöste, das ich kaum ertrug.

***

Ich warf das Kleid auf die Spieluhr und schlüpfte in meine Schlafkleidung. Den Zettel, auf dem stand, wann ich auf die Jagd nach den dunklen Kreaturen gehen sollte, ignorierte ich, weil ich daran jetzt nicht denken konnte.

Erst hatte ich überlegt ins Dampfbad zu gehen, aber nichts hätte meinen Zorn mildern können. Also hoffte ich, dass Dante irgendwann in meinem Zimmer erscheinen würde.

Gerade zog ich das Oberteil über meinen Kopf, als es am Fenster polterte. Ich fuhr zu Dante herum, der seinen Blick abgewandt hatte und schwer atmete.

»Dante«, hauchte ich und er regte sich.

Mit zwei schnellen Schritten war er bei mir und umfasste mein Gesicht mit seinen Händen.

»Bei Philomes«, murmelte er den Namen des Sturmgotts, der sein Element behütete. »Du bist zurück.«

Sein Blick wanderte zu meinem Mund, ehe er seinen Kopf neigte. Ich streckte mich ihm entgegen, während mein Herz zu rasen begann. Alles in mir wollte diesen Kuss. Ich musste seine Lippen auf meinen spüren, selbst wenn es ein bittersüßer Kuss sein würde.

Doch Dante hielt inne. Er räusperte sich und richtete sich auf, machte einen Schritt zurück und räusperte sich noch einmal.

Leere breitete sich in mir aus, während ich ihn ansah. Leere und Sehnsucht. Aber ihm schien es anders zu gehen und das war nicht schlimm. Zumindest redete ich mir das ein.

»Dante, ich muss dir etwas sagen«, begann ich deswegen mit brüchiger Stimme.

»Es ist in Ordnung, wenn du die Spieluhr nicht hast«, erwiderte er. »Ich bin nur froh, dass du zurückgekommen bist.«

Er lächelte schwach und ich blinzelte. »Nein, das ... es geht um etwas Anderes.« Ich straffte meine Schultern und holte tief Luft. »Leonid weiß, dass ich nicht Kalliste bin.«

»Was?«, entfuhr es Dante.

»Er hat es zumindest angedeutet, als er mit mir allein gesprochen hat.«

»Verflucht«, zischte Dante und schlug so fest mit der Faust gegen die Wand, dass sie bröckelte. »Ich hätte dich nicht gehen lassen sollen ... Ich verstehe nur nicht, wieso er dich nicht sofort bestraft hat.«

»Da ist noch etwas«, murmelte ich. »Er wollte wissen, ob ich alles daransetzen würde, ihn nicht zu enttäuschen.«

Allein bei dem Gedanken daran, wie er mich angesehen und berührt hatte, zitterte ich und schlang die Arme um meinen Körper. Dante kam zu mir und strich behutsam über meinen Rücken.

»Dann hat er dich ausgewählt«, wisperte er.

»Ausgewählt wofür?«, hakte ich nach.

Dante presste seine Kiefer fest aufeinander. »Die Spiele sind nicht immer fair«, erklärte er. »Wenn das, was man mir erzählt hat, stimmt, wählt der König zwei Krieger aus und verleiht ihnen besondere Kräfte. Er greift damit direkt in die Kämpfe ein, weil seine Favoriten auch Krieger ausschalten, denen sie eigentlich unterlegen sind. Es sind nicht die Stärksten, die die Ehrenkämpfe gewinnen.«

»Wieso?«, fragte ich.

»Weil er die Magie der stärksten Krieger benötigt, um das Licht der Sterne zu erneuern«, murmelte Dante und seufzte. »Auch wenn du die Spieluhr nicht hast, erzähle ich dir alles, was ich weiß. Damit du vorbereitet bist auf das, was kommt.«

»Du traust mir wohl nichts zu, oder? Wer sagt, dass ich die Spieluhr nicht habe?«, fragte ich, löste mich von ihm und ging zum Bett.

Ich hob das Kleid hoch und nahm die Spieluhr in meine Hand, hielt sie ihm hin und schmunzelte, als er sie keuchend anstarrte.

»Aber wie ... das ist ...«, stammelte er.

Zitternd legte er seine Finger auf den Deckel und strich über die sieben

Sterne. Dann ergriff er meine Hand, führte mich zum Bett und wir setzten uns nebeneinander hin.

Dante nahm mir die Spieluhr aus der Hand und betrachtete sie. Zögerlich drehte er die kleine Kurbel an der Seite und öffnete dann den Deckel. Eine Walze im Inneren setzte sich in Bewegung, aber kein Laut erklang. Seufzend schloss Dante den Deckel.

»Es wäre auch zu einfach gewesen«, murmelte er.

»Was?«, hakte ich nach.

Er fuhr mit seinen Fingerspitzen über die sieben Sterne, die schimmerten, als wären sie aus Licht gefertigt worden. »Die Spieluhr offenbart ein Geheimnis, wenn sie ihre Melodie erklingen lässt. Aber etwas fehlt, damit sie funktioniert. Ich weiß nur noch nicht was, doch das werde ich herausfinden.«

Mit einem Mal kam er mir erschöpft vor und so griff ich nach seiner Hand und wartete, dass er mich ansah. Seine silbernen Augen wirkten erschreckend matt und ich fragte mich, was los war.

»Ich überlege, wo ich mit der Geschichte beginnen soll«, meinte er und deutete dann auf die Sterne am Deckel der Spieluhr. »Vielleicht hole ich weiter aus und erzähle dir von der Zeit, bevor wir einen Hochkönig hatten.«

»Du weißt etwas darüber?«

Dante nickte. »Bevor das Licht der Sterne das erste Mal erlosch, gab es keinen Hochkönig«, begann er seine Erzählung. »Dafür ein siebentes Element.«

Ich blickte auf die Schatulle in seiner Hand. Er hatte das schon einmal erwähnt, aber ich hatte es nicht geglaubt. Doch jetzt ... Sieben Sterne, sieben Elemente. »Was ist mit dem siebenten Element geschehen?«

»Es wurde geopfert«, erwiderte er finster. »Aber beginnen wir damit, dass die Elemente früher nicht so getrennt voneinander lebten wie jetzt. Alderich war damals zwar bereits die Hauptstadt, in der sich die sieben Anführer der Elemente trafen und gemeinsam Entscheidungen fällten. Doch es gab auch zwischen den Elementen Austausch.«

»Du meinst, man reiste zwischen den Siedlungen umher?« Das konnte ich mir beim besten Willen nicht vorstellen.

»Ja, die Wege waren sicher und Besuch gerne gesehen«, antwortete Dante.

»Doch dann veränderte sich etwas und die Sterne fielen vom Himmel. Wo sie auftrafen, entstiegen dunkle Kreaturen dem Boden und begannen die Menschen anzugreifen.«

»Was hat dazu geführt?«, hakte ich nach, als er eine Pause einlegte.

»Das habe ich noch nicht herausgefunden. Aber das Auftauchen der dunklen Kreaturen hat die Wege unsicher gemacht.« Er stieß den Atem aus. »Es gelang den Menschen nicht, diese Wesen zu vernichten, weder mit Waffen noch mit Magie. Die Alphas waren ratlos und verzweifelt. Sie wussten nicht, was sie tun konnten. Und als der Alpha des siebenten Elements, Klang, eine Lösung vorschlug, stimmten sie sofort zu.«

»Und welche war das?«, wollte ich wissen.

»Er erklärte, dass sie ihre Magie bündeln müssten. Also kämpften sie Seite an Seite und es schien, als könnten sie die dunklen Wesen durch ihre vereinte Magie wirklich bezwingen.« Er fuhr sich durch die Haare. »Doch sie haben sich geirrt, denn sie haben nicht alle Wesen zerstört.«

Ich strich über seine Hand und ermutigte ihn weiterzusprechen.

»Das Licht der Sterne blieb verschollen, obwohl diese Kreaturen vernichtet zu sein schienen«, fuhr er leise fort. »Der Alpha des Klangs versprach auch dafür eine Lösung zu finden. Niemand rechnete mit dem, was er tat, um dieses Versprechen zu erfüllen.«

Ich hielt den Atem an und betrachtete sein ernstes Gesicht.

»Er tötete alle Menschen seines Elements und nahm ihre Magie in sich auf, um das Licht der Sterne damit zu speisen.«

Keuchend stieß ich den Atem aus und Dante drückte meine Hand.

»Als er forderte der Hochkönig aller Elemente zu werden, weigerten sich die Alphas«, sagte Dante. »Sie verbündeten sich, um ihn zu vernichten, doch er war zu stark. Er tötete auch die Alphas, nahm ihre Magie in sich auf und vereinte somit alle Elemente in sich. Mit dieser Macht schlug er sämtliche Proteste nieder, ließ jene, die sich gegen ihn wehren wollten, hinrichten und trennte die Elemente, damit sie sich nicht gemeinsam gegen ihn erheben konnten. Wer über die Zeit vor der Machtergreifung sprach, wurde hingerichtet. So geriet alles in Vergessenheit.«

»Hat Leonid deswegen die Prüfungen erschaffen? Um die Elemente gegeneinander aufzuhetzen und sie davon abzuhalten, gemeinsam gegen ihn zu kämpfen?«

Die ersten Prüfungen hatten etwa dreißig Sonnenumdrehungen nach seiner Machtergreifung stattgefunden. Zu dem Zeitpunkt mussten die meisten, die seine Krönung miterlebt hatten, schon ziemlich alt gewesen sein.

»Ja und nein«, erwiderte Dante. »Das Problem war, dass das Licht der Sterne erneut verglühte. Leonid hatte nicht mehr genug Macht, es allein zu erneuern, also brauchte er mehr Magie. Und die nahm er sich von den Kriegern, die in den Ehrenkämpfen fielen. Denn wenn wir sterben, kann man unsere Kräfte stehlen, bevor der Körper zerfällt. Genau das hat Leonid gemacht.«

»Das heißt, er hat schwächeren Kriegern mehr Macht verliehen, damit sie die stärksten töten, weil er ihre Magie braucht?«

Dante nickte. »Ganz genau. So hat er zwei Probleme auf einmal gelöst. Er bekam neue Magie, mit der er nicht nur das Licht der Sterne zurückholte, sondern auch seine Macht festigte und die stärksten Krieger der Elemente fielen im Kampf und konnten sich nicht gegen ihn erheben.«

»Mein Vater«, sagte ich mit bebender Stimme, »war dabei, als meine Mutter starb. Er meinte, etwas ging nicht mit rechten Dingen zu, denn eigentlich hätte sie gewinnen müssen. Stattdessen starb sie ...«

»Es wäre möglich, dass Leonid den Kampf beeinflusst hat.« Dante drückte meine Hand. »Wir werden es nie erfahren und es ändert nichts daran, dass sie fort ist.«

Ich nickte und ließ meinen Kopf hängen. »Aber wenn er ahnt, dass ich nicht meine Schwester bin ... warum hat er mich dann nicht getötet?« Ich sah auf und suchte in seinen Augen nach der Antwort. »Ich verstehe immer noch nicht, wieso die Göttin Kalliste gewählt hat, statt mich. Ich habe die Gabe gehabt, den Pokal zu finden. Das passt doch nicht.«

»Denkst du wirklich, dass die Götter uns erwählen?«, fragte er. »Leonid beeinflusst diese Entscheidung. Warum er deine Schwester wollte, statt dich, weiß ich nicht. Vielleicht besitzt sie eine Kraft, die er an sich bringen will.

Aber er scheint auch mit dir zufrieden zu sein und ich bin mir sicher, dass er dafür sorgen wird, dass du in die Ehrenkämpfe kommst.«

Er knurrte und wandte seinen Blick ab.

»Woher weißt du das alles?«, stellte ich die Frage, die schon die ganze Zeit in meinem Kopf herumspukte. »Dass du durch Zufall auf all diese Informationen gestoßen bist, glaube ich nicht.«

»Meine Eltern«, sagte er leise. »Sie haben es mir erzählt.«

Schweigen breitete sich über uns aus wie ein Mantel. Ich räusperte mich, um es zu durchbrechen.

»Was ist mit ihnen geschehen?«, hauchte ich.

Dante schloss seine Lider einen Moment und sein Brustkorb hob sich zitternd.

»Dieses Wissen über Leonids Machtergreifung wurde angeblich bei allen Elementen in manchen Familien von Generation zu Generation weitergetragen. Meine Eltern gehörten einer Gruppe an, die man als Widerstand bezeichnen kann«, erklärte er mit belegter Stimme. »Weil ich der älteste Sohn bin, erzählten sie mir alles und ich musste schwören es für mich zu behalten und nur an jemanden weiterzugeben, dem ich wirklich vertraue, damit das Wissen nicht mit mir stirbt.«

Er hob den Kopf und sah zum Fenster, durch das schwach das silberne Licht des Mondes fiel.

»Ich war damals erst zehn Sonnenumdrehungen auf der Welt, aber in meinen Träumen sehe ich diesen Moment wieder und wieder und frage mich, wer uns verraten hat.« Seine Hand unter meiner bebte und meine Brust wurde bei seinem Anblick eng. »Es waren erst wenige Tage vergangen, seit meine Eltern mich in das Geheimnis eingeweiht hatten. Meine Brüder schliefen und das rettete ihnen das Leben. Wären sie Zeugen ihres Todes geworden, hätten die Soldaten sicherlich auch sie umgebracht. Aber ich war wach und habe nur überlebt, weil meine Eltern mich versteckten, bevor Leonids Männer das Haus stürmten.«

Er schluckte und ließ den Kopf noch tiefer sinken.

»Ich lag in einer Holztruhe und konnte durch eine Ritze hindurchsehen, wie die Gardisten gegen meine Eltern kämpften. Sie hatten keine Chance, nicht einmal mit ihrer Kraft und Magie. Ich kann noch heute hören, wie sie ihre Körper brachen und ihre Magie aussaugten, bis nur noch eine Pfütze aus geschmolzenem Silber von meinen Eltern übrig war.«

Jetzt zitterte ich und musste daran denken, dass auch beim Verschwinden meines Vaters nur eine Lache aus Silber zurückgeblieben war. Also hatte man auch ihn getötet und verschwinden lassen. Tief in meinem Inneren hatte ich gewusst, dass ich ihn nie wiedersehen würde. Ich hatte mich nur der Hoffnung hingeben wollen, dass er noch lebte. Doch ich spürte, dass die Trauer schon lange ein Teil von mir war, weil ich geahnt hatte, dass er nicht mehr zu uns zurückkommen würde. Jetzt hatte ich Gewissheit.

Ich blinzelte die Tränen fort und sah zu Dante, dessen Lippen bebten.

»Dein Vater«, sagte er heiser. »Es tut mir leid. Ich wollte dir früher sagen, was die silbernen Pfützen bedeuten, aber ich wusste nicht wie.« Er stockte. »Ich wusste nicht, wie ich dir erklären soll, dass auch er fort ist. Ich wollte dich nicht verletzen. Es ... tut mir leid.«

»Es muss dir nicht leidtun«, versicherte ich ihm und drückte seine Hand.

Dante atmete erleichtert auf, mied aber meinen Blick. Der Schmerz, den wir beide empfanden, erfüllte die Luft. Ich konnte Dantes Erinnerungen und ihre Last spüren und wollte nichts mehr, als ihn zu trösten, auch wenn es nur für einen Moment war.

Ich schmiegte mich an ihn, legte eine Hand an sein Gesicht und hob sein Kinn ein wenig an. Ich rückte noch näher, bis meine Hüfte seine berührte.

Dante rührte sich nicht und sah mich nur aus seinen glasigen silbernen Augen an, während ich mein Gesicht näher an seines brachte. Meine Lippen fanden seine, aber er reagierte immer noch nicht.

Mit einem Mal kam ich mir unglaublich dumm vor, zog mich zurück und räusperte mich.

»Es tut mir leid, ich wollte ...«

Keuchend landete ich auf dem Rücken und Dante beugte sich über mich. Sein Gesicht war nur einen Lufthauch von meinem entfernt.

»Sag mir, dass du mich küssen willst und dass du das nicht nur aus Mitleid getan hast«, raunte er und seine Stimme glich einem hungrigen Knurren.

Ich schluckte und nickte. Es war an der Zeit, mir selbst einzugestehen, dass ich es wollte. »Ja«, flüsterte ich. »Ich will dich küssen. Ich will das schon so lange ...«

Quälend langsam überbrückte er die Entfernung zwischen uns und senkte seine Lippen auf meine. Ich seufzte, als ich die Wärme spürte, nach der ich mich so gesehnt hatte, und das Prickeln wahrnahm, das meinen ganzen Körper durchströmte.

Seine Sanftheit überraschte mich. Ich hatte erwartet, dass Dante, der muskulöse Alpha der Wölfe, sich einfach nehmen würde, was er wollte. Aber er war behutsam, zwang sich mir nicht auf. Erst als ich meine Lippen für ihn öffnete, tastete seine Zunge sich vor und mein gesamter Körper brannte vor Verlangen nach ihm.

»Wenn du willst, dass ich aufhöre«, raunte Dante, als er sich von mir löste, »dann musst du mich jetzt fortschicken.«

»Bleib«, hauchte ich. »Ich will nicht, dass du aufhörst.«

Er bedeckte meine Lippen erneut mit seinen, schob seine Arme unter meinen Körper und hob mich hoch.

»Was hast du vor?«, fragte ich, als er den Kuss unterbrach, um die Spieluhr in seine Tasche zu stecken, und anschließend die Bettdecke aufhob und über mich warf.

»Vertraust du mir?«, wollte er wissen.

Die Verletzlichkeit in seinen Augen raubte mir den Atem. »Ja«, brachte ich irgendwie hervor. »Ich vertraue dir.«

Er küsste mich erneut und trat dann auf das Fenster zu. Ich schlang meine Arme um seinen Nacken, als er mit mir hinaussprang und mich durch die schlafende Stadt trug.

Ich hatte längst die Orientierung verloren, doch er schien genau zu wissen, wohin er wollte.

Er hielt an und ich atmete tief den süßen Blumenduft ein, der in meine Nase drang.

Hohe Laubbäume ragten vor uns auf und Sträucher stellten sich uns in den Weg. Es war still, nur Dantes Schritte durchbrachen die Nacht, die mir noch nie so friedlich vorgekommen war. Dante schob sich zwischen den Ästen hindurch, bis wir eine Lichtung erreichten.

Er warf die Decke auf den Boden und stellte mich behutsam darauf ab. »Gefällt es dir hier?«, fragte er unsicher.

Ich lächelte. »Es ist ein wenig wie Zuhause«, erwiderte ich und schlang meine Arme um seinen Nacken. »Ich finde es wunderschön.«

Dante wirkte erleichtert und betrachtete mich einen Moment. Er schien darauf zu warten, dass ich den ersten Schritt machte, also stellte ich mich auf die Zehenspitzen und stahl mir einen Kuss von seinen Lippen.

Seine Hände glitten über meinen Körper, berührten meine Taille, streiften meine Brüste und wanderten dann zu meinen Hüften zurück. Er wollte mich an sich ziehen, doch ich sank auf die Decke hinab und zog ihn mit mir.

»Emaya«, hauchte er, als ich meine Hände unter den Stoff seines Kaftans schob.

Ich hielt inne und lauschte dem leisen Klingeln, das ich zu zu hören glaubte. Es verschwand und ich sah Dante in die silbernen Augen, die heller strahlten als der Mond über uns. Ich umfasste den Saum meines Oberteils und zog mir den Stoff über den Kopf.

Die kühle Luft ließ mich zittern, aber bald spürte ich keine Kälte mehr, denn Dante hüllte mich in seine Wärme ein. Und während unsere Körper verschmolzen, verstand ich endlich, was mir gefehlt hatte, um mich vollständig zu fühlen. Denn jetzt gab es keinen Zweifel mehr in mir. Ich hatte mein Herz an einen Wolf verloren.

Kapitel 19

Als ich die Augen aufschlug, brauchte ich einen Moment, um zu erkennen, wo ich war, obwohl das Zimmer in helles Tageslicht getaucht wurde. Gähnend schloss ich meine Lider, dann fuhr ich keuchend hoch.

Ich befand mich in meinem Zimmer auf dem Bett. Allein. Von Dante fehlte jede Spur. Hatte ich all das nur geträumt? War die letzte Nacht nicht passiert?

Mit einem mulmigen Gefühl im Magen schwang ich meine Beine aus dem Bett und hielt inne, als mein Blick auf eine einzelne silberne Blüte in einem Wasserglas auf dem Frisiertisch fiel. Ihr süßer Duft erfüllte den ganzen Raum und ich erkannte ihn wieder. Er hatte auch in der Nacht meine Sinne benebelt.

Als ich aufstand, wusste ich, dass ich das nicht geträumt haben konnte. Mein Körper fühlte sich ein wenig wund an, aber es war ein schönes Gefühl. Denn ich wusste, woher es stammte, und lächelte, während meine Wangen zu glühen begannen.

Vorsichtig berührte ich die blassen Blütenblätter und seufzte. Es klopfte, ich fuhr herum und versteckte die Blume hinter meinem Rücken.

»Du bist noch nicht fertig?«, fragte Nele, trat ein und schloss die Tür hinter sich. »Schnell, Aryanna tobt, wenn wir nicht gemeinsam zum Frühstück erscheinen.«

»In Ordnung«, murmelte ich und zog mich ins Badezimmer zurück.

Ich wusch mich und schlüpfte in die hellbraune Kleidung, die wir im Haus trugen, fuhr mir durch die Haare und hielt inne, als ich ein Blatt herauszog. Wieder lächelte ich und legte es auf den Waschtisch. Erst wollte ich mir die Haare flechten, dann ließ ich es aber. Dante hatte damals im Dampfbad zu mir gesagt, dass ihm meine Haare am besten gefielen, wenn ich sie offen trug. Also kehrte ich ohne eine Flechtfrisur zu Nele zurück.

»Hast du dir die Liste für die Jagd angesehen?«, fragte sie.

Ich schüttelte den Kopf und hob sie auf. Heute würde ich mit Dante und einem Bären auf die Jagd gehen. Nach einem Tag Pause war ich mit einem Raben und einer Schlange eingeteilt.

Ich wollte Nele gerade fragen, wann sie auf die Jagd gehen musste, da trat Aryanna ein und fuhr uns an, dass wir uns beeilen sollten. Warum ihre Laune so schlecht war, wusste ich nicht, aber es war mir gleichgültig. Denn ich schwebte nach dieser Nacht und das Kribbeln in meinem Körper nahm zu, als ich Dante am Tisch entdeckte.

Es schwand jedoch, weil ich bemerkte, dass er sich mit einer Kriegerin der Raben unterhielt. Die Frau beugte sich zu ihm und berührte seinen Arm. Dass er sie anlächelte und diese Geste zuließ, brachte mich zur Weißglut.

Als er mich bemerkte, rückte er allerdings von der Kriegerin ab. Sie murmelte Worte, die ich nicht verstand, weil die Wut in meinen Ohren rauschte, und erhob sich. Mit einem Mal war die Leichtigkeit verflogen und meine Schritte steif und plump. Ich wollte wortlos an Dante vorbeigehen, doch er fasste nach meiner Hand und zog mich auf seinen Schoß.

»Warum schaust du so finster, mein Rehlein?«, fragte er leise und schloss seine Arme um mich.

»Das fragst du noch?«, zischte ich und deutete mit meinem Kinn auf die Rabenkriegerin, die sich auf der anderen Seite an die Tafel gesetzt hatte.

Das Inferno in meinem Magen erreichte das Ausmaß eines Flächenbrands, als Dante seine Mundwinkel hob und mich tatsächlich anlächelte.

»Eifersüchtig, mein kleines Reh?« Ich schüttelte den Kopf und versuchte mich von ihm zu lösen, aber er zog mich enger an sich und streckte sich, bis seine Lippen neben meinem Ohr schwebten. »Ich habe doch gesagt, wenn wir eine Gefährtin gewählt haben, gibt es nur noch sie. Ganz gleich, mit welcher Frau ich mich unterhalte, du bist die Einzige, die ich an meiner Seite will.«

Mein Widerstand gegen seine Umarmung schmolz genauso dahin wie meine Wut. Hatte er also immer mich gemeint? Wollte er mit mir genauso zusammen sein wie ich mit ihm?

Ich fuhr mit meinen Fingern durch seine Haare und Dante lehnte seinen Kopf an meine Brust.

Zwischen uns war eine Vertrautheit entstanden, die ich nie für möglich gehalten hatte. Es war mir gleichgültig, wer uns beobachtete, denn in diesem Moment war Dante alles, das ich wahrnahm.

»Zweifle nie an meiner Zuneigung«, sagte er leise. »Bitte.«

Ich seufzte, schloss meine Augen und strich über seinen Kopf.

»Ist der Wolf zum Lämmchen geworden?«, grölte Koda und ich ließ Dantes Kopf los, um mich zu ihm umzudrehen.

Der Bären-Alpha wackelte mit den Augenbrauen und lachte lautstark über seine eigenen Worte.

»Vielleicht sollten wir ihm Schleifchen ins Haar binden?«, nahm der Alpha der Schlangen den Faden auf.

Die Schlangen und Bären lachten. Mein Kiefer knackte, weil ich ihn so fest aufeinanderpresste. Dante blieb vollkommen ruhig und umfasste meine Finger, die zu beben begonnen hatten.

Als Citlali in das Lachen einstimmte, hatte ich genug und holte tief Luft, um diesen Idioten meine Meinung um die Ohren zu schleudern. Aber die Eulen-Alpha schlug plötzlich mit ihrer Hand auf den Tisch und alle verstummten.

»Wisst ihr eigentlich, wann ein Wolf am gefährlichsten ist?«, fragte sie und bedachte alle Krieger mit ihrem spitzen Lächeln. »Wenn er das, was er liebt, beschützt. Also macht euch nur lustig über ihn, aber verwechselt sein Schweigen nicht mit Schwäche. Denn wenn er das Gefühl hat, dass ihr sein Reh bedroht, wird er euch mit bloßen Händen zerreißen.«

Koda schluckte schwer und murmelte etwas, das wie eine Entschuldigung klang, ebenso der Schlangen-Alpha.

Citlali knurrte und sah mich dann an. Ihr Lächeln vertiefte sich, als ich ihr zunickte.

»Ich freue mich schon heute mit euch auf die Jagd zu gehen«, verkündete die Eule. »Das könnte wirklich interessant werden.«

Sie lachte und setzte sich dann wieder hin, um ihr Frühstück fortzusetzen.

»Mit uns gemeinsam auf die Jagd gehen?«, flüsterte ich und sah Dante an.

»Ich habe dafür gesorgt, dass wir beide immer zusammen vor der Stadt gegen diese Kreaturen kämpfen«, flüsterte er. »Heute habe ich Citlali gegen den Bären getauscht. Ich hoffe, es ist für dich in Ordnung, dass ich mich eingemischt habe?«

»Ja«, stieß ich erleichtert aus. »Ich bin froh mit dir dort draußen zu sein. Denn ich weiß, dass ich dir auch meinen Rücken zuwenden kann und nicht fürchten muss, dass du mich niederstichst. Aber ich und zwei Alphas?«

Er zuckte mit den Schultern. »Es war die einzige Möglichkeit und Citlali ist in Ordnung. In drei Tagen begleitet uns ein Rabe.« Dante beugte sich über den Tisch und zog einen Teller mit kaltem Aufschnitt sowie einen Korb Brot heran. »Und jetzt iss, mein Rehlein. Wir werden unsere Kräfte heute dringend brauchen.«

***

Als die Sonne leuchtend rot am Horizont versank, brachen wir auf. Zwölf Krieger liefen in Rüstung und mit Waffen ausgestattet durch die Straßen Alderichs, in denen nur wenige Menschen unterwegs waren.

Je näher wir der Stadtmauer kamen, umso stärker kribbelten meine Finger und umso schneller schlug mein Herz. Daran konnte auch Dantes Nähe nichts ändern. Ich hatte mich den dunklen Kreaturen nie stellen müssen, aber ich hatte Menschen gesehen, die von ihnen angefallen worden waren. Zumindest das, was von diesen armen Seelen übriggeblieben war.

Dante hatte gesagt, dass man sie töten konnte, hatte mir aber nicht genau erklärt wie. Ich hoffte, er würde es noch nachholen, sobald er, Citlali und ich allein waren.

Ich trug zwei Schwerter an meinen Hüften, da ich mich damit am sichersten fühlte. Citlali hatte ein Schwert und einen Bogen mitgenommen, Dante hielt einen Speer in der Hand und trug ein Schwert an seinem Gürtel. Die beiden hatten als Zweitwaffen etwas für den Fernkampf gewählt, während ich mit der Axt, die ich als Zweitwaffe auf dem Rücken trug, auch den Nahkampf suchen musste.

Am Stadttor waren keine Wachen aufgestellt und wir mussten es selbst öffnen, um hinauszutreten. Wer würde die Stadt verteidigen, wenn die Kreaturen sich an die Mauer wagten? Waren die Wachen nur abgezogen worden, weil sie wussten, dass wir kommen würden oder gab es keine, weil sie gegen diese Wesen ohnehin keine Chance hatten? Mein Herz schlug noch schneller.

Hinter den Stadtmauern erhob sich ein Wald aus toten Bäumen, die sich wie Geister vom dunklen Nachthimmel abhoben. Die Luft schien hier kälter zu sein als in der Stadt und jeder Windhauch ließ das trockene Holz ächzen. In meinen Ohren klang es wie das Wehklagen längst verstorbener Menschen, die hier ihr Ende gefunden hatten.

»Ab hier trennen wir uns«, schlug ein Bärenkrieger vor.

»Einverstanden. Viel Glück«, sagte Dante und griff nach meiner Hand. »Bleib in meiner Nähe«, raunte er mir zu, nachdem wir uns von den anderen Kriegern entfernt hatten.

»Verrätst du mir auch, wie man diese Kreaturen umbringt?«, fragte ich, statt darauf einzugehen.

»Es gibt nur eine Möglichkeit«, antwortete Citlali an seiner statt. »Man muss ihnen den richtigen Kopf abschlagen.«

»Den ... richtigen Kopf?«

»Wenn wir einem dieser Wesen gegenüberstehen, wirst du es verstehen«, meinte die Eule. »Ich hoffe, du kannst mit den Schwertern umgehen. Am einfachsten wäre es, Dante und ich lähmen die Biester und du enthauptest sie ...«

»Ich enthaupte die Kreaturen«, knurrte Dante. »Du weißt, dass ihr Gift tödlich ist und Kalliste hat noch nie gegen eine gekämpft.«

Citlali lächelte. »Soll mir recht sein, solange ich nicht deinen knackigen Hintern retten muss, weil du dich übernimmst.« Sie zwinkerte, als ihr Blick wieder auf mich fiel. »Schau nicht so, Kalliste. Meine Beziehung zu deinem Wolf ist eine rein geschäftliche.«

Ich blinzelte und sah von Dante zu Citlali.

Die Eule schnalzte mit der Zunge. »Sie weiß es gar nicht?«

»Es steht mir nicht zu, ihr zu sagen, welche Verbindung wir beide haben«, erwiderte Dante. »Selbst wenn ich es wollte.«

»Aber du vertraust ihr?«, hakte Citlali nach.

»Ihr wisst, dass ich hier bin?«, brummte ich, aber Dante sah nur die Eule an, während er nickte. Trotzdem schienen meinem Herzen Flügel zu wachsen und ich lächelte, obwohl ich es nicht wollte.

»Nun, Kalliste«, sagte Citlali und ihre roten Augen bohrten sich in meine. »Lass es mich so ausdrücken: Der Wolf und ich haben etwas sehr Ähnliches erlebt und deswegen ein gemeinsames Interesse. Ich helfe ihm dabei, die Antworten zu finden, die er sucht. Wenn du verstehst, was ich meine ...«

»Das heißt, du bist mein Pendant beim Feuerelement«, erwiderte ich.

Citlali lachte. »Oh, ich mag deinen schnellen Geist«, verkündete sie und klopfte Dante auf die Schulter. »Kein Wunder, dass du ihr wirklich verfallen bist. Sie sieht nicht nur appetitlich aus, sie hat auch was im Köpfchen.«

»Ich sehe appetitlich aus?«, hakte ich finster nach.

»Verzeihung«, beschwichtigte Citlali. »Den Ausdruck verwenden wir, wenn eine Frau hübsch ist.« Sie legte ihren Kopf schief und erinnerte mich kurz wirklich an eine Eule. »Und sie ist ausgesprochen hübsch. Nicht wahr, Dante?«

Sein Blick glitt über mich und er nickte stumm. Der Ansatz eines Lächelns, der auf seinen Lippen lag, und der Ausdruck in seinen Augen genügten, um meine Haut zum Prickeln zu bringen.

»Dann sollten wir festlegen, wie wir genau vorgehen«, meinte Citlali, der unser Augenkontakt wohl zu intensiv geworden war. »Wenn du die Bestien enthaupten willst, sollten Kalliste und ich sie lähmen.«

»Du verwendest deine Pfeile«, stimmte Dante zu, bevor er wieder mich ansah. »Und du könntest uns mit deiner Magie helfen. Ich gehe davon aus, dass du die Erde beben lassen kannst?«

»Beben und aufbrechen«, sagte ich nickend.

»Gut, dann würde ich vorschlagen, du fegst die Kreaturen von ihren Füßen.«

»Das ist alles?«, fragte ich ungläubig. »Ich bin auch eine Kriegerin und ich könnte ...«

»Hast du schon einmal gegen eine dieser Kreaturen gekämpft?«, fiel Dante mir unerwartet scharf ins Wort.

»Dann hätte ich wohl kaum gefragt, wie man sie tötet«, erwiderte ich ebenso scharf.

Er kniff die Augen zusammen. Offenbar war er Gegenwind nicht gewohnt. Er atmete geräuschvoll ein und aus. »Diese Dinger sind gefährlich«, presste er zwischen seinen Zähnen hervor. »Sie kennen keine Gnade und machen vor nichts und niemandem Halt. Du magst eine gute Kämpferin sein, aber das hier ist etwas anderes, als mit einem Schwert gegen einen ebenbürtigen Gegner anzutreten. Also halte dich im Hintergrund, hilf uns die Kreaturen zu schwächen und überlass mir das Töten.«

»Aber …«

»Kalliste«, unterbrach er mich mit tiefer Stimme.

Ich wünschte, er hätte meinen richtigen Namen verwendet.

»Ich will nicht, dass du verletzt wirst«, sagte er und klang mit einem Mal sanft. »Mir ist bewusst, dass du kämpfen kannst. Aber das hier ist etwas anderes und …«

»Schon gut«, hinderte diesmal ich ihn daran, zu Ende zu sprechen. »Lasst uns einfach weitergehen und nach diesen Kreaturen suchen.«

»Das werden wir nicht müssen«, meinte Citlali. »Sie werden uns finden, wenn sie soweit sind.« Sie prüfte, ob ihr Bogen gut gespannt war und nickte uns dann zu. »Lasst uns gehen.«

Kapitel 20

Ich hatte nicht erwartet, dass sich direkt vor Alderich immer noch ein so weitläufiger Wald befand. Vielleicht waren die Bäume einmal voll und gesund gewesen. Jetzt erinnerten sie an totes Holz, das man zur Abschreckung in den Boden gerammt hatte. Ihre knorrigen Äste raschelten im Wind und hinterließen feine Kratzwunden, sobald sie uns streiften.

Citlali wirkte nervös. Da sie wie jeder Eulenkrieger im Dunklen besser sehen konnte als wir, führte sie uns an und suchte unsere Umgebung rastlos ab.

Die kahlen Baumstämme standen immer dichter, je tiefer wir in den Wald vordrangen. Citlali verlangsamte ihre Schritte und spähte immer wieder hinter einem Baum hervor. Obwohl kein Blätterdach das Licht des Mondes abfing, kam mir die Umgebung immer dunkler vor.

Niemand sprach ein Wort. Nur die Rufe der Tiere, die hier lebten, und das Rascheln der trockenen Blätter unter unseren Füßen begleiteten uns. Ich zuckte zusammen, als Dante meinen Arm berührte.

»Bitte glaub nicht, dass ich dich für schwach halte«, flüsterte er mir zu. »Denn das denke ich nicht.«

»Schon gut«, erwiderte ich, so leise ich konnte. »Ich verstehe, warum du das machst.«

»Wirklich?« Seine Stimme war nicht mehr als ein Wispern.

Ich blieb abrupt stehen. Es war still geworden. Totenstill. Alle Geräusche um uns waren verstummt.

Auch Dante und Citlali hatten es bemerkt, denn sie machten sich kampfbereit. Dante umfasste seinen Speer und suchte die Bäume um uns nach einer Bewegung ab. Citlali löste den Bogen von ihrem Rücken und die Sehne knarzte, als sie einen Pfeil einspannte. Ich zog meine Schwerter und stellte mich breitbeinig hin.

Nichts regte sich, kein Laut durchbrach die Nacht und ich wagte es nicht einmal zu atmen, als ich eine dunkle Magie fühlte, die ihre Finger nach mir ausstreckte.

Die Luft flirrte, als direkt vor uns etwas aus einem umgefallenen Baumstamm brach. Schwarze Nebelschwaden erhoben sich. Der Mond verfinsterte sich. Dunkelheit waberte um die unförmige Magie, die das Licht in ihrer Nähe in sich aufsaugte.

Rote Augen leuchteten auf, als sich die Magie in ein gewaltiges Pferd verwandelte. Es gab einen Schrei von sich, der in meinen Ohren dröhnte, richtete sich auf seine Hinterläufe und bäumte sich auf. Unter seinen Hufen gefror der Boden zu Eis. Ein Zischen erklang, als das Pferd losrannte.

Keuchend sprang ich zur Seite und hielt mir den Arm, an dem die dunkle Magie mich gestreift hatte. Blut lief über meine Finger und ich stieß einen Fluch aus, während ich wieder auf die Füße kam.

Citlali hatte es mit einem Sprung auf einen Baum geschafft. Dante war zur anderen Seite gesprungen. Sein Blick fand meinen und ich gab ihm mit einem Nicken zu verstehen, dass es mir gut ging. Erst dann hob er den Speer vom Boden auf und machte sich bereit ihn zu werfen.

Die dunkelgraue Mähne des Pferdes tänzelte wie Feuer hinter ihm her, als es sich umdrehte und mit einem Huf auf den Boden stampfte. Seine Augen waren auf Dante gerichtet, der mit dem Speer in der Hand heftig auf seinen Brustpanzer schlug und somit die Aufmerksamkeit auf sich zog.

Ich steckte meine Schwerter ein, um mich besser auf meine Magie konzentrieren zu können. Auf dem Baum machte Citlali sich bereit einen Pfeil abzuschießen. Sie spannte die Sehne und konzentrierte sich auf das Pferd, das sich erneut aufbäumte und mit einem schrillen Schrei auf Dante zustürmte.

Feuer flackerte auf, als Citlali ihre Magie wirkte und den Pfeil in Flammen hüllte. Sie wartete, bis das Pferd Dante fast erreicht hatte. Dann schoss sie den Pfeil ab. Ein Schweif aus knisternder Magie folgte dem Feuerpfeil. Er traf das Pferd in der Seite und explodierte.

Nur eine Armlänge von Dante entfernt bäumte das Tier sich auf und kreischte, während die Flammen sich in seinen Körper fraßen. Ich krümmte meine Finger, verband mich mit der Erde unter seinen Hufen und ließ sie beben. Das Pferd strauchelte und fiel zur Seite. Strampelnd kämpfte es gegen die Magie.

Dante rammte dem Tier den Speer in den Leib. Mit seiner Magie schmolz er die Waffe und legte das Wesen in Ketten. Dann zog er sein Schwert. Mit einem schnellen Schnitt hackte er den Kopf ab und das Wesen erschlaffte.

Doch Dante hielt nicht inne, sondern trennte dem Pferd auch noch die Beine ab.

»Was machst du?«, fragte ich erschöpft und ließ meine Magie versiegen.

»Das war nicht der richtige Kopf«, erwiderte Dante, ohne aufzuhören den Körper zu zerstückeln.

Als er die Flanke des Pferdes mit dem Schwert bearbeitete, erklang ein lauter Schrei. Das Wesen löste sich auf und gab das Licht, das es vorhin verschlungen hatte, wieder frei.

»Ein Punkt für uns«, sagte Citlali, als sie vom Baum sprang und auf mich zutrat. »Lass mich deinen Arm ansehen.«

Bevor ich reagieren konnte, packte sie ihn und betrachtete die Verletzung.

»Kein Gift«, sagte sie erleichtert und blies auf meine Haut.

Feuer brannte über meinen Arm und schloss die Wunde binnen eines Herzschlags.

Dante verwandelte den Speer in seine ursprüngliche Form zurück und zog ihn aus der Erde. Erst als er vor mir stand, erkannte ich die Wunde, die er sich am Hals zugezogen hatte.

»Ihr solltet vorsichtiger sein«, meinte Citlali und trat auf ihn zu.

Doch Dante hob seine Hand. »Spar dir deine Magie. Es ist nur ein Kratzer«, verkündete er und betrachtete mich. »Bist du in Ordnung?«

»Mir fehlt nichts«, erwiderte ich.

Dante stieß den Atem aus und sah sich dann um. »Wir sollten nicht noch tiefer in den Wald vordringen«, sagte er.

»Du willst umkehren?«, fragte Citlali nachdenklich. »Ich weiß, dass du vermutlich genug Punkte in den Vorkämpfen machen wirst. Aber wir sollten dennoch weiter Jagd auf diese Kreaturen machen, wenn wir die Ehrenkämpfe erreichen wollen. Nur dann haben wir eine Chance, unsere Pläne umzusetzen.«

»Von Umkehren habe ich nichts gesagt«, entgegnete Dante. »Nur dass wir nicht tiefer hineingehen sollten.« Er kniff die Augen zusammen. »Die Dunkelheit nimmt immer mehr zu ...«

Ich betrachtete die Stelle, aus welcher die dunkle Kreatur hervorgebrochen war. Das Licht schien sich dort tatsächlich zu verlieren. Eine tiefe Schwärze ging von dem Wald hinter dem umgefallenen Baumstamm aus.

Citlali verstaute ihren Bogen am Rücken und sah nach links und rechts. »Und wohin sollen wir uns wenden?«

Dante hob sein Gesicht und seine Nasenflügel blähten sich. Dann deutete er nach links. »Rechts würden wir sehr bald auf andere Krieger treffen«, meinte er.

»Das kannst du riechen?«, fragte ich ungläubig.

Er schmunzelte. »Die Eule kann im Dunkeln sehen, ich kann die Witterung aufnehmen. Und du ...«

»Ich kann schnell weglaufen, wenn es sein muss«, brummte ich. »Großartig.«

»Emaya«, hauchte er so leise, dass nur ich es hören konnte, und griff nach meiner Hand. »Du kannst viel mehr als weglaufen. Wenn ich mich nicht irre, seid ihr Rehe sehr intuitiv und das ist gerade in dieser Gegend wichtig.«

Ich drückte seine Hand. Dante schenkte mir ein schwaches Lächeln, ließ mich los, blieb aber neben mir, während wir Citlali folgten.

***

Die Nacht war weit vorangeschritten und ich konnte das Gähnen nicht mehr unterdrücken. Uns war zwar keine weitere dunkle Kreatur begegnet, die düstere Magie in diesem Wald war jedoch immer noch deutlich zu spüren.

»Sie spielen mit uns«, meinte Citlali schließlich. »Vermutlich denken sie, wir wähnen uns in Sicherheit, wenn wir stundenlang keine Kreatur sehen.«

»Aber wozu?«, überlegte Dante laut. »Das würde nur Sinn ergeben, wenn sie uns in eine Falle locken wollen.«

»Und wenn sie das wollen?«, warf Citlali ein und blieb stehen.

»Wir bewegen uns immer auf derselben Höhe des Waldes«, verkündete Dante und hob den Arm. »Wenn wir dorthin gehen, kehren wir früher oder später nach Alderich zurück. Und wenn wir dorthin gehen«, dabei hob er seinen anderen Arm, »betreten wir das Reich der Dunkelheit. Wie sollen sie uns eine Falle stellen?«

»Das weiß ich nicht«, entgegnete Citlali. »Aber welchen Grund haben sie sonst, uns nicht direkt anzugreifen? Nur weil wir einen von ihnen getötet haben, halten sich die anderen doch nicht von uns fern.«

»Was mich viel mehr wundert«, sagte ich und die beiden wandten sich mir zu, »ist, dass wir bisher keine anderen Krieger gesehen oder gehört haben. Von der Witterung, die Dante vor Stunden wahrgenommen hat, abgesehen.«

»Sie hat recht«, murmelte Citlali. »Wir hätten zumindest etwas hören müssen.«

Noch während sie sprach, veränderte sich der Wald und das Licht des Mondes verschwand im Schwarz des Himmels. Die Bäume rückten näher zusammen, es wurde stiller und mein Herz stockte. Wir waren doch weiter in den Wald hineingegangen, ohne es zu bemerken. Und nun schloss uns Dunkelheit wie ein Käfig zu allen Seiten ein. Egal wohin ich mich wandte, ich erkannte keinen Ausweg.

»Illusion«, murmelte Dante und stieß einen Fluch aus. Er umfasste den Speer fester und zog mich mit seiner freien Hand an sich. »Wieso habe ich das nicht erkannt?«

Ein Gewirr aus schrillen Stimmen erhob sich und formlose Körper brachen aus der Dunkelheit, flossen über den Boden, nahmen Gestalt an und richteten sich auf. Verschiedene Wesen starrten uns aus roten Augen an. Menschenähnliche sowie zu groß geratene Tiere und Geschöpfe, für die ich keinen Namen kannte, bewegten sich fauchend auf uns zu.

»Wir müssen die Illusion brechen«, sagte Citlali und legte einen Pfeil in den Bogen.

»Und wie?«, fragte Dante und schob sich vor mich.

»Vereint eure Kräfte auf meinen Pfeil«, forderte Citlali und hielt uns den Schaft hin.

Ohne zu zögern, legte ich meine Finger auf das Holz und Dante tat es mir gleich. Ich fühlte die Magie des Feuers und die unbändige Kraft des Metalls durch den Pfeil fließen. Sie vermischten sich mit meiner Magie und der Pfeil leuchtete hell auf.

Kreischend stürzten sich die Kreaturen auf uns. Citlali machte einen Sprung zurück. Ich zog meine Schwerter und schlug auf die Wesen ein. Aber ganz gleich, wo ich sie traf, sie standen wieder auf und kämpften weiter.

»Beeil dich, Eule!«, rief Dante und brüllte, als eines der Wesen seine Zähne in seine Schulter bohrte.

Mit einem Satz war ich bei ihm und schlug auf das menschenähnliche Geschöpf ein. Es fiel, richtete sich aber sofort wieder auf und stürzte sich auf mich.

Ich vollführte eine halbe Drehung. Sein Angriff ging ins Leere. Schnell hob ich meine Schwerter und schlug ihm den Kopf ab. Polternd fiel er den anderen Kreaturen vor die Füße und löste sich in Rauch auf. Doch gleich darauf nahm der Kopf auf den Schultern des Wesens wieder Form an. Mit einem Fauchen griff es nach mir.

»Citlali!«, schrie Dante.

»Geduld ist eine Tugend«, erwiderte die Eule fast singend.

Dante schlang einen Arm um mich und wirbelte mich herum, als dunkle Geschosse die Nacht durchbrachen. Er stöhnte und sank gegen mich. Ich legte die Arme um ihn und fühlte die Pfeile aus dunkler Magie, die seinen Rücken durchstoßen hatten.

Meine Kehle brannte und ich zog ihn enger an mich. »Wieso hast du das getan?«, fragte ich atemlos.

»Damit du sicher bist«, erwiderte er leise.

Schlagartig erhellte sich der Himmel über uns und ich riss den Kopf hoch. Ich erkannte den Pfeil, den Citlali abgeschossen hatte und der sich in den Horizont bohrte wie in eine Mauer. Feine Sprünge durchzogen die Schwärze und schimmerten rot, silbern und hellbraun. Dann krachte es und Brocken der Dunkelheit fielen auf uns herab.

Ich zog Dante an mich, bewegte meine Finger und ließ die Erde eine Höhle über uns erschaffen. Citlali sprang ebenfalls darunter und keuchte.

»Was sollen wir machen?«, fragte sie an Dante gewandt.

»Du bringst Kalliste in Sicherheit«, erwiderte er. »Ich halte sie auf.«

»Das ist Selbstmord und das weißt du«, fuhr ich ihn an. »Ich werde nicht …«

»Citlali«, sagte Dante und seine Stimme donnerte, als würde er keinen Widerspruch zulassen. »Bring sie weg.«

Ich kam nicht dazu, etwas zu antworten, denn die Eule packte mich, warf mich über ihre Schulter und rannte mit mir auf die nächsten Bäume zu. Hinter uns kreischten die Kreaturen auf. Dante sprang aus der Deckung, die in sich zusammenfiel, zog sein Schwert und begann die Wesen damit aufzuschlitzen. Trotz seiner Wunden am Rücken kämpfte er erbittert weiter. Aber das würde er nicht mehr lange durchhalten können.

»Er hat doch allein keine Chance!«, wimmerte ich. Citlali setzte mich ab und ich wehrte mich gegen ihren festen Griff um meine Handgelenke. »Lass mich los!«

»Das kann ich nicht«, entgegnete sie. »Er hat mir einen klaren Auftrag gegeben und der lautet, dich fortzubringen. Ob es mir passt oder nicht …«

Sie hatte die letzten Worte kaum ausgesprochen, als etwas durch die Luft sirrte und Citlalis Schulter durchschlug. Die Eule schrie auf, ließ mich los und fiel zu Boden. Der metallische Geruch von Blut tränkte die Luft und ich starrte auf die Wesen, die uns gefolgt waren, und suchte nach Dante, der in einem Gewirr aus Dunkelheit zu versinken schien.

»Lauf«, keuchte Citlali und hob den Bogen. »Ich verschaffe dir Zeit.«

Verzweiflung lähmte mich einen Moment, dann fällte ich eine Entscheidung. Ich stieß einen Schrei aus und zog meine Schwerter. Mit voller Wucht rammte ich sie in den Boden und tastete nach den Wurzeln und Pflanzen, die hier einst gewachsen waren. Über die Schwerter ließ ich all die Magie, die ich aufbringen konnte, in die Erde fließen. Diese Biester würden uns nicht kampflos töten und ich würde Dante und Citlali nicht ihrem Schicksal überlassen.

Das grünliche Licht, das mich umgab, erhellte die Nacht. Die dunklen Wesen kreischten und hoben ihre Arme vor die Augen. Meine Haut schien in Flammen zu stehen. Ranken schossen aus dem Boden und wanden sich um die Kreaturen. Sie konnten sich nicht mehr rühren.

Meine Arme zitterten. Das hier fühlte sich anders an als die Magie, die ich sonst wirkte. Aber solange ich die Kreaturen damit aufhalten konnte, würde ich nicht aufhören.

Ich wickelte jedes einzelne Geschöpf mit meinen Dornenranken ein, auf denen sich silberne Blüten bildeten. Diese Kraft, die durch meinen Körper und dann in die Erde raste, kannte ich nicht, aber ich ließ sie geschehen. Als ich das Pulsieren der dunklen Magie unter meiner fühlte, drückte ich zu und eine Kreatur nach der anderen schrie auf, bevor sie zu Staub zerfiel. Ein schwacher milchweißer Lichtschein löste sich aus ihren Überresten. Wie winzige Sterne zog das Funkeln in den Himmel und ließ die Nacht heller erscheinen.

Als alle tot waren, sackte ich nach vorn.

»Emaya«, sagte Dante, der mich auffing. Ich hörte ihn kaum.

Mein Herz schlug so heftig, um mich am Leben zu erhalten, dass ich mich nur darauf konzentrieren konnte. Ich war an die Grenzen meines Körpers gelangt, der um mich zu zerfallen schien.

Dante löste meine Hände von den Schwertgriffen, die ich immer noch umklammert hielt, und sog scharf den Atem ein. Ich starrte auf meine Handflächen, die aussahen, als wäre die Haut geschmolzen. Aber ich fühlte keinen Schmerz.

»Wieso hast du …«

»Ich konnte dich doch nicht sterben lassen«, unterbrach ich Dante.

Dann fielen meine Augen zu und ich hatte das Gefühl, von den Ranken in eine andere, bessere Welt getragen zu werden.

Kapitel 21

Das Licht kehrte zurück, als der Kokon aus Ranken, der meinen Geist umschlossen hatte, sich lichtete. Und mit dem Licht kamen die Schmerzen, die mir den Atem raubten.

Wimmernd warf ich meinen Kopf hin und her. »Dante«, hauchte ich und wollte nach ihm tasten.

Aber ich konnte mich nicht bewegen. Keuchend öffnete ich die Augen und blinzelte gegen die Helligkeit an. Es dauerte einen Moment, bis ich erkannte, wo ich mich befand. Ich lag auf einem Bett, so breit, dass ich selbst mit zur Seite gestreckten Armen den Rand nicht erreichen konnte. Es roch nach frischen Kräutern. Irgendwo blubberte etwas, aber obwohl ich meinen Kopf drehen konnte und nach der Quelle suchte, gelang es mir nicht, sie zu finden.

»Kalliste«, erklang Neles Stimme und ich wandte mich zu ihr um. »Sie ist wach.«

Meine Freundin setzte sich zu mir und bearbeitete etwas mit ihren Fingern. Erst da bemerkte ich, dass meine Hände in dicke Verbände gewickelt und mit Manschetten am Bett befestigt waren. Nele löste eine Fessel und ich stöhnte, als ich meinen Arm wieder bewegen konnte.

Aryanna trat ebenfalls in mein Blickfeld und ich konnte nicht sicher sagen, ob sie besorgt oder wütend auf mich war, als sie mich mit zuckenden Augenbrauen betrachtete.

Nele hatte inzwischen meine zweite Hand befreit und ich setzte mich auf. »Was ist passiert?«, krächzte ich. Meine Kehle fühlte sich staubtrocken an und das Schlucken bereitete mir fast mehr Schmerzen als das Pochen in meinen verbundenen Händen.

»Du hast uns einen ordentlichen Schrecken eingejagt«, erklang eine Stimme, die es mir eiskalt den Rücken herunterlaufen ließ.

Als Leonid hinter einem Vorhang hervortrat, verneigten sich Aryanna und Nele. Ich starrte den König nur an. Wegen seiner weißen Kleidung verschmolz er fast mit den hellbeleuchteten Wänden und sein Kopf sah aus, als würde er durch den Raum schweben.

Vom Wechseln seiner Haar- und Augenfarbe wurde mir schwindelig und mein Magen zog sich krampfhaft zusammen. Was wollte der König hier? Befand ich mich etwa in seinem Haus?

»Würdet ihr uns einen Moment allein lassen?«, fragte Leonid gebieterisch.

»Gewiss, Hoheit«, erwiderte Aryanna und packte Nele am Arm, weil diese sich nicht rührte, und zerrte sie hinaus.

Der Hochkönig wartete, bis ihre Schritte verklungen waren, dann umrundete er das Bett und setzte sich darauf. Die Matratze sank ein und ich rutschte ein Stück an ihn heran. Steif richtete ich mich auf und hielt seinem durchdringenden Blick stand.

»Ich hatte Kalliste ausgewählt, weil ich dachte, dass sie Kräfte besitzt, die mir nützlich sein könnten«, begann Leonid. »Dass ich diese Kräfte auch in dir finden würde, hätte ich nicht erwartet.«

Er schwieg und durchbohrte mich mit seinem Blick.

»Aber ich bin doch Kalliste«, sagte ich schwach und keuchte, als er grob mein Kinn packte und sich nach vorn beugte.

»Hältst du mich für dumm, Mädchen?«, zischte er und sein nach Schwefel riechender Atem schlug mir ins Gesicht. »Denkst du, ich würde nicht alles sehen? Nicht erkennen, wer du wirklich bist? Ich wusste es in dem Moment, als ich dich das erste Mal sah. Aber weil du den Pokal aufgespürt hast, verschonte ich dein Leben.« Er lachte und ich musste tief durchatmen, um nicht in Tränen auszubrechen. »Ich muss sagen, jetzt, da ich deine Kräfte gesehen habe, bin ich froh, dass du den Platz mit Kalliste getauscht hast.« Der Griff um mein Kinn verstärkte sich. »Und dass ich deinen hübschen Kopf nicht gleich von den Schultern getrennt habe.«

Sein Daumen strich über meinen Hals und ich unterdrückte das Beben in meinem Inneren.

»Du bist wie deine Mutter, Emaya. Und wie deiner Mutter werde ich dir ein Angebot unterbreiten. Ich hoffe allerdings, dass du es annehmen wirst.« Der König lächelte mich kalt an. Ich schwieg. »Willst du denn nichts dazu sagen?«

»Welches Angebot?«, brachte ich heiser hervor.

»Oh, das unterbreite ich dir, wenn du die Ehrenkämpfe erreichst«, erwiderte er. »Was nicht schwer sein sollte. Du hast bereits hundert Punkte in der ersten Prüfung errungen und nach dieser Nacht wird dich wohl niemand mehr einholen können.« Wieder strich er mit seinem Daumen über meinen Hals. »So viele dunkle Kreaturen von nur einer Kriegerin geschlagen.«

»Wie viele?«, wollte ich wissen.

Leonid lachte erneut. »Du weißt es gar nicht? Nun, kein Wunder, du hast deinen Körper an den Rand des Todes gebracht. Dann will ich es dir sagen.« Er lehnte sich noch näher an mich heran und ich musste dem Impuls widerstehen zurückzuweichen. »Du hast vierzig Kreaturen einfach zerquetscht, kleine Emaya.«

Ich presste meine Kiefer zusammen, bis es knackte. Dann schüttelte ich den Kopf und der König lächelte. Allerdings lag nichts Freundliches in der Geste. Es wirkte wie eine Maske, die er für mich aufsetzte.

»Wenn du mir nicht glaubst, frag deine Begleiter«, meinte er. »Deine starke Magie ist der einzige Grund, warum ich dich am Leben lasse, obwohl du mich hintergehen wolltest.« Sein Griff um mein Kinn wurde fester und ich gab ein Röcheln von mir, als Schmerz mein Gesicht durchfuhr. »Es wäre besser für dich, wenn du alles daransetzt, meine Gunst nicht zu verlieren.« Seine Stimme war nur noch ein Flüstern und er starrte mir in die Augen. »Wenn ich dir also befehle alles zu tun, um in die Ehrenkämpfe zu gelangen, wie lautet deine Antwort?«

Die Magie des Königs lähmte mich. Alles verblasste, nur die leuchtenden Augen nicht, die mich zu verschlingen drohten.

»Ja, Hoheit«, keuchte ich.

Leonid gab mich frei und ich rang nach Atem.

»So ist es gut«, meinte er mit selbstgefälligem Lächeln und erhob sich vom

Bett. »Es wäre doch schade, wenn du verantwortlich dafür wärst, dass deiner Schwester dasselbe zustößt wie deinem Vater.«

Ich riss meinen Kopf hoch. »Was meint Ihr?«

»Dein Vater ist doch verschwunden, nicht wahr?« Er lachte wieder, als hätte er einen Scherz gemacht, und störte sich nicht daran, dass ich nicht in das Lachen einstimmte. »Er hat angefangen Fragen zu stellen. Welche Fragen das waren, kann ich dir nicht verraten, sonst müsste ich dich ebenfalls töten.«

Ich hatte längst gewusst, dass ich meinen Vater verloren hatte. Aber als der König es aussprach, brannten erneut Tränen in meinen Augen.

»Ich musste es tun«, meinte Leonid ohne den Hauch von Reue in der Stimme. »Zwar hatte ich gehofft, er würde mir erklären, woher er seine Informationen bekommen hat. Aber er schwieg, bis … nun, ich erspare dir die Details.«

Sein eiskaltes Lächeln ließ mich frösteln.

»Wenn du also nicht willst, dass deiner Schwester ein ähnliches Schicksal blüht, wirst du meinen Befehlen besser folgen. Und der erste lautet: Erreiche die Ehrenkämpfe.«

Er wartete und ich rang mir ein »Ja, Hoheit« ab.

Leonid nickte und sein Lächeln wirkte zufrieden. »Ich habe deiner Alpha bereits gesagt, wer du bist. Sie informiert gerade alle anderen Krieger darüber, dass der König selbst dir eine Nachricht geschickt und den Willen der Göttin aufgehoben hat, damit du herkommen konntest, um das Leben deiner Schwester zu schützen, wie du es wolltest, und wir bis jetzt alles geheim gehalten haben, weil du dich erst beweisen musstest. Natürlich werden die Punkte, die du als Kalliste gesammelt hast, nicht gestrichen. Du behältst sie.«

Ich schluckte und senkte meinen Blick.

»Wir sehen uns in der Arena, Emaya«, sagte der König.

Ich hielt meinen Kopf unten, bis ich seine Magie nicht mehr wahrnehmen konnte. Erst dann sah ich auf und erlaubte meinen Tränen zu fließen.

Was wusste der König noch? Ob er etwas von dem ahnte, was Dante in Erfahrung gebracht hatte? Ob er wusste, dass ich ihn bestohlen hatte?

Aber wenn Leonid bemerkt hätte, dass ich die Spieluhr mitgenommen hatte, wäre ich vermutlich bereits tot.

Mein Körper zitterte und ich schloss die Augen. Ab jetzt musste ich noch vorsichtiger sein, wenn ich nicht alle, die mir etwas bedeuteten, in Gefahr bringen wollte.

***

Nele stützte mich, als ich in die Gemeinschaftshalle ging. Meine Hände brannten und meine Beine zitterten. Eigentlich hatte ich keine Lust, mich den anderen Kriegern zu präsentieren, aber Aryanna bestand darauf. Außerdem musste ich Dante sehen, um sicherzugehen, dass es ihm gut ging.

Ich musste an die Pfeile in seinem Rücken denken und die Angst, dass er an den Verletzungen sterben könnte, lähmte mich. Im Saal redeten alle Krieger durcheinander und der Duft nach Essen erinnerte mich daran, wie hungrig ich eigentlich war. Doch ich würde keinen Bissen herunterbringen, nicht in diesem Zustand.

Als die ersten Krieger mich bemerkten, wurde es mit einem Mal still und alle Augen richteten sich auf mich. Ich war froh, dass Nele neben mir stand und ich mich auf sie stützen konnte, denn meine Beine zitterten jetzt noch stärker und ich wollte nichts lieber, als die Flucht zu ergreifen.

Mein Blick schweifte durch den Raum und eine eisige Faust umklammerte meinen Magen, weil ich Dante nirgendwo entdecken konnte. Dafür sah ich Citlali, die einen Arm in einer Schlinge trug. Sie erhob sich und schritt auf mich zu.

Ich schluckte, weil ich nicht wusste, was sie dachte. Verachtete sie mich, weil ich mich meiner Göttin widersetzt und den Platz meiner Schwester eingenommen hatte? Sie blieb vor mir stehen, hob ihren gesunden Arm und begann in ihre regungslose Hand zu klatschen. Der Applaus war erst leise, schwoll dann jedoch an, bis sich schließlich alle Krieger erhoben und mir applaudierten, selbst Aryanna.

Citlali legte einen Arm um mich und drückte mich an sich. »Du hast dir meinen Respekt verdient«, flüsterte sie mir ins Ohr. »Was du für deine Schwester getan hast, ist unglaublich mutig und die Magie, mit der du uns gerettet hast …«

Sie brach ab, als Koda sich vor mir aufbaute. Er legte mir grob die Hand auf die Schulter, wobei die Geste für seine Verhältnisse vermutlich sanft war. Ein Lächeln breitete sich auf seinem Gesicht aus.

»Gut gemacht«, meinte er und räusperte sich dann. »Ich bin nicht der Mann großer Worte, also ... gut gemacht.«

»Danke«, sagte ich leise und erwiderte das Lächeln.

Die anderen Krieger kamen zu mir und beglückwünschten mich zu der Magie, die ich gewirkt hatte. Als Dusan, einer der Wölfe, mir gratulierte, suchte ich den Raum noch einmal mit Blicken ab.

»Wo ist Dante?«, fragte ich leise.

Der Wolf musterte mich und stieß dann den Atem aus. »Er meinte zwar, ich soll dich nicht holen, aber ... ich denke, er braucht dich.«

Der Knoten in meinem Magen zog sich noch enger zusammen. »Was ist geschehen?«, keuchte ich.

»Wenn es ruhiger geworden ist, bringe ich dich zu ihm«, erwiderte er. »Es zu erklären wäre zu kompliziert.«

Das beruhigte mich nicht, aber ich nickte und betete zur Göttin Kamana, dass es Dante gut ging.

Als endlich alle ihre Glückwünsche überbracht und mich für meinen Mut gelobt hatten, suchte ich nach Dusan. Aber da kam er bereits auf mich zu und wandte sich an Nele, die mich immer noch stützte.

»Ich bringe sie in das Krankenzimmer der Wölfe«, verkündete er.

Nele sah zwischen mir und dem Wolf hin und her, dann ließ sie zu, dass er einen Arm um meine Schultern legte und mich aus der Halle führte.

Es fiel mir schwer, einen Schritt vor den anderen zu setzen, und der Wolf schnaubte immer wieder, sagte aber kein Wort. Als wir endlich den Flügel der Wölfe betraten, atmete ich auf, weil wir die Blicke, die uns folgten, hinter uns gelassen hatten.

»Was ist mit Dante?«, fragte ich.

»Er wurde verletzt«, erwiderte der Wolf nur. »Die Pfeile in seinem Rücken waren mit dunkler Magie getränkt.«

Ich verkrampfte meine Finger um seinen Arm und rang nach Atem. Er war verletzt worden, weil er mich beschützt hatte ...

»Wir haben euch schnell genug gefunden und hergebracht. Er wird keinen dauerhaften Schaden davontragen«, erklärte Dusan.

Meine Augen brannten und ich presste meine Lippen aufeinander, um nicht zu schluchzen. Obwohl ich kaum noch Kraft in mir spürte, beschleunigte ich meine Schritte, bis wir vor einer Tür hielten.

»Schaffst du es, allein einzutreten?«, wollte der Wolf wissen.

Ich nahm an, dass er Angst davor hatte, Dantes Zorn auf sich zu ziehen, weil er sich seinem Befehl widersetzt hatte, und deswegen den Raum nicht betreten wollte.

»Ja«, erwiderte ich, obwohl ich nicht sicher war.

Der Wolf nickte und ließ mich los. Er hatte sich schon fast abgewandt, da rief ich ihn zurück.

»Warte!« Er sah mich unsicher an. »Danke.«

»Keine Ursache. Lass Dante nur nicht wissen, dass ich dich hergeführt habe, ja?« Er lächelte schwach, dann wandte er sich endgültig ab und verschwand um die nächste Ecke.

Ich sammelte meine Kräfte und versuchte meinen wilden Herzschlag zu beruhigen. Obwohl es mir nicht gelang, klopfte ich und wartete nicht auf eine Antwort. Ich öffnete die Tür und schleppte mich hinein.

Nichts hätte mich auf den Anblick, der sich mir bot, vorbereiten können. Mitten im Raum stand ein hüfthohes Becken aus Glas, in dem Dante in einer milchweißen Flüssigkeit schwebte.

Er hatte die Augen geschlossen und seine Hände auf den Rand des Beckens gelegt. Erst als ich schluchzend neben der Tür auf den Boden sank, schlug er die Lider auf und wandte seinen Kopf in meine Richtung. Seine Pupillen weiteten sich und er hangelte sich an jene Stelle des Beckens, die mir am nächsten war.

»Emaya«, krächzte er.

Woher die Kraft stammte, die mir ermöglichte, mich auf wackeligen Beinen zu ihm zu schleppen, wusste ich nicht. Aber irgendwie gelang es mir, das Becken zu erreichen, meine Hände auf seine zu legen und dann erneut auf die Knie zu sinken.

Seine Haut war blass und seine Augen seltsam wässrig. Das Silber leuchtete nicht, sondern war matt und verwaschen.

»Dante«, hauchte ich und sah zu seinem Rücken, den er mir abgewandt hatte.

Trotzdem konnte ich einen Blick auf seine Wunden erhaschen. Der Anblick trieb mir Tränen in die Augen. Seine Haut war von schwarzen Löchern überzogen, die einen gräulichen Schleier in der milchweißen Flüssigkeit zurückließen.

»Es ist nicht so schlimm, wie es aussieht«, sagte Dante schwach lächelnd. »Ich habe schon ganz andere Verletzungen überlebt.«

Ich schluckte und zwang mich ihm wieder ins Gesicht zu blicken. Dante legte eine Hand an meine Wange und wischte mit zitternden Fingern die Tränen fort.

»Du hast mein Leben gerettet«, hauchte er. »Ich wünschte nur, du würdest mich nicht so sehen.«

»Wieso?«, erwiderte ich mit bebender Stimme. »Du hast diese Wunden nur, weil du mich beschützt hast.«

»Ja, aber ich hätte dein Leben nicht retten können, ganz gleich, wie verbissen ich gekämpft hätte«, meinte er. »Deine Magie ... ich habe so etwas noch nie gesehen.«

»Ich wollte nicht, dass du stirbst«, gestand ich und richtete mich auf. »Dante ich ... ich brauche dich.«

Meine Knie zitterten, aber ich hielt mich aufrecht und verschränkte meine Hände in seinem Nacken.

»Ich wünschte, ich wäre nicht bis zum Abend in diesem Becken gefangen«, raunte er, als meine Lippen über seine strichen. »Emaya, ich ...«

»Shhh«, machte ich und hauchte einen Kuss auf seinen Mundwinkel. »Ruh dich aus, ich bleibe, bis du mich wegschickst.«

»Ich werde dich nie wegschicken«, murmelte er und stahl sich einen Kuss. »Niemals.«

Ich sank wieder auf die Knie zurück und hielt Dantes Hand, während ich meine Stirn gegen das kühle Becken lehnte. Eigentlich musste ich ihm so vieles erzählen: Was Leonid von mir verlangte, dass er wusste, wer ich wirklich war.

Doch ich konnte nicht, denn gerade hatte all das keine Bedeutung. In diesem Augenblick war nur wichtig, dass Dante lebte und wieder gesund wurde. Denn ihn zu verlieren hätte mein Herz in tausende Stücke zerbrochen.

Kapitel 22

Der Abend war längst hereingebrochen, als eine Frau in weißer Kleidung den Raum betrat und Dante mit Magie aus dem Becken half. Er war immer wieder eingedöst, doch ich hatte seine Hand nicht losgelassen.

Obwohl mir alles, was vorhin geschehen war, auf der Seele brannte, hatte ich Dante nicht davon erzählt. Ich wollte ihm die Ruhe gönnen, die er brauchte. Genau wie ich.

Auch mein Kopf war immer wieder auf meine Brust gesunken und meine Augen brannten vor Müdigkeit. Trotzdem wollte ich nicht gehen. Erst, wenn ich wusste, dass Dante wieder vollkommen genesen war.

Die Frau ließ Dante auf ein riesiges Bett sinken. Als er darauf lag, verschwand das Becken durch ihre Magie. Dann verneigte sie sich wortlos und verschwand durch die Tür.

Ich zögerte einen Moment, bevor ich zu ihm ging. Er lag auf dem Bauch. Die Flecken auf seinem Rücken waren zwar nicht mehr schwarz, sondern nur noch gräulich, dennoch konnte ich sie gut erkennen.

Dante hatte die Hände zu Fäusten geballt und versuchte sich aufzurichten. Er sank jedoch wieder in sich zusammen und rang um Atem.

Mein Herz wurde schwer, weil er so verletzlich wirkte, so kraftlos. Meinetwegen.

Als ich mich auf der Matratze niederließ, drehte er seinen Kopf und sah mich erschöpft an.

»Es ist ein Glück, dass du letzte Nacht vierzig von den Biestern erlegt hast«, sagte er leise. »Ich bezweifle, dass wir morgen auch nur ein einziges töten werden.«

»Du wirst morgen nicht auf die Jagd gehen können«, erwiderte ich und rückte näher.

»Unterschätz mich nicht. Eine Nacht Ruhe und ich bin so gut wie neu«, erklärte er.

»Du hast Schmerzen, Dante. Vor mir musst du nicht so tun, als wäre alles in Ordnung.«

Seine Augen bohrten sich in meine. Dann stieß er den Atem aus und wandte seinen Blick ab. »Ich wollte nicht, dass du mich so siehst.«

»Wie? Nass und wie die Götter dich erdacht haben?« Ich zwinkerte. »Letzteres habe ich schon genossen und die Nässe stört mich nicht.«

»Verletzlich und schwach«, murmelte er und ließ den Kopf sinken.

Ich rückte noch näher an ihn heran, bis ich ihn berühren konnte und fuhr mit meiner Fingerspitze über seinen Rücken.

»Mein Vater hat immer gesagt, meine Mutter wäre die Starke von ihnen beiden gewesen«, erzählte ich leise.

Dante rührte sich nicht, aber ich wusste, dass er mir zuhörte.

»Doch er meinte, auch sie hatte Momente, in denen sie Schwäche zulassen musste. Und das konnte sie nur bei ihm.« Ich strich über die verblasste Narbe, die sich von seiner Schulter bis zu seinem Gesäß hinunterzog. »Ich habe auch nie gewollt, dass jemand mich schwach sieht. Aber du hast mich so gesehen und mittlerweile weiß ich, dass das in Ordnung ist.« Er gab keinen Laut von sich und ich seufzte. »Wir alle brauchen jemanden, an den wir uns anlehnen können, wenn es uns nicht gut geht. Lass mich diese Person für dich sein, Dante.«

Er bewegte sich immer noch nicht, aber sein Atem ging schneller und seine Finger gruben sich in das Kissen unter seinem Kopf.

»Ich war fünfzehn«, sagte er mit bebender Stimme. »Vor der Metallsiedlung gibt es unzählige dunkle Kreaturen. Und ab fünfzehn müssen wir Jagd auf sie machen.«

Er hob leicht seinen Kopf und sah mir ins Gesicht. Der Ausdruck in seinen Augen brach mir das Herz.

»Die zwei erfahrenen Männer, mit denen ich auf die erste Jagd ging, hatten sich betrunken, um ihre Furcht zu bekämpfen«, fuhr er fort. »Als die Wesen uns angriffen, waren sie nutzlos. Sie rannten davon und ließen mich allein zurück, während ein Monster mich bereits auf den Boden gedrückt hatte.«

Ich wusste nicht, was ich sagen oder tun sollte, also hielt ich seinem Blick einfach stand und wartete darauf, dass er weitersprach.

»Du weißt, dass meine Eltern zu dem Zeitpunkt nicht mehr lebten«, erklärte er und ich nickte. »Also blieb mir keine Wahl, ich musste die Kreatur töten, um zu überleben und zu meinen Brüdern zurückkehren zu können.« Er blickte über seine Schulter zu der Narbe. »Das Biest hat es mir nicht leicht gemacht, hat mir den Rücken aufgeschlitzt, als ich es enthauptete. Blutend habe ich mich in die Siedlung zurückgeschleppt. Die Heiler meinten, ich hätte keine Chance, diese Wunde zu überleben. Aber ich habe mir die Schwäche zu sterben nicht erlaubt. Weil ich nie wieder schwach sein durfte.«

»Dante«, hauchte ich und kämpfte gegen die Tränen.

»Es war kein leichter Weg, der Alpha des Metallelements zu werden«, sagte er, stemmte seine Hände wieder in die Matratze und stützte sich zitternd hoch, bis er neben mir saß. »Aber ich musste der Alpha werden. Nur so konnte ich nach einer Lösung suchen und an den Ehrenkämpfen teilnehmen. Ich darf nicht schwach sein.«

Sein Atem ging rasselnd und Schweiß bedeckte sein blasses Gesicht. Wir beide hatten so viel gemeinsam, hatten kämpfen müssen, wollten keine Schwäche zeigen. Aber ich vertraute ihm und ich wusste, dass er auch mir vertraute. Deswegen rückte ich näher an ihn heran und schlang meine Arme um seinen Körper.

»Es ist niemand hier, der uns sieht«, redete ich sanft auf ihn ein. »Niemand, der dir einen Vorwurf daraus machen könnte, wenn du mich heute für dich stark sein lässt.« Ich strich ihm die Haare aus der Stirn und lächelte. »Und für mich wirst du immer der Wolf sein, an den ich mich anlehnen kann, wenn mir einmal die Kraft ausgeht.«

»Emaya.«

Er legte seine zitternden Hände an mein Gesicht, das ich ihm entgegen hob, bis unsere Lippen einander fanden. Das Prickeln wanderte von meinem Mund durch meinen ganzen Körper und ließ mich die Anstrengung der Jagd vergessen.

Dante löste sich von mir und lehnte seine Stirn an meine, schnaufte schwer und schloss seine Lider.

Ich bettete seinen Kopf an meiner Schulter und lehnte mich mit ihm zurück. Irgendwie gelang es mir, eine Decke über ihm auszubreiten.

Es dauerte nicht lange, bis sein Atem tiefer wurde und sein Gewicht schwer auf mir lastete. Aber das störte mich nicht. Ich strich durch sein Haar und hauchte einen Kuss auf seine Stirn.

»Schlaf gut, mein Wolf«, flüsterte ich und betrachtete ihn noch eine Weile, bevor auch mir die Augen zufielen.

***

Jemand hatte eine riesige Portion Frühstück im Krankenzimmer abgestellt und Dante stürzte sich, dem Ruf des hungrigen Wolfs alle Ehre machend, darauf. Ich betrachtete ihn eingehend. Der Schlaf hatte ihm sichtlich gutgetan, seine Haut wirkte weniger blass und auch in seine Augen war die Farbe zurückgekehrt. Er hatte es ohne Hilfe zum Tisch geschafft, auch wenn er sich langsamer bewegte als sonst.

Obwohl er so hungrig war, achtete er darauf, dass auch ich aß.

Aber ich griff eher zögerlich zu. Ich musste ihm endlich vom Gespräch mit dem König erzählen. Ich wartete, bis er sich zufrieden zurücklehnte und seine Augen auf mich richtete.

»Was bedrückt dich?«, wollte er wissen. »Wenn du dir Sorgen machst, dass Aryanna zornig ist, weil du die Nacht hier verbracht hast, werde ich mich darum kümmern.«

Ich ließ die Gabel sinken. »Es geht nicht um Aryanna«, erwiderte ich und seufzte.

Dann erzählte ich ihm, was mit Leonid geschehen war, nachdem ich das Bewusstsein wiedererlangt hatte.

Dante verschränkte seine Finger und mit jedem Wort, das ich sprach, presste er sie fester zusammen. Es knackte und ich hatte Angst, dass er sich gerade selbst etwas gebrochen hatte. Aber falls es so war, ließ er es sich nicht anmerken.

»Dieser elende Mistkerl«, knurrte er, nachdem ich geendet hatte, und sprang auf. »Er hat dir ganz offensichtlich gedroht. Nicht versteckt, nicht unterschwellig. Wie kann er es wagen? Du hast in den Ehrenkämpfen nichts verloren.«

»Dante«, sagte ich und stand ebenfalls auf. »Ich will niemanden töten müssen. Jetzt nicht mehr. Ich weiß mittlerweile, dass all das, was man mir beigebracht hat, nicht stimmt. Die Krieger der anderen Elemente sind nicht gnadenlos oder grausam.«

Ich ballte meine Hände zu Fäusten. Dann atmete ich durch und streckte die Finger wieder aus.

»Aber«, fuhr ich fort und stellte mich direkt vor ihn, damit er mich ansehen musste. »Du hast einen Plan, nicht wahr? Citlali meinte auf der Jagd, dass ihr nur eine Chance habt, eure Pläne zu verfolgen, wenn ihr in die Ehrenkämpfe kommt …«

Dante schwieg und musterte mich ernst.

»Verrätst du mir davon?«

»Wir müssen uns Zeit verschaffen«, erwiderte er nach einer Weile. »Citlali hat jetzt die Spieluhr. Ihre Eltern weihten sie in das Geheimnis ein, das auch ich kenne. Sie hat mir von der Spieluhr erzählt. Citlali versucht ihr Geheimnis zu entschlüsseln. Ich bin mir ziemlich sicher, dass sie die letzte Runde der Ehrenkämpfe erreicht, außer wir begegnen uns zuvor in einem der Kämpfe.«

»Aber die Krieger, die nicht an den Ehrenkämpfen teilnehmen, dürfen doch im Haus bleiben«, warf ich ein. »Wäre es dann nicht besser, ihr würdet die Ehrenkämpfe ebenfalls nicht erreichen? Dann hättet ihr noch mehr Zeit.«

»Die Krieger, die schon in den Vorrunden ausscheiden, kommen nicht mehr in die Nähe des Hochkönigs«, meinte er. »Sobald Citlali die Lösung für die Spieluhr findet, werde ich ihn damit konfrontieren.«

Ich schnaubte. »Du weißt doch noch gar nicht, was die Spieluhr offenbart.«

»Es muss etwas mit dem Erlöschen der Sterne und Leonids Macht zu tun haben«, erklärte Dante. »Was auch immer es ist, ich hoffe, es hilft mir, die Menschen gegen ihn aufzubringen.«

»Wie sollte das helfen?«, fragte ich verwirrt.

»Die Ehrenkämpfe sind blutig und die Familien der Krieger sind eingeladen. Anders als der Name vermuten lässt, sehen es nicht alle Familien als Ehre an, wenn ihre Angehörigen im Sand der Arena sterben. Und soweit ich das beurteilen kann, sind auch die Bewohner Alderichs nicht besonders gut auf diese Wettkämpfe zu sprechen. Du erinnerst dich doch an den Feiertag. Die Menschen haben nicht für ihren Hochkönig gejubelt.«

Es dauerte einen Moment, bis ich verstand, worauf er hinauswollte. »Du sprichst von Revolution«, stieß ich aus.

»Leonid lässt Menschen verschwinden, andere richtet er öffentlich hin«, knurrte Dante und seine Augen blitzten auf. »All das nur, um seine Macht zu nähren. Er bekämpft damit nicht die dunklen Kreaturen und das Licht der Sterne, das uns beschützt, nährt er kaum noch, sondern bereichert nur sich selbst. Er hat die Elemente zu Feinden gemacht und lässt sie sich gegenseitig töten, nur um ewig zu leben und seine Krone zu behalten. Die Ehrenkämpfe sind keine Lösung. Damit muss Schluss sein!«

Bei dem Gedanken, dass der Hochkönig meinen Vater gefoltert hatte, wurde mir übel. Aber als mir bewusst wurde, dass meine Schwester dasselbe Schicksal erleiden könnte, gaben meine Beine nach und ich sank auf ein Sofa hinter mir zurück.

Dante kam zu mir, kniete sich neben mich und ergriff meine Hände. »Ich verstehe, dass du dich um deine Schwester sorgst«, sagte er sanft.

»Woher weißt du ...«

»Ich kenne dich inzwischen ein wenig«, unterbrach er mich und schmunzelte. Dann wurde er wieder ernst. »Deswegen entbinde ich dich von unserer Vereinbarung.«

Ich riss die Augen auf und schnappte nach Luft. »Was?«, entfuhr es mir und ich schüttelte den Kopf. »Du willst ... mich einfach fortschicken?«

Dante blinzelte. »Fortschicken?«

»Unsere Vereinbarung. Dein Werben im Austausch für meine Hilfe«, stammelte ich.

Er formte lautlos Worte mit seinen Lippen, dann schien er zu verstehen und lachte.

»Das ist nicht komisch«, fuhr ich ihn an, stand auf und ging zur Tür. »Wenn du so froh bist mich loszuwerden, dann ...«

Weiter kam ich nicht, denn Dante hechtete mir hinterher, umfasste meine Schultern, drehte mich zu sich herum und bedeckte meine Lippen mit seinen. Ich wollte die Wärme nicht fühlen, wollte nicht, dass mich sein Kuss so aus dem Konzept brachte. Immerhin hatte er mir gerade erklärt, dass das zwischen uns, was auch immer es war, zu Ende ging.

»Lass mich los«, zischte ich, als er den Kuss beendete und mich an sich zog.

»Nein, das werde ich nicht«, erwiderte er mit rauer Stimme. »Nicht, bevor ich dir erklärt habe, wie ich das meine.«

»Da gibt es nichts zu erklären«, knurrte ich. »Du ersetzt mich durch eine andere, damit ich meine Schwester nicht in Gefahr bringe. Das ist irgendwie edel und gleichzeitig ...«

»Du ziehst die völlig falschen Schlüsse«, unterbrach er mich. »Ja, ich würde versuchen eine andere Kriegerin deines Elements um Hilfe zu bitten. Aber um sie würde ich nicht werben.« Seine Lippen streiften meine Schläfe und ich erschauderte, obwohl ich es nicht wollte. »Du bist die Frau, der mein Herz gehört, Emaya. Und Wölfe vergeben ihre Herzen nur ein einziges Mal in ihrem Leben.«

Ich hielt den Atem an und hörte auf mich gegen seinen Griff zu wehren. Mein Herz schlug fast schmerzhaft fest in meiner Brust, während ich aufblickte und in seine Augen sah.

»Ich gebe zu, am Anfang wollte ich dich einfach nur aus der Reserve locken«, erklärte Dante ernst. »Aber irgendwann musste ich mir eingestehen, dass du mehr für mich bist, als ich zulassen wollte. Fast alles, was ich zu dir gesagt habe, war so gemeint.«

Ich betrachtete seine silbernen Augen, in denen nicht ein Funken Spott schlummerte, und wusste, dass er die Wahrheit sagte.

»Wieso hast du dann gelacht?«, hakte ich dennoch nach.

»Weil ich nicht glauben konnte, dass du immer noch denkst, ich würde nur mit dir spielen und dich durch die Nächstbeste ersetzen.« Er hob meine Hand an seine Lippen und hauchte einen Kuss darauf. »Für mich gibt es nur dich. Deswegen will ich dich beschützen und dir helfen deine Schwester zu retten.«

Ich blinzelte die Tränen der Erleichterung weg und schmiegte mich an seine breite Brust, sog seine Wärme in mich auf und ließ mein Herz langsam zur Ruhe kommen. Wie hatte ich auch nur einen Moment daran zweifeln können, dass er genauso mir gehörte wie ich ihm?

Dante strich über meinen Rücken und gab mir Halt. Erst als ich meinen Kopf wieder hob, um ihn anzusehen, lockerte er seinen Griff.

»Meine Schwester befindet sich in jedem Fall in Gefahr«, sagte ich leise. »Und ich will dir helfen. Leonid hat auch meine Eltern getötet. Wer weiß, wie viele Menschen er noch umgebracht hat. Das muss aufhören.«

»Emaya, bist du sicher, dass du dich offen gegen ihn stellen willst?«, fragte Dante. »Er wird dir vor den Ehrenkämpfen bestimmt seine Unterstützung anbieten. Wenn du ablehnst, könnte er versuchen dich in den Kämpfen zu töten oder deine Schwester als Pfand nehmen.«

»Wer sagt, dass sie sicher ist, wenn ich auf sein Angebot eingehe?«, fragte ich zurück und schüttelte den Kopf. »Nein, ich werde dir helfen. Was auch immer du brauchst, um ihn aufzuhalten, ich werde es tun. Kalliste wird erst in Sicherheit sein, wenn Leonid sie nicht mehr bedrohen kann.«

Dante betrachtete mich einen Moment, dann stieß er den Atem aus und zog mich erneut in seine Arme.

»Bei Philomes«, murmelte er nah an meinem Hals. »Wenn mir jemand vor meiner Reise hierher gesagt hätte, dass mir ein Reh die Stirn bieten würde, hätte ich ihn ausgelacht. Aber jetzt …« Seine Hände strichen über meine Seiten und er lächelte, als ich erschauderte. »Jetzt weiß ich, dass sie nicht nur zart sind, sondern auch stark und ausdauernd.«

»Dann haben wir wohl beide etwas dazugelernt«, erwiderte ich und ließ meine Hände ebenfalls über seinen Körper wandern. »Weil ich nie erwartet hätte, dass ich einem Wolf jemals vertrauen, geschweige denn ihm mein Herz öffnen würde.«

Ich seufzte, als er meinen Hals küsste. Dante trug mich zum Bett zurück, bettete mich behutsam darauf und legte sich dann zu mir.

Kapitel 23

Wir verließen das Krankenzimmer erst, als wir uns für die nächste Jagd vorbereiten mussten. Ich hastete in mein Zimmer und war froh niemandem zu begegnen.

Immer noch fühlte ich mich geschwächt und konnte meine Magie kaum wahrnehmen. Ich hoffte daher, dass wir in dieser Nacht keiner dunklen Kreatur begegnen würden.

Als ich aus dem Zimmer trat, stieß ich beinahe mit Nele zusammen, die, genau wie ich, eine Rüstung trug. Sie fiel mir um den Hals und ich legte meine Arme um sie.

»Ich hatte schon Sorge um dich«, murmelte sie und sah mich ernst an, als wir uns losließen. »Wie geht es Dante?«

»Den Umständen entsprechend«, erklärte ich und ging neben ihr zum Gemeinschaftssaal. »Ich verstehe nicht, warum wir heute wieder hinausmüssen. Er sollte sich schonen.«

»Er bedeutet dir viel, oder?«

Ich sah Nele nicht an, während ich nickte, ahnte aber, dass sie lächelte.

»Das ist schön«, verkündete sie. »Lass dir das von niemandem schlecht reden.«

In der Halle herrschte Aufregung und mir wurde eiskalt, als mein Blick auf eine Bahre fiel. Dante stand davor, redete mit der Alpha der Raben und fuhr herum, als Dyral durch die magische Tür trat.

»Was für ein Unglück«, sagte der Diener des Hochkönigs und schüttelte den Kopf. »Ausgerechnet bei einem einfachen Übungskampf tödlich verwundet zu werden ist wirklich Pech.«

Ich war stehen geblieben und auch Nele rührte sich nicht mehr. Wegen der

Krieger, die vor mir standen, konnte ich den Mann nicht erkennen, der auf der Bahre lag, aber ich ahnte, dass er nicht mehr leben konnte.

Als Dantes Blick auf mich fiel, winkte er mich zu sich. Zögerlich folgte ich seiner Aufforderung und schluckte, während ich den bis zum Hals abgedeckten Körper des Kriegers anstarrte. Durch das weiße Laken sickerte Blut auf der Höhe seines Bauches und sein Gesicht war vollkommen farblos.

Meine Hände begannen zu zittern und ich presste sie auf meine Oberschenkel. Ich wandte den Blick ab und begegnete Dantes Augen. Kaum merklich streiften seine Finger über meine Taille, als wollte er mich so trösten.

»Wäre dieser Krieger nicht heute mit euch zur Jagd aufgebrochen?«, fragte Dyral nach einer Weile.

Er starrte auf Dantes Finger, die sich gerade von mir lösten. Über sein Gesicht huschte ein seltsamer Ausdruck, den ich nicht zu deuten vermochte.

»Das wäre er«, bestätigte Dante.

»Wie bedauerlich, dass er zu seiner Windgöttin zurückgerufen wurde«, meinte Dyral und seufzte affektiert. »Das bedeutet wohl, dass ihr zu zweit gehen werdet. Es sei denn natürlich, ein anderer Krieger nimmt seinen Platz ein und geht dreimal auf die Jagd, bevor es in die Arena geht.«

Dante starrte den ersten Diener des Hochkönigs mit zusammengekniffenen Augen an. Ich hingegen wandte mich um und sah zu Citlali. Die Eule schüttelte kaum merklich den Kopf und senkte den Blick, wie es auch alle anderen Krieger, die ich ansah, taten. Nele ballte ihre Hände zu Fäusten und ich wusste, dass sie uns geholfen hätte. Aber sie war heute selbst für die Jagd eingeteilt.

»Es findet sich wohl keiner«, meinte Dyral und seufzte ein weiteres Mal. Hatte er die anderen Krieger eingeschüchtert?

»Dann verzichten wir auf die Jagd und die Punkte«, verkündete Dante.

Dyral schnalzte mit der Zunge. »Ich fürchte, das ist bei dieser Prüfung nicht möglich, Alpha.«

Seine Züge nahmen etwas Raubtierhaftes an. Welchem Element er wohl entstammte? Die Bewohner Alderichs waren Abkömmlinge aus den Siedlungen, die vor Generationen hergekommen waren. Sie besaßen auch Magie, immerhin stammten die Heiler, die sich um uns kümmerten, aus Alderich. Aber Dyrals Magie war so viel stärker als alles, was ich bisher wahrgenommen hatte.

»Diese Aufgabe ist zu wichtig. Ihr müsst sie erfüllen«, fuhr Dyral fort. »Ihr werdet auch zu zweit in der Lage sein, Bestien zu töten. Solltet ihr euch weigern, müsste ich euch als Hochverräter anklagen …«

»Wir sind vor zwei Nächten gerade so mit dem Leben davongekommen«, unterbrach ich ihn viel zu laut. Dante wollte mir eine Hand auf den Arm legen, aber ich schüttelte sie ab. »Meine Magie ist noch nicht zurückgekehrt und der Wolf-Alpha hat um sein Leben gerungen. Und Ihr wollt, dass wir uns diesen Kreaturen auf dem Servierteller präsentieren?«

Ein eiskaltes Lächeln erschien auf Dyrals Lippen. »Darin solltest du doch bereits Übung haben. Immerhin hast du dich ja erlegen lassen, oder?« Er trat auf mich zu. »Sag mir, Mädchen, von wie vielen Raubtieren hast du dich …«

»Schweigt«, knurrte Dante und diesmal war ich es, die ihn festhielt, um ihn daran zu hindern, Dyral anzugreifen.

Er hatte bereits einen Arm gehoben und zu einem Faustschlag ausgeholt, aber ich packte sein Handgelenk und drückte es hinunter. Dante atmete heftig und in seinen Augen loderte Zorn, der selbst mir Angst einflößte.

Aber Dyral lachte nur. »So impulsiv, vielleicht steckt doch mehr dahinter als ein reiner Trieb?«, meinte er und wurde wieder ernst. »Holt eure Waffen und macht euch auf den Weg. Wenn die Sonne am Horizont versunken ist, beginnt die Jagd.«

Ohne ein weiteres Wort an uns zu verschwenden, schritt Dyral durch die Tür und nahm den toten Krieger mit sich. Ein eisiger Hauch strich über meinen Rücken, als ich daran dachte, dass Leonid die Magie dieses Mannes in sich aufnehmen und seinen Körper in flüssiges Silber verwandeln würde.

»Komm«, brummte Dante und griff nach meiner Hand.

Seine warmen Finger, die sich um meine schlossen, schenkten mir etwas Mut und vertrieben den Anblick des zu einer Totenmaske gefrorenen Gesichts.

Niemand folgte uns zur Waffenkammer, in der wir uns so gut ausrüsteten, als würden wir in einen Krieg ziehen. Ich wählte zwei Kurzschwerter und eine Axt, blieb vor einer Reihe Bögen stehen und überlegte, mit welchem ich am besten umgehen konnte.

»Hast du diese Waffe schon einmal benutzt?«, wollte Dante wissen.

»Bogenschießen gehört nicht unbedingt zu unserer Ausbildung«, gestand ich. »Ich ziele recht gut, aber meine Pfeile fliegen nicht weit genug.«

Er nickte, wandte sich um und hielt mir dann eine Armbrust sowie einen Köcher mit passenden Bolzen hin. »Wenn du zielen kannst, solltest du damit besser bedient sein. Das Geschoss durchstößt alles. Allerdings brauchst du zum Einspannen der Bolzen länger.«

Während er sprach, zeigte er mir, wie man das Geschoss einlegte, wie man die Sicherung entriegelte und wie man feuerte.

»Denkst du, du kommst damit klar?«, fragte er.

Ich richtete die Armbrust auf eine Puppe, die zum Aufhängen der Rüstungen gedacht war, zielte und schoss. Der Bolzen drang tief in das Holz ein und noch bevor das Dröhnen des Aufpralls verklungen war, schaffte ich es, den nächsten Bolzen einzulegen und mich schussbereit zu machen.

»Ja, ich denke, das bekomme ich hin«, meinte ich.

»Du bist erstaunlich schnell«, murmelte Dante. »Ich hätte länger gebraucht, um wieder schießen zu können.«

»Ich fasse das als Kompliment auf«, entgegnete ich.

Er schmunzelte. »So war es auch gemeint.«

Dante nahm sich einen Langbogen aus dem Regal und einen Köcher mit Pfeilen, die so lang waren, dass sie mir bis zur Hüfte reichten. Wieder hatte er einen Speer und ein Schwert gewählt, diesmal nahm er aber zusätzlich noch Wurfäxte mit.

»Brauchen wir Schilde?«, fragte ich, als mein Blick auf seinen Rücken fiel.

»Das ist kein Arenakampf. Ein gewöhnlicher Schild wird uns hier nichts nützen«, entgegnete er. »Aber wenn du dich dann sicherer fühlst, kannst du dir einen aussuchen.«

Ich schüttelte den Kopf und prüfte, dass meine Waffen sicher saßen. »Rätst du mir sonst noch etwas mitzunehmen?«, wollte ich wissen.

»Nichts, das sich hier befindet«, erwiderte er. »Aber falls du irgendwelche

Schutzzauber besitzt, solltest du sie holen. Ihre Magie mag nicht stark sein, aber die dunklen Kreaturen nutzen ihre Kräfte, um uns mit Flüchen zu belegen. Davor solltest du dich schützen.«

»So etwas besitze ich nicht«, sagte ich.

Dante musterte mich, dann griff er sich an den Hals und zog eine Kette unter seiner Kleidung hervor. Ich hatte sie schon öfter an ihm gesehen, aber erst jetzt nahm ich mir die Zeit, sie im Detail zu betrachten. An der Kette hing ein silbernes Medaillon, so groß wie eine Münze, mit einem Wolf und einem Blitz darauf.

Wortlos hielt Dante es mir hin.

»Das ist doch dein Schutzzauber.« Ich wich zurück und starrte ihn ungläubig an. Gleichzeitig breitete mein Herz seine Schwingen aus und schlug wie wild in meiner Brust.

»Mir wäre es lieber, du stehst unter dem Schutz des Sturmgottes«, sagte er leise.

Dann trat er auf mich zu und schob die Kette über meinen Kopf, legte das Medaillon um meinen Hals und versteckte es unter meinem Brustharnisch.

»Bist du sicher?«, fragte ich mit bebender Stimme.

»Ganz sicher«, antwortete er und strich über meine Wange. »Komm, wir müssen jetzt gehen. Sonst lässt Dyral uns noch wegen Hochverrats hängen.«

***

Der Wald fühlte sich noch bedrohlicher und düsterer an als bei unserer ersten Jagd. Erst hatte Dante überlegt sich einer anderen Gruppe Krieger anzuschließen. Aber keiner wollte mit uns jagen gehen, weil sie befürchteten, dass wir sie mit unseren Verletzungen behindern und ihnen so Punkte entgehen würden.

»Ich glaube nicht, dass der Rabe zufällig in der Übungsarena verletzt wurde«, sprach ich die Worte aus, die mir schon den ganzen Weg über in den Gedanken herumspukten.

Wir waren mittlerweile schon tief in den Wald vorgedrungen. Auch heute Nacht hoben sich die grauen Baumstämme bedrohlich von dem dunklen Himmel ab und das Holz knarrte im Wind.

»Ich ebenso wenig«, meinte Dante. »Es ergibt keinen Sinn, dass er heute zu einem Übungskampf in die Arena geht, wenn er seine Kräfte für die Jagd benötigt.«

»Weißt du, gegen wen er gekämpft hat?«, wollte ich wissen.

»Ja«, antwortete Dante und seine Miene verfinsterte sich. »Saela von den Schlangen.« Der Name sagte mir nichts, aber nach einer Weile fügte Dante hinzu: »Das ist jene Kriegerin, gegen die auch du gekämpft hast.«

»Ich habe dir nie gesagt, gegen wen ich gekämpft habe«, brummte ich.

Dante lachte trocken. »Du hast sie ziemlich zugerichtet. Ihr Gesicht, ihr Rücken. Und das mit einem zerbrochenen Stab.« Er sah mich an und grinste. »Gar nicht übel für ein Reh.«

»Das klingt, als hättest du mir das nicht zugetraut«, schnaubte ich.

»Vor ein paar Tagen hätte ich so etwas noch keiner Kriegerin des Erdelements zugetraut«, meinte er und sein Lächeln wirkte verlegen. »Aber wie wir beide festgestellt haben, wurden wir in vielen Dingen eines Besseren belehrt.«

Er zwinkerte und ich ertappte mich dabei, wie ich leise seufzte. Dann räusperte ich mich.

»Aber ich frage mich, wieso er sterben musste«, wechselte ich das Thema nachdenklich. »Es wirkt, als wollte Dyral, dass wir allein auf die Jagd gehen.«

»Ich denke, er will mich loswerden.«

Ich blieb stehen und starrte ihn an. Dante war einige Schritte weitergegangen und wandte sich langsam zu mir um.

»Wieso sollte er dich loswerden wollen?«, fragte ich mit schriller Stimme.

»Meine Magie ist nicht so stark wie die anderer Krieger meines Elements«, erklärte Dante. »Er hätte lieber die Stärksten in den Ehrenkämpfen. Und ich habe ihm als Alpha schon genug Schwierigkeiten gemacht, bevor die Prüfung begonnen hat, indem ich einige seiner Forderungen an unser Element abgelehnt habe. Er weiß bestimmt, was ich für dich empfinde und das will er ausnutzen.«

»Woher sollte er das wissen?«, hakte ich nach. »Er hat uns nie zusammen gesehen.«

»Nein, aber er hat bestimmt Spitzel im Haus«, meinte Dante. »Ich habe Aryanna und Saela im Verdacht. Aber es könnten auch einige andere sein.«

»Also hofft er, dass du auf der Jagd stirbst, um mein Leben zu retten?«

Dante nickte. »Zu zweit sind wir ein leichteres Ziel als zu dritt. Deine Magie ist geschwächt, also wird es dir vermutlich nicht gelingen, wieder so viele Kreaturen zu vernichten. Und obwohl ich mich erholt fühle, weiß ich, dass meine Kampfkraft noch nicht vollständig wiederhergestellt ist.«

Ich setzte zu einer Erwiderung an, hielt dann aber inne, als mir auffiel, wie still es geworden war. Wieder waren alle Geräusche um uns verstummt und Dante zog eine Wurfaxt aus seinem Waffengürtel, während ich die Armbrust hob. Die Dunkelheit vor uns wurde immer dichter und ich fühlte die Magie, die versuchte nach mir zu greifen.

»Hier stimmt etwas nicht«, flüsterte ich und drehte mich zu Dante um.

Aber da war er bereits verschwunden.

Kapitel 24

»Dante!«, rief ich und meine Stimme überschlug sich.

Die Dunkelheit war dichter geworden, sonst sah der Wald unverändert aus. Wohin war Dante verschwunden? Ich drehte mich um die eigene Achse, suchte nach Hinweisen, was mit ihm geschehen war, und fand keine.

»Hör auf damit und komm raus!«, brüllte ich und erhielt keine Antwort.

Meine Hände schwitzten und mein Atem ging viel zu schnell. Ich glaubte nicht daran, dass er sich einen Scherz erlaubte, nicht in dieser Situation. Also musste ihn etwas geschnappt haben. Lautlos und aus dem Nichts.

Hinter mir knackte ein Ast und ich riss den Kopf herum. Mehrere dunkle Kreaturen brachen zwischen den verdorrten Büschen hervor und schritten auf mich zu. Die Gestalten erinnerten an Menschen, doch sie hatten viel zu lange Arme, die bis zum Boden reichten, und ihre roten Augen leuchteten hell auf, während das Licht um sie verblasste und Schwärze um sie waberte wie Nebel.

Ich hob die Armbrust an, ließ Magie in das Geschoss fließen und hoffte, dass es reichen würde. »Kamana, steh mir bei«, hauchte ich und schoss auf die erste Kreatur.

Der Bolzen traf das Wesen zwischen den Augen. Das Holz splitterte. Ranken wuchsen heraus, wanden sich um den Körper. Die Kreatur zerfiel zu Staub und die Dunkelheit lichtete sich ein wenig. Ich beeilte mich den nächsten Bolzen einzuspannen und feuerte ihn ab.

Doch die Wesen hatten sich zu schnell bewegt. Ich musste zurückweichen und zog meine Schwerter. Mit einem Schrei hieb ich auf eine Gestalt ein. Ihr Arm fiel ab, formte sich aber sofort wieder neu.

Ich drehte mich herum und kreuzte meine Klingen unter der Kehle des

Geschöpfs. Dann zog ich sie durch den Hals und der Kopf fiel zu Boden. Die Kreatur packte mich und ein neuer Kopf erschien auf ihrem Hals. Sie hob mich hoch und ich röchelte.

Verzweifelt rammte ich dem Wesen die Klinge in den Arm. Es brüllte auf und ließ mich fallen. Ich rannte los, schwang mich auf einen Ast und zog mich daran hoch. Dann kletterte ich höher und legte die Armbrust an. Die Schwärze, die diese Wesen umgab, war so dicht, dass ich kaum noch etwas sehen konnte. Dante war immer noch verschwunden. Ich musste ihn suchen, sobald ich diese Wesen vernichtet hatte.

Ich schoss und schoss. Eine Kreatur nach der anderen wurde von einem Bolzen durchbohrt, aus dem Ranken wuchsen, die ihre Körper zerquetschten. Nur noch eine Einzige war übrig, nachdem ich mein letztes Geschoss abgefeuert hatte. Sie blieb unter mir stehen und griff nach dem ihr am nächsten liegenden Ast.

Ich sprang vom Baum herunter und rannte los, doch die Kreatur setzte mir nach. Verzweifelt suchte ich den Boden nach meinen Bolzen ab, doch ich fand keinen. Dann schrie ich, als vor mir eine weitere Kreatur auftauchte. Sie hob ihre Arme und schritt auf mich zu, während die hinter mir immer näher kam.

Hastig zog ich meine Schwerter und stürmte auf das Wesen hinter mir zu. Ich hieb auf ihren Körper ein und betete zu meiner Göttin, dass sie mich den richtigen Kopf treffen ließ.

Das Wesen kreischte. Die Umgebung wurde ein wenig heller und ich atmete auf, nur um erneut zu schreien, als ich von hinten gepackt wurde.

Ich rammte dem Wesen meinen Schwertgriff in den Körper und es ließ mich los, packte mich jedoch sofort wieder und warf mich auf den Boden. Alle Luft wich mir aus der Lunge. Ich ließ meine Schwerter los und lag unter dem schweren Körper des Wesens, das mich an den Schultern hielt und sich über mich beugte.

»Lass mich los!«, brüllte ich und trat um mich.

Die Kreatur sackte zusammen, als ich ihr mein Knie in den Leib rammte, gab mich aber nicht frei. Letzte Funken meiner Magie tobten durch meinen Körper und ich sammelte sie in meinen Fingerspitzen. Mit aller mir verbliebener Kraft befreite ich einen Arm und hob meine Hand an die Stirn des Monsters.

»Kehr dorthin zurück, wo du herkommst«, fauchte ich und ließ die Magie über die dunkle Haut schweben.

»Emaya, nicht«, hörte ich Dante sagen. Seine Stimme klang, als wäre sie unendlich weit weg und doch war ich sicher, dass sie aus der Kehle dieses Wesens stammte.

Wie konnte das sein?

Zögerlich ließ ich die Hand sinken. Diese Kreatur hätte mich längst töten können. Aber sie hatte es nicht getan.

»Dante?«, fragte ich unsicher.

Das Wesen nickte.

»Was ist mit dir geschehen?«

Ich erhielt keine Antwort. Schweigend starrte die Kreatur mir in die Augen und wartete. Aber nichts geschah. Das Wesen tötete mich nicht, sondern verharrte auf mir.

Der Mond brach durch die dunklen Wolken, die sich vor ihn geschoben hatten. Silberne Strahlen fielen auf uns. Die Schwärze des Wesens schmolz dahin. Lichtpartikel schwebten in den Himmel und Dante lag anstatt der dunklen Kreatur auf mir.

»Philomes sei Dank«, keuchte er und sank auf mich.

Sein Körper zitterte und ich fühlte die dunkle Magie, die ihn immer noch wie einen Mantel umgab. Sie löste sich nach und nach auf und das Zittern verschwand. Dante stieß den Atem aus und ließ meine Schultern los, nur um mich an sich zu ziehen.

»Wie bist du zu diesem Wesen geworden?«, fragte ich und unterdrückte ein Keuchen, weil er mich so fest in seinen Armen hielt.

»Ich weiß es nicht«, antwortete er. »Auf einmal war alles schwarz vor meinen Augen und ich habe die anderen Kreaturen gesehen, die sich auf dich stürzten, konnte sie aber nicht aufhalten. Doch erst als du bei meinem Anblick geschrien hast, wusste ich, dass etwas mit mir nicht stimmte.«

»Du hast es selbst nicht bemerkt?«

Er schüttelte den Kopf. »Nein, erst als du deine Magie einsetzen wolltest, um mich zu vernichten.«

Bei dem Gedanken, dass ich Dante hätte töten können, beschleunigte sich mein Atem und meine Hände begannen zu kribbeln.

»Es tut mir leid«, stammelte ich. »Ich hätte nie ... ich könnte nicht ...«

»Ich weiß«, unterbrach er mich sanft und seine Stimme dämpfte meine Angst. »Ich weiß.«

Er hielt mich noch einen Moment, dann löste er seine Arme und gab mich frei.

»Wir müssen fort von hier«, sagte er entschieden. »Die Nacht neigt sich ohnehin dem Ende zu und ich will nicht riskieren, dass wir in eine weitere Falle tappen.«

»Denkst du, Leonid hat etwas mit deiner Verwandlung zu tun?«, flüsterte ich und sah mich nach allen Seiten um.

»Ich traue ihm alles zu«, erwiderte Dante ebenso leise. »Aber das ist im Moment nicht wichtig. Lass uns zur Stadt zurückkehren.«

Ich nickte und stand auf. Dante legte einen Arm um meine Taille, weil ich mich nur mühsam auf den Beinen halten konnte.

So schnell wie möglich kehrten wir nach Alderich zurück.

***

Vor den Stadttoren warteten bereits drei Krieger auf Einlass. Nele war eine von ihnen. Sie kam auf mich zu und wir fielen uns in die Arme.

»Wart ihr erfolgreich?«, fragte ein Eulenkrieger, der mit Nele unterwegs war.

»Zehn«, murmelte Dante.

»Vier«, entgegnete der Eulenkrieger. »Scheint, als reiche das dem König nicht, denn das Tor ist verschlossen und niemand öffnet es.«

»Vielleicht geht es erst bei Morgengrauen auf«, warf ich ein.

»Ja, vermutlich«, meinte der Eulenkrieger.

Ich richtete meinen Blick auf den Horizont, an dem das Feuer des Tages noch nicht zu erahnen war. Dafür entdeckte ich etwas anderes und hob meine Hand.

»Seht doch«, hauchte ich, aus Angst, ich könnte das zarte Licht, das am Himmel knisterte, sonst verscheuchen.

Die anderen Krieger folgten meiner ausgestreckten Hand mit den Blicken und keuchten. Auch sie hatten den Stern entdeckt, der in der Nähe des Mondes funkelte.

»Gestern war er noch nicht dort«, flüsterte Nele ehrfurchtsvoll.

»Wie ist das möglich?«, fragte ich an Dante gewandt.

Er griff nach meiner Hand und strich über meine Finger, sagte jedoch nichts, sondern starrte auf den Stern am Nachthimmel. Dann lächelte er und zog mich an sich.

»Das beweist, dass wir nicht gegeneinander kämpfen und unser Leben lassen müssen, um das Licht zu erneuern. Es gibt eine andere Lösung«, raunte er mir ins Ohr. »Wir sollten dringend mit Citlali sprechen, wenn wir wieder zurück im Haus der Elemente sind.«

***

Meine Gelenke fühlten sich steif an, als wir in die Wärme des Hauses traten. Der König hatte uns tatsächlich bis zum Anbruch des Tages vor den Stadttoren ausharren lassen, obwohl sämtliche Krieger lange davor zurückgekehrt waren. Außerhalb der Stadtmauern wirkte die Magie wohl nicht, die die Stadt wärmte. Der Wind war eiskalt gewesen, deswegen waren wir alle durchgefroren.

Am liebsten hätte ich mich direkt schlafen gelegt, aber Dante ließ Citlali eine Nachricht zukommen und führte mich dann in sein Zimmer.

»Wollen wir hier sprechen?«, fragte ich und unterdrückte ein Gähnen.

»Nein, wir treffen uns mit ihr im Dampfbad«, antwortete er und reichte mir Badekleidung.

»Woher hast du die?« Ich blickte skeptisch auf den hellbraunen Anzug hinunter, der aussah, als würde er mir gehören.

Dante zuckte nur mit den Schultern. »Du willst nicht alles wissen«, meinte er und grinste. »Soll ich dir beim Umziehen helfen oder ...«

»Das bekomme ich gerade noch allein hin«, brummte ich und versetzte ihm einen Stoß gegen die Schulter, als er lachte.

Es fiel mir allerdings doch ziemlich schwer, die Schnallen meines Brustharnisches mit meinen klammen Fingern zu lösen.

»Lass mich dir helfen«, schlug Dante vor und machte sich an den Verschlüssen zu schaffen. »Du magst Kälte nicht besonders.«

»Nein«, gab ich zu. »Winter ist nicht mein liebstes Viertel im Sonnenkreis.«

»Ist es der Frühling?«

»Eher der Herbst«, sagte ich. »Wenn die Blätter sich färben und die Bäume sich für ihre Ruhephase bereit machen, die Früchte süß geerntet werden und die Sonne noch golden über unserer Siedlung scheint … das mag ich am liebsten.«

Er lächelte wehmütig. »Bei uns gibt es kaum Bäume innerhalb der Siedlung und außerhalb bieten sie den dunklen Kreaturen Schutz«, erklärte er. »Aber wenn ich dir so zuhöre, würde ich den Herbst in deiner Siedlung gerne einmal erleben.«

»Dann komm doch einfach nächstes Mal zu mir«, schlug ich vor und biss mir auf die Unterlippe, als mir bewusst wurde, was ich gerade gesagt hatte.

Dante hielt in seiner Bewegung inne und sah mir in die Augen. »Wenn wir die nächsten Tage überleben, komme ich gerne auf die Einladung zurück«, murmelte er und senkte den Blick.

Ich legte meine Hand über seine und er schaute wieder auf. »Wenn wir die nächsten Tage überleben«, sagte ich mit bebender Stimme, »möchte ich dorthin gehen, wohin du gehst. Ganz gleich, welcher Ort das ist.«

Er hauchte einen flüchtigen Kuss auf meine Lippen. Er sah mich an, als wollte er etwas sagen, ließ es dann aber und half mir aus dem Brustharnisch.

Ich zog mich schweigend um und war im Begriff, das Amulett abzunehmen, als Dante mich von hinten umarmte.

»Behalte es noch«, sagte er. »Es soll über dich wachen, wenn ich nicht in deiner Nähe sein kann.«

»Du wirst immer in meiner Nähe sein«, murmelte ich.

»Ich werde es zumindest versuchen.«

Bevor ich mich an seine Wärme gewöhnen konnte, ließ er mich wieder los und schritt zur Tür. Ich seufzte und folgte Dante aus dem Zimmer. Er führte mich zum Raum mit dem Balkon, trat jedoch nicht durch die Glastür, sondern zog an einem Kerzenleuchter an der Wand. Es knarrte, das Regal daneben schwang auf und gab den Blick auf Stufen frei. Dante hielt mir seine Hand hin und führte mich die Treppen hinab. Warme Luft schlug mir entgegen und vertrieb endlich das klamme Gefühl, das in meinen Knochen steckte.

Der Boden unter unseren nackten Füßen wurde feucht und ich hörte ein Plätschern. Ich blinzelte, als ich den Ort erkannte.

»Das ist die Höhle hinter dem Wasserfall«, murmelte ich.

»Ganz genau«, erwiderte Dante. »Hier treffen wir Citlali. Falls sie sich ins Wasser traut.«

»Ich bin ja nicht du«, erklang die Stimme der Eule, die sich gerade aus dem Wasser zog. Ihr Arm hing nicht mehr in einer Schlinge, allerdings bewegte sie ihn etwas steif. »Wehe, es ist nichts Wichtiges. Ich war gerade mit deiner kleinen Truhe beschäftigt und wollte keine Ablenkung.«

»Ich denke, das willst du hören«, erwiderte Dante. »Denn möglicherweise gibt es noch eine andere Lösung als die Spieluhr.«

Kapitel 25

»Du rufst mich her, weil du einen Stern gesehen hast?«, fragte Citlali mit hochgezogenen Augenbrauen, nachdem Dante seine Erzählung beendet hatte.

»Verstehst du es nicht?«, stellte er die Gegenfrage.

Die Eule schüttelte den Kopf. »Nein, nicht wirklich.«

»Sie saugen das Licht ein«, sagte ich und Citlali hob eine Augenbraue. »Diese Wesen, gegen die wir kämpfen sollen, sie saugen das Licht ein und wenn wir sie bezwingen, setzen sie es wieder frei.« Ich blickte zu Dante, der einen Mundwinkel hob und nickte. »Du denkst, sie sind dafür verantwortlich, dass die Sterne erloschen sind?«

»Es wäre doch eine Erklärung«, meinte er. »Das Licht der Sterne verblasste, als sie zu Boden fielen. Im selben Moment erschienen diese Kreaturen. Sie werden stärker, wenn das Licht schwindet.«

»Warum geht Leonid dann nicht gegen diese Geschöpfe vor?«, wollte ich wissen. »Statt uns gegeneinander kämpfen zu lassen, sollte er alle Elemente vereinen und ...«

»Dann würde er vielleicht seine Macht verlieren, weil klar wäre, dass man die Sterne auch ohne ihn zurückholen kann«, unterbrach Citlali mich und fuhr sich durch die nassen Haare. »Ich frage mich, ob er den Zusammenhang kennt. Hätte er uns dann überhaupt auf die Jagd geschickt?«

»Vielleicht dachte er, wir würden nicht genug Wesen erledigen, um einen Stern erneut zum Leuchten zu bringen«, murmelte Dante. »Oder er ahnt es tatsächlich nicht. Immerhin hat er sein eigenes Element ausgelöscht, um genug Macht aufzubringen, damit die Sterne wieder mit Licht versorgt werden. Aber ich glaube, dass er jetzt wohl die meiste Macht der Sternenkrieger für sich behält. Sonst würden die Ehrenkämpfe nicht schon nach fünfzehn Sonnenumdrehungen wieder stattfinden, statt nach dreißig.«

Citlali biss an ihren scharfen Fingernägeln herum. »Aber wie soll uns das helfen? Selbst wenn wir es jetzt geschafft haben, einen Stern zum Leuchten zu bringen ... es wäre unmöglich für uns, alle zurückzuholen.«

»Wenn wir die Menschen überzeugen können nicht länger dem König zu folgen«, sagte Dante und seine Augen strahlten dabei, »und ihnen eine andere Möglichkeit anbieten ... Ihnen zeigen, dass wir wieder zusammenarbeiten und Seite an Seite kämpfen können ...«

»Du vergisst nur, dass uns seit Generationen eingeredet wird, wir wären Feinde«, unterbrach Citlali ihn. »Es hat dich mehrere Versuche gekostet, mich zu überzeugen, obwohl wir beide in das Geheimnis eingeweiht waren. Du wirst mehr als Worte brauchen, um die Menschen dazu zu bringen, so ein großes Risiko einzugehen. Leonid mag ein Tyrann sein, aber er sorgt dafür, dass die Siedlungen sicher sind und das Licht der Sterne zurückkehrt.«

Das Leuchten war aus Dantes Augen verschwunden und seine Kiefer mahlten.

»Wir werden um die Spieluhr nicht herumkommen«, fuhr Citlali fort. »Auch wenn wir nicht sicher wissen, was sie bewirkt, ist sie im Moment unsere größte Chance. Deswegen werde ich jetzt auch zurückgehen und versuchen hinter ihr Geheimnis zu kommen.«

Die Eule ließ sich wieder ins Wasser gleiten. Dann war sie fort.

Ich zuckte zusammen, als Dante mit der Faust gegen die Steinwand schlug und ein Knacken erklang, von dem ich nicht wusste, ob es von dem Felsen oder seiner Hand stammte. Bevor er noch einmal ausholen konnte, umfasste ich seinen Arm.

»Hör auf«, sagte ich flehentlich.

Er starrte mich an und riss sich von mir los. Die Haut auf seinen Knöcheln war aufgerissen und Blut sickerte hinaus. Als ich nach seiner Hand greifen wollte, zog er sie zurück.

»Lass mich das ansehen«, bat ich.

Knurrend reichte er mir seine Hand.

»Du weißt, dass Citlali recht hat«, murmelte ich. »Die Angst der Menschen und die Rivalität der Elemente reichen zu tief, um so leicht gebrochen zu werden.«

Er schwieg und sog den Atem ein, als ich seinen Handrücken abtastete. Ich hauchte einen Kuss auf die aufgeplatzte Haut und sah zu, wie sich eine Blüte darauf bildete und die Knochen darunter heilten.

Dante keuchte, entzog mir seine Hand jedoch nicht. Erst als die Magie abgeklungen war, ließ ich los. Er öffnete und schloss seine Faust mehrmals.

»Als ich den Stern gesehen habe, habe ich kurz gewagt zu hoffen, dass wir Leonids Herrschaft schon vor den Ehrenkämpfen beenden können«, sagte er schließlich und betrachtete mich wieder. »Wenn wir genug Kreaturen getötet hätten und mehrere Sterne zurückgekehrt wären ...«

»Denkst du nicht, dass der König das für sich verbucht hätte?«, warf ich ein.

»Vielleicht. Aber es muss eine Möglichkeit geben, den Menschen die Wahrheit zu zeigen«, entgegnete er ernst und stieß den Atem aus. »Ich hatte gehofft, wir würden eine Lösung finden, bevor die Ehrenkämpfe beginnen. Mit jedem Krieger, der fällt, wird Leonid stärker.«

Ich schauderte bei dem Gedanken, dass mein Körper auf einer solchen Bahre liegen und von ihm geschmolzen werden könnte, damit er an meine Magie gelangte. Ob meine Mutter gestorben war, weil er ihre Magie in sich aufnehmen wollte?

»Dir ist immer noch kalt«, riss Dante mich aus meinen düsteren Gedanken. Er strich über meine Arme. »Vielleicht solltest du ins Wasser und dich aufwärmen?«

»Klingt gut«, meinte ich und griff nach seiner Hand.

Doch Dante schüttelte den Kopf. »Ich bleibe hier«, sagte er.

»Du fühlst dich auch kalt an.«

»Es ist nur ...« Er fuhr sich durch das dunkelgraue Haar. »Ich kann nicht schwimmen.«

»Was?«, fragte ich erstaunt.

Dante räusperte sich und wandte den Blick ab.

»Das muss dir nicht unangenehm sein«, versuchte ich ihn aufzumuntern.

»Ist es aber«, brummte er. »Bei uns gibt es keine Gewässer, in denen wir schwimmen lernen können.«

Deswegen war er damals nicht hinterher gesprungen, als ich den Pokal gestohlen hatte.

Ich trat auf ihn zu und legte meine Hände an seine Hüften. »Wenn du möchtest, bringe ich es dir bei«, raunte ich. »Nicht heute, aber wenn das alles vorüber ist …«

Er lehnte seine Stirn an meine. »Das klingt schön.«

»Aber du kannst dennoch ins Wasser kommen«, schlug ich vor. »Hier ist das Becken nicht tief und du kannst darin stehen.«

Dante zögerte, dann stieß er den Atem aus und nickte. Ich ließ ihn los und ging zum Rand der Grotte.

Ich ließ mich vom Felsen ins Wasser gleiten. Meine Zehen berührten den Boden gerade noch, aber Dante sollte bei seiner Größe kein Problem haben.

Wärme umgab meinen Körper und ich seufzte, weil sich meine Gelenke endlich entspannten. Dante betrachtete mich einen Moment, dann ließ er seine Füße ins Wasser baumeln und folgte mir.

Sein Gesicht wirkte angespannt, während er versuchte das Gleichgewicht zu halten. Ich schwamm zu ihm und stellte mich neben ihn. Er schlang seine Arme um mich und hielt sich an mir fest.

»Eigentlich sollte ich mich mit Citlali um die Spieluhr kümmern«, raunte er nah an meinem Ohr. »Aber irgendwie kann ich mich nicht dazu durchringen, dich allein zu lassen.«

Seine Lippen streiften meinen Hals und ich gab ein leises Stöhnen von mir.

»Geh zu Citlali«, sagte ich mit bebender Stimme. »Wir haben später noch genug Zeit füreinander.«

Seufzend schob ich ihn von mir und schwamm auf den Wasserfall zu.

»Bist du sicher?«

»Ganz sicher«, antwortete ich. »Du musst dich darum kümmern. Wir sehen uns beim Essen?«

Ich konnte den Ausdruck in seinem Gesicht nicht ganz deuten, als er nickte. »Darf ich bei Einbruch der Nacht wieder zu dir kommen?«, wollte er wissen.

»Bisher hast du auch nicht gefragt«, neckte ich ihn.

»Da hatte ich auch noch Angst vor der Antwort«, gestand er.

»Du darfst sehr gerne zu meinem Fenster kommen«, erwiderte ich mit wild schlagendem Herzen.

Er lächelte erleichtert, drehte sich um und zog sich am Felsen hoch. Ich sah ihm nach, bis er aus meinem Blickfeld verschwunden war. Dann stieß ich den Atem aus und schwamm unter dem Wasserfall hindurch.

Trotz des heißen Wassers war ich noch immer angespannt. Ich hatte zwar die halbe Nacht um mein Leben gekämpft, aber ich hatte immer noch das Bedürfnis, mich in der Übungsarena zu verausgaben.

***

Es war erstaunlich ruhig in der Arena. Die meisten Krieger schienen sich nach ihren Kämpfen gegen die dunklen Kreaturen auszuruhen. Ich entdeckte nur eine Erdkriegerin, Wyrla, die mit Messern auf eine Zielscheibe warf, und eine Kriegerin der Raben, die sich an der Kletterwand hochzog.

Da ich keine Lust hatte, mit jemandem zu kämpfen, ging ich um die Ecke zum Sandsack, legte die Schutzhandschuhe an und begann darauf einzuschlagen.

Meine Arme fühlten sich schon nach kurzer Zeit schwer an und ich musste viele Pausen machen. Ich wischte mir über die Stirn. Vermutlich wäre es doch besser, sich einfach auszuruhen. Ich wollte gerade die Verschnürungen der Handschuhe lösen, als ich Stimmen hörte.

»Er ist wieder von der Jagd zurückgekommen«, zischte Aryanna.

»Dass er ihr dieses lächerliche Schutzmedaillon geben und sich selbst in eines dieser Wesen verwandeln würde, damit hätte niemand rechnen können«, erwiderte eine andere Stimme, die mir bekannt vorkam, die ich aber nicht sofort einordnen konnte. »Wäre alles so gekommen, wie geplant, hätte sie sich verwandelt, ihn in Stücke gerissen und wäre im Morgengrauen neben seinen Überresten aufgewacht.«

Mir wurde übel und ich ballte meine Hände zu Fäusten. Ich musste sehen, wer mit Aryanna sprach.

Als ich hinter der Wand, die den Sandsack abschirmte, hervorblickte, entdeckte ich die Schlangenkriegerin, gegen die ich gekämpft hatte. Wie hatte Dante sie genannt? Saela?

»Ich habe meinen Teil der Vereinbarung eingehalten«, zischte sie.

»Du musstest nur den Raben töten«, warf Aryanna ein.

»Ihn zum Kampf zu überreden war schwierig«, hielt die Schlange dagegen. »Und beim Wolf wird es noch schwerer. Er hört und sieht so ziemlich alles. Außerdem wird er sich nicht auf einen Kampf in der Übungsarena einlassen.«

»Was schlägst du also vor?«, fragte Aryanna gereizt.

»Ein Kampf in den Vorrunden auf Leben und Tod«, meinte Saela. »Dantes Magie ist mittelmäßig, deswegen verlässt er sich auf seine Kraft. Wir müssen nur einen Krieger finden, der ihm kräftemäßig überlegen ist und ihm genug bieten, damit er Dante in diesem Aufeinandertreffen Wunden zufügt, die er nicht überleben kann.«

»Du vergisst nur, dass wir alle Masken tragen.«

»Sei nicht so naiv«, zischte die Schlange. »Die Auslosung der Kämpfe lässt sich beeinflussen. Der Krieger wird wissen, dass er Dante gegenübersteht, weil Dyral dafür sorgt, dass sie aufeinandertreffen.«

»Und welcher Krieger wäre in der Lage, Dantes Leben zu beenden?«, wollte Aryanna wissen.

Bevor Saela antworten konnte, ging die Tür zur Arena auf. Die beiden stoben auseinander und schlugen auf eine Übungspuppe ein. Ein Eulenkrieger schritt an ihnen vorbei zu den Zielscheiben für Wurfäxte.

»Wir sprechen später«, flüsterte Aryanna und die Schlange nickte kaum merklich.

So leise ich konnte, schlich ich zum Ausgang der Arena und schlüpfte nach draußen, als ein Bärenkrieger die Tür von außen öffnete.

Mein Herz schlug mir bis zum Hals, aber ich zwang mich dazu, so ruhig wie möglich in meinen Bereich zurückzugehen.

Noch befand Dante sich nicht in unmittelbarer Gefahr. Aber ich musste ihm dennoch sobald wie möglich sagen, dass sich zwei Krieger gegen ihn verschworen hatten. Vielleicht sogar noch mehr.

Kapitel 26

Im Gemeinschaftssaal wurde so ausgelassen gelacht, als müssten in dieser Nacht keine Krieger auf die Jagd gehen. Am ausgelassensten wirkten wie immer die Bären, die sich noch während des Essens zu betrinken begannen.

Mein Blick fiel sofort auf Saela, die sich auf Kodas Schoß gesetzt hatte, ihn aufreizend anlächelte und mit Fleischstückchen fütterte. Ich suchte den Raum nach Aryanna ab und entdeckte sie an der Seite des Schlangen-Alphas. Sie fuhr ihm durch das Haar, als würde sie einer Katze das Fell kraulen, und ich fragte mich, ob auch er Teil der Verschwörung gegen Dante war oder ob sie ihn für etwas anderes benutzte.

Weder Citlali noch Dante waren im Saal, also setzte ich mich zu Nele an den Tisch. Meine Augen brannten vor Müdigkeit, während meine Arme sich schwer wie Blei anfühlten.

»Geht es dir nicht gut?«, fragte meine Freundin besorgt.

»Ich bin nur müde«, erwiderte ich schläfrig.

»Hast du etwa nicht geschlafen nach unserer Rückkehr?«

Ich schüttelte den Kopf. An Schlaf hatte ich nicht denken können, nach allem, was geschehen war. Aber jetzt bereute ich es nicht versucht zu haben.

Als Citlali den Raum betrat, riss ich meinen Kopf hoch. Die Eulen-Alpha stolzierte erhobenen Hauptes zum Tisch, zwinkerte mir zu und ließ sich dann auf die Bank fallen, um sich dem halbrohen Fleisch auf ihrem Teller zu widmen. Erwartungsvoll sah ich zum Eingang, aber Dante erschien nicht. Von ihm abgesehen befanden sich bereits alle Metallkrieger am Tisch.

Ich räusperte mich, bis Dusan von seinem Essen aufsah.

»Wo ist dein Alpha?«, fragte ich leise.

Er zuckte die Schultern und biss wieder in das Fleisch, das er in seinen Händen hielt.

»Ich dachte, er wäre bei dir?«, flüsterte Nele neben mir.

»Nein, er …« Ich seufzte, denn ich konnte meiner Freundin nicht sagen, womit Dante beschäftigt war. Anlügen wollte ich sie auch nicht, also schwieg ich. Falls Nele es mir übelnahm, ließ sie es sich nicht anmerken.

»Wollen wir morgen miteinander in der Arena üben?«, fragte sie schließlich. »Ich gehe erst übermorgen wieder auf die Jagd und ich könnte Kampftraining gebrauchen.«

»Einverstanden«, murmelte ich und starrte auf Dantes verwaisten Platz.

Als Saela laut auflachte und Kodas tiefes Brummen erklang, wurde mir übel. Versuchte sie den Bären-Alpha dazu zu bringen, gegen Dante anzutreten? Ihr Blick wanderte zu mir und sie zog ihre Mundwinkel hoch, was ihr Gesicht noch spitzer und kälter aussehen ließ. Dann glitt sie von Kodas Schoß, hielt ihm die Hand hin und ließ sich von ihm in seinen Flügel führen.

Mir wurde noch übler.

»Ich sollte schlafen gehen«, murmelte ich.

»Soll ich dich zu deinem Zimmer bringen?«, schlug Nele vor.

»Nein, ist schon gut. Wir sehen uns morgen«, sagte ich und schleppte mich in mein Zimmer.

Dort verriegelte ich die Tür, wechselte meine Kleidung und setzte mich ans Fenster, anstatt mich ins Bett zu legen.

Der Mond ging gerade auf und ich entdeckte auch den Stern, der letzte Nacht erschienen war. Das Licht des Tages schwand und bald überzog ein tiefes Blau den Himmel, der nach und nach schwarz wurde.

Die Krieger, die heute auf die Jagd gingen, waren längst fort und meine Augen wurden mit jedem Atemzug schwerer. Selbst die Kälte der Nachtluft konnte mich nicht wachhalten, aber von Dante fehlte immer noch jede Spur.

In meinem Inneren tobte ein Sturm, der zuerst von Wut, dann von Sorge und schließlich von Angst genährt wurde. Was, wenn ihm etwas zugestoßen war und er Hilfe brauchte? Er würde mich nicht ohne Grund so lange warten lassen.

Mit zittrigen Knien verließ ich meinen Platz am Fenster, nahm einen dicken Umhang aus meinem Schrank und legte ihn an. In dem Moment polterte es hinter mir und ich wandte mich hastig um.

Dante stand vor dem Fenster, tiefe Schatten unter seinen Augen und roten Sand an den Händen und der grauen Kleidung.

»Wolltest du fort?«, fragte er mit einem schiefen Grinsen.

»Dante«, keuchte ich und fiel ihm um den Hals.

Mehr brachte ich nicht heraus, weil ich meiner Stimme nicht traute. Aber eine schwere Last fiel von meinen Schultern, als er die Arme um mich legte und seine Wärme mich umfing.

»Entschuldige, dass ich dich habe warten lassen«, murmelte er und vergrub sein Gesicht in meinen Haaren.

Einen Moment verharrten wir so, dann löste ich mich von ihm und betrachtete seine schmutzige Kleidung. Er räusperte sich und klopfte den Sand ab.

»Ich habe versucht so viel wie möglich davon draußen zu lassen. Aber wenn man gräbt ...«

»Hast du etwas vergraben oder ausgegraben?«, fragte ich und war mir nicht sicher, ob ich die Antwort wirklich hören wollte.

»Ich wollte etwas ausgraben, aber ich habe es leider nicht gefunden«, erklärte er.

»Und wo hast du danach gesucht?«, hakte ich nach.

Er zögerte einen Atemzug lang, dann fuhr er sich über das Gesicht. »Citlali und ich kommen mit der Spieluhr nicht voran und die Eule hatte heute die Idee, dass ein Sternenfragment vielleicht hilfreich sein könnte, um die Musik der Spieluhr hörbar zu machen.« Er gab ein Brummen von sich. »Natürlich darf ich danach graben und nicht sie.«

»Du meinst das, was von einem Stern übrigbleibt, wenn er vom Himmel fällt?«

»Ganz genau. Das Haus der Elemente wurde auf einem Sternenkrater errichtet. Deswegen habe ich an einer nicht einsehbaren Stelle neben dem Haus gegraben. Ich kann schlecht mitten im Saal den Boden aufbrechen. Allerdings bin ich nicht sicher, ob wir hier etwas finden werden.«

»Du weißt, dass die Erde mein Element ist und ich dir mit Magie hätte helfen können?«, fragte ich und verschränkte meine Arme vor der Brust.

Dante seufzte. »Du darfst keine Magie verwenden«, sagte er und legte eine Hand an meine Wange. »Leonid würde es bemerken und misstrauisch werden. Ich bin sicher, dass er unsere Magie überall und jederzeit fühlen kann. Deswegen will ich nicht, dass du mir hilfst. Er würde deine bestimmt sofort erkennen. Es war riskant genug, dass du meine Hand geheilt hast.«

»Also willst du lieber Löcher rund um das Haus graben, ja?«, hakte ich nach.

»Hier ist zumindest mit Sicherheit ein Stern abgestürzt.«

»Nur steht ein riesiges Haus darauf«, warf ich ein.

»Ja«, brummte er. »Aber ich muss es versuchen. Vielleicht ist das unsere einzige Chance.«

Seine Lider waren nur noch halb geöffnet und er hielt den Kopf ziemlich tief. Ich legte meine Hände an sein Gesicht und schloss die Entfernung zwischen unseren Körpern.

»Aber jetzt musst du dich ausruhen«, sagte ich sanft. Eigentlich hätte ich ihm von Saela und Aryanna erzählen müssen. Aber das konnte bis morgen warten. »Du siehst erschöpft aus.«

»Ich habe auch fast zwei Tage nicht geschlafen«, gab er zu und lehnte seine Stirn an meine. »Und ich sehne mich nach deiner Nähe.«

»Dann bleib hier«, schlug ich leise vor.

»Wir sollten schlafen«, wandte er ein.

Ich schmunzelte. »Und das können wir nicht gemeinsam? Angezogen? In meinem Bett?«

»Ich weiß nicht, Emaya«, murmelte er.

»Aber ich. In wenigen Tagen beginnen die Vorrundenkämpfe und sobald die Ehrenkrieger feststehen, dürfen wir uns nicht mehr sehen.«

Er schmunzelte. »Und du denkst, das würde mich davon abhalten herzukommen?«

»Nicht?«, fragte ich hoffnungsvoll.

»Nein. Ich werde jeden Abend kommen, Emaya. Und wenn es nur ist, um zu sehen, dass es dir gut geht«, erklärte er entschlossen. »Niemand wird mich davon abhalten können.«

Mein Herz schlug schneller und Wärme breitete sich in mir aus. »Bleib heute trotzdem bei mir«, bat ich ihn.

Wieder zögerte er, dann nickte Dante kaum merklich. »Ich versuche nur den Sand loszuwerden«, murmelte er und verschwand in meinem Bad.

Ich legte den Umhang wieder ab und schlug die Bettdecke auf. Als Dante zu mir ans Bett trat, schlang er die Arme von hinten um mich.

»Ist es wirklich in Ordnung für dich, wenn ich hierbleibe?«, fragte er mit rauer Stimme.

»Ja«, hauchte ich und strich über seinen Arm. »Wenn du bei mir bist, dann ...« Ich hielt inne, weil ich nicht wusste, wie ich es ihm erklären sollte.

»Dann?«, hakte er vorsichtig nach.

»Dann fühle ich mich, als wäre ich nicht mehr unvollständig«, flüsterte ich so leise, dass ich es selbst kaum hören konnte.

Dantes Lippen strichen über meinen Hals und ich gab einen heiseren Laut von mir. »Geht mir ganz genauso.«

Ich drehte mich in seinen Armen um und zog ihn mit mir auf das Bett. Dante drückte mich an sich und deckte uns zu. Mein Kopf ruhte an seiner Brust und ich schloss die Augen, als er einen Kuss auf meine Stirn hauchte.

Einen Moment lang gab ich mich der Hoffnung hin, dass es irgendwann immer so sein könnte und nahm mir vor alles dafür zu tun, diesen Traum wahr werden zu lassen.

***

Metall klirrte auf Metall. Ich sprang zurück, als Nele einen Ausfallschritt machte und ihr Schwert erneut schwang. Es war mein zweiter Kampf gegen sie an diesem Tag. Auch Wyrla hatte ich herausgefordert. Solange ich kämpfte, erdrückten meine Gedanken mich nicht.

Die Nacht war zu kurz gewesen, um die Strapazen der letzten Tage auszugleichen. Dennoch hatte sich jene Stelle, auf der Dante geschlafen hatte, bereits kalt angefühlt, als ich aufgewacht war. Und hätte ich nicht eine silberne Blume in einem Wasserglas auf dem Frisiertisch gefunden, wäre ich nicht sicher gewesen, ob er überhaupt bei mir gewesen war. Selbst der Sand war aus meinem Zimmer verschwunden.

Ich hatte also noch keine Gelegenheit gefunden, ihm von der Verschwörung zu erzählen, die sich über seinem Kopf zusammenbraute.

»Wo bist du mit deinen Gedanken, Emaya?«, rief Wyrla, die uns beobachtete. »Du hättest Nele längst besiegen müssen.«

Ich wusste, dass Wyrla recht hatte, weil Nele selbst nicht bei der Sache zu sein schien. Oder sie war müder, als sie zugeben wollte. Ihre Verteidigung war viel zu offen und ich fürchtete um meine Freundin, wenn sie in der Arena so kämpfen sollte.

Mit einem schnellen Schritt nach vorn, einer angetäuschten Pirouette und einem unparierbaren Schlag entwaffnete ich Nele, die um Atem rang und mir zunickte.

»Nicht schlecht«, meinte sie.

»Du solltest dich ausruhen«, sagte ich und hob ihr Schwert auf. »Du musst morgen wieder auf die Jagd gehen.«

Nele setzte zu einer Erwiderung an, aber es war nicht ihre Stimme, die erklang.

»Und du solltest dir Gegner wählen, die dich wirklich fordern«, sagte Citlali hinter mir.

Langsam drehte ich mich zu der Eule um, die mit hinter dem Rücken verschränkten Händen am Rand des Kampfplatzes stand. Sie trug eine leichte Rüstung in schimmerndem Rot und ein Schwert baumelte an ihrem Gürtel.

»Ich nehme an, du bist dieser Gegner?«, erwiderte ich mit fester Stimme.

Ihre Mundwinkel zuckten spöttisch und sie erinnerte mich wieder an den Raubvogel, der sie war. »Wieso nicht? Wir beide könnten ein wenig Ablenkung gebrauchen. Und wer weiß, vielleicht bringe ich dir sogar etwas bei?«

Ich wusste längst, dass Citlalis manchmal überhebliche Art nicht so gemeint war. Sie war als Frau die Alpha eines Elements geworden, das sonst nur männliche Krieger in die Prüfungen schickte und hatte es vermutlich nicht leicht gehabt, an diese Position zu gelangen. Ihre Kälte und Härte waren zumindest zum Teil eine Fassade. Als wir gegen die dunklen Kreaturen gekämpft hatten, hätte sie nicht gezögert sich zu opfern, um mich zu schützen.

»Dann lass uns beginnen«, schlug ich vor, nachdem Nele den Kampfring verlassen hatte.

Citlali zog ihr Schwert und betrachtete die Klinge im Licht der Fackeln, die uns umgaben. Zwar drangen Sonnenstrahlen durch die Öffnung im Dach der Arena, aber ohne zusätzliche Lichtquellen wäre es hier selbst bei Tag zu dunkel gewesen.

Ich nahm einen breiteren Stand ein und umfasste die Griffe meiner beiden Kurzschwerter fester. Citlali wandte sich mir zu und musterte mich.

»Du kämpfst immer mit zwei Klingen?«, fragte sie.

Wortlos nickte ich und spannte meine Muskeln an. Ich war bereit ihren Angriff abzuwehren, der gleich kommen würde. Citlali rührte sich nicht, betrachtete mich und nickte.

Als ich schon dachte, sie würde etwas sagen, rannte sie los. Sie schwang ihr Schwert blitzschnell. Unsere Klingen trafen sich und ich biss die Zähne aufeinander. Citlali hatte viel Kraft in den Angriff gelegt.

Keuchend wehrte ich sie ab. Ich verlagerte mein Gewicht und vollführte eine halbe Drehung. Meine Klinge sang, als sie auf ihre traf. Dann griff ich an. Citlali schien nur darauf gewartet zu haben. Sie ließ ihr Schwert von meinem gleiten und sprang zur Seite. Ohne zu zögern, griff sie erneut an.

In letzter Sekunde konnte ich mich zur Seite werfen. Mit dem Schwung versetzte ich ihr einen Schlag. Citlali verlor ihr Gleichgewicht. Sie taumelte und ich machte einen Schritt nach vorn. mit einem triumphierenden Grinsen hielt ich ihr meine Waffe an die Kehle und blockierte mit der zweiten ihren Schwertarm.

»Gewonnen«, sagte ich.

»Bist du sicher?«, fragte sie lächelnd.

Eine Klinge bohrte sich in die von der Rüstung ungeschützte Stelle meiner Achsel. Mein Fehler wurde mir bewusst. Ich hatte mich zu sehr auf das Offensichtliche konzentriert und nicht bedacht, dass eine Kriegerin wie Citlali sich nicht so leicht überrumpeln ließ.

»Aber ich gebe zu, du kämpfst erstaunlich gut für eine Hirschkuh«, meinte die Eule und machte einen Schritt zurück.

Ich ließ meine Schwerter sinken und starrte auf das Stillet, das Citlali in der Hand hielt, die ich nicht beachtet hatte. Wie konnte mir ein solcher Fehler unterlaufen?

»Lass den Kopf nicht zu sehr hängen«, sagte Citlali. »Dafür, dass du die letzten Nächte zweimal fast gestorben wärst, hast du wirklich gut gekämpft.« Sie verstaute ihre Waffen und klopfte mir auf die Schulter. »War ein wirklich guter Kampf. Danke.«

Sie schritt davon und ich wandte mich zu ihr um. »Citlali«, rief ich ihr nach. Die Eule drehte sich wieder zu mir. »Danke dir für den Kampf.«

»Wenn ich heute Nacht überlebe, können wir das gerne wiederholen«, meinte sie und nickte mir zu.

Als sie fort war, berührte ich die Stelle, in die sie die Spitze ihres Stiletts gebohrt hatte. Warum Citlali gegen mich gekämpft hatte, wusste ich nicht. Aber sie hatte mir in jedem Fall etwas beigebracht. Ich durfte keinen Moment unaufmerksam sein. Jetzt noch weniger als zuvor.

Kapitel 27

Dante war den ganzen Tag fort, kam aber nachts in mein Zimmer. Sand bedeckte seine Kleidung wie die Nacht zuvor und er sah noch erschöpfter aus.

Zumindest fanden wir die Zeit, uns über das zu unterhalten, was ich belauscht hatte. Doch anstatt unruhig zu werden, lachte Dante, als ich ihm erzählte, dass Saela wohl Koda dazu bringen wollte, ihn in den Vorkämpfen aus dem Weg zu räumen.

»Das ist nicht lustig«, brummte ich und versetzte ihm einen leichten Schlag gegen die Brust.

Ich lag in seinen Armen und er bebte vor Lachen, selbst als ich ihn finster ansah.

»Koda wird nicht darauf eingehen«, entgegnete er. »Ich habe ihm einmal das Leben gerettet und seitdem steht er in meiner Schuld. Saela verschwendet ihre Zeit mit ihm, er wird nicht auf das Angebot eingehen.«

»Ist Koda ... dein Vertrauter bei den Bären?«, fragte ich vorsichtig.

»Wenn er es wäre, könnte ich es dir nicht sagen«, antwortete Dante. »Nicht, weil ich dir nicht vertraue, aber weil diese Person selbst es dir erzählen müsste. Wie Citlali.«

Ich nickte und schmiegte mich an ihn, nahm den Geruch von Erde an ihm wahr und seufzte, während er über meinen Rücken strich.

»Da ist noch etwas«, sagte ich schließlich und berichtete ihm davon, dass sie versucht hatten mich und nicht ihn in eine dunkle Kreatur zu verwandeln, damit ich ihn umbrachte.

»Dann war das tatsächlich kein Zufall«, knurrte er und seine Hand auf meinem Rücken bebte. »Wenn sie dir das angetan hätten ...«

»Dante, sie haben es dir angetan, weil ich deinen Schutzzauber getragen habe«, unterbrach ich ihn. »Sie waren sich so sicher, dass ich dich getötet hätte. Aber du hast mich nicht angegriffen und ich frage mich wieso.«

Er schwieg und seine Kiefer mahlten, dann stieß er den Atem aus. »Vielleicht, weil du meine Gefährtin bist und es gegen meine Natur wäre, dich anzugreifen«, murmelte er. »Ich verstehe nur nicht, wie diese Verwandlung geplant war und was sie ausgelöst hat. Sie konnten nicht wissen, wohin wir gehen würden und wenn sie dir vor unserem Aufbruch etwas verabreicht hätten, hätte ich mich nicht verwandelt.«

»Ich verstehe es auch nicht«, meinte ich und wir hingen beide unseren Gedanken nach.

Behutsam strich ich roten Sand von seiner Kleidung.

»Hast du etwas gefunden?«, wollte ich nach einer Weile wissen.

»Ich denke, ich komme der Sache näher«, murmelte Dante mit verschlafener Stimme.

Als ich aufsah, hatte er seine Augen bereits geschlossen und atmete langsamer.

»Dante?«, hauchte ich.

Er gab nur ein Brummen von sich und seufzte dann. Ich schmunzelte und schob mich hoch, bis mein Gesicht vor seinem schwebte.

Bisher hatte ich nie die Zeit gefunden, ihn so genau zu betrachten. Doch jetzt musterte ich die kleine Krümmung auf seinem Nasenhügel und die verblasste Narbe an seinem Kinn. Ich saugte jedes Detail in mich auf, verwahrte es gut in meinem Herzen und beugte mich zu seinem Ohr.

»Ich bin froh, dass wir uns gefunden haben«, flüsterte ich. »Das sollst du wissen, ganz gleich, wie sich alles entwickelt.«

Er antwortete nicht, aber das hatte ich auch nicht erwartet. Also sank ich wieder in seine Arme zurück und schloss die Augen.

***

So verliefen auch die folgenden Tage. Dante verschwand immer, bevor ich aufwachte und ließ eine silbern glänzende Blume zurück. Ich fragte mich, ob er jedes Mal zu dem kleinen Park lief, in dem wir unsere erste Nacht verbracht hatten. Aber ich vergaß stets ihn darauf anzusprechen. Während ich mit Nele und Wyrla trainierte, schien er den Boden rund um das Haus umzugraben und abends kam er dann zu mir.

Einen Tag, bevor die Vorrundenkämpfe begannen, war es jedoch anders. Dante zog sich zwar wieder vor Morgengrauen aus meinem Zimmer zurück, ich traf ihn jedoch beim Frühstück. Obwohl die Schatten unter seinen Augen immer dunkler zu werden schienen, lächelte er, als er mich sah, umfasste behutsam mein Handgelenk und zog mich auf seinen Schoß.

»Ich habe mich schon gefragt, ob ihr euch gestritten habt«, meinte Koda.

Mein Blick wanderte zu Saela, die wieder bei den Schlangen saß. Sie wirkte noch zorniger als sonst und ich nahm an, dass Koda sich wirklich weigerte Dante zu schaden. Zumindest hoffte ich das.

»Nicht doch«, erwiderte Dante, ohne den Blick von mir abzuwenden. »Mein Rehlein und ich sind immer noch unzertrennlich. Deswegen wird sie den Tag heute auch mit mir verbringen. Nicht wahr, mein Reh?«

Aus den Augenwinkeln nahm ich wahr, dass Aryanna uns anstarrte. Sie schnaubte. Aber ich wandte mich ihr nicht zu, sondern nickte schnell.

Nach dem Frühstück folgte ich Dante also in den Bereich der Wölfe, wo er mich in das Zimmer mit Balkon zum Dampfbad führte. Ich war nicht überrascht Citlali dort zu sehen, die ihre Hände in den weiten Ärmeln ihrer Kleidung versteckte. Die Eule lief auf und ab und wirkte angespannt, während Dante die Ruhe selbst war.

»Wo bleiben die anderen?«, fragte sie. »Es wird auffallen, wenn wir uns hier treffen.«

»Nur, wenn jemand unvorsichtig ist. Die Türen zum Dampfbad habe ich abgeriegelt und jeder von euch sollte das Zimmer mit dem Balkon von innen verschließen, damit niemand hineingeht«, erwiderte Dante und wandte sich mir zu. »Gleich wirst du die drei anderen Krieger kennenlernen.«

Die Tür zum Balkon war nur angelehnt und jemand öffnete sie von außen. Die Rabenkriegerin, auf die ich einmal eifersüchtig reagiert hatte, trat ein. Sie lächelte fast schüchtern, als unsere Blicke sich trafen und nickte mir zu.

»Willkommen, Vespera«, sagte Citlali und strahlte dabei.

Erst da wurde mir bewusst, dass diese Kriegerin jene war, die Dyral an unserem ersten Abend bestraft hatte. Citlalis Wut hatte die Luft damals zum Flirren gebracht und jetzt sahen sich die beiden Frauen vertraut an.

Bevor ich jedoch weiter darüber nachdenken konnte, trat ein Bärenkrieger ein. Sein Name war ein paar Mal im Saal gefallen, weswegen ich wusste, dass er Cystenian hieß. Es wunderte mich, dass Koda tatsächlich nicht Dantes Verbündeter war.

»Dann fehlt nur noch einer«, meinte Citlali und verschränkte die Arme vor der Brust. »Wieder einmal.«

»Sei nicht immer so ungeduldig«, sagte jemand.

Als er eintrat, hielt ich den Atem an. Zenus, der Alpha der Schlangen, schritt erhobenen Hauptes in den Raum. Seine bläulich schimmernden Haare fielen ihm unordentlich ins Gesicht und als seine wässrigen Augen meine fanden, lächelte er kalt.

»Mich hast du nicht erwartet, oder?«, fragte er amüsiert.

»Nein«, gestand ich, ohne zu zögern. »Weil du mit Aryanna liiert bist.«

Er lachte. »Behalte deine Freunde nahe bei dir, aber deine Feinde noch näher«, erwiderte er.

Ich zuckte kaum merklich zusammen, als Dante seine Hand auf meine Schulter legte. »Wir können ihm vertrauen«, erklärte er. »Auch seine Eltern wussten um Leonids Geheimnis. Zenus wird uns helfen diese Kämpfe zu beenden.«

Zenus' Lächeln verschwand und er betrachtete mich mit einer seltsamen Traurigkeit in seinen Augen. »Ich verstehe deine Vorbehalte. Aber ich habe mich nur auf Aryanna eingelassen, um sie im Auge zu behalten. Und jetzt weiß ich, was sie vorhat«, sagte er.

»Und das wäre?«, wollte ich wissen und bemerkte, wie feindselig meine Stimme klang.

Aber Zenus nahm es mir offensichtlich nicht übel. »Zum Favoriten des Hochkönigs werden«, erklärte er. »Leider stehst ausgerechnet du ihr im Weg.«

»Wir alle hier«, sagte Citlali und schritt zur Tür, um zu kontrollieren, dass sie abgeschlossen war, »gehen ein Risiko damit ein, uns hier zu treffen.

Deswegen müssen wir einander vertrauen.« Sie sah zu mir. »Auch wenn es manchmal schwerfällt.«

Wortlos nickte ich und Citlali zog ihre Hände aus den Ärmeln. In einer hielt sie die Spieluhr und zeigte sie herum.

»Das ist der Grund für unser Treffen«, erklärte sie. »Weil wir hoffen sie endlich zum Spielen bringen und somit das Geheimnis der Sternenkrieger lüften zu können.«

Dante ließ meine Schulter los und trat zu Citlali. Aus seiner Hosentasche zog er einen dunkelgrauen Stein, der in unterschiedlichsten Farben schimmerte, sobald Licht auf ihn fiel. Ich hielt den Atem an, als die Sterne auf der Schatulle ebenfalls leuchteten.

Als Stein und Spieluhr sich einander näherten, hoffte ich, dass etwas geschehen würde, dass eine Melodie erklingen würde. Aber nichts passierte.

Auch Dante und Citlali schienen verwirrt. Die Eule öffnete den Deckel und drehte an der Kurbel. Sie ließ los und die Walze bewegte sich, Ton erklang aber keiner.

»Ich verstehe das nicht«, murmelte sie.

Cystenian schnaubte. »Das Sternenfragment zu besorgen hat so viel Mühe gemacht und jetzt wirkt es nicht?«, fragte er.

Erst da fiel mir der Staub an seiner Kleidung auf. Offensichtlich hatte er Dante beim Graben geholfen.

Ich trat näher heran und betrachtete die Sterne, die wie der dunkelgraue Stein in Dantes Hand in allen Farben schimmerten. Die Magie summte leise, wenn sich die beiden Gegenstände einander näherten und verstummte, sobald sie sich entfernten.

»Es ist derselbe Stein«, murmelte ich.

»Was meinst du?«, fragte Citlali.

»Die Spieluhr ist aus Holz, aber die sieben Sterne auf dem Deckel nicht. Sie sind aus demselben Stein wie das Fragment«, erklärte ich unsicher. »Ihre Magie ist dieselbe.«

Die Eule starrte auf den Deckel, dann auf das Sternenfragment. »Woher weißt du das?«

»Ich kann die Magie hören«, hauchte ich.

»Vielleicht sollte Emaya versuchen dieses Rätsel zu lösen«, meinte Vespera.

Citlali sah zu Dante, der neben mir stand und den Kopf schüttelte. »Sie kann die Spieluhr nicht in ihr Zimmer mitnehmen. Wir müssen sie vorerst verstecken«, verkündete er. »Vielleicht kann Emaya sie nach den Kämpfen untersuchen. Ich gehe davon aus, dass morgen, während wir alle in der Arena sind, wieder jemand in dieses Haus eindringen wird.«

»Du meinst so wie damals, als wir bei dem Fest waren?«, brummte Zenus. »Hast du herausgefunden, was diese Männer gesucht haben?«

Dante verneinte.

»Es ergibt keinen Sinn, dass sie hier etwas suchen«, warf Citlali ein. »Fast alles, was sich in diesem Haus befindet, gehört uns nicht, sondern wurde vom König zur Verfügung gestellt. Was haben wir selbst mitgebracht? Waffen und schwache Schutzzauber. Also, was erhoffen sie sich von einem Einbruch?«

Mein Magen zog sich zusammen und ich suchte Dantes Blick. Ich wollte seine Verwandlung nicht ansprechen, wenn er es lieber verschwieg. Aber er nickte kaum merklich und ergriff dann das Wort.

»Und wenn es tatsächlich die Schutzzauber sind?«, fragte er. »Denn bei unserer letzten Jagd habe ich Emaya mein Schutzamulett gegeben und wurde danach in eine der dunklen Kreaturen verwandelt.«

»Was?«, keuchte Citlali.

»Am Tag darauf«, fügte ich hinzu, um die Aufmerksamkeit auf mich zu lenken, »habe ich Saela und Aryanna belauscht. Sie meinten, eigentlich hätte ich mich verwandeln müssen, aber Dantes Schutzamulett hat das verhindert.«

»Dann muss der Hochkönig selbst dahinterstecken«, meinte Zenus und verschränkte die Arme. »Aber wie …«

»Das wissen wir nicht«, kam Dante seiner Frage zuvor. »Vielleicht wollten die Einbrecher die Schutzzauber stehlen und wurden dabei gestört. Jedenfalls dürfen wir nicht riskieren, dass sie die Spieluhr finden, sollte Leonid bereits bemerkt haben, dass sie ihm entwendet wurde.«

»Ich kümmere mich darum«, versprach Citlali.

»Und ich passe auf das Fragment auf«, schlug Cystenian vor.

»Nein, das werde ich verstecken«, erwiderte Dante. »Nichts für ungut.«

Der Bär klopfte Dante auf die Schulter und brummte etwas, das ich nicht verstand. Ich fragte mich, ob der Umgang mit Menschen verschiedener Elemente immer so harmonisch hätte sein können, wenn der König die Magie nicht unterschiedlich verteilt und gewissen Elementen Vorteile gegeben hätte.

»Wir sollten in Erfahrung bringen, ob jemand einen Schutzzauber vermisst«, meinte Citlali schließlich.

»Oder ob noch jemand bemerkt hat, dass bei der Jagd eine Verwandlung stattgefunden hat«, fügte Vespera hinzu.

»Denkst du nicht, dass dann bereits darüber geredet worden wäre?«, fragte Zenus.

»Von Dante wusste auch niemand«, warf Vespera ein und knetete ihre Finger, als wäre es ihr unangenehm, das Thema aufgebracht zu haben.

»Dann schlage ich vor, jeder hört sich bei seinem Element um«, meinte Dante und sah dann mich an. »Du fragst am besten nur nach fehlenden Schutzzaubern und nur die Kriegerinnen, denen du vertraust.«

»In Ordnung«, brummte ich.

»Wir treffen uns morgen wieder, um über das zu reden, was ihr herausgefunden habt. Dann widmen wir uns noch einmal der Spieluhr«, beendete Dante die Versammlung.

Cystenian, Zenus und Vespera verließen den Raum über den Balkon, Citlali blieb noch bei uns.

»Wieso habt ihr mir nichts gesagt?«, fragte sie mit belegter Stimme und verschränkte ihre Arme vor der Brust.

»Wir wollten dich nicht kränken«, erklärte Dante schnell. »Aber es war …«

»Erschreckend«, kam ich ihm zu Hilfe. »Zumindest für mich.«

Er schenkte mir ein müdes Lächeln und wandte sich dann Citlali zu. »Wenn du vorhin nicht die Schutzamulette erwähnt hättest, hätte ich den Vorfall weiterhin verdrängt.«

Die Eule nickte, löste ihre Arme und zog einige Ketten unter ihrer Kleidung hervor. Sie nahm eines der Amulette ab und hielt es Dante hin.

»Hier«, sagte sie. »Ich nehme an, deines ist immer noch in Emayas Besitz.«

»Das kann ich nicht annehmen, dann hast du doch keinen Schutz mehr«, wehrte Dante ab.

»Oh, ich habe noch zwei Amulette«, erwiderte die Eule. »Wir sind ein wenig abergläubisch und tragen immer mehr Magie bei uns, als wir wirklich benötigen. Drei ist zwar eine heilige Zahl für uns, aber mir ist es lieber, ich habe weniger göttlichen Beistand, als dass du dich wieder in eine dunkle Kreatur verwandelst.« Sie hielt ihm die Kette direkt vors Gesicht. »Also nimm.«

Zögerlich ergriff Dante das Amulett und als sich seine Finger darum schlossen, vernahm ich ein leises Klingeln, als würde jemand in weiter Ferne ein Glockenspiel anschlagen. Aber außer mir schien niemand etwas mitzubekommen.

»Danke, Citlali. Ich gebe es dir zurück, sobald die Kämpfe vorüber sind«, sagte Dante und seine Stimme zitterte leicht.

»Sieh es als Geschenk an«, erwiderte die Eule mit einem Zwinkern. »Wir müssen doch aufeinander aufpassen, oder?«

»Danke«, wiederholte Dante und legte eine Hand auf ihre Schulter.

»Kümmere dich um das Fragment, ich verstecke jetzt die Schatulle«, meinte Citlali. »Wir sehen uns morgen nach den ersten Kämpfen.«

Auch die Eule trat auf den Balkon und verschwand aus meinem Blickfeld. Schweigend blieb ich neben Dante stehen, der das Amulett betrachtete.

»Soll ich auch gehen?«, fragte ich.

Er hob den Blick und sah mich an. »Nein. Bleib, bitte«, antwortete er. »Morgen werden wir uns erst nach den Kämpfen wiedersehen, weil die Elemente einzeln in die Arena geführt werden. Zwar können wir alle Duelle beobachten, aber selbst wenn wir unseren Kampf beendet haben, dürfen wir unseren Bereich nicht verlassen.«

»Du warst also schon dort?«, hakte ich nach.

Kälte breitete sich mit einem Mal in mir aus und ich rieb über meine Arme. Dante legte sich das Medaillon um, kam zu mir und umfasste meine Schultern.

»Ja, ich war bereits dort, als die Alphas die Räume für ihre Krieger ausgewählt haben«, sagte er. »Die Arena ist kreisförmig und darum sind Tribünen aufgebaut. Darunter befinden sich Räume, die mit Fallgittern gesichert sind. Es öffnet sich nur für den Krieger, der an der Reihe ist, aber alle anderen können zusehen.«

»Und wir tragen die ganze Zeit unsere Masken und Rüstungen?«

Er nickte. »Es werden keine Namen genannt, nur die Elemente. Die Vorkämpfe dauern nicht lange, weil so viele an einem Tag stattfinden müssen. Aber wir werden dennoch von morgens bis abends dort sein.«

»Und wenn wir gegeneinander kämpfen müssen?«, hauchte ich. »Wir würden uns noch nicht einmal erkennen …«

Ein Lächeln umspielte seine Lippen und meine Knie wurden weich. »Ich würde dich immer erkennen«, erwiderte er und berührte meine Nase mit seinem Zeigefinger.

»Du meinst an meinem Geruch«, murmelte ich.

»Ganz genau. Und sollten wir uns gegenüberstehen, werde ich mich zurückhalten. Ich habe noch fünf andere Kämpfe, in denen ich Punkte erzielen kann und dank dir liege ich nach der Jagd recht weit vorn.«

»Du musst mich nicht schonen, ich kann mich wehren«, meinte ich.

»Das weiß ich, aber ich will dir dennoch nicht wehtun«, sagte er ernst.

Er griff nach meiner Hand und strich behutsam darüber. Es wunderte mich immer noch, wie zärtlich er sein konnte, denn ich fühlte selbst jetzt die Kraft, die unter seiner Haut schlummerte.

»Was sollen wir jetzt machen?«, fragte ich, weil ich nicht wusste, was ich sonst sagen sollte.

»Wie wäre es, wenn wir spazieren gehen? Gemeinsam«, schlug Dante vor.

»Draußen?«

»Wo denn sonst?«, fragte er mit einem Lachen, das ein Prickeln über meine Haut laufen ließ. »Es sei denn natürlich, du möchtest lieber allein sein.«

Ich schüttelte den Kopf. »Aber dann verlassen wir das Haus diesmal durch die Tür und nicht durch ein Fenster«, forderte ich.

Dante deutete eine Verbeugung an und streckte seinen Arm zur Tür aus. »Dein Wunsch ist mir Befehl.«

Kapitel 28

Die Stadt hatte sich verändert – und das nicht zum Positiven. Obwohl helllichter Tag war, versteckten sich die Menschen in ihren Häusern. Die wenigen Menschen, die sich auf die Straße verirrt hatten, hielten ihre Köpfe gesenkt. Es war unnatürlich still und eine dunkle Bedrohung schien die Stadt Stück für Stück einzunehmen. Deswegen entschieden Dante und ich uns zum Friedhof zu gehen, um meine Mutter zu besuchen.

Oder vielmehr ihr Grab. Immer wieder kreiste ein Gedanke in meinem Kopf umher: Sie hätte nicht sterben müssen. Es hätte andere Wege gegeben, das Licht der Sterne zu bewahren.

So lange hatte ich mich auf diese Kämpfe vorbereitet, weil ich das Erbe meiner Mutter fortführen und mein Element stärken wollte. Man hatte mich glauben lassen, dass die anderen Elemente über meines lachten und ihr Leben einfacher war als unseres. Jetzt fragte ich mich, wieso ich all das jemals geglaubt hatte.

»Was hast du eigentlich damals hier gemacht, als du mich gefunden hast?«, wollte ich wissen, als unsere Schritte im Kies knirschten.

»Ich habe nach Informationen über die Magie der Sternenkrieger gesucht«, antwortete er leise.

»Wozu?«

»Das Licht der Sterne verglüht immer schneller«, erklärte er. »Und die dunklen Kreaturen vermehren sich. Citlali meinte, es könnte an den Kriegern liegen, deren Magie gestohlen wurde, weil ihr Tod noch mehr Dunkelheit ausgelöst hat. Aber ich habe nichts gefunden, das uns weiterhelfen könnte.«

Dante wurde langsamer, als wir die Gräber der Erdkrieger erreichten.

»Soll ich hier warten?«, fragte er und seine silbernen Augen schimmerten hell im Tageslicht.

Ich griff nach seiner Hand. »Komm mit mir«, bat ich ihn.

Er versuchte sich nicht anmerken zu lassen, wie erleichtert er war. Trotzdem erkannte ich es daran, dass seine Schultern sich leicht hoben, als er nickte. Gemeinsam gingen wir weiter.

Die Ranken, die ich gepflanzt hatte, erstrahlten in sattem Grün und die kleinen Blüten darauf brannten wie violettes Feuer. Um den Grabstein meiner Mutter verwelkte das Gras, aber diese Pflanze wuchs, als würde sie nichts davon bemerken.

Ich kniete mich in die vertrocknete Erde und strich mit bebenden Fingern über die goldene Schrift auf dem braunen Marmorstein.

»Ich weiß, du willst das nicht hören«, murmelte Dante, als er neben mir in die Hocke ging. »Aber ich bitte dich dennoch alles daran zu setzen, nicht in die Ehrenkämpfe zu gelangen.«

»Du erinnerst dich, dass der König mir gedroht hat meine Schwester zu töten, wenn ich nicht tue, was er will?«, fragte ich so leise, dass der Wind meine Worte beinahe mit sich nahm.

»Das wird er früher oder später ohnehin«, entgegnete Dante ernst und legte seinen Arm um mich, als ich zu zittern begann. »Aber was er mit dir vorhat, wenn du die Ehrenkämpfe erreichst, wage ich mir nicht einmal vorzustellen.«

»Was meinst du?«, fragte ich, unsicher, ob ich die Antwort wirklich hören wollte.

»Deine Magie, Emaya«, begann Dante, griff nach meiner Hand und strich zärtlich über eine der unzähligen Narben auf meinem Handrücken. »Ich habe es zuerst nicht erkannt, aber ... sie ist anders als die der restlichen Kriegerinnen deines Elements. Ich habe geahnt, dass eine tiefe Kraft in dir schlummert, nachdem du die dunklen Kreaturen zerstört hast.« Sein Blick wanderte von meiner Hand zu den Blüten auf dem Grab. »Aber als du meine Wunde versorgt hast, habe ich es gespürt. Und ich verstehe, warum der König ein besonderes Interesse an dir hat.«

»Erklärst du es mir auch?«, hakte ich ungeduldig nach, weil Dante nicht weitersprach.

»Es wird uns Kriegern nur beigebracht, unsere Kräfte zu nutzen, um unser eigenes Element zu beschützen und uns gegen andere Krieger durchzusetzen«, meinte er schließlich. »Deine Macht ist so anders, so ... sanft.«

Ich schnaubte. »Wie man es von einem Reh erwartet, oder?« Eigentlich wollte ich nicht schnippisch klingen. Ich wusste längst, dass Dante mich nicht für schwach hielt.

»Ich habe vielleicht das falsche Wort gewählt«, murmelte er und erhob sich. »Was ich meine, ist, dass sie nicht zerstörerisch ist, wenn sie es nicht sein muss. Du besitzt die Kräfte der Natur.« Er deutete auf die Blumenranke auf dem Grabstein. »Selbst jetzt wirkt dein Zauber. Und seine Kraft lässt immer noch nicht nach. Deine Magie erschafft und unterstützt. Und sie scheint ungebändigt durch deine Adern zu fließen.«

Er machte einen Schritt zurück und ich stand hastig auf. »Wie, ungebändigt?«, fragte ich schnell, um ihn daran zu hindern fortzugehen.

»Jeder, der so viel Magie verwendet hätte wie du in der Nacht, als Citlali und ich mit dir gejagt haben, hätte sterben müssen«, antwortete er. »Niemand, noch nicht einmal der König, besitzt so viel Kraft. Er muss die Magie anderer stehlen, um so mächtig zu sein. Dir steht sie einfach zur Verfügung.«

Ich ging auf ihn zu, bis unsere Oberkörper sich beinahe berührten. »Was bedeutet das?«, fragte ich mit zitternder Stimme.

Dante seufzte und zögerte, dann griff er nach meinen Händen. »Wenn ich das nur wüsste. Aber er darf dich nicht bekommen. Niemals. Ich lasse es nicht zu.«

»Das ändert aber nichts daran, dass der König mich in den Ehrenkämpfen sehen will«, warf ich ein und als Dantes Blick sich verfinsterte, fügte ich hinzu: »Ich habe schon zu viele Punkte. Egal was ich in den nächsten Tagen bei den Vorkämpfen mache, ich bin nicht mehr einzuholen.«

Es dauerte eine Weile, dann nickte Dante. »Ich weiß«, gestand er. »Dann werde ich eine andere Möglichkeit finden. Irgendetwas wird mir einfallen.«

Ich wollte nicht, dass er sich seinen Kopf über etwas zerbrach, das unvermeidlich war. Mein Leben lang hatte ich darauf hingearbeitet, in die Ehrenkämpfe zu kommen. Doch jetzt, da dieser Moment unmittelbar bevorstand, wurde mir flau im Magen, wenn ich daran dachte, jemanden, mit dem ich die letzten Tage friedlich zusammengelebt hatte, zu verletzen.

Nach anfänglichen Zankereien waren alle Krieger eigentlich sehr harmonisch miteinander umgegangen. Ich hob meinen Blick und betrachtete Dantes ernstes Gesicht. Es lag an ihm. Er hatte Koda in die Schranken gewiesen und auch wenn viele Krieger ihn wegen seiner Zuneigung zu mir aufgezogen hatten, achteten sie Dante. Er war ein wahrer Alpha ...

»Woher hast du eigentlich die Blumen, die du mir jeden Morgen bringst?«, fragte ich, um das Thema zu wechseln.

»Ich hole sie, bevor die Sonne aufgeht, an dem Ort, wo wir das erste Mal zusammen waren. Und jedes Mal habe ich Angst, dich zu wecken, wenn ich zurückkomme.«

»Du kannst mich wecken«, verkündete ich.

Er schüttelte den Kopf. »Du brauchst den Schlaf dringender als ich. Deswegen will ich ihn nicht stören, aber ...« Dante atmete tief aus. »Ich kann aufhören dir Blumen zu bringen.«

»Tu das nicht«, sagte ich und drückte seine Hände. »Ich mag sie. Aber wenn es zu viel Zeit kostet ...«

»Unsinn«, brummte er und ich war sicher, dass seine Wangen sich einen Herzschlag lang dunkler färbten. Dann wurde er wieder ernst. »In den Vorkämpfen solltest du in jedem Fall auf den Einsatz von Magie verzichten.«

Verwirrt über den erneuten Themenwechsel blinzelte ich. »Nicht, dass ich es vorgehabt hätte, aber ... wieso?«

»Der Sand der Arena verschlingt unsere Kraft«, murmelte er. »Zumindest habe ich das von unserem letzten Alpha gehört. Vermutlich zapft Leonid unsere Magie an, um seine Favoriten damit zu stärken. Setz deine Kräfte also nur ein, wenn es nicht anders geht und schone die Magie so lange wie möglich. In den Ehrenkämpfen hast du vermutlich keine Wahl, weil du ohne Magie nicht überleben wirst, wenn dein Gegner dich damit angreift. Aber wenn es so weit ist, solltest du ausgeruht sein.«

»Was ist mit dir?«, fragte ich vorsichtig. »Aryanna meinte, deine Magie ist ...«

Ich suchte nach Worten, aber Dante half mir aus. »Deiner weit unterlegen, ja«, erklärte er und schmunzelte dennoch. »Aber ich habe nicht vor einen Kampf zu verlieren, solange er nicht gegen dich geht. Denn Citlali hatte recht.«

»Womit?«, hakte ich nach, weil er mich nur schweigend ansah.

»Wölfe sind dann am stärksten«, hauchte er und ich versank in seinen silbernen Augen, »wenn sie das beschützen, was sie lieben.«

Mein Herz flatterte bei seinen Worten und ich konnte kaum noch atmen. »Und du liebst mich?« Meine Stimme war nur ein heiseres Flüstern und ich sah ihn regungslos an, während ich auf seine Antwort wartete.

Dante schwieg, presste seine Lippen zusammen. Dann endlich öffnete er den Mund, doch statt seiner Stimme hörte ich einen dumpfen Knall und spürte, wie der Boden unter meinen Füßen bebte.

In der Stadt erhob sich eine Wolke roten Sands in den Himmel. Wind, der nach Feuchtigkeit roch, wirbelte den Sand gegen die Häuser und trieb ihn zu uns. Dante legte seine Arme um mich und zog mich an seine Brust. Er schirmte mich mit seinem Rücken ab und stemmte sich gegen den Wind, der uns fast zu Boden riss.

Erst als der Wind sich legte, gab er mich frei und sah sich suchend um.

»Was war das?«, fragte ich.

Mein Atem ging viel zu schnell und meine Hände zitterten. Stimmen wurden laut und ich rannte los in die Richtung, aus der sie kamen.

»Emaya!«, rief Dante mir nach und setzte sich in Bewegung.

Menschen liefen laut brüllend durch die Straßen, in denen immer noch der rote Sand die Luft schwängerte.

»Bleib stehen«, zischte Dante, umfasste mein Handgelenk und zog mich an sich, bevor mich ein Strom aus Menschen niederrennen konnte.

»Aber wir müssen herausfinden, was geschehen ist«, sagte ich, nachdem ich mich ein Stück von ihm geschoben hatte, um ihn ansehen zu können. »Bitte. Vielleicht brauchen die Menschen Hilfe.«

Dante biss sich auf die Unterlippe, dann nickte er, griff nach meiner Hand, stellte sich vor mich und schritt durch die Menge.

Als ein älterer Mann vor ihm hinfiel und nicht wieder aufstehen konnte, ließ Dante mich los und zog ihn auf die Beine.

»Was ist hier geschehen?«, fragte Dante den Greis.

»Das Ratsgebäude ist eingestürzt«, erwiderte er hustend. »So viele Verschüttete ...«

»Bleib am Straßenrand und halte dich an den Wänden fest«, sagte Dante eindringlich. »Und wenn du nicht mehr gehen kannst, setz dich auf eine Kiste, sonst wirst du zertrampelt.«

Der Alte nickte und schlurfte davon, den Menschen folgend, die vom Ort des Unglücks fortwollten.

Dante griff wieder nach meiner Hand und zog mich hinter sich her. Mein Atem stockte, als ich den Krater sah, der sich wie ein schwarzes Loch in die Stadt bohrte. Sand rutschte unaufhörlich in die Tiefe und riss die Überreste des Gebäudes, Kisten, Gesteinsbrocken und Menschen mit sich.

Ich wollte näher heran, aber Dante hielt mich fest, damit ich nicht zu dem Krater gehen konnte, aus dem Schreie drangen, die mein Blut gefrieren ließen.

»Wir müssen etwas unternehmen.«

Dantes Kiefer mahlten, während er starr nach vorn blickte. »Und was? Wir wissen nicht, wie es darin aussieht und ob wir wieder herauskommen würden.«

Ich zerrte an seiner Hand, als ich eine Frau entdeckte, die vom Sand mitgerissen wurde, der sie Richtung Abgrund trieb. Panisch griff sie nach allem, was ihr Halt versprach. An einem Stein klammerte sie sich schließlich fest, allerdings würde sie sich nicht lange halten können. Der Sog war einfach zu stark. Dante war unnachgiebig, hielt mich fest und schob sich zwischen mich und das Grauen, das sich vor unseren Augen abspielte.

»Lass mich los«, flehte ich. »Ich kann ihr mit Magie helfen.«

»Und wenn du abrutscht?«, fragte er zornig und packte meine Schultern. »Emaya, ich will den Menschen auch helfen, aber wir können uns nicht selbst in Gefahr bringen.«

Ich schüttelte seine Hände ab, aber Dante umfasste meine Taille und zog mich an sich, bis mein Rücken an seiner Brust lehnte.

»Halt mich einfach fest«, flüsterte ich und schloss die Augen.

Ich konnte den Krater nicht erreichen, aber ich fühlte die Magie der Erde, die uns umgab und ließ meine Kräfte wie Tropfen von meinen Fingern fließen. Ohne es zu sehen, wusste ich, dass sie in den Sand eindrangen und er grün aufleuchtete.

Die Ranken, die meine Magie formte, schlängelten sich auf das Loch zu und schossen in die Tiefe. Als wäre ich selbst dort, konnte ich alles sehen und entdeckte die Menschen, die sich verzweifelt an Steinen festhielten, um nicht in die Dunkelheit unter ihnen zu stürzen. Ich hatte noch nie eine solche Schwärze gesehen.

Zitternd ließ ich meine Magie nach den Menschen greifen und hob sie aus dem Krater. Nachdem sie alle sicher waren, sammelte ich meine Kräfte und hörte Dante keuchen. Ich wusste, dass meine Haut wie Feuer brennen musste, denn in meinem Inneren tobte ein Inferno, das mich zu verschlingen drohte. Ich fühlte mich wie in jener Nacht, als ich die Kreaturen zerstört hatte. Dennoch ließ Dante mich nicht los.

Ich befahl dem Boden, sich zu schließen, das Loch zu füllen und die Stadt zu schützen. Die Erde bebte unter uns und die Angstschreie der Menschen wurden lauter, bevor sie in erstaunte Rufe übergingen.

Zitternd sank ich auf die Knie und hätte Dante mich nicht gehalten, wäre ich mit dem Gesicht im Sand gelandet. Aber er schlang seine Arme um mich und stützte meinen bebenden Körper, wärmte meine eiskalte Haut, die sich, nachdem das Feuer verschwunden war, anfühlte, als hätte man mich im Schnee vergraben.

Blinzelnd öffnete ich die Augen und ließ den Atem entweichen, den ich die ganze Zeit über angehalten haben musste. Das Loch war verschwunden und die Menschen, die um den Sandhaufen, den es hinterlassen hatte, standen, starrten uns an.

An unserer Kleidung mussten sie erkennen, dass wir Krieger waren und unterschiedlichen Elementen angehörten. Aber Dante hielt mich fest.

Die Frau, die vor meinen Augen in die Tiefe gerissen worden war, wagte es, näher zu kommen. Sie fiel vor mir auf die Knie, Tränen rannen über ihre roten Wangen und sie schluchzte.

»Ich ... danke. Wir verdanken euch unser Leben.«

Zögerlich hob ich meine Hand und sie ergriff sie.

»Wir müssen zusammenhalten«, krächzte ich, weil meine Kehle sich anfühlte, als hätte ich einen Eimer Sand geschluckt. »Immer.«

Sie nickte und presste ihre Lippen auf meine Hand. Dann zog sie sich wieder zurück. Sonst wagte es niemand, sich uns zu nähern, aber in den Gesichtern der Menschen erkannte ich ihren Dank und ihre Ehrfurcht.

Mir wurde schwindelig. Dante zog mich an sich und stand mit mir in den Armen auf. »Ich bringe dich zurück. Du musst ... verflucht, Emaya, du wirst morgen kämpfen«, schalt er mich, während er an den verängstigten Menschen vorbeiging.

»Ich weiß«, hauchte ich und lehnte meinen Kopf an seine Schulter. »Aber ich musste es tun. Ich konnte sie nicht sterben lassen.«

Dante schwieg und ich war sicher, dass er zornig war. Doch dann berührten seine Lippen meine Schläfe und er flüsterte: »Und genau deswegen liebe ich dich.«

Kapitel 29

Das Licht der Sonne ließ den Sand in der Arena wie Feuer lodern, aber der Hochkönig war immer noch nicht erschienen.

Eigentlich sollte Leonid erst dem letzten Tag der Vorkämpfe beiwohnen, um den Ehrenkriegern zu gratulieren, bevor die letzten drei Tage der Prüfungen stattfinden würden. Aber da gestern trotz unserer Hilfe unzählige Menschen ihr Ende in den Trümmern des Ratsgebäudes gefunden hatten, war verkündet worden, er würde jeden Tag in der Arena verbringen.

Was genau geschehen war, nachdem Dante mich in das Haus der Elemente zurückgebracht hatte, wusste ich nicht. Zwar war er noch einmal aufgebrochen, um Nachforschungen anzustellen, und hatte Nele und Citlali eingeschworen sich um mich zu kümmern. Aber er kam ohne neue Informationen zurück.

Er hatte die Stadt menschenleer vorgefunden, was mich nicht wunderte, aber sowohl von den Wächtern des Königs als auch von Leonid selbst hatte jede Spur gefehlt. Ich hätte wütend sein müssen, aber selbst dafür hatte mir die Kraft gefehlt und ich war froh gewesen, dass Dante mich die ganze Nacht einfach nur gehalten und mir den Sand aus dem Haar gestrichen hatte.

Als eine Stimme in der Arena erklang, schob ich die Erinnerung beiseite und hörte dennoch nicht richtig zu. Mein Herz schlug so laut, dass alle Geräusche in den Wellen aus Anspannung und Sorge untergingen.

Ich stellte mich auf die Zehenspitzen, starrte durch das Fallgitter, während jemand zu den Menschen sprach.

Dante war längst fort gewesen, als Aryanna mich am Morgen geholt hatte. Nur ein Strauß silberner Blüten in meinem Wasserglas hatte auf mich gewartet. Eine von ihnen trug ich jetzt unter meiner Rüstung.

Obwohl ich Dante vor den Kämpfen noch einmal hatte sehen wollen, war es nicht möglich gewesen. Jedes Element war durch einen anderen Ausgang geführt und über unterirdische Tunnel bis in den vorgesehenen Bereich in der Arena gebracht worden. Zwar hatte ich längst begriffen, dass Magie mich daran hinderte, Krieger hinter den anderen Fallgittern zu erkennen, dennoch versuchte ich es.

Meine Lungen fühlten sich an, als würde ich noch immer in der Staubwolke stehen und ich war versucht mir die Maske abzuziehen, die mein halbes Gesicht verbarg. Die lange Schnauze einer Hirschkuh überragte meine Nase, während ein Geweih auf meinem Kopf keinen Zweifel daran ließ, welche Göttin über mich wachte.

Wir hatten nie geübt mit den Masken aus Kupfer zu kämpfen und ich fragte mich, wie ich das Gewicht ausgleichen und damit atmen können sollte, während ich kämpfte.

»Emaya«, zischte Aryanna, als ich meine Finger wieder unter das Metall auf meinen Wangen schob. »Reiß dich zusammen und halte den Kopf erhoben, besonders, wenn du da draußen stehst.« Sie ließ ihren Blick über die Kriegerinnen schweifen. »Das gilt für euch alle. Der Hochkönig sieht zu und ich will, dass ihr euer Bestes gebt.«

»Ja, Alpha«, erwiderten die Frauen wie aus einer Kehle. Nur ich schwieg.

Aryanna hatte nicht gefragt, wie es mir ging, obwohl sie gehört haben musste, was Dante und ich erlebt hatten. Sie hatte es einfach ignoriert, ebenso wie der Hochkönig es offensichtlich tat.

Ich ballte meine Hand zur Faust und presste meine Lippen so fest zusammen, dass es wehtat.

Die Stimme, die gesprochen hatte, verstummte und verhaltener Applaus brandete auf, als die Fanfaren erklangen und den Beginn der Kämpfe ankündigten. Jedem Krieger standen heute fünf Duelle bevor. Ich würde also täglich gegen jedes Element antreten und das fünf Tage lang.

Schnell sandte ich ein Stoßgebet an Kamana, dass ich niemals Dante oder Citlali begegnen würde. Dann hielt ich den Atem an, als der Sand sich erhob und in der Staubwolke die Symbole der ersten Elemente aufleuchteten. Eine

Eule und eine Schlange erschienen und ich ließ die Luft aus meinen Lungen entweichen, nur um sie wieder anzuhalten, als die Fallgitter sich öffneten.

Zwei Männer traten heraus. Die Maske des Eulenkriegers hatte einen Schnabel. Jene des Schlangenkriegers bedeckte das komplette Gesicht und einen Teil des Rückens. Er sah aus, als würde er tatsächlich eine Schlange auf seinem Kopf tragen.

Sie nahmen ihre Kampfhaltungen ein, zogen ihre Waffen und neigten respektvoll ihre Häupter. Dann erklang der Gong und sie stürzten sich mit Gebrüll aufeinander. Ihre Klingen klirrten und es fiel mir schwer, dem Kampf zu folgen, weil sie sich so schnell bewegten und so heftige Schläge austeilten.

Hinter ihnen flammten Zahlen in der Luft auf. Kritische Treffer im Brustbereich, Hals oder Kopf brachten mehr Punkte ein. Für Berührungen an Armen und Beinen erhielt man weniger Punkte.

Ein Krieger schrie vor Schmerz auf. Blut lief über die Schulter des Eulenkriegers. Trotzdem kämpfte er verbissen weiter, bis der Gong erneut erklang.

Völlig außer Atem verneigten die Krieger sich, dann kehrten sie in ihre Bereiche zurück und der Sand wirbelte hoch, um die nächste Schlacht anzukündigen. Die Hirschkuh und der Rabe leuchteten auf und eine Kriegerin nach der anderen trat vor das Fallgitter, bis es sich für mich öffnete.

Ich prüfte den Sitz meiner Waffen am Gürtel und schritt in die von Sonne geflutete Arena hinaus.

Eine Frau erschien in der Arena und ihr langer Schnabel wirkte wie eine Waffe, die sie im Nahkampf einsetzen könnte. Ihre Rüstung schimmerte und erinnerte mich an das Federkleid der Göttin der Magie, Zoraida, die über ihr Element wachte.

Blut rauschte in meinen Ohren. Gleichzeitig verneigten wir uns voreinander. Meine Hände zitterten, als ich meine Schwerter zog und mich breitbeinig hinstellte. Ich hielt den Atem an, weil ich fürchtete sonst den Gong zu überhören und rätselte, wem ich gegenüberstand.

Da erklang das Signal und ich ließ meine Gegnerin zu mir kommen. Ich wollte sie nicht verletzen, also hielt ich mich zurück, wehrte ihre Klinge ab und traf hauptsächlich den Schild, mit dem sie sich verteidigte.

Nur wenn sie ihre Verteidigung vollkommen offenließ, weil sie versuchte mich mit ihrer Klinge an Schulter oder Brust zu streifen, nutzte ich die Chance und berührte sie leicht mit einem meiner Schwerter.

Noch ehe ich richtig warm geworden war, endete der Kampf. Die Rabenkriegerin atmete schwerfällig, verneigte sich und wir beide schritten in unseren Bereich zurück.

Das Gitter senkten sich noch, als Aryanna mich schon anschnauzte.

»Das war dein Bestes?«, zischte sie. »Du hast selbst als Kleinkind besser gekämpft. Reiß dich zusammen!«

Ich nickte wortlos, steckte meine Waffen in ihre Befestigungen und betrachtete die leicht blutenden Wunden an meinen Armen. Es war mir gleich, wie viele Punkte ich gemacht hatte. Ich hatte schon genug, um in die Ehrenkämpfe zu gelangen. Im ersten Kampf hatten die beiden Krieger jeweils nur fünf Punkte erzielt und sie hatten einander nichts geschenkt. Mich in der Vorrunde zu verausgaben würde mir nichts bringen.

Als Nächstes zeigte der Sand Wolf und Bär und zwei Krieger traten aus ihren Bereichen. Beide trugen die Masken ihres Tieres, dessen spitze Zähne ihre Wangen bedeckten, und ihre Rüstungen erinnerten an das Fell ihrer Totems.

Ich redete mir ein, dass ich nicht Dante vor mir sah, obwohl ich mir nicht sicher war. Also beobachtete ich auch diesen Kampf und knetete meine Hände, wenn der Wolf einen Treffer einstecken musste. Ich war allerdings bald sicher, dass Dante geschickter kämpfen konnte als dieser Krieger.

Das nächste Duell wurde ebenfalls von Metall ausgetragen, aber der Krieger des anderen Elements kam vom Feuer. Ich wusste, dass Citlali die Arena betrat, da sie die einzige Frau bei den Eulen war. Ihren Gegner erkannte ich allerdings nicht.

Citlali lächelte verwegen, als sie sich auf den anderen Krieger stürzte. Sie hielt sich nicht zurück, aber das durfte sie auch nicht, wenn sie in die Ehrenkämpfe kommen wollte. Ihr Konto wuchs um zehn Punkte an, bis der Gong erklang und der Kampf beendet war.

Zwischen den Kämpfen wurde uns Essen gebracht, damit wir uns stärken konnten.

Mittlerweile stand die Sonne hoch am Himmel und die Kühle des Morgens war einer erdrückenden Hitze gewichen. So wie in meinem ersten Duell hielt ich mich auch beim Wasserelement zurück, denn der Krieger griff mich ebenfalls nicht wirklich an.

Immer wieder hielt ich nach Dante Ausschau, wenn sein Element an der Reihe war und meinte ihn im Kampf mit Aryanna zu erkennen. Meine Alpha hieb mit aller Kraft auf seinen Hals ein. Aber Dante fing ihre Angriffe mühelos ab und versetzte Aryanna einen Treffer gegen die Brust.

Keuchend fuhr Aryanna herum und versenkte ihr Schwert in seiner Schulter. Sie ließ die Klinge tiefer gleiten und ich schrie entsetzt auf, als sie ein Stilett aus ihrem Gürtel zog und es dem Krieger in die Brust bohren wollte.

Doch er stieß Aryanna von sich und sie landete auf ihrem Gesäß im blutbesudelten Sand der Arena. Fluchend kam sie auf die Beine, nur um von dem Schwert des Wolfs am Arm getroffen zu werden und erneut zu Boden zu gehen. Er riss sich ihre Klinge aus der Schulter, warf sie auf die Erde und trat nach Aryanna. Auch diese Treffer zählten, obwohl er sie mit einem Schwert stärker verletzt hätte.

Sein Konto füllte sich mit fast zwanzig Punkten. Aryanna hatte zwar einen kritischen Treffer erzielt, aber danach kaum noch punkten können.

Aryannas Gesicht war zornverzerrt, als sie in unseren Bereich zurückkehrte, ihre Waffen in die Ecke warf und wie von Sinnen auf die Wand einschlug.

Aber das nahm ich nur aus den Augenwinkeln wahr, denn mein Blick war auf den Krieger gerichtet, der einen Moment länger als nötig in der Arena stand und zu dem immer noch offenen Fallgitter meines Elements sah. Ich wusste nicht, ob er mich erkennen konnte, dennoch hob ich meine Hand. Aber er reagierte nicht und schritt zu seinem Bereich zurück.

Mittlerweile breitete sich sengende Hitze in der Arena aus, und als ich in meinem nächsten Kampf gegen einen Bären antrat, lief mir der Schweiß den Rücken hinab.

Meine Hände begannen zu zittern. Es war Koda, der sich mit einem Morgenstern bewaffnet vor mir aufbaute. Ich konnte ihn an seinem langen Bart erkennen. Schwer schluckte ich, neigte meinen Kopf und zog meine Schwerter.

Gegen ihn würde ich kaum punkten können, ich konnte nur hoffen, dass er mich nicht zu Brei zermalmen würde, wenn ich keine Magie einsetzte.

Als der Gong erklang, schwang Koda die mit scharfen Stacheln besetzte Kugel an der Kette und trat auf mich zu. Er warf den Morgenstern, aber dem Angriff fehlte die Kraft. Es fiel mir nicht schwer, einem Treffer zu entgehen und noch ehe er erneut warf, stand ich bereits wieder und konnte dem tödlichen Geschoss entkommen.

Der Bär bewegte sich langsam. In den Kämpfen, die er zuvor bestritten hatte, war er schneller gewesen, zielsicherer.

Aber auch ich gab mir keine große Mühe, ihm Schaden zuzufügen. Wir beide begnügten uns damit, einander leichte Hiebe mit dem Knauf unserer Schwerter zu verpassen, nachdem Koda den Morgenstern wohl versehentlich verloren hatte.

Als der Gong erklang, trat er näher an mich heran. »Gut gemacht, Emaya«, sagte er leise, während er sich verbeugte.

»Du hast es gewusst?«, fragte ich ebenso leise.

Ein Grinsen erhellte sein Gesicht. »Denkst du, nur dein Wolf hat ein feines Näschen?« Er entblößte seine Zähne und der Ausdruck verlieh ihm etwas Raubtierhaftes. »Bei den Ehrenkämpfen werde ich mich aber nicht zurückhalten.«

Bevor ich fragen konnte, warum er mich jetzt geschont hatte, lief er bereits zurück zu seinem Fallgitter.

Aryanna tobte erneut und forderte mich auf mir ab jetzt mehr Mühe zu geben.

Als ich erneut in die Arena trat, stand mir ein Wolf gegenüber, aber ich wusste gleich, dass es nicht Dante sein konnte, weil er sich anders verhalten hätte und diesem Mann die Wunde an der Schulter fehlte.

Noch während ich mich verneigte, nahm ich etwas Seltsames an dem Krieger wahr, eine dunkle Aura, die ihn umgab und die Luft um ihn auflud. Kaum war der Gong erklungen, stürzte er sich auf mich und der Geruch von verbranntem Haar, den er ausströmte, ließ mich würgen.

Mit gefletschten Zähnen schwang er seinen Bihänder, ein riesiges Schwert, das er mit beiden Händen führen musste. Er zielte auf meinen Kopf. Mir blieb keine Gelegenheit, einen Gegenangriff zu wagen, ich wich seinen Schlägen aus und wehrte sie mit meinen Klingen ab.

Mein Herz pumpte Angst und Kälte durch meinen Körper, aber ich verdrängte sie und besann mich auf das, was ich gelernt hatte. Ich beobachtete die Bewegungen des Wolfs und zählte den Abstand zwischen zwei Schwüngen. Als ich seinen Rhythmus verinnerlicht hatte, fing ich den Schlag mit einer Klinge ab, kreuzte die andere darüber und nutzte seinen Schwung, um ihm das Schwert zu entreißen.

Ich hatte noch kaum Luft geholt, da sprang er auf mich zu und versuchte mich zu packen. Mit einem Satz wich ich aus und brachte Abstand zwischen uns. Ich war schnell, aber er war schneller. Bei seinem nächsten Sprung riss er mich zu Boden, legte seine Finger um meine Kehle und kniete sich auf mich.

Die Schreie der Menge wurden von meinem Herzschlag übertönt, der mit aller Kraft versuchte, mich am Leben zu halten, während der Wolf immer fester zudrückte. Meine Lungen brannten und ich tastete nach meinen Schwertern, die ich beim Sturz verloren hatte, konnte sie aber nicht finden.

Dantes Stimme klang in meinen Ohren, heiser, panisch, gebieterisch. Aber der Wolf, der auf mir saß und meine Kehle zusammendrückte, reagierte nicht.

Als endlich der Gong erklang, sackte sein Körper zusammen und er fiel wie ein Stein von mir. Wieder roch es nach verbranntem Fleisch, als er zu würgen begann und sich neben mir erbrach.

Ich sog gierig Luft ein, umfasste meinen Hals und rückte von ihm ab. Da sah ich sie, diese dunkle Aura, die sich aus seinem Körper erhob und die feuerroten Augen, die sich in meine bohrten. Sie löste sich im Licht des sterbenden Tages auf und ich sah nur noch den Wolf, der seinen gesamten Mageninhalt erbrach. Hatte das außer mir niemand gesehen?

Zitternd blickte ich zum Fallgitter der Wölfe und entdeckte Dante, der von drei seiner Krieger daran gehindert werden musste, die Arena zu betreten. Es war verboten, in den Kampfring zu gehen, wenn man nicht an der Reihe war.

»Verlasst die Arena«, forderte eine näselnde Stimme uns auf.

Mein Blick ging zurück zu dem Wolfkrieger, der sich die Schläfen hielt und darum rang, seinen Magen unter Kontrolle zu bringen. Mir war klar, dass er den Ring nicht allein würde verlassen können.

Ich sammelte meine Waffen ein und obwohl meine Beine zitterten, schleppte ich mich zu dem Krieger.

Er sah keuchend auf und sein Blick wirkte verwirrt. »Was ist geschehen?«, fragte er und starrte auf die Hand, die ich ihm hinhielt.

»Komm, der Kampf ist vorbei«, sagte ich und kämpfte um mein eigenes Gleichgewicht, als ich ihn hochzog.

Humpelnd brachte ich ihn zum Bereich der Wölfe, wo zwei Krieger ihn mir abnahmen.

»Emaya«, hauchte Dante.

»Es geht mir gut, er kann nichts dafür. Bestraf ihn nicht«, flüsterte ich schnell, weil ich nicht wusste, ob Dante die dunkle Aura bemerkt hatte, und schleppte mich dann zu meinem eigenen Bereich zurück.

Niemand sagte ein Wort, als sich das Fallgitter hinter mir schloss, noch nicht einmal Aryanna, die unnatürlich blass geworden war. Also hatte niemand die Aura gesehen. Warum hatte diese Dunkelheit von dem Krieger Besitz ergriffen?

Die restlichen Kämpfe verliefen ereignislos und mein letztes Duell gegen eine Eule forderte zwar mein Geschick, aber ich musste nicht um mein Leben fürchten. Als die Sonne längst untergegangen war und der Mond voll am Himmel stand, erklang endlich die Fanfare, die das Ende des Tages verkündete. Und noch während der Sprecher den Göttern und dem Hochkönig für ihren Segen dankte, führte man uns über dieselben Tunnel, durch die wir gekommen waren, in das Haus der Elemente zurück.

Mit einem erleichterten Seufzen nahmen wir alle unsere Masken ab und warteten auf die Befehle unserer Alpha.

»Esst, wo immer ihr wollt. Der Abend gehört euch«, sagte Aryanna ungewöhnlich leise und verschwand dann in ihrem Zimmer.

Einen Moment standen die anderen Kriegerinnen unschlüssig im Gang herum, dann zogen sich die meisten ebenfalls in ihre Zimmer zurück. Nur Nele, Wyrla und ich blieben wie angewurzelt stehen.

»Ich will noch nicht allein sein«, meinte Wyrla und klang verlegen. »Was haltet ihr davon, wenn wir unsere Muskeln im Dampfbad entspannen? Oder wartet dein Wolf auf dich?«

»Um ehrlich zu sein, weiß ich nicht, wie Dante es heute handhaben wird«, erwiderte ich und seufzte, weil ich mich nach seiner Nähe sehnte. »Aber ich bin sicher, er wird mich finden. Lasst uns gehen. Nach dem, was heute geschehen ist, kann ich Entspannung gebrauchen.«

Kapitel 30

Das Becken, das Wyrla auswählte, war wärmer als das Wasser im großen See.

Die Wärme tat meinen steifen Muskeln gut, die kleinen Schnittwunden brannten jedoch wie Feuer. Der Schmerz auf meiner Haut ließ allerdings bald nach und ich sank tiefer in das Wasser. Wir waren allein und ich hatte auch auf dem Weg hierher keine anderen Krieger gesehen. Konnte es sein, dass die anderen die Arena noch gar nicht verlassen hatten?

Aber in dem Moment öffnete sich die Tür und einige Eulenkrieger betraten das Dampfbad. Sie nickten uns zu und suchten sich dann ein anderes Wärmebecken, in dem sie sich niederließen. Ich betrachtete die Blessuren auf ihren Armen, Beinen und Rücken und sog scharf den Atem ein. Ich war wirklich glimpflich davongekommen.

»Das ist nichts im Vergleich zu dem hier«, brummte Wyrla, die meinem Blick gefolgt war.

Sie zog den Anzug ein Stück hoch und ein blau verfärbter Fleck auf ihrem Oberschenkel, so groß wie drei meiner Hände, kam unter dem Stoff zum Vorschein.

»Das wird mich morgen vermutlich etwas behindern«, fügte Wyrla hinzu und schob den Anzug wieder darüber.

Ich musterte Nele, die einen Schnitt an ihrer Wange hatte. Sonst konnte ich an ihr keine Verletzung entdecken.

»Das war erst der erste Tag«, murmelte sie und stieß den Atem aus. »Ich bin jetzt schon erschöpft. Und zwischen dem letzten Vorrundenkampf und dem ersten Ehrenkampf liegt nur ein einziger Erholungstag. Wie sollen wir das schaffen?«

Ich wusste es nicht. Auch mich hatten die kurzen Kämpfe mehr gefordert, als sie sollten.

»Darf ich mich zu den Damen gesellen?«, erklang eine Stimme, die mein Herz höherschlagen ließ.

Ich wandte meinen Kopf, sah Dante in die silbernen Augen und bemerkte den erschöpften Ausdruck auf seinem Gesicht, bevor ich auf den durchgebluteten Verband an seiner Schulter starrte.

Nele und Wyrla wechselten einen Blick.

»Ich habe ohnehin Hunger«, meinte Wyrla.

»Ja, ich sollte auch dringend etwas essen«, fügte Nele hinzu.

Und ehe ich sie aufhalten konnte, hatten sich die beiden erhoben und waren verschwunden. Dante blieb reglos neben mir stehen und wartete. Seine Augen fixierten die Male an meinem Hals und die Knöchel seiner zu Fäusten geballten Finger knackten.

»Komm zu mir«, forderte ich ihn auf.

Er zögerte, dann stieg er in das Becken und setzte sich neben mich. Behutsam hob er mein Kinn an und betrachtete die Flecken an meinem Hals, die von dem Kampf zeugten, den ich fast verloren hätte.

Seine Finger zitterten und er presste seine Kiefer fest aufeinander. Aber von der Wut, die ich in seinen Augen erkannte, fühlte ich nichts. Die Berührung seiner Hand an meinem Kinn war sanft.

»Ich habe Dusan den Kopf noch nicht abgerissen«, erklärte er mit gefährlich leiser Stimme. »Aber wenn ich mir das ansehe, zweifle ich daran, dass er diesen Abend überleben wird.«

»Er konnte nichts dafür«, sagte ich schnell und musterte seine Schulter. »Das hätte sich ein Heiler ansehen sollen.«

Er wandte den Blick nicht von meinem Hals ab. »Die Heiler sind gerade mit dringenderen Fällen beschäftigt. Dieser Idiot Koda hat mit seinem Morgenstern viel Schaden angerichtet«, erwiderte er finster. »Ich bin nur froh, dass er dich erkannt hat und rücksichtsvoller war.«

»Hast du ihn darum gebeten?«, fragte ich.

»Nein«, antwortete er. »Das hat er selbst entschieden. Ich habe nichts von ihm verlangt.«

»Wieso hat er mich dann nicht so entschieden angegriffen wie seine anderen Gegner?«

Dante hob seine Mundwinkel leicht an. »Ich denke, er respektiert dich und wollte dich nicht verletzen. Koda mag einfältig sein. Aber er hat das Herz am rechten Fleck, wenn er nicht gerade denkt, er darf sich einfach nehmen, was ihm gefällt.« Dann wurde er wieder ernst. »Also, nenn mir einen Grund, warum ich Dusan nicht den Kopf abreißen soll.«

Ich sah mich nach allen Seiten um, aber niemand schien uns zu beachten. Trotzdem rückte ich näher an Dante heran, der seinen Arm um mich legte und endlich mein Kinn losließ.

»Bevor der Kampf losging, habe ich einen seltsamen Geruch und Magie wahrgenommen«, begann ich zu erzählen. »Und als der Kampf endete, löste sich eine dunkle Kreatur aus seinem Körper.«

Dante betrachtete mich wortlos.

»Er hat sich vielleicht nicht vollkommen verwandelt, aber … etwas hat von ihm Besitz ergriffen«, fügte ich hinzu.

Schnaubend wandte Dante sich ab. »Das ergibt aber keinen Sinn.« Er betrachtete wieder meinen Hals. »Leonid will doch, dass du in die Ehrenkämpfe gelangst. Warum sollte er also bereits am ersten Tag einen Krieger verfluchen, damit er dich tötet?«

Ich zuckte die Schultern. »Keine Ahnung, aber ich schwöre bei allem, was du möchtest, dass Dusan nicht er selbst war und du ihn deswegen nicht bestrafen darfst.«

»Wenn ich dir so zuhöre«, knurrte er und beugte sich weiter zu mir herunter, »könnte ich fast denken, dass ich Grund zur Eifersucht habe.«

Diesmal schnaubte ich. »Du weißt, dass es nicht so ist.«

»Weiß ich das?«, fragte er mit leiser, tiefer Stimme, die etwas in mir zum Vibrieren brachte.

Unsicherheit schwang darin mit, die ich ihm gar nicht zugetraut hätte.

Also legte ich meine Hand an seine Wange und strich mit dem Daumen über seine weichen Lippen.

»Selbst wenn der Raum voller stattlicher Krieger ist«, antwortete ich und hob meinen Blick von seinem Mund zu seinen Augen, in denen ich ertrank, »sehe ich nur dich. Immer.«

Sein Kuss ließ das letzte Wort untergehen und ein Seufzen entrang sich meiner Kehle. Ich öffnete meine Lippen für ihn und genoss die Wärme, die er mir schenkte, die Zuneigung, die mich einhüllte und mir das Gefühl gab, auf meine Weise perfekt zu sein. Denn für ihn war ich das, genauso wie er für mich.

Als seine Hand über meinen Hals strich, gab ich einen leisen Schmerzenslaut von mir und Dante zog sich zurück, obwohl ich das nicht wollte.

»Tut mir leid«, hauchte er.

Ich schwieg und lehnte mich an ihn. Mir war gleichgültig, dass immer mehr Krieger im Dampfbad erschienen und uns tuschelnd beobachteten. Denn ich hatte es ernst gemeint: Solange Dante hier war, sah ich nur ihn.

»Wir sollten in meinen Bereich gehen«, sagte Dante und strich über meinen Arm. »Die anderen Alphas scheinen auch mit ihren Ansprachen fertig zu sein.«

»Aryanna hat uns einfach entlassen«, erwiderte ich.

Seine Miene verfinsterte sich. »Das passt zu ihr. Aber von euch war zum Glück niemand wirklich schwer verletzt.«

Er erhob sich und zog mich mit sich auf die Beine. Dann nahm er ein Handtuch, legte es mir um die Schultern und rieb behutsam über meinen Rücken.

Wasser perlte von seinem Haar ab und sammelte sich auf seinen Lippen. Mein Verlangen, ihn zu berühren, wuchs, also riss ich meinen Blick von ihm los und stieg über den Beckenrand. Dante gab einen undefinierbaren Laut von sich, dann griff er nach meiner Hand und wir verließen das Dampfbad. Vor der Treppe zum Flügel meines Elements blieben wir stehen.

»Ich gebe dir fünf Minuten, um dich umzuziehen, dann komme ich dich holen«, verkündete er mit einem gefährlichen Lächeln.

»Fünf Minuten reichen«, erwiderte ich, stellte mich auf die Zehenspitzen und hauchte einen Kuss auf seine Lippen.

So schnell mich meine Beine trugen, rannte ich in mein Zimmer und zog mich um. Auch wenn die Vorstellung, dass er zu mir kam, verlockend war … wir mussten uns jetzt um etwas anderes kümmern.

***

Wieder hatten sich Dantes Spione in dem Raum mit dem Balkon zum Dampfbad versammelt und machten sich über das Essen her, das er hatte auftragen lassen. Auch mein Magen knurrte und ich war froh, dass niemand mich schief ansah, während ich aß, als wäre ich am Verhungern.

Am Verhalten der Krieger erkannte man nicht, dass sie eben noch in der Arena gegeneinander gekämpft hatten. Citlali tadelte Zenus nur für seine schwache Verteidigung während ihres Duells und Cystenian entschuldigte sich bei Vespera für die Wunde an ihrem Arm. Offensichtlich konnten die anderen sich in der Arena trotz Masken erkennen. Oder sie hatten sich Zeichen gegeben.

Mir war trotz meines Hungers nicht entgangen, dass in diesem Raum eine ungewohnte Unordnung herrschte. Bücher waren aus den Regalen gerissen worden, Pokale lagen verstreut auf dem Boden. Mein Blick wanderte zu Dante, der mich die ganze Zeit über beobachtete und schließlich nickte.

»Ich nehme an, in euren Flügeln habt ihr ein ähnliches Chaos vorgefunden?«, fragte er die anderen Anwesenden und deutete dabei auf den Raum.

»Ja, bei uns sieht es noch schlimmer aus«, verkündete Citlali. »Ganze Schrankwände wurden umgeworfen und doch …« Sie lächelte und zog die Spieluhr aus ihrer Tasche, »haben sie nicht gefunden, wonach sie suchten.«

Erleichtert stieß ich den Atem aus und auch Dantes Schultern entspannten sich, als er seine Hand nach dem Kästchen ausstreckte.

»Gut gemacht«, lobte er Citlali und zog seinerseits das Sternenfragment aus seiner Tasche.

Er reichte mir beides.

»Wir müssen über den Kampf von Emaya und einem meiner Wölfe

sprechen«, sagte er und alle Augen richteten sich auf ihn. »Es scheint, als hätte jemand mit Magie nachgeholfen, damit mein Krieger sie so zurichtet.«

Die Male an meinem Hals brannten und ich starrte auf die Spieluhr in meiner Hand, damit ich nicht das Mitleid in den Gesichtern der anderen Krieger sehen musste.

»Ich wusste, dass etwas nicht stimmt«, knurrte Zenus. »Eine dunkle Aura lag bei diesem Kampf auf der Arena. Ich wusste nur nicht, dass du im Ring stehst, bis du den anderen Krieger hinausgeschleppt hast.«

»Wieso wusstest du da, dass ich es bin?«, fragte ich.

Der Schlangen-Alpha lächelte. »Es passt zu dir. Du magst die Stärke einer Kriegerin haben, aber du hast das Herz einer Heilerin und hättest ihn nie seinem Schicksal überlassen.«

Dante knurrte.

Zenus hob abwehrend die Hände. »Schon gut, ich weiß, sie gehört dir«, sagte er schnell und grinste dabei. »Ich wollte ihr nur sagen, dass auch anderen aufgefallen ist, was in ihr steckt. Mich hat dein Auftritt am ersten Abend beeindruckt, als du dich dem Bären in den Weg gestellt hast, um deine Freundin zu retten, obwohl er dich hätte zerquetschen können.«

»Das hat uns alle beeindruckt«, stimmte Citlali zu. »Und es war wohl der Grund, weswegen Dante dich ausgewählt hat.«

Verstohlen sah ich zu ihm, aber er betrachtete einen Punkt irgendwo an der Wand hinter Citlali.

»Jedenfalls müssen wir sichergehen, dass die Krieger ab jetzt Schutzamulette tragen«, verkündete er. »Ich habe nachgefragt, Dusan hat seines wohl verloren.«

»Und mit verloren meinst du, jemand hat es gestohlen«, schnaubte Cystenian.

»Vermutlich«, stimmte Dante zu. »Aber andere Krieger besitzen ihre noch und können ihm eines geben. Wir müssen dafür sorgen, dass so viele Krieger wie möglich ihre Amulette tragen. Irgendwie gelingt es Leonid wohl, jeden ohne Schutzzauber unter seine Kontrolle zu bringen.«

Alle nickten und ich fragte mich, wie ich die Kriegerinnen meines Elements überzeugen sollte, denn Aryanna würde mir dabei kaum helfen.

»Es ist schon spät«, meinte Citlali schließlich. »Und wir müssen morgen kämpfen. Was machen wir mit der Spieluhr?«

Ich blickte hinunter auf das Kästchen, dessen Magie über meine Haut surrte.

»Ich werde sie ab jetzt bei mir tragen«, verkündete Dante. »So hat Emaya ein wenig Zeit und kann vielleicht hinter ihre Geheimnisse kommen.«

Citlalis Mundwinkel zuckten. »Wirst du ihr denn die Zeit geben?« Dante knurrte und die Eule lachte. »Wie ihr eure Nacht verbringt, ist wirklich euch überlassen.«

Sie zwinkerte mir zu und meine Wangen fühlten sich mit einem Mal heiß an.

»Sorg nur dafür, dass sie auch ein wenig schläft«, meinte Zenus und klopfte Dante auf die Schulter. »Sie braucht ihre Kraft für die kommenden Tage.«

»Danke für den Hinweis«, brummte Dante und deutete auf die geöffnete Balkontür.

Er wartete, bis alle fort waren, dann schloss er die Tür und verriegelte sie. Allerdings drehte er sich nicht zu mir um.

»Ich werde dann in mein Zimmer gehen und …«

»Bleib bei mir«, unterbrach er mich, sah mich aber immer noch nicht an. »Ich richte uns hier ein Lager her und bringe dich im Morgengrauen in dein Zimmer. Aber bleib … bei mir.« Seine Stimme war nur ein heiseres Flüstern und das letzte Wort konnte ich fast nicht hören. »Bitte.«

Ich legte die Spieluhr und das Sternenfragment zur Seite und ging zu ihm. Ich umarmte ihn von hinten, lehnte meinen Kopf an seinen breiten Rücken und schloss die Augen.

Müdigkeit umfing mich wie ein dichter Nebel, also zwang ich mich meine Lider zu öffnen. Ich durfte noch nicht schlafen. Zögerlich löste ich mich von Dante und er drehte sich zu mir um. Auch ihm merkte man die Erschöpfung an.

»Während ich mich um das Lager kümmere, kannst du die Spieluhr untersuchen«, sagte er. »Aber Zenus hat recht, du musst schlafen und die Nacht ist schon weit fortgeschritten.«

»So werde ich nie hinter das Geheimnis kommen«, murmelte ich.

»Wenn nicht heute, dann morgen«, erwiderte er.

Ich nickte, nahm die Spieluhr und betrachtete sie. Dante verließ den Raum, kehrte zurück und ging erneut. Da ich mich auf die Magie des Sternenfragments konzentrierte, sah ich nicht auf, obwohl sich die Tür mehrfach öffnete und schloss.

Die Magie der Spieluhr veränderte sich, wenn ich das Sternenfragment näher heranführte. Das Knistern auf meiner Haut wurde dann stärker und ich war sicher, dass jeden Moment einer der Sterne aufleuchten würde. Aber nichts geschah. Ich konzentrierte mich auf die Sterne am Deckel und versuchte die Magie der Spieluhr durch mich fließen zu lassen. Ich lauschte angestrengt, ob ich der Spieluhr mit meiner Magie einen Ton entlocken konnte. Aber egal wie oft ich es versuchte, die Spieluhr blieb still und die Sterne dunkel.

Als Dante mir eine Hand auf die Schulter legte, ließ ich die Spieluhr sinken und sah zu ihm auf. Hinter ihm erkannte ich das Lager, das er für uns hergerichtet hatte.

Decken und Felle bedeckten den Boden, Kerzen standen darum drapiert und der Duft frischer Blumen erfüllte den Raum.

Mein Blick wanderte wieder zu ihm. Er nahm mir die Spieluhr und das Sternenfragment ab, legte beides auf den Tisch und hob mich dann hoch. Zischend sog er den Atem ein. Die Wunde an seiner Schulter musste immer noch bluten, denn ein dunkler Fleck hatte sich auf seiner Kleidung gebildet.

»Lass mich runter«, bat ich ihn.

Er schüttelte den Kopf und trug mich zu dem Lager, setzte mich behutsam ab und legte sich neben mich.

»Dante, deine Wunde«, protestierte ich, als er mich wieder in seine Arme ziehen wollte.

»Ich hatte schon schlimmere«, meinte er, stöhnte aber leise auf. Ich verschränkte meine Arme und sah ihn aus schmalen Augen an.

Er gab sich geschlagen, zog die graue Tunika über seinen Kopf und entblößte seine Brust, auf der noch immer Citlalis Amulett ruhte. Während er den Stoff neben sich warf, hielt ich den Atem an. Der Verband, der um seine Schulter gewickelt war, hatte sich mit Blut vollgesogen.

»O Dante«, hauchte ich und rückte näher an ihn heran.

Ich hob meine Hände, aber er umfasste meine Handgelenke und schüttelte den Kopf. »Du darfst im Haus keine Magie verwenden.«

»Das habe ich vor wenigen Tagen schon einmal gemacht«, warf ich ein.

»Und du hattest Glück, nicht dafür bestraft zu werden«, erwiderte er finster.

»Aber du blutest immer noch«, sagte ich aufgebracht.

»Emaya.« Dante seufzte meinen Namen mehr, als dass er ihn aussprach.

Mit einem Augenrollen stand er auf, ging zum Schreibtisch und zog einen Verbandskasten heraus. Er hielt ihn mir hin und ich begann nach Arzneien, Verbänden sowie Nadel und Faden zu suchen.

Dante mühte sich damit ab, den alten Verband zu lösen und ich kam ihm zu Hilfe, entfernte die blutgetränkten Stoffstreifen und stieß einen Fluch aus, als ich die ausgefransten Wundränder betrachtete.

»Das wird keine schöne Narbe«, sagte ich, während ich mit einem Tuch darüberfuhr.

Dante gab ein Stöhnen von sich. »Muss es nicht«, presste er zwischen seinen Zähnen hervor.

Ich war nicht die beste Wundnäherin, aber ich hatte meiner Schwester mehr als einmal dabei zugesehen und ihr geholfen. Ihre Nähte waren perfekt, meine unsauber, weil meine Hände zitterten. Aber Dante beschwerte sich nicht.

Nachdem ich mit der Naht fertig war, strich ich die Wunde mit einer Paste ein. Anschließend legte ich einen neuen Verband an und betrachtete mein Werk.

»Trotzdem sollte ein Heiler sich das noch einmal ansehen«, murmelte ich und blickte in seine Augen, als er mein Gesicht umfasste.

»Mach dir um mich keine Sorgen«, sagte er und hauchte einen Kuss auf meine Lippen.

Ein leises Klingeln erklang und ich horchte auf, aber da war es bereits verschwunden.

»Was ist?«, fragte Dante besorgt.

»Hast du das nicht gehört?«, wollte ich wissen.

»Was denn?«

»Ein Klingeln.« Er schüttelte den Kopf und ich stieß den Atem aus. »Schon gut, vielleicht bilde ich es mir nur ein.«

Er strich mir über die Wange. »Es war ein langer Tag«, meinte er. »Du brauchst jetzt Ruhe.«

»Aber die Spieluhr ...«

»Morgen«, unterbrach er mich sanft und zog mich an sich. »Komm gleich nach deiner Rückkehr aus der Arena her. Ich werde auf dich warten.«

Ich schmiegte mich an ihn und schloss die Augen. Und nur weil Dante selbst so erschöpft war, widersprach ich nicht, legte mich mit ihm auf das Lager und ließ die Müdigkeit ihre Schwingen über mich ausbreiten und mich von ihr forttragen.

Kapitel 31

Der Geschmack von Blut bedeckte meine Zunge und ich spuckte aus, sprang einen Schritt zurück und versuchte meinen Atem zu beruhigen. Nur meine Nachlässigkeit hatte es dem Eulenkrieger erlaubt, mich mit dem Schwertgriff am Kinn zu treffen. Ich war mit dem Kopf längst wieder bei der Spieluhr und konzentrierte mich nicht auf meinen letzten Kampf des Tages.

Aber nach drei Tagen in der Arena stieß mein Körper ohnehin an seine Grenzen. Jeder Muskel brannte wie Feuer und meine Haut loderte von den unzähligen Blessuren, die ich mir zugezogen hatte. Meine Arme fühlten sich taub an, weil ich mittlerweile das Gewicht der Schwerter deutlich spürte. Die Klingen zu heben war ein Kraftakt. Ich zitterte vor Kälte, die offensichtlich von Magie erzeugt worden war, um uns noch zusätzlich zu schwächen.

Der Krieger vor mir schien genauso an seine Grenzen zu stoßen, aber im Gegensatz zu mir konzentrierte er sich nur auf diesen Moment. Während ich mich fragte, wie es mir gelingen sollte, die Spieluhr zu reparieren, damit sie ihr Geheimnis preisgab, stürzte sich der Eulenkrieger mit Gebrüll auf mich.

Mein Atem kam stoßweise und mein Herz pumpte mit aller Kraft, um mich in Bewegung zu bringen. Ich hob meine Klinge und wehrte seinen Angriff ab. In dem Moment, als Metall auf Metall traf, vollführte ich eine halbe Drehung und schaffte es, meinen Gegner mit meinem Schwert im Rücken zu treffen.

Ich legte kaum Kraft in den Schwung, berührte ihn fast gar nicht. Trotzdem schrie der Krieger auf und fuhr zu mir herum. Er stieß den Atem heftig aus, ballte die Faust um seinen Schwertgriff und rannte auf mich zu.

Ich sprang zur Seite. Keuchte. Wirbelte herum. Fing seinen Schlag nur halb ab. Warf mich zur Seite und versuchte meinen Rhythmus wiederzufinden.

Dieses Duell schien eine Ewigkeit zu dauern und ich betete zu Kamana, dass der erlösende Gong endlich erklingen möge.

Obwohl die Luft kühl war, lief mir der Schweiß in Strömen unter meiner Rüstung den Rücken hinab und die Schwerter glitten mir fast aus den Händen. Der Eulenkrieger fletschte die Zähne und hieb heftiger auf mich ein. Mir blieb nichts als der Rückzug, denn zu mehr fehlte mir die Kraft.

Als endlich der Gong ertönte, wollte ich meine Schwerter sinken lassen, doch der Eulenkrieger hörte nicht auf nach mir zu schlagen.

»Der Kampf ist vorbei!«, rief ich ihm zu.

»Ich verliere nicht schon wieder gegen eine von euch!«, fauchte er und hieb fester zu.

Ich duckte mich, hob meine Schwerter und versuchte ihn zu entwaffnen. Es gelang mir nicht.

»Der Kampf ist zu Ende, stell den Angriff ein, Eule!«, rief der Sprecher und seine Stimme donnerte durch die Arena.

Aber der Krieger hörte immer noch nicht auf. Ich sprang zurück, steckte meine Schwerter ein und hob meine Hände, um ihm zu zeigen, dass ich nicht mehr kämpfen wollte. Das hielt ihn aber nicht davon ab, sich erneut auf mich zu stürzen.

Hastig zog ich mein Schwert, da krachte es. Ein Blitz traf den Krieger. Es roch nach verbrannten Haaren und Fleisch und Übelkeit stieg in mir auf, als ich sah, wie der Mann zuckte und sich vor Schmerzen auf dem Boden wand.

Ich wollte zu ihm eilen, da rief der Sprecher: »Kriegerin des Erdelements, kehre in deinen Bereich zurück. Die Punkte, die das Feuerelement in diesem Duell errungen hat, gehören dir.« Ich zögerte und starrte zu dem Krieger, der sich im Sand wälzte. »Feuerelement, holt euren Mann zurück, sonst werden wir uns um ihn kümmern.«

Ich zögerte, wartete, bis die Eulen aus ihrem Bereich kamen und ihren Krieger mit sich nahmen. Mein Blick traf den von Citlali, die ihre Lider schloss und den Kopf neigte, als wollte sie sich entschuldigen. Dann war sie fort und auch ich beeilte mich die Arena zu verlassen.

»Gut gemacht«, sagte Aryanna monoton. Ihre Stimme klang schon seit Tagen niedergeschlagen.

Ich wusste nicht, was mit meiner Alpha nicht stimmte, aber sie zog sich jeden Abend sofort auf ihr Zimmer zurück, anstatt sich um uns zu kümmern. Erst war ich wütend darüber gewesen, mittlerweile fragte ich mich, was in ihr vorging. Sie stand auch jetzt wieder direkt am Fallgitter und starrte mit unbewegter Miene hinaus, obwohl heute keine von uns mehr kämpfen würde.

Der letzte Kampf des Tages stand bevor und die Elemente, die aufgerufen wurden, waren Metall und Wasser. Ich lief zum Fallgitter. Beide Krieger betraten den Ring und der Wolfkrieger wandte seinen Kopf in meine Richtung. Damit wusste ich sicher, dass es sich um Dante handelte, denn er war der Einzige, der stets zu mir blickte, als wollte er sichergehen, dass ich ihm zusah.

Sein Gegenüber war eine Frau und obwohl es zwei Kriegerinnen bei den Schlangen gab, war ich sicher, dass Saela vor ihm stand. Das eiskalte Lächeln, das ihre Lippen umspielte, ließ mich frösteln und auch Aryanna bebte neben mir.

Bevor ich einen Blick auf meine Alpha riskieren konnte, nahm ich eine Veränderung in der Arena wahr. Man hatte bereits Fackeln entzündet, weil es zu dunkel war, um ohne zusätzliche Lichtquellen zu kämpfen. Jetzt knisterten die Feuer und schienen sich einen Moment lang zu verdunkeln. Ich keuchte, als ein kaum erkennbarer Ruck durch den Körper der Schlangenkriegerin ging und der Geruch nach verbranntem Fleisch in meine Nase drang.

Schnell sah ich mich um, aber die anderen Kriegerinnen schienen nichts bemerkt zu haben. Nicht einmal die Schwärze, die Saela jetzt wie eine zweite Haut umgab. Dante verneigte sich, die Schlange ballte die Hände zu Fäusten und nahm die Magie in sich auf.

Ich umklammerte das Metall des Fallgitters und starrte hinaus, als der Gong erklang und Saela angriff. Sie war deutlich schneller als in ihren letzten Kämpfen und schwang ihr Langschwert mit einer übermenschlichen Kraft.

Dante wich zurück, hob seinen Schild und fing den Schlag ab. Er verlagerte sein Gewicht und setzte zum Gegenangriff an. Saela bremste seinen Schwung, drängte ihn zurück und hieb auf ihn ein wie ein Müller, der Korn drosch.

Meine Lungen verkrampften sich, weil ich den Atem angehalten hatte. Dante wehrte die Angriffe nur mit Mühe ab. Er konnte selbst nicht angreifen. Ihm blieb vermutlich nicht einmal genug Zeit, um Luft zu holen.

Seine Bewegungen wurden immer langsamer, während die Schlange ihr Tempo beibehielt. Die dunkle Magie, die sie antrieb, schenkte ihr diese Kraft.

Saela schlug ihm den Schild aus der Hand und mein Herz blieb stehen.

Lass den Gong erklingen, mächtige Kamana, flehte ich in Gedanken.

Aber nichts geschah und ich unterdrückte einen Schrei, als Saela Dantes Knie mit dem Schwert aufschlitzte und er zu Boden ging.

Saela entwaffnete Dante und sein Schwert fiel neben ihm in den Sand. Aryanna neben mir keuchte auf. Wusste sie, dass diese Kriegerin mit dunkler Magie versorgt wurde?

Dante versuchte zurückzuweichen und nach seiner Waffe zu greifen, aber er schaffte es nicht, wieder aufzustehen. Saela kannte kein Mitleid. Sie trat auf ihn zu und zog die Klinge über seine Brust. Diesmal konnte ich meinen Schrei nicht unterdrücken, denn Blut quoll aus dem langen Schnitt und er sank in sich zusammen.

Aber die Schlange hielt immer noch nicht inne. Sie hob ihr Schwert und zielte diesmal auf seinen Kopf.

»Nein!«, schrie ich so laut, dass mein Hals schmerzte und rüttelte an dem Fallgitter, das nicht nachgab.

Ungläubig sah ich zu, wie der Klang meiner Stimme für mich sichtbar wurde und über den sandigen Boden kroch, bis er Dante erreichte. Ein Pulsieren zerriss die Luft und Saela, die gerade ausgeholt hatte, ruderte mit ihren Armen und rang um Gleichgewicht.

Dante riss den Kopf hoch, starrte auf seine Brust, dann zu mir und schließlich zu seinem Schwert, packte es und riss seinen Arm hoch. Er traf Saela am Handgelenk, die einen Fluch ausstieß und nach hinten kippte.

Bevor sie wieder auf ihre Beine kam, erklang der Gong und ich sank schluchzend auf meine Knie. Nur aus den Augenwinkeln sah ich, wie die Dunkelheit sich aus ihr löste und Saela zitternd in ihren Bereich zurückkehrte. Denn ich starrte Dante an, der nicht mehr aus eigener Kraft aufstehen konnte und von seinen Kriegern geholt werden musste.

»Bei Kamana«, flüsterte Aryanna neben mir.

Zornig sah ich zu ihr auf und überlegte, welche Worte ich ihr an den Kopf werfen konnte. Dann bemerkte ich, wie blass sie geworden war, wie stark ihre Beine zitterten und dass ihre Finger bluteten, weil sie sie so fest um das Metall der Falltür gepresst hatte.

Die Fanfare verkündete, dass der Kampftag zu Ende war und ich stand auf, nur um direkt wieder auf die Knie zu sinken. Nele und Wyrla kamen zu mir, stützten mich und führten mich durch den langen, unterirdischen Gang zurück zum Haus der Elemente.

Aryanna verschwand wortlos in ihrem Zimmer und ließ uns wie immer allein mit allem, was geschehen war, zurück. Zwei Kriegerinnen hatten sich tiefe Fleischwunden zugezogen, aber unsere Alpha rief nicht einmal einen Heiler.

»Nele, kannst du dich um Emaya kümmern?«, fragte Wyrla und ließ mich los, als meine Freundin nickte. »Ich hole einen Heiler.«

»Ich muss zu ihm«, sagte ich zu Nele. Ich riss mir die Maske vom Kopf und warf sie auf den Boden.

Sie sah mich nachdenklich an, dann nickte sie. »Ich helfe dir dich umzuziehen und …«

»Nein«, unterbrach ich sie und löste mich von ihr.

Zwar zitterte ich noch, aber ich fiel nicht wieder hin und fühlte eine seltsame Kraft in mir, die mich beflügelte.

Ein schwaches Lächeln umspielte das Gesicht meiner Freundin. »Dann geh.«

Zuerst setzte ich vorsichtig einen Schritt vor den anderen, dann rannte ich los. Jeder Muskel schmerzte, aber ich wurde nicht langsamer. Der Gemeinschaftssaal lag still und dunkel vor mir, doch selbst wenn bereits Krieger dort gesessen hätten, hätte ich ihnen keine Beachtung geschenkt. Ich bog in den Flügel der Wölfe ein und hastete einem Impuls folgend auf das Zimmer zu, in dem Dante und ich die letzten Nächte verbracht hatten.

Dort riss ich, ohne zu klopfen, die Tür auf und starrte die Rücken der Wolfkrieger an. Sie wandten sich zu mir um und gaben den Blick auf Dante frei, als sie mich erkannten.

Mein Herz zog sich zusammen und ich klammerte mich an der Tür fest. Man hatte ihm die Rüstung ausgezogen und ein Heiler kniete neben ihm. Blut tränkte den Boden und den Stoff des Sofas, auf dem er saß. Seine Brust war von der linken Schulter bis zur rechten Hüfte aufgerissen und erinnerte an jene Narbe, die er auf dem Rücken trug. An seinem Bein klaffte eine weitere tiefe Wunde und seine Haut war genauso blass wie seine Augen, die er auf mich richtete.

So sehr ich es wollte, ich konnte mich nicht rühren, konnte nicht zu ihm gehen. Also starrte ich auf die Hände des Heilers, die leuchtend über der Wunde auf seiner Brust schwebten. Dante presste seine Lippen zusammen, dennoch hörte ich den Laut, der seiner Kehle entkam, als die Magie das Fleisch zusammenzog und die Wunde schloss. Seine Finger verkrampften sich um die Lehne des Sofas und er löste sie auch nicht, als der Heiler sein Bein versorgt hatte und sich erhob.

»Das war ziemlich knapp«, erklärte der Mann. »Wäre das nicht der letzte Kampf gewesen und hätten deine Krieger mich nicht so schnell geholt, hätte ich nichts mehr für dich tun können.«

Dante gab nur ein Stöhnen von sich und Dusan dankte dem Heiler an seiner statt für seine Hilfe.

»Wenn du uns jetzt in das Krankenzimmer folgen würdest«, bat der Wolf und deutete auf die anderen Krieger. »Wir haben noch weitere schwere Verletzungen, die behandelt werden müssen.«

Der Heiler nickte, ließ seinen Blick über mich gleiten und folgte den Wölfen dann hinaus. Dusan blieb noch einen Moment, sagte etwas zu Dante, das ich nicht hören konnte, weil das Blut immer noch durch meine Ohren rauschte, schob mich in den Raum und schloss die Tür hinter sich.

Wie erstarrt blieb ich stehen und sah zu Dante, der seine Fingernägel immer noch in den Stoff der Armlehne grub und mich betrachtete. Sein Atem ging schneller. Kein Wort drang über seine Lippen, aber in seinen Augen erkannte ich etwas wie ... Scham.

Mein Körper setzte sich von selbst in Bewegung und ehe ich begriff, was ich tat, sank ich neben ihm auf die blutbefleckten Polster und umfasste sein Gesicht mit meinen Händen. Tränen liefen über meine Wangen und fielen auf seine Brust. Die Heilmagie erhitzte seine Haut noch immer, aber das war mir gleichgültig. Alles war mir gleichgültig, selbst das viele Blut.

Ich hob sein Gesicht an und presste meine Lippen auf seine, atmete die Verzweiflung aus, die mich gerade noch aufrecht gehalten hatte, und versuchte die Angst zu verdrängen.

»Sie hatte ... da war ...«, stammelte Dante, nachdem ich seine Lippen freigab.

»Ich weiß, ich habe es gesehen«, erwiderte ich und keuchte, als er meine Handgelenke packte und mich grob auf den Rücken drehte.

Ich lag auf seinen Knien und musste zu ihm aufsehen, in die silbernen Augen, die verräterisch glänzten.

»Du dummes, kleines Reh«, brachte er mit bebender Stimme hervor. »Wieso hast du Magie eingesetzt? Weißt du nicht, was passiert, wenn du dich in andere Kämpfe einmischst?«

»Ich habe nicht ...«

»Doch, das hast du«, unterbrach er mich barsch. »Und hättest du es nicht getan, wäre ich jetzt ... ich wäre ...« Er schüttelte den Kopf und sein Griff um meine Handgelenke lockerte sich. »Wenn ich es fühlen konnte, dann wird auch Leonid es wissen. Und er wird dich dafür bestrafen.«

»Dante, ich hätte alles getan ... alles, um dich zu retten«, erwiderte ich ernst und schluckte gegen das Brennen in meiner Kehle an. »Es ist mir gleichgültig, wie er mich bestraft, falls er es überhaupt bemerkt hat. Ich bereue es nicht.«

»Du dummes Reh«, wiederholte er, aber es klang diesmal sanfter, obwohl seine Augenbrauen vor Zorn zuckten. »Leonid hat dich bestimmt auf die Probe gestellt und jetzt weiß er, was in dir steckt. Das bin ich nicht wert.«

»Doch«, stieß ich aus und konnte das Schluchzen, das sich seinen Weg nach draußen bahnte, nicht länger unterdrücken. »Ich hätte doch nicht einfach zusehen können, wie du stirbst. Dann könnte ich mir gleich das Herz aus der Brust reißen.«

Seine Pupillen weiteten sich und er starrte mich schweigend an, während ich leise schluchzte. Er zog mich wieder hoch, aber bevor ich zu Atem kommen konnte, schob er eine Hand in meinen Nacken und bedeckte meine Lippen mit seinen.

Als ich in dem Kuss versank, löste er seine Hand von meinem Hals und legte sie gemeinsam mit der anderen an die Schnallen meines Brustharnisches. Er zerrte an den Verschlüssen, hob den Brustpanzer über meinen Kopf und warf ihn auf den Boden.

Zitternd drängte ich mich an ihn. Dante zog mich an sich, legte seine Arme um meinen Körper und stand mit mir auf.

»Ich kann selbst gehen«, protestierte ich atemlos, als ich den Kuss unterbrach. »Du bist gerade fast gestorben und ...«

»Sollte ich das Privileg haben, mit dir alt zu werden«, fiel er mir mit einem traurigen Lächeln ins Wort, »werde ich dich jeden Abend in unser Lager tragen. Denn das ist es, was wir Wölfe mit unseren Gefährtinnen machen.«

Er legte mich behutsam ab, öffnete die Verschlüsse meiner gestärkten Hose aus Leder und zog sie über meine Hüften.

»Gefährtin? Nicht Beute?«, hauchte ich.

Dante hielt in der Bewegung inne. Seine Augen fanden meine und sein zärtlicher Blick brachte meine Haut zum Kribbeln.

»Du warst nie meine Beute«, erwiderte er. »Sondern ich deine.«

Ich richtete mich auf, nahm seine Lippen in Besitz und half ihm mich aus den Beinkleidern zu befreien. Damit Jäger und Beute endlich miteinander verschmelzen konnten.

Kapitel 32

Es war noch dunkel, als mich ein Klingeln weckte. Verschlafen rieb ich mir die Augen und starrte auf das schwache Leuchten, das unter der Rüstung, die Dante getragen hatte, hervorschimmerte.

Ich seufzte und löste mich aus den Armen, die mir Halt und Sicherheit schenkten, und schlüpfte unter der Decke hervor, um aufzustehen.

Ich bereute es sofort, als die Kälte mich zum Zittern brachte, nahm mir einen Morgenmantel, der über einer Stuhllehne lag, und schlüpfte hinein. Viel wärmer wurde mir nicht, aber zumindest hörte ich auf zu zittern.

Noch einmal wandte ich mich zu Dante um, der fest zu schlafen schien, und ging zu den Überresten seiner Rüstung. Offensichtlich hatte man ihn herausgeschnitten. Mein Herz verkrampfte sich erneut, weil mir wieder bewusst wurde, wie knapp er dem Tod entgangen war.

Schnell zog ich die Spieluhr und das Sternenfragment unter den Trümmern hervor und betrachtete sie. Mein Magen schlug einen Salto, als ich auf die Sterne am Deckel blickte. Sie verfärbten sich vor meinen Augen. Zumindest zwei von ihnen. Einer wurde silbern, der andere braun mit grünen Sprenkeln.

Als ich die Finger hob, um darüber zu streichen, räusperte Dante sich direkt neben meinem Ohr.

»Du solltest schlafen«, raunte er und wollte nach der Spieluhr greifen. Doch keuchend hielt er inne. »Wie hast du …«

»Das war ich nicht«, erklärte ich schnell und schwieg, als ich das Klingeln wieder hörte.

Es stammte ganz eindeutig von der Spieluhr.

»Hörst du das auch?«, fragte ich leise, aus Angst, meine Stimme könnte das Geräusch übertönen.

Dante nickte. »Es … spielt immer den gleichen Ton«, murmelte er.

Behutsam nahm er mir die Spieluhr aus der Hand und das Klingeln verstummte. Er kniff die Augen zusammen und reichte sie mir. Augenblicklich kehrte das Geräusch zurück.

Ich gab ihm das Sternenfragment, drehte an der Kurbel der Spieluhr, dann öffnete ich den Deckel und ließ sie los. Die Walze drehte sich und ich hörte immer wieder einen Ton und dazwischen mal eine längere oder kürzere Stille.

Dante legte seine Hand über meine und mit einem Mal hörte ich zwei unterschiedliche Töne, die eine Melodie mit vielen Pausen ergaben. Als er seine Hand zurückzog, erklang nur noch ein einzelner Ton.

»Das ist …«

»Unglaublich«, vollendete ich seinen Satz. Ich drehte und wendete die Schatulle in meiner Hand. »Was, denkst du, hat das zu bedeuten?«

»Dass wir morgen Abend die anderen Krieger zu uns holen müssen«, meinte er. »Sie sollen die Spieluhr auch anfassen und mit etwas Glück genügt das, um das Geheimnis zu lüften.«

Ich war mir da nicht sicher, sagte aber nichts dazu und schloss den Deckel, als die Walze aufhörte, sich zu drehen.

»Wir sind aber nur sechs der sieben Elemente«, warf ich ein.

Dante hob das Sternenfragment an. »Dafür haben wir das hier. Wenn es stimmt, ist in den Sternen jede Magie schwach eingewoben, also auch die des Klangelements.«

»Und du denkst, das reicht? Hätten wir dann nicht auch die anderen Töne hören müssen?«, hakte ich nach.

»Wenn nicht, gibt es niemanden, der uns helfen kann«, meinte er. »Leonid ist der letzte Mensch, der diesem Element entstammt, aber er wird sich wohl lieber selbst die Hand abhacken, als uns zu helfen.«

»Vermutlich.« Ich seufzte.

»Dann lasse ich den anderen morgen eine Nachricht zukommen«, verkündete Dante, nahm mir die Spieluhr ab und versteckte sie unter den Rüstungsteilen. »Und jetzt schläfst du noch ein wenig. Du warst gestern schon so erschöpft bei deinen Kämpfen.«

»Das ist dir also aufgefallen, ja?«, murmelte ich und folgte ihm zu unserem Lager.

»Es war nicht zu übersehen«, brummte er und zog die Decke über unsere Körper. »Du hast keine Ahnung, wie schwer es mir fällt, dich nicht nachts irgendwo einzusperren, damit du am nächsten Tag nicht in die Arena gehen musst. Und ich mache es nur nicht, weil ich weiß, wie sehr du mich hassen würdest.«

»Ziemlich«, gab ich zu und schmiegte mich an ihn.

Mit offenen Augen starrte ich in die Dunkelheit und fühlte, dass Dante ebenfalls keinen Schlaf fand.

»Was ist, wenn wir mit der Spieluhr falschliegen?«, sprach ich die Gedanken aus, die mich am meisten quälten. »Was ist, wenn wir in wenigen Tagen alle in der Arena den Tod finden und nichts verändern können?«

»Sollte die Spieluhr nicht das sein, was wir uns erhofft haben«, erwiderte er ernst und legte einen Finger unter mein Kinn, um es anzuheben. »Dann finden wir eine andere Lösung.«

Er sprach es nicht aus, aber ich wusste, dass er eine Rebellion meinte. Es war die einzige Möglichkeit, die uns blieb. Nur wie sollten wir das anstellen?

***

Schon beim Betreten der Arena fühlte ich, dass etwas nicht stimmte. Über unseren Köpfen donnerte und krachte es und der Himmel, den ich durch die Gitterstäbe sehen konnte, wirkte dunkler als für diese Tageszeit üblich. Ein Blitz zerriss die Luft. Ich keuchte und rang um mein Gleichgewicht, weil die Erde unter unseren Füßen vom Grollen des Donners bebte.

»Ein Gewitter?«, murmelten die anderen Kriegerinnen und drängten sich um das Fallgitter.

Regen war etwas Seltenes und Kostbares in Kira. Angeblich erschuf das Wasserelement die Wolken, die ihre Tropfen dann über den Siedlungen und der Hauptstadt verteilten.

Dicke Tropfen prasselten auf den roten Sand herab und verwandelten ihn binnen weniger Atemzüge in Schlamm. Wyrla neben mir stöhnte.

»Als ob es nicht schon anstrengend genug gewesen wäre«, sagte sie.

In dem Moment erklangen die Fanfaren und der Sprecher wiederholte monoton seine üblichen Worte, erklärte die Regeln, dankte dem König und den Göttern und verkündete den Beginn der Kämpfe. Dann wurden die Elemente des ersten Duells aufgerufen. Erde und Wasser sollten beginnen und das Tor öffnete sich für Wyrla, die schnaubend in den Regen hinaustrat.

Das Gitter hatte sich kaum geschlossen, da stand Aryanna bereits dahinter und starrte hinaus. Ich wollte mich eigentlich abwenden, aber Aryannas leise Worte hielten mich zurück.

»Der Preis, den er für seinen Sieg verlangt, ist zu hoch«, flüsterte sie so heiser, dass ich sie kaum verstand.

Meine Alpha wandte sich mir zu, packte mich an der Schulter und zog mich näher an sich.

»Er ist wahnsinnig, Emaya, und ich habe es zu spät erkannt«, raunte sie mir ins Ohr.

»Wer? Der K...«

»Nicht hier«, unterbrach sie mich barsch. »Niemand darf wissen, dass ich mit dir darüber rede. Niemand.«

Sie sah sich verstohlen um, aber die anderen Kriegerinnen hatten sich abgewandt und beachteten uns nicht.

»Er will dich schon seit dem ersten Moment, als er dich gesehen hat«, fuhr Aryanna wispernd fort. »Aber ich habe mich dazu entschlossen, dass ich ihm nicht mehr helfen werde. Mit euch bin ich besser beraten.«

Kälte kroch meinen Rücken hoch und ich unterdrückte das Schaudern, das meinen Körper erfassen wollte.

»Ihr habt nur eine einzige Chance und das nur, wenn der Wolf dir wirklich helfen will und nicht mit dir spielt«, sagte sie. »Kommt heute nach den Kämpfen zu mir. Nicht sofort, lasst etwas Zeit vergehen. Niemand darf Verdacht schöpfen. Verstehst du das?«

Ich nickte. »Aber warum willst du uns helfen?«

»Ich will leben«, hauchte sie. »Aber ich fürchte, dass er mein Leben als erstes fordern wird.«

Ich wollte mehr erfahren, aber sie hatte recht, wir sollten nicht hier darüber reden. Also drückte ich ihre Schulter und sie meine.

»Gut, gut«, murmelte sie und ließ mich los. »Sprich mit niemandem außer dem Wolf darüber. Auch mit keiner anderen Kriegerin unseres Elements. Verstehst du?«

»Ja.«

Der Gong unterbrach uns und als das Fallgitter aufging, zog Aryanna sich zurück und machte Platz für die vollkommen durchnässte Wyrla.

»Verfluchter Regen«, zischte diese und riss an ihrer Rüstung, aus der so viel Wasser tropfte, als wäre sie in einen See gesprungen.

Ich reichte ihr ein Handtuch, mit dem sie sich notdürftig abtrocknete. Dann wandte ich mich wieder den Kämpfen zu. Der Sand hatte sich in roten Schlamm verwandelt. Die beiden Krieger von Holz und Wind waren von Kopf bis Fuß damit bedeckt und hatten Mühe, ihr Gleichgewicht auf dem rutschigen Untergrund zu halten.

Als ich an der Reihe war, stand das Wasser bereits knöcheltief und es kostete Kraft, überhaupt die Mitte des Kampfrings zu erreichen. Immer wieder zuckten Blitze am Himmel und Donner ließ die Erde beben.

Dies war keine Naturgewalt. Der König musste das Wetter kontrollieren, nur um uns zu zeigen, wie mächtig er wirklich war.

Zögerlich hob ich meinen Kopf und blickte zu dem mit Fahnen verzierten Platz, wo der König die letzten Tage gesessen hatte. Doch Leonid konnte ich nicht entdecken, dafür Dyral, dessen Haare vor Nässe fast so grau wie jene von Dante aussahen.

Er wirkte grimmig wie immer, während er das Publikum beobachtete, statt sich auf uns zu konzentrieren. Vermutlich musste er dem König Bericht erstatten, der nicht hier war, weil er nicht nass werden wollte.

Dyral schnaubte und straffte seine Schultern. Dann sah er in meine Richtung und ich wandte schnell den Kopf ab. Während ich zum Lager der Eulen starrte, spürte ich Dyrals Blick auf mir und konnte das Zittern nicht mehr unterdrücken.

Eine Frau schritt auf mich zu und ich lächelte schwach, weil ich wusste, dass sie mich ebenfalls erkannt hatte. Citlali neigte ihren Kopf genauso wie ich meinen und wir stellten uns in einigem Abstand kampfbereit auf.

»Sieh es als Übungskampf«, sagte Citlali, bevor der Gong erklang und wir beide halbherzig angriffen.

Die ganze Zeit spürte ich Dyrals Blick auf mir. Der Regen fühlte sich nicht so kalt an wie das Wissen, von dem Diener beobachtet zu werden.

***

Ich war froh, als der Tag endete und ich neben Nele in das Haus der Elemente zurückkehren konnte. Noch immer tobte das Gewitter und der Wind rüttelte heftig am Mauerwerk.

Aryanna suchte meinen Blick und nickte kaum merklich, bevor sie sich in ihr Zimmer zurückzog. Da wir alle bis auf die Knochen durchnässt waren, taten die anderen Kriegerinnen es ihr gleich. Auch ich schlüpfte in meine Unterkunft, schälte mich aus der Rüstung, trocknete mich oberflächlich ab und zog mir frische Kleidung an.

Dann hastete ich in den Raum der Wölfe, wo Dante bereits mit Zenus wartete. Als der Blick der Schlange auf mich fiel und er seine spitzen Zähne entblößte, schauderte ich kaum merklich und wandte mich schnell Dante zu.

»Wir müssen reden«, sagte ich leise und wollte ihn von Zenus fortführen.

Da betrat Citlali den Raum, gefolgt von Vespera und Cystenian. Zähneknirschend blieb ich stehen und betrachtete die anderen Krieger. Eigentlich musste ich dringend mit Dante über Aryanna sprechen. Aber die Spieluhr hatte Priorität. Meine Alpha würde warten müssen.

»Habt ihr eine Lösung gefunden?«, fragte Vespera, da Dante keine Anstalten machte, etwas zu sagen.

»Ich denke schon«, erwiderte er und betrachtete mich mit Stolz. »Emaya ist dahintergekommen.«

Er zog die Spieluhr auf und holte das Sternenfragment aus seiner Tasche. Immer noch schimmerten zwei Sterne. Erleichtert stieß ich den Atem aus, weil sich das nicht verändert hatte, während die anderen Krieger sie mit aufgeklappten Mündern betrachteten.

»Kommt näher«, forderte Dante alle auf. »Berührt den Stein und dann die Spieluhr.«

Jeder von uns legte je eine Hand auf das Fragment und die Spieluhr. Ich presste meine Lippen fest zusammen und starrte auf den Deckel, auf die leuchtenden weißen Sterne. Dann hielt ich den Atem an und wartete.

Aber nichts geschah.

»Und jetzt?«, fragte Citlali schließlich. »Was habt ihr gemacht, dass eure Farben auf der Spieluhr erschienen sind?«

»Sie berührt«, murmelte Dante und sah hilfesuchend zu mir.

Allerdings wusste ich auch keinen Rat. Die Sterne hatten sich verfärbt, bevor wir die Spieluhr gemeinsam gehalten hatten.

»Scheint diesmal nicht zu funktionieren«, brummte Cystenian und zog seine Hand zurück.

»Warte«, hielt Dante ihn auf und der Bär schnaubte, legte seine Hand aber zurück auf die Spieluhr.

Dante zog die Kurbel auf und öffnete den Deckel. Zwei Töne erklangen.

»Sie spielt«, sagte Vespera beeindruckt.

»Aber nicht richtig, oder?«, hakte Citlali nach.

»Eure Töne fehlen«, antwortete ich. »Die Melodie ist ... unvollständig.«

»Und wie schaffen wir es, dass sie dazukommen?«, wollte Cystenian wissen.

»Ich dachte, indem ihr sie berührt«, meinte Dante nachdenklich. »Aber das wäre wohl zu einfach gewesen.«

»Und ihr habt die Spieluhr nur berührt?« Citlali betrachtete erst mich, dann Dante. »Ihr habt euch nicht ... geküsst oder euch etwas geschworen? Oder sonst etwas getan, das ich mit keinem von euch wiederholen will?«

»Nein«, knurrte Dante. »Allerdings war es bereits späte Nacht.«

Zenus stöhnte. »Ich komme nicht mitten in der Nacht über den Balkon hier herein. Bei dem Regenkampf heute hätte ich mir zweimal fast das Genick gebrochen, ich muss mein Glück nicht herausfordern.«

»Ich bezweifle auch, dass es mit der Nachtzeit zu tun hatte«, warf Citlali ein und betrachtete wieder uns. »Sondern an dem, was euch verbindet. Was uns andere nicht verbindet.«

»Es wäre doch schwachsinnig, wenn wir uns alle lieben müssten, damit die Spieluhr funktioniert«, stellte Cystenian verbittert fest.

»Vermutlich ist das auch nicht die ganze Lösung«, meinte Citlali und knetete ihre Finger. »Aber was dann?«

»Wir sollten es schnell herausfinden«, drängte Vespera. »Morgen ist der letzte Vorrundentag. Danach dürfen wir nicht mehr miteinander sprechen.«

Mein Magen zog sich zusammen. Schon in zwei Tagen würden wir einander töten müssen, falls wir uns im Kampf begegneten. Den anderen schien es auch bewusst zu werden, denn auch ihre Mienen verfinsterten sich.

»Denkt scharf nach. Habt ihr wirklich nichts gesagt, um die Magie der Spieluhr zu erwecken?« Citlali beobachtete uns mit wachsamem Blick.

»Um ehrlich zu sein«, begann ich und sah zu Dante. Er lächelte mir aufmunternd zu, also sprach ich weiter. »Habe nur ich die Spieluhr berührt. Sie hat sich danach verfärbt.«

»Dann nimm nur du sie«, meinte Zenus.

Dante drückte sie mir in die Hand und ich wagte es nicht zu atmen, während ich die Sterne betrachtete. Aber wieder geschah nichts und ich schüttelte den Kopf. Ich konnte auch keine Magie fühlen, kein Knistern. Als wäre dieses Kästchen eben nichts anderes als eine gewöhnliche Spieluhr.

»Und nun?«, fragte Zenus und verschränkte die Arme vor der Brust.

Meine Hände begannen zu schwitzen und ich ertappte mich dabei, wie ich mit den Fingern auf das Holz der Spieluhr trommelte. Eigentlich wollte ich mit Dante allein darüber sprechen, aber die Zeit drängte.

»Vielleicht kann uns Aryanna helfen«, sagte ich leise.

»Aryanna?« Zenus lachte ungläubig. »Wieso ausgerechnet sie?«

Mein Blick wanderte zu Dante, der eine Augenbraue hochzog und mich wortlos musterte.

»Sie war heute so seltsam, bevor die ersten Kämpfe begonnen haben«, erklärte ich. »Und sie sagte … sie meinte …« Ich biss mir auf die Unterlippe. »Sie hat Angst.«

»Angst?«, hakte Dante nach.

Ich nickte. »Sie hat sich nicht getraut lange mit mir zu sprechen, sie meinte nur, dass der Preis für seinen Sieg zu hoch für sie sei und sie leben will und sie uns deswegen helfen wird.« Ich betrachtete nur Dante, ignorierte die anderen Krieger, die verächtliche Laute von sich gaben, und griff nach seinen Händen. »Bitte, ich denke, wir sollten mit ihr reden.«

»Und wenn es eine Falle ist?«, fragte Dante leise.

»Was, wenn es keine ist und sie die Informationen hat, die uns fehlen?«, stellte ich die Gegenfrage.

Einen Moment zögerte Dante, dann nickte er. »Schön, ich begleite dich.«

»Hast du den Verstand verloren?«, fuhr Zenus ihn an. »Ich habe die ganze Zeit mit Aryanna verbracht. Man kann ihr nicht trauen.«

»Wir sollten uns auch nicht vertrauen«, entgegnete Dante. »Aber wir tun es dennoch.«

Zenus' Kiefer mahlten und die Ader an seinem Hals pulsierte. Schnaubend wandte er sich ab. »Macht doch, was ihr wollt und rennt in euer Verderben.«

»Das werden wir nicht«, meinte Dante. »Was auch geschieht, Aryanna kann uns nichts anhaben. Dafür werde ich sorgen.«

Mit diesen Worten überreichte er Citlali die Spieluhr und das Sternenfragment, legte einen Arm um meine Schultern und begleitete mich hinaus.

Kapitel 33

Der Gemeinschaftsaal war bereits gut besucht und Krieger aller Elemente schienen den letzten Abend, den sie gemeinsam verbringen durften, nutzen zu wollen. Sobald die Ehrenkrieger feststanden, würden die Zugänge in den Saal abgeriegelt werden.

Ein Kloß bildete sich in meinem Hals und ich sah zu Dante. Er hatte zwar versprochen, dass wir uns dennoch sehen würden, aber ich hatte keine Ahnung, wie er das anstellen wollte.

»Glaubst du wirklich, dass Aryanna Angst hatte?«, fragte Dante leise, als wir durch den Torbogen meines Elements schritten.

»Sie hat nie Emotionen gezeigt, aber heute hat sie gezittert«, erwiderte ich ebenso leise. »Und uns gehen die Möglichkeiten aus. Vielleicht kann sie uns etwas sagen, das uns wirklich hilft.«

Dante brummte etwas, das ich nicht verstand, folgte mir aber zu Aryannas Zimmer. Ich klopfte an die Tür und wartete darauf, dass meine Alpha uns hereinbat. Aber wir erhielten keine Antwort. Also klopfte ich noch einmal und wieder antwortete Aryanna nicht.

»Vielleicht ist sie nicht da?«, meinte Dante finster.

»Das ergibt keinen Sinn«, erwiderte ich und legte die Hand auf die Türklinke. »Aryanna, ich komme jetzt rein.«

Ohne zu zögern, öffnete ich die Tür und sah mich im Raum um. Aryanna saß an ihrem Frisiertisch und rührte sich nicht. Dante schob mich ins Zimmer und wollte die Tür hinter sich schließen, dann hielt er inne.

»Bleib hier«, sagte er in knurrendem Tonfall und schritt an mir vorbei.

Zuerst wollte ich ihm nach, dann blieb ich wie angewurzelt stehen, als ich den Geruch wahrnahm, der den Raum erfüllte.

»Dante, was …«

»Shh«, machte er und legte seine Hand auf Aryannas Schulter.

Er stieß den Atem aus und alle Anspannung wich aus seinem Gesicht. Dann schlug er die Augen nieder und formte lautlose Worte mit seinen Lippen.

Meine Beine hatten sich in Bewegung gesetzt und ehe Dante mich aufhalten konnte, stand ich neben dem Stuhl. Keuchend machte ich einen Satz zurück und taumelte gegen die Wand. So sehr ich es wollte, ich konnte den Blick nicht von Aryanna abwenden, deren Oberkörper mit dunklem Blut getränkt war. Ihrem Blut, das aus einer tiefen Schnittwunde am Hals stammte und immer noch heraussickerte.

Mein Magen rebellierte und ich rang um Atem, während ich meine Alpha anstarrte, in ihre toten Augen blickte, die leer und trüb wirkten.

Erst als Dante sich zwischen mich und Aryanna schob, wandte ich mich ihm zu, sah in sein Gesicht, in dem ich echte Betroffenheit erkannte.

»Wir müssen die anderen Kriegerinnen informieren«, sagte er. »Jemand muss ihren Platz einnehmen und …«

»Wer hat das nur getan?«, fiel ich ihm ins Wort. »Und wieso?«

Ich merkte erst, dass ich zitterte, als Dante seine Arme um mich schlang und an seine Brust zog. Aryanna und ich waren nie wirklich vertraut miteinander gewesen, aber sie jetzt so zu sehen …

»Was ist hier los?«, durchbrach Wyrlas Stimme die Stille.

»Wyrla«, sagte ich und löste mich von Dante.

Als Wyrla an den Stuhl herantrat, schnappte sie nach Luft und schickte ein Stoßgebet an die Göttin. Dann fuhr sie zu uns herum.

»Wir haben nichts damit zu tun«, kam Dante ihrer Frage zuvor. »Sie wollte mit uns sprechen und wir haben sie so gefunden.«

Wyrla betrachtete zuerst uns, dann Aryanna und nickte schließlich. »Ich glaube euch. Ihr müsstet überall mit Blut besudelt sein, wenn ihr sie auf diese Weise getötet hättet«, sagte sie.

Erleichtert atmete ich durch, weil Wyrla uns nicht für die Mörder hielt.

»Die Frage ist, wer es getan hat und wie er hereingekommen ist«, fuhr die Kriegerin fort und sah sich um.

Aryannas Zimmer hatte kein Fenster. Der Mörder musste also ihre Tür benutzt haben. Oder …

»Was, wenn es Dyral war?«, hauchte ich Dante ins Ohr. »Wenn der König wusste, dass Aryanna sich gegen ihn wenden wollte, und …«

»Sprich laut genug, dass ich dich hören kann«, fiel Wyrla mir ins Wort. »Welche Vermutung hast du?«

Einen Moment schwieg ich, dann ließ ich Dante los und trat auf Wyrla zu, die ihre Arme verschränkte und mich misstrauisch beäugte.

»Ich würde es dir gerne erklären«, murmelte ich. »Aber ich kann nicht. Es würde dich in Gefahr bringen.«

Oder uns, fügte ich in Gedanken hinzu.

»Ich weiß, das klingt aus meinem Mund seltsam«, kam Dante mir zu Hilfe. »Aber bitte, vertrau uns. Wer auch immer Aryanna getötet hat, wir werden ihn nicht überführen können. Jetzt zumindest noch nicht. Stell keine Nachforschungen an, denn wie Emaya sagte, es könnte dich in Gefahr bringen.«

»Also wollt ihr, dass ich so tue, als wäre unsere Alpha nicht tot?«, fuhr sie uns an.

»Wir müssen ohnehin den König informieren«, sprach Dante besänftigend auf sie ein. »Und er soll die Ermittlungen führen.«

Wyrla ballte ihre Hände zu Fäusten. Ihr Blick wanderte von Dante zu mir und sie schnaubte. »Die Göttin möge mir beistehen, aber … geht. Ich kümmere mich um alles.«

Aus einem Impuls heraus umfasste ich Wyrlas Hände. »Ich danke dir«, sagte ich ernst.

»Lass es mich nicht bereuen«, brummte sie und deutete auf die Tür.

Dante legte einen Arm um meine Schultern und führte mich hinaus. Aber schon nach wenigen Schritten begannen meine Beine so heftig zu zittern, dass ich kaum noch gehen konnte.

»Du musst durchhalten, bis wir den Gemeinschaftssaal durchquert haben«, raunte er mir zu.

»Das viele Blut«, brachte ich heiser hervor.

Mit einem Mal brannte meine Kehle und sobald ich blinzelte, sah ich Aryannas tote Augen und die leicht geöffneten Lippen, als riefe sie stumm um Hilfe.

»Shhh«, machte Dante und ging schneller.

Er zog mich mehr hinter sich her, als dass ich selbst ging, reagierte nicht auf Koda, der uns zu sich rief, und brachte mich in den Flügel der Wölfe. Kaum waren wir außer Sichtweite, hob er mich hoch und zog mich an seine breite Brust.

Seine Berührung brach den letzten Damm. Ich schluchzte und vergrub mein Gesicht an seiner Schulter.

»Es tut mir leid«, murmelte ich gegen seinen Körper.

»Was tut dir leid?«, fragte er.

»Dass ich mich so verhalte. Es ist nur ...«

»Wir sind Krieger«, unterbrach er mich sanft. »Das heißt nicht, dass uns der Tod nichts ausmacht. Du kanntest sie lange, also darfst du um sie trauern, selbst wenn sie eine hinterhältige Schlange war.« Er räusperte sich. »Entschuldigung, über Tote spricht man nicht schlecht.«

»Aber was machen wir jetzt?« Ich sah trotz meiner tränenbenetzten Wangen zu ihm auf. »Aryanna kann uns jetzt nicht mehr helfen. Und die Spieluhr ...«

»Jetzt werden wir zu den anderen gehen und ihnen berichten, was geschehen ist«, verkündete Dante. »Dann werden wir den Abend zusammen verbringen und morgen in die Arena gehen. Ein Schritt nach dem anderen.«

»Aber ...«

»Shhhh«, unterbrach er mich. »Es wird eine Lösung geben. Aber heute werden wir sie nicht mehr finden. Nicht, wenn wir es erzwingen wollen.«

Ich nickte nur, weil ich nicht wusste, was ich noch sagen sollte.

Wir kehrten zu den anderen zurück. Dante erzählte ihnen, was geschehen war, aber ich hörte seine Worte kaum, nahm nicht wahr, was Citlali zu mir sagte und bemerkte nicht, dass Dante und ich irgendwann wieder allein waren.

In seinen Armen schlief ich ein, nur um irgendwann hochzufahren, weil das Klingeln der Spieluhr mich weckte wie in der Nacht zuvor. Diesmal allerdings schimmerten die Sterne darauf nicht milchig weiß, sondern sie alle leuchteten grün.

Zögerlich löste ich mich von Dante, betrachtete sein Gesicht, das selbst jetzt sorgenvoll verzerrt war, und stand geräuschlos auf. Die Magie der Spieluhr pulsierte und ich wagte es erst nicht, sie zu berühren. Dann jedoch nahm ich sie in die Hand und ein stechender Schmerz ließ mich um Atem ringen, während ich in die Knie sank.

Blut tropfte von meinen Fingerspitzen und ich wollte schreien, aber kein Ton kam über meine Lippen. Dafür summte die Spieluhr und eine Gestalt erhob sich.

Zuerst erkannte ich sie nicht, da sie fast durchsichtig im grünen Schein der Magie vor mir stand. Aber als sie neben mir in die Hocke ging und mir ein Lächeln schenkte, wusste ich, wer sie war.

»Mama«, schluchzte ich.

Ich sah über meine Schulter zu Dante. Er rührte sich nicht. Sonst weckte ihn doch alles auf …

»Emaya, ich habe nicht viel Zeit, bis er mich findet«, sagte meine Mutter und ich wandte mich ihr zu. »Er kann uns nicht hören. Ich bin nur in deinem Kopf.« Ihre Stimme klang hohl, als würde sie durch dickes Glas mit mir sprechen. »Du bist in Gefahr und der Wolf auch. Er weiß, was ihr plant und er wird euch bestrafen.«

Gänsehaut breitete sich auf meinen Armen aus und Angst schnürte mir die Kehle zu. Aber ich zwang die Panik zurück und hielt dem Blick meiner Mutter stand.

»Die Spieluhr, Mama. Was weißt du über sie?«

Sie blickte auf das Kästchen in meiner Hand und seufzte. »Sie ist eure einzige Chance. In ihr ruht das Licht der Sterne, das er gestohlen hat. Ihr müsst es befreien«, sagte sie. »Aber nur, wenn die Elemente zusammenstehen, einander helfen, wird die Melodie der Spieluhr erklingen. Ein schwaches Wort ist nicht genug, nur Taten können die Magie erwecken.«

»Welche Taten? Was sollen wir unternehmen?«

»Steht füreinander ein, schützt euch. So wie du und der Wolf.« Sie blickte an mir vorbei zu Dante, der sich unruhig im Schlaf wand. »Ihr könnt schaffen, was uns nicht gelungen ist und verhindern, dass er Menschen tötet, nur um sich selbst zu stärken. Ihr könnt ihn aufhalten und die Magie retten. Und wir … wir werden nicht frei sein, solange er uns gefangen halten kann, um seine Macht zu nähren.«

»Ich verstehe immer noch nicht, was wir machen sollen«, sagte ich verzweifelt und griff nach meiner Mutter. Doch meine Hand glitt durch ihre hindurch.

»Wenn es soweit ist, werde ich dir beistehen, euch schützen und helfen«, erwiderte sie und mit jedem Wort wurde ihre Stimme leiser, ihre Gestalt durchsichtiger.

»Mama, warte«, flehte ich. »Geh noch nicht.«

Aber da war sie bereits fort und die Spieluhr verlor ihr Leuchten. Meine Kehle brannte und ich rang um Atem. Als mich etwas am Arm streifte, fuhr ich herum.

»Emaya«, sagte Dante sanft und fing meinen Arm ab, mit dem ich nach ihm hatte schlagen wollen. »Es ist alles gut. Ich bin hier.«

Seine Stimme beruhigte mich und ich sank gegen ihn. Er strich über meinen Rücken.

Ich wollte ihm von meiner Mutter erzählen, aber ich konnte nicht. Kein Wort wollte über meine Lippen kommen und ich fragte mich, ob ich das alles nur geträumt hatte.

Mein Blick fiel auf die Spieluhr, die er mir aus der Hand nahm und auf dem Tisch ablegte. Sie klingelte immer noch leise und die Worte meiner Mutter klangen in meinen Gedanken nach. Was hatte sie gemeint? Krieger aller Elemente hatten zusammen die Schatulle gehalten, aber nichts war geschehen. Die Zeit lief uns davon, aber ich kam nicht hinter das Geheimnis, das die Spieluhr umgab. Und ich wusste nicht, ob es mir jemals gelingen würde.

Kapitel 34

Die Sonne stieg über der Arena auf, während wir der monotonen Stimme lauschten, die ausschweifend über das Ableben von Aryanna sprach. Alle Krieger standen in Rüstungen und mit Masken im Kampfring, Schulter an Schulter. Ich hielt den Blick auf Dante gerichtet, der sich direkt mir gegenüber befand.

Der Sprecher erklärte, sie wäre ihren schweren Wunden erlegen, obwohl die Heiler alles getan hätten, um sie zu retten und verkündete, dass der letzte Tag dennoch mit derselben Anzahl an Duellen stattfinden würde, wie geplant.

Ich hörte nicht zu, als man Aryannas Leistungen würdigte, denn meine Gedanken kehrten längst zu der Spieluhr zurück, deren Magie unter Dantes Rüstung hindurchzuschimmern schien. Ich konnte sie fühlen und fürchtete, dass auch der König sie spüren konnte. Aber falls es so war, unternahm er nichts. Trotz dieses Risikos hatten wir uns nicht getraut sie im Haus der Elemente zurückzulassen, weil wir Angst hatten, dass sie jemand stehlen könnte.

Wieder und wieder ging ich durch, was letzte Nacht geschehen war und fragte mich, ob mein Geist mir nur einen Streich gespielt hatte. Aber etwas in mir wusste, dass meine Mutter mich besucht und gewarnt hatte.

Während alle Krieger die Schwerter zogen, die wir für diesen Anlass bekommen hatten, überlegte ich, wie wir die Melodie der Spieluhr erwecken konnten. Aber mir wollte keine Lösung einfallen.

Ich hob die Klinge aus schwarz gefärbtem Stahl gen Himmel, genau wie alle anderen Krieger, und senkte meinen Kopf für das Schweigen, das der Sprecher anordnete.

Viel zu schnell beendete er das Schweigen und wir ließen unsere Schwerter auf den Boden fallen, wo sie schmolzen und das flüssige Metall das Antlitz von Aryanna formte, bevor es im Sand verschwand.

»Kehrt in eure Bereiche zurück. Der letzte Vorrundentag beginnt«, befahl der Sprecher.

Ich warf Dante einen flüchtigen Blick zu, den er erwiderte, bis ich mich abwandte.

»Kommt her«, forderte Wyrla uns auf, als das Fallgitter sich hinter uns geschlossen hatte.

Wir hatten sie einstimmig zu unserer neuen Alpha gewählt und sie wirkte immer noch überwältigt. Ihre Stimme bebte bei jedem Wort, das sie sprach, seitdem sie unsere Wahl angenommen hatte. Sie hielt ihre Hand in die Mitte unseres Kreises und eine nach der anderen legten wir unsere darauf.

»Aryanna mag fort sein, aber unsere Stärke ist ungebrochen. Gebt dort draußen alles und passt auf euch auf. Das Leben ist etwas Kostbares und wir sollten es beschützen, so gut wir können.«

Ihre Augen fanden meine und eine stumme Hoffnung lag darin, als wüsste sie, was Dante, Citlali und die anderen mit mir planten.

Die Fanfare erklang und wir lösten unsere Verbindung zueinander. Wyrlas Worte taten mir gut. Meine Muskeln schmerzten und ich sah immer noch die toten Augen von Aryanna, sobald ich meine Lider schloss. Aber Wyrla strahlte eine beruhigende Kraft aus, die uns allen half.

Die ersten Elemente wurden aufgerufen und ich verfolgte die Kämpfe, die ausgetragen wurden. Fünf von uns würden sich heute einem zusätzlichen Kampf stellen müssen, da wir Aryannas Ausfall kompensieren mussten. Bei dem Gedanken daran wurde mir übel, denn ich wusste nicht, woher ich überhaupt die Kraft für meine eigenen Kämpfe nehmen sollte.

Doch es traf zum Glück nicht mich und der Tag neigte sich ziemlich unspektakulär dem Ende zu. Niemand wurde ernsthaft verletzt und kein Krieger war von dunkler Magie in Besitz genommen worden. Es schien fast so, als würde Leonid uns nach allem, was geschehen war, einen zusätzlichen Tag geben, an dem wir durchatmen konnten.

Kaum war die Fanfare am Ende des letzten Kampfes verklungen, öffnete sich die Tür zu unserem Bereich und drei Männer in weißer Uniform traten ein.

»Die Kriegerinnen Wyrla, Nele, Emaya und Linda sollen uns folgen«, verkündete einer von ihnen. »Legt eure Masken ab, behaltet sie aber in den Händen. Die anderen können in das Haus der Elemente zurückkehren, dürfen ihren Flügel aber nicht verlassen.«

Mein Herz raste und bittere Galle kroch meinen Hals hinauf. Was war hier los? Wieso wurden wir von drei Gardisten abgeholt?

Ich sah zu Wyrla, die bereits die Maske abgenommen hatte. »Darf ich erfahren, was los ist?«, fragte sie, ohne sich zu mir umzuwenden.

»Leistet unseren Befehlen Folge, dann müssen wir keine Gewalt anwenden«, erklärte der Mann.

Einen Moment lang wollte ich lachen, weil er einen Raum voller Kriegerinnen völlig unbewaffnet betreten hatte und uns nun drohte. Aber dann bemerkte ich die Magie, die an seinen Fingern knisterte, und schluckte das Lachen hinunter.

Wyrla nickte uns zu und wir nahmen unsere Masken ab. »Ihr anderen, geht und wartet nicht auf uns. Wir sehen uns spätestens morgen früh«, verkündete unsere neue Alpha.

Die anderen Kriegerinnen zögerten nicht, sondern verließen die Arena fluchtartig, während die drei Gardisten uns nicht aus den Augen ließen. Erst als die anderen Kriegerinnen fort waren, setzte sich einer von ihnen in Bewegung und ein anderer bedeutete uns ihm zu folgen.

Zwischen den Männern eingekeilt, schritten wir auf eine Wand zu, die sich erst im letzten Moment öffnete und einen neuen Durchgang freigab. Die kahlen Steinwände veränderten sich und warmes Licht umfing uns, als wir den nächsten Raum betraten, in dem ein Teppich auf dem Boden lag und ein Feuer im Kamin knisterte.

Es hätte gemütlich ausgesehen mit den Polstermöbeln, den Teppichen und Gemälden, dem Feuer und den Kerzen. Aber als mein Blick auf Leonid fiel, der mit einem Glas voll blutroter Flüssigkeit auf einem Thron saß, verdrängte Kälte die wohlige Wärme, die sich für einen Atemzug in mir breitgemacht hatte.

Zum Glück waren wir nicht die Einzigen, die hier erschienen waren. Zwanzig weitere Krieger befanden sich in diesem Raum, unter ihnen Dante, Citlali und Zenus. Vespera und Cystenian konnte ich nicht entdecken, dafür Koda und leider auch Saela, die mir einen feindseligen Blick zuwarf.

Ein Klatschen ließ mich herumwirbeln und Leonid anstarren, der das Glas abgestellt hatte und uns genauso applaudierte wie Dyral, den ich erst jetzt bemerkte.

»Meinen Glückwunsch, Krieger«, sagte der König und erhob sich von seinem Thron. »Ihr habt es geschafft, zu Ehrenkriegern zu werden und euch das Recht erstritten, um einen Platz in meinem Rat zu kämpfen.«

Er schritt an uns vorbei und sah jeden von uns an. Bei mir blieb sein Blick etwas länger hängen und ich musste mich zusammenreißen, um mich nicht abzuwenden. Erst als er weiterging, atmete ich aus und klammerte meine Finger um meinen Waffengürtel, um das Zittern meiner Hände zu verbergen.

»Natürlich werden am Ende nicht mehr alle von euch am Leben sein«, fuhr Leonid fort. »Das ist der Preis, den wir zahlen müssen, um das Licht der Sterne zu erneuern.«

Meine Kiefer knackten, so fest biss ich sie zusammen. Erst als ein Räuspern erklang, hob ich den Kopf und sah zu Dante. Eine stumme Warnung stand in seinen Augen, also lockerte ich meine Kiefer und löste meine verkrampften Finger.

»Vom heutigen Tag an werdet ihr euch nicht mehr in den Gemeinschaftsräumen des Hauses aufhalten können«, fuhr Leonid fort. »In euren Flügeln werden dafür Dampfbäder und Essräume zugänglich sein. Die anderen Krieger sind natürlich auch noch da und spätestens zu den zweiten Ehrenkämpfen werden eure Familien erscheinen. Die werden wir jedoch außerhalb des Hauses unterbringen.«

Wieder fiel sein Blick auf mich und seine Mundwinkel wanderten nach oben.

»Ich bin sicher, ihr freut euch eure Familien bald wiederzusehen«, meinte er.

Ob ihm bewusst war, dass einige von uns ihre Angehörigen nicht mehr sehen würden, wenn sie erst am zweiten Tag der Ehrenkämpfen erschienen? Empfand er Freude daran, uns zu quälen?

»Wir alle wissen euer Opfer natürlich zu schätzen«, verkündete der Hochkönig, ehe er sich wieder auf seinem Thron niederließ. »Das Licht der Sterne ist auf eure Kräfte angewiesen und die Elemente auf eure Führung. Ich bin sicher, die würdigsten Krieger werden bald Mitglieder meines Rates sein und die anderen werden als Licht am Himmel erstrahlen und so über uns wachen.«

Seine feierliche Miene ließ meinen Magen rebellieren und nur ein Blick zu Dante hielt mich davon ab, verächtlich zu schnauben. Ich beobachtete die anderen Krieger. Einige weiteten ihre Brust vor Stolz, andere wirkten ängstlich. Wie ich wohl ausgesehen hätte, wenn ich in den letzten Tagen nicht so vieles erfahren hätte?

»Ruht euch morgen aus, ab übermorgen kämpft ihr um die Gunst des Königs und euren Platz in der Geschichte«, sagte Dyral und deutete zur Tür.

Als ich mich darauf zubewegte, rief Leonid meinen Namen. Sowohl ich als auch Dante und Nele erstarrten. Ich drehte mich langsam um und begegnete dem Blick des Hochkönigs.

»Auf ein Wort, Kriegerin«, sagte er und winkte mich zu sich.

Verwirrt blickte ich zu Dyral, der seinen Arm hob und zum König wies, während er die anderen antrieb den Raum zu verlassen.

»Keine Sorge, einer meiner Männer wird vor der Tür warten und dich nach unserem Gespräch zu deinem Element zurückführen«, erklärte Leonid, doch ich rührte mich immer noch nicht.

Ich starrte zu Dante, der sich ebenfalls nicht bewegte, obwohl ein Gardist ihn erneut dazu aufforderte. Zögerlich nickte ich und hoffte, er verstand, dass alles gut gehen würde. Obwohl ich mir selbst nicht sicher war. Ich hielt den Atem an, weil ich fürchtete, dass er sich weigern würde mich zu verlassen. Er sollte nicht meinetwegen bestraft werden.

Aber Dante schnaubte nur lautstark, setzte sich in Bewegung und verließ den Raum. Ich wollte durchatmen, als der König seine eiskalte Hand auf meine Schulter legte.

»Eine interessante Liebschaft hast du gewählt, mein Rehlein«, sagte er.

Wenn Dante mich so nannte, breitete sich Wärme in mir aus. Aber bei Leonid verkrampfte ich mich und mein Innerstes gefror zu Eis.

»Was kann ich für Euch tun, mein König?«, fragte ich so höflich wie möglich und zog meine Schultern hoch, nachdem er sie losgelassen hatte.

»Du hast dich gut geschlagen, Emaya«, verkündete Leonid.

Er schritt zu einem Tisch, auf dem Gläser und Flaschen standen, entkorkte eine und schenkte blutrote Flüssigkeit in einen Kelch, den er mir reichte. Zögerlich nahm ich ihn entgegen und hoffte, er würde nicht aus meinen gefühllosen Fingern gleiten.

»Aber ich habe nichts Anderes von dir erwartet. Du bist so stark wie deine Mutter.« Ein überhebliches Lächeln breitete sich auf seinen Lippen aus und ich schluckte die Galle, die in mir hochstieg, hinunter. »Und sogar noch hübscher als sie. Ob du auch klüger bist?«

Jetzt straffte ich meine Schultern, schwieg und beobachtete ihn, während er mich umrundete und mich mit den Augen verschlang. Ob er sehen wollte, wie sehr ich ihn fürchtete?

»Hier ist mein Angebot an dich, Emaya Sonnrad«, sagte er nach einer Weile mit einem anzüglichen Grinsen. »Werde meine Favoritin und genieß die Vorteile, die es dir bringt.«

Ich richtete mich zu voller Größe auf und setzte zu einer Erwiderung an, da hob er die Hand, um mich daran zu hindern.

»Bevor du antwortest, hör zu, was ich dir biete. Du wirst in meinem Palast wohnen und meinen Schutz genießen. Dir und einem weiteren Krieger wird diese Ehre zuteil. Ich werde euch Magie verleihen. Magie, die so mächtig ist, dass ihr die anderen Krieger leicht besiegen werdet. Ihr helft mir ihre Macht zu bekommen und ich erhebe euch in den Rang des Rates.« Er kam näher und sein von Wein geschwängerter Atem strich warm über mein Gesicht. »Deine Magie ist so faszinierend. Eigentlich sollte ich dich zur Sternenkriegerin machen und deine Macht in mich aufnehmen. Aber das wäre zu schade. Alles, was ich von dir will, um dein Leben zu verschonen, ist deine Treue und ...« Er hob eine Hand an meine Wange und strich darüber.

Ich wich zurück, denn mir war klar, was er noch von mir wollte, um mir diese Macht zu verleihen. Doch ich wollte diese Kräfte nicht und ich hätte sie auch nicht genommen, selbst wenn es nicht mein Körper wäre, den er dafür forderte.

»Euer Angebot ehrt mich, König«, sagte ich und unterdrückte die Wut, die sich in meine Stimme schleichen wollte. »Aber ich muss ablehnen. Fremde Magie einzusetzen erscheint mir verwerflich und falsch.«

Leonid kam näher und ich wich erneut zurück, bis mir eine Wand die Fluchtmöglichkeit versperrte. Er legte seine Hände neben meinem Kopf ab und trat so nah an mich heran, dass sein gesamter Körper gegen meinen drückte.

»Es ist nicht verwerflich, wenn ich es dir anbiete«, erklärte er. »Du würdest leben, Emaya. Würdest deinem Element zusätzlichen Nutzen bringen. Und du würdest meine Gefährtin sein, zumindest in der nächsten Zeit. Ich würde dir die schönsten Kleider schenken und dir jeden Wunsch erfüllen. Jede Frau in Kira würde dich beneiden.«

»Ich könnte es mit meinem Gewissen nicht vereinbaren«, erwiderte ich mit fester Stimme. »Deswegen lehne ich Euer Angebot ab.«

Das Lächeln auf seinem Gesicht wich einem Ausdruck purer Kälte und er packte meine Schultern. Der Kelch in meiner Hand fiel zu Boden und zersprang in tausende Scherben, in denen die Reste des Weins schwammen. »Denkst du, damit rettest du das erbärmliche Leben dieses Wolfs?«, fuhr er mich an. »Er wird im Staub der Arena sterben, ganz gleich, was du tust. Sein Schicksal ist besiegelt, aber deines nicht. Nicht, wenn du meine Macht annimmst und mir gibst, was ich will.«

Er presste seine Lippen auf meine und drängte sich an mich. Ich schrie in seinen Mund und bereute es, denn er schob mir seine Zunge gewaltsam zwischen die Zähne und packte mich an der Taille. Mit aller Kraft stieß ich ihn von mir.

Leonid rang um Atem und wischte sich mit zwei Fingern über die Lippen. Sein Blick war gierig wie der einer Bestie, die ihre Beute entdeckt hatte.

»Du willst meine Gunst nicht, weil du denkst, dein Herz würde ihm gehören?«, fragte er mit eiskalter Stimme. »Dann hast du euer beider Schicksal besiegelt.« Er richtete seinen Kragen und fuhr sich durch das Haar, ohne mich aus den Augen zu lassen. »Deine letzte Chance. Werde mein oder stirb in der Arena.«

Ich straffte meine Schultern und verschränkte meine Arme vor der Brust.

Leonid schnaubte, dann lachte er. »Wie deine Mutter. Ihr seid beide so dumme Gören. Als Sternenkriegerin wirst du mir ohnehin mehr nützen.«

Mit einem Schnippen seines Fingers öffnete sich eine Tür und ein Gardist trat ein.

»Begleite sie zurück. Wir sind hier fertig«, forderte der König. Der Mann packte mich grob am Arm und schleifte mich hinter sich her.

Alles war besser, als beim König zu bleiben und so folgte ich ihm, während mein Herz raste und meine Gedanken sich überschlugen. Ich hoffte nur, ich hatte gerade nicht einen großen Fehler begangen und alle unsere Chancen verspielt.

Kapitel 35

Die Tür, die der Gardist öffnete, führte direkt in den Gang meines Flügels. Noch während ich hindurch schritt, löste sich der Rahmen auf und als ich mich umdrehte, war der Durchgang verschwunden.

Ich ballte meine Hände zu Fäusten und knurrte leise, als die Wut mich überkam.

Bevor ich schreien konnte, öffneten sich mehrere Türen gleichzeitig und Wyrla und Nele traten aus ihren Zimmern. Wortlos schlossen sie mich in ihre Arme.

»Kamana sei Dank«, hauchte Nele und zog mich fester an sich. »Ich dachte, wir sehen dich nie wieder.«

»Was wollte er von dir?«, fragte Wyrla und musterte mich aufmerksam.

Meine Rüstung hatte unter dem Gerangel mit dem König gelitten und Weinflecken bedeckten meine Beine. Ich straffte meine Schultern und erwiderte ihren harten Blick.

»Er hat mir ein Angebot unterbreitet, das ich abgelehnt habe«, erwiderte ich mit fester Stimme.

Dann jedoch begann mein Körper zu zittern und ich war froh, dass Nele mich immer noch hielt und Wyrlas Gesicht sanfter wurde.

»Er hat … er wollte …« Ich schluckte und zwang meine Stimme, mir zu gehorchen. »Der König wählt zwei Krieger aus, denen er mehr Macht verleiht. Er wollte, dass ich eine davon werde. Aber selbst wenn der Preis nicht gewesen wäre, die Nächte mit ihm zu verbringen, hätte ich abgelehnt.«

»Er macht was?«, stieß Wyrla die Worte aus und packte meine Schultern. »Aber das … wer?«

»Ich weiß nicht, wen er noch ausgewählt hat«, erwiderte ich. »Oder wer jetzt meinen Platz einnimmt. Aber ich will damit nichts zu tun haben.«

Wyrla betrachtete mich und nickte. »Ehrenhafte Entscheidung. Ich bin stolz auf dich.«

Ich rang mir ein Lächeln ab, obwohl es nicht aufrichtig war. Alles, was ich wollte, war mich in mein Zimmer zurückzuziehen und zu beten, dass Dante es irgendwie schaffte, zu mir zu kommen.

Mein Blick fiel auf eine Wand, die den Durchgang in den Gemeinschaftsbereich versperrte. Wyrla sah ebenfalls dorthin und seufzte.

»Damit wollen sie verhindern, dass wir erfahren, welche Krieger der anderen Elemente die Kämpfe überlebt haben«, meinte sie verbittert.

»Aber wir sehen es doch«, murmelte ich nachdenklich. »Wir müssen doch in der Arena verharren, bis der letzte Kampf ausgetragen ist, bevor wir in unsere Bereiche zurückkehren dürfen.«

»Hast du dem Sprecher heute nicht zugehört?«, fragte Wyrla.

Ich schüttelte den Kopf und sie schnaubte.

»Damit wir nicht wissen, gegen wen wir kämpfen, wird uns durch Magie die Fähigkeit genommen, unser Gegenüber klar zu erkennen«, erklärte sie. »Wir sehen sie verschwommen und jene Raubtiere, die uns durch Geruch erkennen würden, verlieren diese Fähigkeit. Sie wissen nur, welchem Element sie gegenüberstehen, genau wie wir auch.«

Mir wurde schwindelig und ich lehnte mich gegen die Wand. Wenn ich Dante gegenüberstünde, würde ich ihn also nicht einmal erkennen. Jeder Wolf konnte er sein. Sechs seiner Krieger hatten es in die Ehrenkämpfe geschafft. Von den Raben gab es nur einen Krieger, von den Schlangen drei, die Eulen und Bären hatten jeweils fünf Kämpfer weitergebracht. Die Chance, einem Wolf im ersten Duell gegenüberzustehen, war also ziemlich hoch ...

»Du siehst aus wie ein Geist«, meinte Wyrla und legte ihre Hand auf meine Stirn.

»Die letzten Tage waren zu viel«, murmelte ich und stieß mich von der Wand ab. »Ich werde mich ausruhen ...«

»Du musst etwas essen«, unterbrach meine Alpha mich. »Ich lasse dir etwas bringen.«

»Danke«, erwiderte ich schwach, weil ich wusste, dass es keinen Sinn hatte zu diskutieren.

Mit letzter Kraft schleppte ich mich in mein Zimmer, ließ die Tür nur angelehnt und starrte zum Fenster. Draußen leuchteten der Mond und der einzelne Stern, dessen Magie mir Hoffnung geben sollte. Aber in diesem Moment fühlte ich davon nichts.

Ich schlüpfte aus meiner Rüstung und ging ins Bad, um mich zu waschen. Mit einer Bürste und jeder Menge Seife schrubbte ich meine Haut und spülte meinen Mund aus, aber weder das Gefühl von Leonids Händen noch den Geschmack seiner Lippen konnte ich damit auslöschen.

Als ich zurückkehrte, standen mehrere Teller mit Fleisch, Gemüse und Käse auf dem Tisch sowie einige dampfende Krüge. Zwar hatte ich keinen Hunger, aber ich zwang mich dennoch etwas zu mir zu nehmen.

Mein Blick glitt zum Fenster, durch das kühle Nachtluft hereinströmte. Ich hatte keine Ahnung, wo sich Dantes Zimmer befand, aber die Sehnsucht nach ihm trieb mich zum Schrank, um einen Umhang zu holen und nach ihm zu suchen.

Noch bevor ich die Tür erreichte, fühlte ich seine Anwesenheit und drehte mich zum Fenster um. Er landete geräuschlos auf dem Boden und ich erkannte das Gewicht, das von seinen Schultern fiel, als er mich sah.

Meine Beine trugen mich von selbst zu ihm. Ich schlang meine Arme um ihn und schmiegte mein Gesicht an seine Schulter.

»Philomenes sei Dank«, sagte er mit bebender Stimme, als seine warmen Hände über meinen Rücken glitten.

Bevor ich ein Wort herausbrachte, schob er mich von sich und hielt mir goldene Kleidung hin. Ich musterte sie mit hochgezogenen Augenbrauen, ehe ich ihm wieder ins Gesicht blickte.

»Zieh das an«, forderte er mich auf und hielt den Stoff noch näher an meinen Körper. »Und dann bringe ich dich zu Kodas Bruder. Er ist bereits hier und er wird dich in die Siedlung der Bären mitnehmen, dich dort verstecken, bis ...«

»Du willst, dass ich weglaufe?«, fragte ich ungläubig und schob seine Hände mit der Kleidung von mir.

»Es ist die einzige Möglichkeit, dich vor Leonid zu schützen«, erwiderte Dante und trat näher. »Ich habe lange darüber nachgedacht und hätte Koda mir diese Möglichkeit nicht angeboten …«

»Ich werde nicht gehen«, unterbrach ich ihn.

»Emaya.« Dante stieß den Atem aus. »Da er mit dir reden wollte, weiß ich, welche Frage er dir gestellt hat. Und weil du hier bist, kenne ich auch deine Antwort. Somit hat er es ab jetzt auf dich abgesehen und wird dich töten, sobald er kann.«

»In der Arena hätte ich auch so sterben können«, warf ich ein. »Außerdem wird er wissen, dass du mir geholfen hast. Dann wird er dich töten, meine Schwester und wer weiß wen noch.«

Ich hatte erwartet, dass er toben würde, aber Dante ließ die Kleidung fallen und sank auf mein Bett. Er stützte seine Ellbogen auf die Oberschenkel und vergrub sein Gesicht in den Händen.

»Ich hätte dich nie dieser Gefahr aussetzen dürfen«, murmelte er und fuhr sich dann durch die Haare. »Deswegen will ich, dass du dich in Sicherheit bringst. Lass mich meinen Fehler wiedergutmachen.«

Ein Kloß bildete sich in meinem Hals, als ich neben ihm auf die Knie sank und seine Hände mit meinen umfasste, um sie von seinem Gesicht zu ziehen.

»Sieh mich an«, bat ich ihn, weil er die Augen geschlossen hatte.

Langsam öffnete er sie und das Silber seiner Iriden wirkte erschreckend matt. Ich schluckte gegen die Enge in meiner Kehle an und strich über seine Finger.

»Wie lange, denkst du, wäre ich in Sicherheit?«, fragte ich, ließ ihm aber keine Zeit, mir zu antworten. »Selbst wenn Kodas Bruder mich tief unter der Erde verstecken würde – wovon ich nicht ausgehe –, wird Leonid mich finden. Und dann?«

Dante schwieg, blickte mir nur ins Gesicht und der verlorene Ausdruck, der in seinen Augen brannte, brach mir das Herz.

»Selbst wenn er mich nicht finden sollte, wie, denkst du, würde es mir damit gehen, zu wissen, dass ich euch alle verraten habe, um mein Leben zu retten? Dass du, Citlali, Nele, Wyrla, Kalliste sterben musstet, weil ich geflohen bin? Wie lange würde es dauern, bis die Magie um uns zerfällt, weil wir dieses sinnlose Töten nicht beendet haben? Weil ich weggelaufen bin?«

Tränen liefen über meine Wangen und ich konnte sie nicht wegblinzeln. Dante rührte sich nicht. Ich war nicht einmal sicher, ob er noch atmete.

»Ich gehe nicht, Dante. Ich lasse dich nicht im Stich. Dich nicht und die anderen auch nicht«, verkündete ich mit bebender Stimme. »Wir können das beenden«, hauchte ich. »Zusammen.«

Es dauerte einen Moment, dann hob er eine Hand an meine Wange und seine Finger strichen über meinen Nacken.

»Mein kleines Reh«, wisperte er und seufzte. »Ich würde alles tun, um dein Leben zu retten. Aber ich weiß, dass ich dich nicht zwingen kann zu gehen.«

Ich erhob mich, setzte mich auf seine Oberschenkel und schlang meine Arme um seinen Hals. »Wir brauchen einander, Dante. Noch haben wir Zeit, das Rätsel zu lösen.«

»Citlali hat die Spieluhr jetzt«, erklärte er. »Sie wollte sie sich noch einmal ansehen. Ich bekomme sie erst morgen zurück.«

»Dann sehe ich sie mir morgen Abend an. Vielleicht findet ja auch Citlali etwas heraus.«

»Oder wir haben uns einer unsinnigen Hoffnung hingegeben«, warf Dante ein und ließ seinen Kopf hängen.

Ich legte meine Finger an sein Kinn und zwang ihn wieder aufzusehen. »Wo ist der Wolf hin, der mich über seine Schulter geworfen und in sein Zimmer geschleppt hat?«, fragte ich.

»Ich habe dich nie über meine Schulter geworfen«, brummte er.

»Von unserer ersten Begegnung an hast du so eine Kraft ausgestrahlt«, ignorierte ich seinen Einwurf. »Du warst so selbstsicher, die Schulter, an die ich mich anlehnen konnte, wenn ich mich schwach fühlte. Ich glaube daran, dass wir diesen Albtraum beenden können.« Behutsam umfasste ich sein Gesicht. »Und dass wir zusammen sein können, wenn das alles überstanden ist.« Meine Lippen schwebten über seinen und ich fühlte seinen Atem auf meiner Haut. »Weil es das ist, was ich wirklich will.«

Es war Dante, der die Entfernung zwischen uns schloss, seine Hände zwischen meine Schultern legte und mich an sich zog, um den Kuss zu vertiefen. Endlich verschwand die Erinnerung an das, was Leonid mit mir getan hatte, versank in der Wärme, die Dante in mir auslöste.

»Schwöre mir, dass du die Arena überleben wirst, bis wir eine andere Möglichkeit finden, die Kämpfe zu beenden«, forderte er atemlos, nachdem er sich von mir gelöst hatte.

»Ich werde mein Bestes geben«, erwiderte ich feierlich. »Aber nur, wenn du es mir ebenfalls schwörst.«

Ein schwaches Lächeln umspielte seine Lippen. »Ich kann doch mein Rehlein nicht allein lassen«, verkündete er und seine Entschlossenheit kehrte zurück. »Deswegen werde ich auch jeden Abend hier erscheinen, um sicherzugehen, dass du deinen Schwur nicht gebrochen hast.«

»Einverstanden«, erwiderte ich und verschränkte meine Hände in seinem Nacken. »Dann weiß ich auch, dass du dein Versprechen gehalten hast.«

Seine Mundwinkel wanderten weiter nach oben. »Irgendwie bin ich froh, dass du keine Bärin wirst«, meinte er, lehnte sich nach vorn und hauchte einen Kuss auf mein Schlüsselbein. »Als Reh gefällst du mir nämlich viel besser.«

Ich gab als Antwort nur ein Seufzen von mir und zog ihn mit mir auf die Matratze, um die letzten Erinnerungen an die Begegnung mit dem König auszulöschen.

Kapitel 36

Tagsüber hielt Dante sich vom Bereich meines Elements fern, am Abend erschien er aber wieder und brachte die Spieluhr mit. Nun saß er am Fenster und blickte hinaus in die Nacht, während ich die Schatulle und das Sternenfragment mit einem Spiegel untersuchte, in der Hoffnung, dass ich auf diese Weise etwas Neues herausfinden würde. Doch auch spiegelverkehrt ergaben die Muster im Holz nicht mehr Sinn.

Seufzend ließ ich den Handspiegel sinken und rieb mir über die Stirn. Es musste schon weit nach Mitternacht sein und einer Lösung des Rätsels waren wir immer noch nicht näher gekommen.

»Mach nicht so ein Gesicht«, murmelte Dante.

Er stellte sein Bein auf, stützte seinen Ellbogen darauf ab und lehnte seine Wange an die Faust. Wenn ich ihn so betrachtete, konnte ich kurz vergessen, dass wir morgen um unser Leben würden kämpfen müssen, wenn uns nicht bald etwas einfiel.

»Ich überlege nur, wann ich das Klingeln gehört habe«, brummte ich und schloss die Augen. »Ich glaube, das erste Mal habe ich es klingeln gehört, als wir in diesen Park gegangen sind.«

Als ich meine Lider öffnete, grinste er. »Und du denkst wirklich, dass es von der Spieluhr kam?«

Dante zwinkerte, aber ich konnte mich auf die Leichtigkeit, die er vermutlich nur spielte, um mich aufzumuntern, nicht einlassen.

»Ja«, meinte ich und starrte auf das Kästchen. »Es hat auch geklingelt, als Citlali dir ihren Schutzanhänger gegeben hat«, überlegte ich laut.

»Ich habe damals kein Geräusch gehört.«

»Du hast es nicht gehört, bis ein Stern die Farbe deines Elements angenommen hat«, entgegnete ich und fügte leiser hinzu. »Vielleicht hat sie das gemeint.«

»Wer?«, fragte Dante alarmiert und umfasste meine Hände. »Mit wem hast du über diese Spieluhr gesprochen?«

Ich biss mir auf die Unterlippe, weil ich nicht wusste, wie ich es ihm erklären sollte.

»Halt mich nicht für verrückt«, begann ich und erzählte von der Nacht, in der meine Mutter erschienen war. Ich ließ nichts aus. Ihre Worte ließen mir selbst jetzt einen Schauer über den Körper laufen. Wenn ich es richtig verstanden hatte, waren die Seelen der gefallenen Krieger nicht frei, sondern wurden von Leonid gefangen gehalten.

Als ich fertig war, sah ich Dante an. Er schwieg und beobachtete mich, als würde er darauf warten, dass ich lachte und erklärte, dass ich mir alles nur ausgedacht hatte.

»Ich weiß, das klingt verrückt«, murmelte ich.

»Wieso denkst du das?«, fragte er sanft.

»Weil wir doch alle wissen, dass die Seelen der Verstorbenen wieder zu dem Element werden, von dem sie stammen«, antwortete ich.

»Bei den meisten herrscht dieser Glaube vor, ja«, gab er zu. »Aber bei uns nicht.«

»Woran glaubt ihr sonst?«, hakte ich nach.

Es war mir neu, dass das Metallelement eine andere Vorstellung vom Tod hatte als wir. Aber was wusste ich schon von den Traditionen anderer Elemente?

»Dass die Seelen der Verstorbenen bei uns bleiben und über uns wachen«, entgegnete er und räusperte sich. »Die Vorstellung, wenn wir sterben, wieder zu einem von Steinen ummantelten Erz zu werden, ist irgendwie nicht so schön, wie wieder zu einem Teil der Erde und der Natur zu werden.«

Ich schmunzelte, weil er bei diesen Worten so verlegen wirkte. »Also glaubt ihr tatsächlich an Geister?«

Dante nickte. »Ich halte es für möglich, dass deine Mutter hier war. Was ich nicht verstehe, ist, wie wir füreinander einstehen sollen.«

»Unsere Sterne haben sich an dem Tag verfärbt, als ich Magie genutzt habe, um dich in der Arena zu retten. Wir müssen einander unterstützen und beschützen. Wenn ich früher darauf gekommen wäre, dass diese Magie die Sterne erstrahlen lässt, hätten wir vielleicht …«

»Hätten wir nicht«, unterbrach Dante mich. »Es wundert mich bis heute, dass Leonid dich nicht dafür bestrafen ließ. Vermutlich hat er es nicht getan, weil er dich zu seiner Favoritin machen wollte. Kein anderer wäre einfach so davongekommen.«

»Jetzt ist es ohnehin zu spät, um einander mit Magie das Leben zu retten«, meinte ich mit hängenden Schultern. »Selbst wenn wir es wollten. Die Kämpfe in der Arena dauern ab jetzt so lange, bis einer der Krieger tot am Boden liegt.«

Als ich es aussprach, verkrampfte sich Dantes Hand und er wandte den Blick ab. So entspannt, wie er versucht hatte sich zu geben, schien er doch nicht zu sein.

»Angeblich kann ich meinen Geruchssinn nicht einsetzen, wenn ich in der Arena bin«, meinte er. »Deswegen weiß ich nicht, wie ich dich erkennen soll, falls wir uns gegenüberstehen.«

»Würde es einen Unterschied machen?«, fragte ich behutsam. »Falls wir die Magie der Spieluhr nicht erwecken können, ist die einzige Möglichkeit, Leonid zu stürzen und die Kämpfe zu beenden, eine Revolution.« Ich machte eine Pause und wartete, bis er mich ansah. »Die du anführen musst. Also musst du leben.«

»Ich werde dich nicht töten«, entgegnete er scharf. »Niemals. Citlali kann meinen Platz einnehmen, aber das Wissen, dass ich dich umgebracht habe …«

»Dante«, unterbrach ich ihn und legte meine Hand an seine Wange. »Wirst du jetzt jeder Kriegerin meines Elements wehrlos gegenüberstehen?«

»Dann machen wir ein Zeichen aus, Emaya«, sagte er, klopfte sich dreimal mit der linken Hand auf die rechte Schulter und wartete, bis ich es ihm nachmachte. »Wenn du einem Wolf gegenüberstehst, machst du diese Geste und ich weiß, dass du es bist.«

»Und dann erwartest du, dass ich dich töte?« Meine Stimme zitterte.

»Es ist die einzige Möglichkeit«, erwiderte er ernst. »Einer muss sterben und du wirst es nicht sein.«

Mein Atem ging schneller und ich wusste, dass ich gleich in Tränen ausbrechen würde.

»Was, wenn wir jetzt gleich einen Aufstand planen?«, fragte ich und stand auf. »Wenn wir Citlali, Zenus, Koda und Wyrla dazu holen, decken wir fünf Elemente ab. Fünf Elemente, mit mindestens neun Kriegern. Und die Raben ...«

»Emaya.« Dante stand ebenfalls auf. »Selbst wenn sich alle Krieger zusammentun, sind Leonids Gardisten in der Überzahl. Wir bekommen keine Hilfe aus unseren Siedlungen her. Solange uns die Bewohner Alderichs nicht unterstützen, haben wir keine Chance, ganz gleich, wie mächtig wir sind. Eine Revolution muss gut geplant sein, besonders gegen einen Mann wie Leonid, der nicht einmal davor zurückgeschreckt hat, sein eigenes Element zu opfern. Und außerdem«, dabei legte er eine Hand an meine Wange und rang sich ein Lächeln ab, »muss es gar nicht passieren, dass wir einander im Kampf gegenüberstehen.«

Er strich mit dem Daumen über meine Wange und erst jetzt bemerkte ich, dass ich weinte. Die Vorstellung, ihm etwas anzutun ... überhaupt jemanden in diesem Haus zu töten, brannte sich wie ein Schürhaken in mein Herz und ließ es stolpern.

»Versprich mir, dass du morgen Abend wieder hier sein wirst«, forderte ich ihn auf.

»Wenn ich nicht gegen dich kämpfen muss, werde ich morgen wieder zu dir kommen, um mich zu vergewissern, dass du wohlauf bist«, versprach er.

Es waren nicht die Worte, die ich mir gewünscht hatte, dennoch fiel ich ihm um den Hals. Wir legten uns auf das Bett und ich hielt mich an ihm fest, bis der Schlaf mich übermannte.

***

Dicker Nebel bedeckte den Boden der Arena und kalte Magie waberte durch das Fallgitter meines winzigen Käfigs, in dem ich allein auf den Beginn der Kämpfe warten musste.

Als ich aufgewacht war, war Dante längst fort gewesen, er hatte mir aber wie jeden Morgen Blumen gebracht. Eine davon trug ich erneut unter meiner Rüstung. Als Glücksbringer, als Zeichen, dass wir trotz allem immer miteinander verbunden waren. Und um mir Mut zu geben.

Ein Gardist hatte mich am Morgen abgeholt und hergeführt. Ich hatte weder die anderen Kriegerinnen meines Elements noch sonst jemanden gesehen. So wollten sie wohl verhindern, dass wir uns absprachen.

Ich würde jeden Kampf mitansehen müssen, würde dabei zusehen, wie Krieger starben.

Unser Leben lang waren wir auf diesen Moment vorbereitet worden, aber jetzt, da der tödliche Kampf unmittelbar bevorstand, zitterten meine Hände und mein Magen verkrampfte sich schmerzhaft. Ich wusste nicht, wie oft ich mich schon übergeben hatte, aber es mussten einige Male gewesen sein.

Eine Fanfare kündigte diesmal die Ankunft des Königs an, der sich dazu herabließ, sich direkt an das Volk zu wenden, und ihnen erklärte, wie ehrenhaft es war, sein Leben hier im Sand der Arena zu lassen.

In den Ehrenkämpfen mussten wir Magie einsetzen. Vielleicht, weil der Sand der Arena die Magie in sich aufnahm und Leonid neue Macht verlieh. Oder weil er dann wusste, welche Krieger tatsächlich die meiste Macht besaßen und Sternenkrieger werden sollten.

Das Blut rauschte so laut in meinen Ohren, dass ich kaum ein Wort verstand. Aber das war egal. Sollte ich den Tag überleben, würde ich alles daransetzen, das Rätsel um die Spieluhr zu lösen.

Als eine weitere Fanfare erklang, zwang ich mich den Blick nach vorn zu richten. Ich starrte mein Fallgitter an, doch es öffnete sich nicht. Zwei Krieger betraten bereits die Arena. Durch den dichten Nebel konnte ich gerade einmal die Farben ihrer Rüstungen erkennen und wusste, dass sich eine Eule und ein Bär gegenüberstanden.

Magie erhob sich und beide Krieger setzten Zauber gegeneinander ein. Die Eule schleuderte Feuer auf den Bären. Doch dessen wuchtige Schilde drängten den Krieger des Feuers zurück. Nach einer Weile versiegten ihre Kräfte und sie begannen mit ihren Waffen aufeinander einzuschlagen.

Schreie erklangen, Blut spritzte auf den Boden, Knochen knirschten und brachen schließlich. Dann sank der Eulenkrieger auf die Knie und gab ein Röcheln von sich, während der Bär seine Klinge tief in seinen Körper bohrte.

Gurgelnd fiel der Eulenkrieger in den dunkel gefärbten Sand und hustete Blut, bis er sich nicht mehr bewegte.

Jemand trat zu der Leiche und schien den Tod festzustellen, während jemand anderes die Arme des Bären zum Triumph hochriss. Ich hatte erwartet, dass die Menge jubeln würde. Aber sie blieb still.

Meine Kehle schnürte sich zu, während ich auf den leblosen Körper blickte, der auf eine Bahre gelegt wurde. Dann nahm der Nebel wieder zu, jemand sprach ein Gebet für das verlorene Leben und dann erklang erneut die Fanfare, um den nächsten Kampf anzukündigen.

Ich sprang keuchend zurück, als mein Gitter sich öffnete. Meine Beine zitterten und mein Magen schlug einen Salto, krümmte sich, als wollte er noch einmal mein Innerstes nach außen kehren.

Dennoch bewegte ich mich in den Nebel hinein und hielt den Atem an, während ich auf meinen Gegner wartete und die Göttin anflehte, dass es nicht Dante sein möge. Als ich eine hellblaue Rüstung und die Maske einer Schlange vor mir auftauchen sah, wollte ich den angehaltenen Atem ausstoßen. Bis ich erkannte, dass es eine Frau war, die sich vor mir aufbaute.

Nur eine Kriegerin der Schlangen war in die Ehrenkämpfe gelangt. Saela. Starke Magie umgab sie und ich war mir sicher, dass Leonid ihr diese Macht verliehen hatte. Die Dunkelheit, die an ihr haftete, wog schwerer als der Nebel, der uns einhüllte.

»Hallo, Emaya«, zischte sie.

»Woher weißt du, wer ich bin?«, fragte ich finster.

Saela lachte. »Denkst du, es ist Zufall, dass wir aufeinandertreffen? Kein Kampf ist Zufall, dummes Ding.« Sie stellte sich breitbeiniger auf. »Und ich bin hier, um meinen Preis zu bezahlen für die Gnade, die der König mir erwiesen hat. Falls du nicht verstehst, wovon ich spreche: Es ist dein Kopf.«

Das Signal war noch nicht verhallt, als Saela sich schon rasend schnell auf mich stürzte. Aus Magie erschuf sie Geschosse, die sie auf mich warf.

Gleichzeitig schlug sie mit dem Schwert auf mich ein und drängte mich immer weiter zurück. Die Kraft ihrer Angriffe ließ nicht nach und machte mir zu schaffen.

Ich rief meine Kräfte, ließ die Erde sich erheben, damit Saela stürzte. Aber sie stieg über die Stolperfallen hinweg. Tropfen ihrer Magie bedeckten meine Haut. Ich wurde langsamer, sie immer schneller.

Es gelang mir kaum noch, meine Schwerter zu heben, um ihre Axt abzuwehren, oder mich zu ducken. Sengende Hitze breitete sich auf meinem Arm aus. Warme Flüssigkeit lief über meine Finger und tränkte meine Klingen.

»Ich wusste, dass du schwach bist«, sagte sie und warf den Kopf in den Nacken. »Du wirst genauso schnell sterben wie der elende Wolf. Der Bär wird dafür sorgen.«

Ich rang um Atem und machte einen Sprung zur Seite. Die Schneide ihrer Axt streifte meinen Oberschenkel. Dann versetzte sie mir einen Hieb auf die linke Schulter. Ich schrie auf, fiel hin und verlor ein Schwert.

Hastig stand ich auf, knickte jedoch um, weil ich mein verwundetes Bein nicht belasten konnte. Ich ignorierte den Schmerz und richtete mich auf. Ihren nächsten Schlag fing ich mit einer Ranke, die ich aus dem Sand hochschnellen ließ, ab. Sie wand sich um Saelas Axt und hielt sie fest.

Schnaubend ließ Saela die Waffe los. Sie zog einen Krummsäbel und teilte damit die Luft. Feine Wassertropfen wirbelten auf mich zu und lähmten mich. Saela packte die Hand, in der ich noch ein Schwert hielt. Sie biss in mein Handgelenk und leckte sich über die Lippen, als mein Blut ihre Zähne bedeckte. Ich ließ die Waffe fallen und Saela lachte heiser. Der Nebel um uns wurde immer dichter, dunkler. Ich konnte die Wände der Arena um uns kaum noch erkennen.

»Endlich! Endlich beende ich dein Leben«, verkündete sie triumphierend.

Sie beachtete nur die Hand, von der das Blut aus der Bisswunde tropfte, und ignorierte die andere vollkommen, während sie ihren Säbel anhob. Ich erlaubte mir nicht einmal zu atmen, um keine Zeit zu verlieren, zog das Stilett aus meinem Gürtel und ließ alle Magie, über die ich noch verfügte, in die Waffe fließen.

»Du hast verloren«, meinte Saela und grinste.

Dann entschlüpfte ihr ein Keuchen und sie riss die Augen auf. Ihr Blick wanderte zu ihrer Seite und sie stieß mich von sich, ließ ihren Säbel dabei fallen und hielt die Wunde, in der immer noch mein Stilett steckte. Ich hatte mit aller Kraft zugestoßen und den Schnitt so lange gezogen, wie es mir möglich war. Die Magie tat ihr Übriges, drang in ihren Körper ein und weitete die Wunde.

Dunkles Blut schoss aus ihr heraus, tränkte ihre Rüstung und den Boden, als sie auf die Knie sank.

»Das kann nicht sein«, sagte sie mit bebenden Lippen. »Er hat gesagt, ich würde dich bezwingen. Er hat … er hat …«

Ich fiel neben ihr auf die Knie und legte meine Arme um ihren zitternden Körper.

»Sag mir, was er vorhat«, flüsterte ich. »Bitte, hilf mir es zu beenden.«

Blut lief aus ihrem Mund und diesmal war es ihr eigenes, das ihre Zähne rot färbte, als sie lächelte. »Verbrenn im ewigen Feuer der Sterne«, zischte sie.

Dann hustete sie und verdrehte ihre Augen, bevor ihr Körper in meinen Armen erschlaffte.

Kapitel 37

Erst bemerkte ich sie nicht. Die Gardisten hatten sich lautlos durch den Nebel, der so weiß und dicht wie Milch war, bewegt. Einige gingen zu Saela, andere kümmerten sich um mich.

Jemand sprach zu mir, aber ich verstand den Sinn der Worte nicht. Ich konnte nur Saelas totes Gesicht anstarren. Sie grinste selbst jetzt noch triumphierend, da ihre Seele verloren war. Ich schauderte bei dem Gedanken, dass ihr Geist eines Tages zurückkehren und mich jagen würde.

Ich schrie, als zwei Männer mich hochhoben und aus der Arena trugen, schrie vor Schmerz und Wut, zitterte, weil ich Saela getötet hatte.

Der leblose Körper verschwand im dichten Weiß, das auch alle Geräusche zu schlucken schien. Dennoch hob ich den Kopf, weil ich dachte meinen Namen zu hören, aber ich hätte weder die Richtung bestimmen können, aus welcher das Geräusch kam, noch wessen Stimme nach mir rief.

Die Gardisten setzten mich in meinem Käfig auf einen Sessel, dessen Stoff bald vom Blut aus meiner Wunde am Oberschenkel getränkt war. Ich hatte Glück, dass eine Heilerin bereits auf mich wartete, sonst wäre ich vermutlich gestorben. Die Frau machte sich gleich daran, meine Beinkleider mit einer Schere aufzuschneiden, um an meine Wunde zu gelangen.

Ich nahm das alles nur am Rand wahr, hörte die Worte nicht, die über die Arena hallten und fühlte das Brennen der Magie, die mein Leben rettete, kaum. Der Nebel lichtete sich und ich erkannte einen Krieger der Wölfe.

Mein Herz setzte einen Schlag aus und ich richtete mich auf, nur um von der Heilerin wieder auf den Sessel zurückgedrückt zu werden.

»Haltet still, wenn Ihr leben wollt«, fauchte sie und presste ihre Hand fester auf meine Wunde.

Ich keuchte und verkrampfte meine Hände um die Armlehnen, grub die Nägel tief in den rauen Stoff. Erst als ich eine dunkelblaue Rüstung ausmachte, lockerte ich meinen Griff und legte den Kopf in den Nacken. Das war nicht das Duell, das ich fürchten musste. Saela hatte gemeint, ein Bär würde gegen Dante antreten und hier stand ein Rabe einem Wolf gegenüber.

Als das Signal erklang, hob ich meinen Blick und verfolgte den Kampf. Der Rabe stellte sich breitbeinig hin und rief seine Magie, um Wind zu erzeugen.

Der Schutzgott der Wölfe herrschte über die Gewitter und so war es für den Krieger in Grau ein Leichtes, den Wind mit seiner Magie abzufangen und viel stärker zurückzuschleudern. Doch der Rabe nahm den Sturm einfach in sich auf und setzte ihn mit noch größerer Wucht gegen seinen Gegner ein.

Der Wolf hatte damit nicht gerechnet, wurde vom Sturm erfasst und umgerissen. Ein Knacken, das mein Blut gefrieren ließ, erklang und der Krieger blieb regungslos liegen.

»Ihr müsst den Arm locker lassen«, sagte die Heilerin emotionslos.

Ich riss meinen Blick von der Arena los und sah sie an. Sie hatte mein Bein mittlerweile geheilt und hielt ihre Hände über meinen Arm, der angespannt war, weil ich meine Nägel erneut in die Armlehne grub. Mühsam löste ich meinen angespannten Griff und sie kümmerte sich auch um diese Verletzung.

Der Rabe wurde zum Sieger erklärt, ließ jedoch seinen Kopf hängen, während man ihn hinausführte. Niemals hätte ich erwartet, dass er einen Wolf so leicht besiegen könnte.

Übelkeit stieg in mir auf und meine Finger kribbelten, während sich alles um mich zu drehen begann. Was taten wir hier nur?

Die Heilerin erhob sich und zog mir meine Maske vom Gesicht. Sie musterte mich und ich meinte Mitgefühl in ihren Augen aufflackern zu sehen, doch es verschwand, als sie die Maske auf einem Tisch ablegte.

»Ihr habt viel Blut verloren und Euren Arm werdet Ihr morgen vermutlich nicht gebrauchen können«, sagte sie und deutete auf einige Teller, die neben der Maske standen. »Esst und trinkt, um wieder zu Kräften zu kommen.«

»Ich soll essen, während ich dabei zusehe, wie die Männer und Frauen, mit denen ich unter einem Dach gelebt habe, sich gegenseitig abschlachten?«, fragte ich viel zu scharf.

Die Heilerin hob eine Augenbraue. »Ihr seid eine Kriegerin. Was kümmern Euch die Leben Eurer Gegner?«

»Wir sollten uns nicht töten«, erwiderte ich und sprach die Worte aus, bevor ich mich daran hindern konnte. Was hatte ich noch zu verlieren? »Wir sollten gemeinsam die Städte und Siedlungen vor den dunkeln Kreaturen beschützen. Das sollte die Aufgabe der Krieger sein. Nicht das hier.«

Etwas blitzte in den Augen der Heilerin auf und ich schluckte, aus Furcht, sie würde gleich die Gardisten rufen. Stattdessen beugte sie sich zu mir herab und sagte so leise, dass ich sie kaum hören konnte: »Dann wagt es, Kriegerin. Wagt es, euch zu erheben.«

»Was?«, hauchte ich und musterte sie, während mein Herz wild schlug.

»Ihr habt mich verstanden«, erwiderte sie ruhig und verneigte sich dann.

Bevor ich noch etwas sagen konnte, verließ sie meinen Käfig und ließ mich mit meinen Gedanken und meiner Angst allein zurück.

Mittlerweile hatte der nächste Kampf begonnen und ich entdeckte eine Kriegerin meines Elements, die gegen einen Wolf angetreten war und bereits blutend am Boden lag. Ich kniff die Augen zusammen, als der Wolf sein Schwert hob und es ihr in die Brust rammte, hielt mir die Ohren zu, um den Schrei nicht zu hören, nicht das letzte Aufbäumen des sterbenden Körpers zu vernehmen. Welche meiner Freundinnen würde ich nie wiedersehen? Tränen brannten in meinen Augen, als ich an Nele dachte.

Was war ich nur für eine Kriegerin, wenn ich so mit dem Tod haderte, den ich eigentlich bringen sollte?

Meine Hände bebten, als ich sie von den Armlehnen löste und mich erhob. Nach meinem eigenen Kampf durfte ich mich umziehen und da von meinen Beinkleidern ohnehin nur noch Fetzen übrig waren, wollte ich das hinter mich bringen.

Ich löste die Schnallen meines Brustpanzers und zog behutsam die Blüte heraus. Dann schlüpfte ich in bequeme und nicht mit Blut besudelte Kleidung und hielt die Blume in meinen zitternden Händen.

Der nächste Kampf wurde angekündigt und mir wurde eiskalt, als ich einen Krieger in grauer Rüstung sah, der sich einem Kämpfer mit goldenem Brustpanzer stellte.

»Dante«, hauchte ich und stand auf.

Das kühle Eisen des Fallgitters bohrte sich in meine Haut, als ich die Hände darumlegte und mich daran festhielt. Mein Blick war auf den Wolf geheftet, der mit einem Schwert und einem Speer bewaffnet dastand und seinen Gegner taxierte. Der Bär hielt eine Axt und einen Krummsäbel in den Händen und dunkle Magie hüllte ihn ein.

Mein Herz hämmerte wie wild in meiner Brust und Magie knisterte über meine Fingerspitzen, drang in die Blume ein und ließ sie erneut erblühen und vor Leben strahlen. Ich hielt sie fest zwischen dem Gitter und meinen Fingern eingeklemmt und starrte hinaus in den Nebel.

Der Kampf hatte begonnen und der Wolf hatte einen Sturm heraufbeschworen, ebenso wie der Bär. Der Schutzgott der Bären war jener des Sturms und verlieh ihnen die Kraft, starke Schilde aus Magie zu formen und diese zum Schutz oder Kampf einzusetzen.

Der Bär schleuderte Bälle aus Magie auf den Wolf, der seinen Speer drehte und aus Wind eine Abwehr erschuf. Beide Kräfte prallten aufeinander, zuckten und lösten sich auf. Während der Wolf um Atem rang, hob der Bär seine Arme und rief einen weiteren Sturm. Die Dunkelheit, die er einwob, ließ mich zittern und ich starrte ängstlich zu dem Wolf, der seine letzten magischen Kräfte zu sammeln schien und ein Gewitter über sich erzeugte.

Blitze zuckten und schlugen rund um den Bären ein. Doch der Sturm, den er zwischen seinen Händen anwachsen ließ, verschluckte sie einfach, genauso, wie die dunklen Kreaturen bei der Jagd das Licht angezogen und verschlungen hatten.

Als der Wolf seine Magie losließ, schleuderte der Bär eine Wand aus tosendem Wind auf ihn. Ich schrie, als der Wolf sich erst im letzten Moment ducken konnte und dem Angriff auswich.

Er packte den Speer und warf ihn auf den Bären, bevor der einen weiteren Angriff mit Magie starten konnte. Die Spitze drang tief in die Schulter des

Kriegers ein und einen Moment atmete ich erleichtert auf, nur um dann wieder die Luft anzuhalten.

Denn der Bär brach den Schaft ab. Er rannte mit der Axt auf den Wolf zu und warf ihn mit seinem Windschild um.

»Dante!«, schrie ich. Der Wolf rang um sein Gleichgewicht, fand es nicht und die Axt drang in seinen Unterleib. »Nein!«

Ich rüttelte an dem Gitter, fluchte, trat dagegen, schrie und rief meine Magie, um es zu öffnen.

Etwas riss mich von den Füßen und ich landete rücklings auf dem Boden. Mein Kopf schlug hart auf und es surrte in meinen Ohren. Benommen setzte ich mich auf, hielt meine Schläfen und kämpfte mich auf die Knie. Ich schleppte mich zum Gitter zurück, das bedrohlich flirrte, und starrte hinaus.

Blut tränkte den Boden und der Bär stand mit erhobenen Armen neben dem Wolf, als wollte er sich feiern lassen. Aber niemand jubelte, obwohl er sich in alle Richtungen drehte und verneigte.

Langsam wanderte mein Blick zu dem Körper auf der Erde und ich atmete heftig ein und aus, während die dunkelrote Lache um den Krieger immer größer wurde. Sein Kopf war zu mir geneigt, aber selbst wenn er keine Maske getragen hätte, hätte ich sein Gesicht nicht erkennen können, denn es verschwand im Nebel. Dennoch wusste ich, dass es Dante war. Das war der Kampf, den Saela angekündigt hatte. Die Gewissheit sickerte in mein Unterbewusstsein und ich schrie verzweifelt seinen Namen, flehte die Göttin an, sie möge ein Wunder geschehen lassen. Aber es kam nicht. Nur unendlicher Schmerz, der mein Herz in Stücke riss, als man den toten Körper auf eine Bahre legte und fortbrachte.

Kälte umgab mich und ließ mich so heftig zittern, dass meine Zähne zu brechen drohten, als sie aufeinander klapperten. Ich schluchzte seinen Namen, bis meine Stimme brach und sank dann nach vorn. Meine Stirn berührte den Boden. Tränen tropften auf den dunkelgrauen Stein unter mir.

Ich wusste nicht, wie lange ich so dasaß, wie lange ich um den Mann weinte, den ich liebte und nie wiedersehen würde. Leonid würde ihn in flüssiges Silber verwandeln und sein Geist für immer gefangen sein.

Bei dem Gedanken schluchzte ich noch heftiger, weil ich Dante nicht einmal dieses Schicksal ersparen konnte.

Alles war verloren. Jetzt war alles verloren.

***

Wie ich in mein Zimmer zurückgekehrt war, wusste ich nicht. Aber irgendwann saß ich am Fenster, starrte hinaus, in der unerfüllbaren Hoffnung, dass Dante doch jeden Moment hier erscheinen würde. Dass er nicht tot war und ich mich geirrt hatte.

Doch ich musste mir eingestehen, dass er nicht kommen würde. Nie wieder.

Der Schmerz zerriss mein Herz erneut und ich wusste nicht, was ich tun sollte. Hier erinnerte mich alles an Dante. Also löschte ich alle Lichter, schleppte mich aus meinem Zimmer und verschloss die Tür.

Ich hielt auf den Raum zu, in dem das Essen für uns bereitgestellt wurde. Den ganzen Tag hatte ich keinen Bissen zu mir genommen und auch jetzt verspürte ich keinen Hunger. Aber ich hoffte, dass jemand dort war und ich nicht allein sein würde.

Als ich eintrat, entdeckte ich nur zwei Kriegerinnen und schluchzte erleichtert. Wyrla und Nele hatten ihre Kämpfe überlebt. Nachdem Dante gefallen war, hatte ich keinen Kampf mehr richtig wahrgenommen.

»Emaya«, sagte Nele und sprang auf.

Ich konnte ihr nicht ins Gesicht blicken, wollte ihr nicht zeigen, was in mir vorging. Aber sie schien es auch so zu wissen. Behutsam legte sie einen Arm um meine Schultern und führte mich zum Sofa, während Wyrla einen Becher befüllte und mir hinhielt.

Einen Moment schwiegen wir alle, dann stieß Wyrla den Atem aus. »Dein Wolf ist also …«

Ich schloss meine Lider, um die Tränen dahinter zu versiegeln, aber sie flossen dennoch über meine Wangen. Wortlos nickte ich und hob den Becher an meine Lippen.

Süßlicher Duft stieg auf, also öffnete ich meinen Mund und leerte den

Kelch in einem Zug. Zitternd hielt ich ihn Wyrla hin, die ihn kommentarlos nachfüllte.

»Du musst auch etwas essen«, verkündete Nele und holte mir einen Teller.

Aber ich schüttelte nur den Kopf und lehnte mich auf dem Sofa zurück.

»Er hätte nicht gewollt, dass du weinst«, sagte Wyrla unerwartet sanft.

»Ich weiß«, erwiderte ich heiser. Es waren die ersten Worte, die ich seit Stunden sprach, und sie fühlten sich wie Reibeisen in meiner Kehle an. »Aber ich kann nicht anders ... Er ist meinetwegen gestorben.«

»Unsinn«, zischte Wyrla. »Die Arena fordert Leben und das wissen wir alle. Wer weiß, wer von uns morgen Abend noch hier sitzen wird.«

Ich schluckte. Vierundzwanzig Krieger waren heute angetreten, nur noch zwölf von ihnen lebten und morgen würden es nur noch sechs sein.

»Der König wollte Dante tot sehen«, flüsterte ich. Ich wollte ihnen die Wahrheit sagen, ich hatte nichts mehr zu verlieren. »Weil ich mich ihm verweigert habe und weil er bestimmt ahnte, was wir vorhatten.«

Meine Alpha richtete sich auf. »Was hattet ihr denn vor?«

Ich zögerte einen Moment, dann erzählte ich ihnen alles. Ich berichtete ihnen von der Spieluhr, von Dantes Plänen, selbst von meiner Mutter und meiner Annahme, dass Leonid selbst für Aryannas Tod verantwortlich war.

Als ich fertig war, wagte ich es nicht, Wyrla anzusehen, also starrte ich auf meine Hände.

»Du denkst, dass wir die Kämpfe gar nicht brauchen, um das Licht der Sterne zu erneuern? Dass es genügt, die dunklen Kreaturen zu töten? Wir müssten uns also gar nicht gegenseitig umbringen?«, fragte meine Alpha nach einer gefühlten Ewigkeit.

Ich sah doch auf, bis meine Augen ihre trafen. Dann nickte ich. »Das haben wir vermutet. Und Dante war sich sicher, dass wir mit der Magie der Spieluhr den Hochkönig besiegen könnten.« Ich vergrub mein Gesicht in den Händen. »Aber wir haben sie jetzt mit ihm zusammen verloren. Er hat sie sicher bei sich getragen.«

Wyrla sprang auf und schritt vor mir auf und ab. »Hättest du uns nur früher eingeweiht«, brummte sie.

»Ich konnte nicht«, erwiderte ich heftig. »Selbst wenn ich gewusst hätte, dass ihr auf meiner Seite steht, hätte ich euch nur in Gefahr gebracht. Versteht ihr das nicht?«

»Wir sind eine Gemeinschaft«, schnauzte Wyrla mich an. »Darum geht es doch schlussendlich, oder? Dass wir zusammenhalten. Und wenn wir die anderen Krieger hätten überzeugen können uns zu helfen …« Sie brach ab und schüttelte den Kopf. »Jetzt ist es ohnehin zu spät. Wir können nur beten, dass ihr euch irrt und der König unsere Magie nicht nur nutzt, um sich selbst mehr Macht zu verleihen.«

Ich senkte den Blick und der Kloß in meinem Hals schwoll an. Ich hatte alles falsch gemacht und nur aus diesem Grund alles verloren.

»Lasst uns heute hierbleiben. Gemeinsam«, schlug Nele vor und griff nach meiner Hand. »Wir geben uns gegenseitig Mut und Hoffnung, dass wir morgen Abend genauso gesund wie jetzt wieder hier sitzen werden.«

Ich lächelte, aber es war nicht aufrichtig. In meinem Inneren wusste ich, dass vermutlich zwei von uns sterben würden. Vielleicht sogar wir alle. Aber die Vorstellung, auf diese Weise wieder bei Dante sein zu können, fühlte sich fast tröstlich an und nahm mir die Angst vor dem morgigen Tag. Etwas in mir war unwiederbringlich zerbrochen, als ich Saelas Leben beendet und dabei zugesehen hatte, wie Dante starb. Und es würde sich niemals wieder zusammensetzen lassen.

Kapitel 38

Mein Körper fühlte sich taub an, als ich meine Waffen prüfte und ein letztes Mal nach der Blume sah, die ich unter meinem Brustpanzer trug. Ich hatte sie zuerst nicht mitnehmen wollen, aber ohne sie hatte ich mich unvollständig gefühlt.

Gestern wäre ich an meiner Trauer fast verzweifelt, heute hatte ich ein neues Ziel. Ich würde diese Kämpfe überleben. Für Dante. Würde beenden, was er begonnen hatte. Würde den König zu Fall bringen. Auch ohne die Spieluhr. Dafür würde ich kämpfen. Bis zu meinem letzten Atemzug.

Das Fallgitter öffnete sich und ich schritt hinaus in den Nebel. Kühle Feuchtigkeit legte sich auf meine Haut, während ich auf meinen Gegner wartete. Ich legte den Kopf in den Nacken und versuchte das Publikum zu erspähen. Aber ich sah nicht einmal die Wand, die den Kampfring umgab.

Schwere Schritte näherten sich mir und ich wandte mich um. Ein Krieger in grauer Rüstung stand vor mir, sein Kopf tief gesenkt. Er hielt das Schwert kraftlos in seiner Hand und obwohl ich unzählige Wurfäxte an seinem Gürtel entdeckte, griff er nach keiner, als wollte er nicht kämpfen.

Auch ich hätte lieber nicht gegen ihn gekämpft. Aber ich hatte ein Ziel. Wenn ich zu den drei Siegern gehören und eine Chance haben wollte, Leonid umzubringen, musste ich diesen Krieger töten und selbst überleben.

Als das Signal, das den Beginn des Kampfes einläutete, erklang, sandte ich ein Gebet an meine Göttin und griff den Wolf an. Ich führte nur eine Klinge, weil mein Arm sich wegen der tiefen Schnittwunde immer noch taub anfühlte. In der unbrauchbaren Hand hielt ich einen Schild.

Der Wolf wich aus, parierte den Schlag aber nur halbherzig.

Ein schlechtes Gewissen überkam mich. Ich konnte ihn doch nicht töten, wenn er sich nicht einmal wehrte.

Also vollführte ich ein paar lasche Angriffe, um ihn aus der Reserve zu locken, reizte ihn und öffnete meine Verteidigung, damit er leichteres Spiel hatte.

Tatsächlich griff er mich nun endlich an, schlug zu und drängte mich tiefer in den Kampfring hinein. Mit einem Mal schien seine Kraft erwacht zu sein. Er stürmte auf mich zu, hieb mit seinem Schwert nach mir und verfehlte mich nur um Haaresbreite.

Angst kroch in meinen Adern hoch, weil er so viel stärker war, als ich zuerst vermutet hatte. Er setzte mir zu, drängte mich zurück, erlaubte mir nicht einen Angriff zu vollführen.

Deswegen machte ich einen Satz zurück und rief doch meine Magie, die ich eigentlich hatte schonen wollen, um sie gegen Leonid einsetzen zu können. Bisher hatten der Wolf und ich nur mit Schwertern aufeinander eingeschlagen, aber ich durfte diesen Kampf nicht verlieren. Ich wollte Dante rächen. Meine Mutter. Und all die anderen Krieger, die wegen der Machtgier eines einzigen Menschen ihr Leben verloren hatten.

Die Erde unter unseren Füßen brach auf, Ranken schossen heraus und legten sich um die Arme des Kriegers. Er keuchte und ließ sein Schwert fallen, während silberne Blumen auf den grünen Ranken erblühten.

Langsam hob er seinen Kopf und ich packte mein Schwert fester. Ich musste es tun, es hier und jetzt beenden. Für Dante.

Gerade wollte ich mich auf ihn stürzen, als ein Donnern den Boden erbeben ließ und meine Magie aufhob. Eine Druckwelle riss mich von den Füßen, schleuderte mein Schwert irgendwo in den Nebel und mich auf den Boden. Ich landete auf dem Rücken. Alle Luft und Kraft entwichen meinem Körper und ein lähmendes Gefühl presste mich auf die Erde.

Ich konnte mich immer noch nicht rühren, als der Wolf sich über mir mit seinem Schwert in der Hand aufbaute.

Dies war mein Ende und ich wusste es. Trotzdem rang ich mir ein Lächeln ab und nickte ihm zu. Dann wollte das Schicksal eben, dass ich es nicht beendete und dass ich früher zu Dante gelangte, der auf mich wartete.

Ich keuchte, als das Schwert neben mir zu Boden fiel und der Krieger ihm folgte. Er kniete vor mir und führte seine Hände an die Maske, die sein Gesicht verhüllte.

»Töte sie!«, forderte der Sprecher. »Worauf wartest du?«

Ich biss so fest auf meine Unterlippe, dass Blut hervorquoll, während ich zusah, wie der Wolf seine Maske ablegte.

»Ich könnte dich nie töten«, sagte er und mein Herz hörte auf zu schlagen, als seine Maske zu Boden fiel.

»Dante«, hauchte ich und stützte mich auf meine Ellbogen. »Aber du bist ... ich dachte, der Bär hätte dich getötet ...«

»Ich habe gegen keinen Bären gekämpft«, brachte er heiser hervor. »Ich dachte auch, dass du gestern gestorben wärst. Emaya.«

Seine Hand griff zitternd nach meiner Maske, löste sie und warf sie fort. Ich schmiegte mein Gesicht an seine warme Haut. Dann fiel ich ihm um den Hals und weinte an seiner Schulter all die Tränen, die ich mir geschworen hatte, nicht zu vergießen, bis er gerächt war.

Der Nebel löste sich auf und die Zuschauer gaben erschrockene Laute von sich, als sie uns endlich erkennen konnten. Ein Wolf und ein Reh, die, statt einander zu töten, sich gegenseitig hielten und schützten.

Ich drängte mich an ihn, nahm seine Wärme in mich auf, sog seinen Geruch ein, den ich selbst nach einer Nacht ohne ihn schmerzlich vermisst hatte. Dann lachte ich, weil eine unendlich schwere Last von meinen Schultern gefallen war. Er lebte, saß vor mir und hielt mich in seinen Armen.

»Dante Steinbret«, erklang die Stimme des Sprechers und erinnerte mich daran, dass der Schmerz, den ich eben noch gefühlt hatte, nicht für immer verschwunden war. Im Gegenteil. Ich ahnte, dass er gleich tausendmal schlimmer sein würde. »Du bist der Gewinner des Duells. Töte Emaya Sonnrad.«

Es erklangen Schreie aus den Käfigen der Krieger und den Publikumsrängen erklangen, als unsere Namen genannt wurden. Dante drückte mich noch einmal an sich, dann schob er mich fort und richtete sich auf.

»Nein!«, rief er mit geballter Faust. »Ich werde das Töten hier und jetzt beenden.«

»Dante«, keuchte ich und kämpfte mich ebenfalls auf die Beine. »Tu das nicht. Bitte.«

Er lächelte schwach und schob seine Hand in einen Beutel an seiner Hüfte. Dann drückte er mir die Spieluhr und das Sternenfragment in die Hände.

»Ich könnte dir nie wehtun, Emaya«, raunte er, bevor er seine Lippen auf meine presste in einem verzweifelten Kuss, der mir den Atem raubte.

Angst kroch in mir hoch wie der Nebel, der sich um unsere Beine bildete. Dunkle Magie umgab uns, aber sie schien gegen unsere Kräfte nicht anzukommen.

Als Dante sich von mir löste, hob er sein Schwert auf und reckte es in die Höhe. »Ich werde sie nicht töten!«

Er öffnete seinen Mund, um weiterzusprechen, doch ein Blitz zerschnitt die Luft und bohrte sich in seinen Rücken.

»Nein«, brüllte ich.

Dante zuckte und fiel auf die Knie. Ich fing ihn in meinen Armen auf und wurde von seinem regungslosen Körper begraben. Ich fühlte das schwache Schlagen seines Herzens und obwohl meine Heilkräfte nicht stark waren, rief ich all meine Magie und legte meine Hände auf seine Brust.

Die Panik schluckte ich hinunter. Noch konnte ich ihn retten und ihm eine Chance geben, das hier zu überleben.

»Bitte, verlass mich nicht«, flehte ich und sah zu, wie die winzigen Funken meiner Heilkräfte in seine Rüstung drangen.

Jemand zerrte Dante von mir herab. Ich schrie, weil meine Magie abbrach, wehrte mich, als vier Hände mich packten und wieder auf die Füße stellten. Panisch sah ich nach Dante, aber er wurde bereits aus der Arena geschleppt und ich wusste nicht, was mit ihm geschehen würde.

Mein Atem ging stockend und das Blut rauschte in meinen Ohren. Für einen kurzen Moment hatte ich Hoffnung gehegt, aber jetzt …

»Emaya Sonnrad, damit bist du die Gewinnerin des Duells. Kehre in deinen Bereich zurück und …«

»Hört mich an!«, rief ich, so laut ich konnte, und befreite mich aus den Griffen der Männer, die mich gepackt hatten.

Dante hatte sich für mich geopfert, hatte versucht das Blatt zu wenden. Ich würde nicht zulassen, dass er umsonst gekämpft hatte.

»Wir haben viel zu lange einem Tyrannen geglaubt, der unsere Kräfte nutzt, um sich selbst zu bereichern«, fuhr ich fort.

Über mir knisterte es und ich ahnte, dass gleich ein Blitz meine Rede beenden würde. Dennoch würde ich nicht schweigen.

»Die Sterne, die vom Himmel fallen, benötigen nicht die Magie des Hochkönigs und auch nicht jene der Krieger, die angeblich zu diesem Zweck ihr Leben lassen«, brüllte ich gegen die Schreie an, die um mich erklangen.

Das Zucken der Magie über mir schwoll an und ich sprach lauter und schneller.

»Wenn wir uns zusammen gegen die Dunkelheit und ihre Kreaturen stellen, können wir das Licht der Sterne zurückbringen und unsere Welt heilen!«, rief ich und deutete zu der Loge, in der ich den König vermutete. »Der Hochkönig bringt uns gegeneinander auf, damit wir seine Macht nicht gefährden. Aber hat er jemals geholfen, wenn unsere Städte angegriffen wurden? War er bei euch, als das Ratsgebäude eingestürzt ist und so viele Menschen in den Tod gerissen wurden?«

Es donnerte und die Luft um mich lud sich auf. Mir lief die Zeit davon und ich wusste nicht, was ich noch tun sollte. Die Menschen schienen mir zwar zuzuhören, doch sie blieben wie versteinert auf ihren Plätzen sitzen.

In meiner Hand vibrierte die Spieluhr und ich starrte darauf, fühlte die Magie, die sie verströmte.

Es knisterte und ich erahnte die Macht des Blitzes, der mich jeden Moment niederstrecken würde. Und wenn er mich nicht tötete, dann die Wachen, die sich bereit machten mich anzugreifen.

Als ein helles Licht mich blendete, rief ich meine Magie und wusste doch, dass ich nicht genug Kraft hatte, den Blitz aufzuhalten. Es zischte und ich hielt den Atem an, kniff die Lider zusammen und wartete.

Ein Klirren ließ mich die Augen wieder öffnen und ich keuchte, als ich das magische Schutzschild aus grünem Licht über mir erkannte, von dem die Reste des Blitzes wie Perlen herabrieselten.

»Mama«, hauchte ich.

»Tötet sie!«, schrie jemand den Befehl und die Wachen stürmten auf mich zu.

Noch ehe ich verstand, dass ich nicht gestorben war und kämpfen musste, warf sich ein Krieger in roter Rüstung vor mich und streckte die zwei Wachen, die sich auf mich stürzen wollten, nieder.

»Citl...ali?«, hauchte ich. Wie war sie aus ihrem Käfig gekommen? Hatte meine Mutter sie und die anderen Krieger, die in die Arena strömten, befreit?

»Könntest du jetzt bitte auch kämpfen, Reh?«, knurrte die Eule und warf mir einen Blick über die Schulter zu.

Ein Lächeln huschte über ihr Gesicht. Sie riss sich die Maske vom Kopf und warf sie in den Sand. Wir stellten uns Rücken an Rücken und warteten auf die Gardisten, die von der Tribüne sprangen und mit erhobenen Schwertern auf uns zu rannten.

»Wie bist du aus deinem Käfig gekommen?«, fragte ich und parierte einen Schlag, trat nach dem Gardisten und wandte mich dem nächsten zu.

»Die Fallgitter gingen einfach auf. Bei uns allen«, antwortete sie.

Mein Herz schlug schneller, als die Krieger, die nicht in den Ehrenkämpfen antraten, sich von den Tribünen schwangen und in die Arena stürmten. Mit ihrer Magie hielten sie die Gardisten auf, fesselten sie oder schlugen sie bewusstlos.

Die Spieluhr in meiner Hand pulsierte und als ich es wagte, sie anzusehen, hatten sich die Sterne allesamt gefärbt. Rot, gold, hellblau, dunkelblau und ein helles Grün hatten sich zu dem Silber und dem Braun gesellt.

Ich lachte und Tränen liefen über meine Wangen, während ich sie betrachtete.

»Citlali, ich brauche einen Moment«, sagte ich atemlos.

»Einen Moment kann ich dir verschaffen«, erwiderte sie, hob ihre Hand und rief einen Stab aus purem Feuer.

Sie zog einen Kreis um uns und Flammen loderten hoch. Ich gönnte mir einen Atemzug, dann legte ich meine Hand an die Kurbel und zog die Spieluhr auf. Als ich sie bis zum Anschlag gedreht hatte, ließ ich die kleine Kurbel los und öffnete den Deckel.

Eine sanfte Melodie erklang und ließ alle Geräusche um uns verstummen.

Mein Herz schlug im Rhythmus des Liedes, das mir seltsam vertraut vorkam. Eine bleierne Schwere fiel von mir ab und neue Kraft durchströmte meinen Körper, ließ meine Magie mächtiger als je zuvor wirken.

Auch Citlali atmete auf und das Feuer, das uns umgab, loderte noch höher, während ihre Züge sich entspannten.

Funken stoben aus der Spieluhr und erhoben sich in den Himmel, vereinten sich und verdrängten die dunklen Wolken, die gerade eben noch bedrohlich über uns gehangen hatten.

»Sieh nur«, sagte ich und deutete auf die Publikumsränge.

Die Menschen wehrten sich gegen die Wachen des Königs, die sie aus der Arena drängen wollten. Sie nutzten ihre Magie und die Waffen, die sie den Gardisten entwenden konnten.

Citlali lächelte erneut. »Ich denke, sie haben dich erkannt«, meinte sie.

»Mich erkannt?«

»Du hast ihnen geholfen, als das Ratsgebäude eingestürzt ist«, erklärte die Eule. »Ich denke, das war der Funken, der diesem Feuer noch gefehlt hatte.« Sie klopfte mir auf die Schulter. »Gut gemacht. Jetzt müssen wir nur noch den König finden und entmachten.«

Mein Blick wanderte zu der Loge und dem Banner, das vom Balkonrand fast bis zum Boden hing.

»Wie gut kannst du klettern?«, wollte ich wissen.

»Um mich mach dir keine Sorgen«, erwiderte sie. »Aber die anderen könnten Probleme haben.«

Mit diesen Worten ließ sie die Flammen sterben und bedeutete den anderen Kriegern uns zu folgen.

Die Menschen Alderichs kümmerten sich um die Wächter des Königs, also machten wir uns daran, Leonid zu stellen.

Ein letztes Mal blickte ich zurück und suchte nach einem Zeichen von Dante. Doch ich konnte keines finden. Mein Herz zog sich schmerzhaft zusammen und ich schluckte die Zweifel hinunter.

Wir durften nicht zögern. Jetzt mussten wir beenden, was wir begonnen hatten.

Kapitel 39

Die Loge lag leer vor uns, als ich mich hinter Citlali über die Brüstung schwang.

»Dieser elende Feigling«, zischte die Eule und machte einen Schritt nach vorn.

Es knackte. Ich packte sie am Ellbogen, riss sie zurück und schrie, als direkt vor uns die Wand einstürzte. Citlali sog den Atem ein und drückte eine Hand auf ihre Brust.

»Bei Aetaro«, keuchte sie und ließ die Hand sinken. »Der Gott des Krieges ist mir wohl gewogen, wenn er dir so schnelle Reflexe schenkt.«

Hinter uns fluchte Koda, der sich mit dunkelrotem Gesicht am Balkon hochzog und auf die Tribüne fallen ließ. Er richtete sich auf und betrachtete den Schutt, der uns fast unter sich begraben hätte.

»Habt ihr etwa ohne uns begonnen?«, fragte er und grinste.

Ich konnte nicht anders, ich musste auch lächeln. Koda hatte es mit diesem Satz geschafft, meine Anspannung etwas zu lösen. Aber ein Blick zurück in die Arena genügte, um mich die Schwere der Verantwortung wieder deutlich spüren zu lassen. Bürger, Gardisten und Krieger lagen tot im vom Blut getränkten Sand und die Kämpfe waren noch lange nicht vorbei. Etwa dreißig Krieger waren mir gefolgt. Ob das reichen würde, um den König zu stellen?

»Hier kommen wir wohl nicht weiter«, meinte Zenus, der hinter Koda erschien.

»Das würde ich nicht sagen«, verkündete Wyrla, die sich anmutig über die Brüstung schwang. »Seht doch.«

Sie deutete auf den Schutthaufen. Zwischen den Gesteinsbrocken schien ein seltsames Licht hindurch.

»Und wenn das eine weitere Falle ist?«, warf ich ein.

»Das werden wir herausfinden müssen«, erwiderte Wyrla und steckte ihr Schwert ein.

Ihre Magie loderte auf und die Spieluhr in meiner Hand summte leise ihre Melodie, während Wyrla die Brocken zur Seite räumte und eine Falltür freilegte.

Citlali zögerte einen Moment, dann schritt sie darauf zu und öffnete sie. Mit einem Satz sprang sie zurück, als Feuer nach ihr bleckte. Fluchend krümmte sie ihre Finger und die Flammen erstarben und gaben den Weg frei.

Ich trat neben sie und blickte mit ihr hinunter in den Schacht. Keine Leiter lehnte an der Wand und kein Licht ließ erahnen, wie tief es hinabging. Die Eule ließ Feuer in ihrer Handfläche entstehen und warf es in die Dunkelheit. Es zischte und landete etwa zwei Mann tief auf dem Boden.

»Mögen die Götter ihre schützenden Hände über uns halten«, murmelte sie.

Und noch bevor ich sie aufhalten konnte, schwang sie sich in den Schacht und landete geräuschvoll auf dem Stein. Staub wirbelte hoch und ich unterdrückte ein Husten.

»Hier sind Fußspuren«, verkündete sie und ließ Feuer in ihrer Handfläche auflodern. »Und sie sehen frisch aus.«

»Dann los«, trieb Wyrla uns an und einer nach dem anderen folgte Citlali in den Schacht.

»Das müssen drei Menschen gewesen sein«, verkündete Dusan, der sich hingehockt hatte und die Abdrücke musterte. »Zwei Männer, eine Frau.«

In mir breitete sich eine beängstigende Vorahnung aus und ich umfasste die Spieluhr fester, bevor ich mich in Bewegung setzte.

Zenus packte mich allerdings am Arm und hielt mich zurück. »Kopflose Aktionen haben kopflose Hälse zur Folge«, sagte er und als ich ihn nur mit zusammengekniffenen Augen anstarrte, fügte er hinzu: »Wie lautet unser Plan? Wir haben doch einen, oder?«

»Ich würde sagen, wir zwingen Leonid zur Abdankung«, meinte Citlali.

»Entweder geht er freiwillig und gibt zurück, was er den Elementen während seiner Herrschaft gestohlen hat, oder wir zwingen ihn dazu.«

»Es wird in einem Kampf enden und wir wissen nicht, wie viel Macht Leonid noch besitzt oder wie viele Gardisten bei ihm sind«, gab Zenus zu bedenken und deutete mit dem Kinn auf die Spieluhr in meiner Hand. »Denkst du, sie kann uns alle mit genug Magie versorgen, um mit dreißig Kriegern eine Armee aufzuhalten?«

»Ich glaube nicht, dass das ihre Bestimmung ist«, murmelte ich und betrachtete sie, während meine Gedanken abdrifteten.

»Sondern?«, wollte der Schlangen-Alpha wissen.

»Sie trägt das Licht der Sterne in sich«, raunte ich und sah wieder auf. »Wir müssen es vollkommen freisetzen, wenn wir Leonid besiegt haben.«

»Also stürmen wir einfach rein?«, hakte Koda nach. »Er wird uns erwarten.«

»Natürlich wird er das«, zischte Citlali. »Aber es gibt nur diesen einen Weg. Wer auch immer voran geht, sollte also darauf gefasst sein, sofort kämpfen zu müssen.«

»Dann lasst mich gehen«, bot Koda an. »An mir kommt er nicht vorbei.«

Er wollte sich in Bewegung setzen, als Nele nach seinem Arm griff. »Du fühlst die starke Magie vor uns doch auch, oder? Sei also vorsichtig.«

»Du sorgst dich um mich?«, fragte der Bär und sah sie verwundert an.

»Wir müssen zusammenhalten«, erwiderte sie ausweichend. »Also pass einfach auf und mach deine Magie bereit.«

Ein Lächeln huschte über das breite Gesicht des Bären-Alpha. »Das werde ich. Danke.«

Er nickte uns zu und wir folgten ihm, während er durch den dunklen Gang auf das Licht zuging, das durch die Ritzen einer Tür kroch. Koda warf seinen Kopf hin und her, bis sein Nacken knackte, atmete zweimal tief durch und rammte das Holz dann mit seiner Schulter.

Es splitterte und die Tür gab nach. Der Bär ließ seine Magie auflodern und erschuf ein Schild. Doch niemand griff an. Er betrat den Raum und machte Platz für uns, ohne seinen Zauber aufzuheben.

Ich versteckte die Spieluhr unter meinem Brustpanzer. Erst dann folgte ich Koda und entdeckte Leonid auf einem Thron. Der Hochkönig hielt ein Glas mit blutroter Flüssigkeit in seiner Hand, stützte seinen Kopf auf seiner Faust ab und grinste, als wären wir seine Hofnarren, die ein Kunststück aufführen.

Mein Herz setzte einen Schlag aus, als ich neben ihm Dyral entdeckte, der meine Schwester mit einem Arm an sich gepresst hielt. Ein Dolch funkelte in seiner Hand.

»Kalliste«, keuchte ich und wollte zu ihr.

Aber Leonid hob eine Hand und Dyral setzte die Klinge an ihren Hals.

»Es ist alles gut, Emaya«, brachte meine Schwester mit bebender Stimme hervor. »Ich bin nicht verletzt.« Sie schluchzte leise. »Es tut mir so leid.«

Bevor ich fragen konnte, was ihr leidtat, lachte Leonid. Das Blut gefror in meinen Adern, als die eisige Kälte seines Lachens den Raum erfüllte und von den Wänden zurückgeworfen wurde.

Dann jedoch veränderte sich der Gesichtsausdruck des Hochkönigs und aus seinem Lachen wurde ein Röcheln. Er ließ das Weinglas fallen und beugte sich vornüber, rang um Atem und bohrte die Finger in seine Unterschenkel.

»Ich sagte doch, deine Zeit läuft ab«, meinte Dyral.

Schadenfreude schwang in seiner Stimme mit und ich riss meinen Blick von Leonid los, um den ersten Diener anzusehen.

Das sonst so blasse Gesicht wirkte mit einem Mal dunkler und schien immer schwärzer zu werden. Magie, die ich nicht zuordnen konnte, umhüllte Dyral, der seine Mundwinkel hob und mich triumphierend angrinste.

»Du hast dir so viel Mühe gegeben und das Spiel doch bis zum Ende nicht durchschaut«, sagte Dyral und schnalzte mit der Zunge.

Der Aufprall eines Körpers ließ mich zusammenzucken. Leonid lag am Boden und versuchte wieder auf die Knie zu kommen. Er streckte seine Hand nach Dyral aus und gab einen erstickten Schrei von sich, als sein Diener nach ihm trat.

Meine Haut prickelte von der dunklen Magie, die sich in diesem Raum sammelte. Ich starrte zu Dyral, der meine Schwester mit sich schleifte.

»Ich hätte deine Magie in mich aufgenommen, Emaya«, erklärte Dyral mit verzerrter Stimme.

Ich wollte mich auf ihn stürzen, doch Citlali hielt mich zurück. Dyral legte seine Hand auf Kallistes Brust und seine Finger versanken in ihrer Haut.

Meine Schwester riss den Mund zu einem stummen Schrei auf und ihre Augen leuchteten so hell wie die Sonne, während Dyrals immer dunkler zu werden schienen.

Ich brüllte und rannte auf ihn zu, aber noch ehe ich ihn erreichen konnte, verlor ich die Kontrolle über meinen Körper und blieb einfach stehen, als wäre ich zu Stein erstarrt.

»Aber du musstest dich ja mit diesem Wolf verbünden und hast mein Angebot abgelehnt«, fuhr Dyral fort.

»Dein Angebot?«, fragte ich.

»Leonid ist doch nichts anderes als eine Marionette«, erklärte Dyral. »Ich wollte im Hintergrund bleiben, aber die Menschen mussten jemandem folgen, ihn achten und fürchten. Also gab ich ihnen einen König mit der Macht, sie alle zu unterdrücken. Aber selbst damit hat er es nicht geschafft, seine Rolle zu spielen. Ich wollte ihn längst loswerden. Aber er hatte etwas gegen mich in der Hand, das mich vernichten könnte. Zu dumm, dass ihr es ihm genommen habt und er jetzt schutzlos ist.«

Leonid griff erneut nach Dyral und klammerte sich diesmal an der Hose des Dieners fest. Der König richtete sich mühsam auf und Übelkeit breitete sich in meinem Magen aus. Sein Gesicht war von schwarzen Adern durchzogen und seine Augen leuchteten so rot wie jene der dunklen Kreaturen, auf die wir Jagd gemacht hatten.

»Gib mir noch ... eine Chance«, flehte er und röchelte, als Dyral ihn von sich stieß.

»Wozu? Die Menschen haben sich gegen dich gewandt. Du nützt mir nichts mehr.«

Er trat nach Leonid, der zitternd auf dem Rücken lag und aufschrie, als der Fuß von Dyral sich in ihn bohrte.

»Ich will nicht sterben«, presste Leonid hervor.

Seine Haut riss an den dunklen Adern auf und seine Hände bebten.

»Ich will nicht zu einem deiner Geister werden«, hauchte er.

»Du wusstest, was geschieht, wenn du versagst«, fuhr Dyral ihn an. »Mit der Spieluhr hast du dir Zeit erkauft. Aber jetzt ist es vorbei.«

Ich hatte genug gesehen und versuchte mein Schwert zu ziehen. Doch ich erreichte es nicht. Meine Finger zuckten eine Handbreit nach vorn. Dann erstarrten sie wieder. Dyrals Magie hielt mich noch immer fest im Griff. Der Diener starrte mich mit einem zufriedenen Grinsen an.

»Denkst du, nur weil ihr Elemente jetzt wieder vereint seid, könnt ihr mich aufhalten?« Er lachte gehässig und Kalliste wimmerte. Das Licht in ihren Augen wurde stumpfer und ihr Körper hing schlaff in Dyrals Armen.

»Was machst du mit ihr?«, fuhr ich ihn an. »Lass sie gehen.«

»Weil du ihren Platz nun doch einnehmen willst?«, wollte Dyral wissen. »Nur zu, biete mir deine Kraft an. Stärke mich, damit ich ein weiteres Mal eine Marionette erschaffen und auf den Thron setzen kann. Ich habe schon eine gewählt.«

Er schnippte und eine Bahre schwebte in den Raum.

»Dante«, keuchte ich, als ich ihn darauf erkannte.

Seine Augen waren geschlossen und er schien nicht zu atmen. Dennoch hatte man seine Hände und Füße an der Bahre fixiert.

»Er hat eine beeindruckende Ausstrahlung«, erklärte Dyral. »Und die Menschen vertrauen ihm, weil er ihnen geholfen hat. Er wird ein wunderbarer König unter meiner Führung sein.«

Ich wehrte mich gegen die Magie, die mich gefangen hielt, konnte mich aber nicht befreien. »Nur deswegen schlägt sein Herz noch«, fuhr Dyral fort. »Wenn ich die Kraft deiner Schwester und deine in mich aufgenommen habe, werde ich den Geist des Wolfs auslöschen, damit er mir gehorcht, und seinen Körper zum neuen König machen. Er wird den Menschen erklären, dass er Leonid besiegt hat und sie werden ihm folgen. Alles wird so, wie es sein sollte.«

»Was bist du?«, presste ich zwischen meinen Zähnen hervor.

»Du weißt, was ich bin«, erwiderte Dyral und sein menschliches Äußeres schmolz dahin.

»Bei den Göttern«, sagte Citlali. Ich hörte, wie die Krieger sich kampfbereit hinstellten, und ihr Keuchen, als Magie hochloderte und sie gefangen nahm.

Aber mein Blick war nach vorn gerichtet. Der Körper der dunklen Kreatur wirkte noch menschlich, aber sie besaß kein Gesicht mehr. Nur leuchtend rote Augen inmitten der Finsternis. Die Schwärze, die sie umgab, war noch dunkler als jene der Kreaturen im Wald. Und je dunkler sie wurde, umso matter wurde das Licht in den Augen meiner Schwester.

»Die Kreaturen«, keuchte ich. »Sie sprechen nicht.«

»Sie sind das, was von einem Stern übrigbleibt, wenn er erlischt«, erwiderte Dyral. »Und ich bin ich der Grund, warum eure Sterne sterben. Das, was ihr nach den Prüfungen am Himmel seht, ist nur eine Illusion, die euer König erschaffen hat, um euch zu beruhigen.« Er grunzte und zog Kalliste enger an sich. »Von diesem einen, winzigen Licht, das ihr in der Jagd zurückerobert habt, abgesehen. Das ist tatsächlich ein echter Stern. Aber diesen werde ich auch bald verschlingen. Genau wie euren Mond und eure Sonne. Stück für Stück wird alles Licht dieser Welt mir gehören. Mir fehlen nur noch ein paar starke Seelen, dann besitze ich genug Macht, um mir alles einzuverleiben.«

»Und dann?«, fragte ich und versuchte meine Hand zu bewegen und die Spieluhr aus ihrem Versteck zu holen. Es gelang mir nicht und ich flehte meine Magie und alle Götter an, mir noch einmal Kraft zu schenken.

»Dann werde ich weiterziehen und das, was hier noch lebt, den Wesen überlassen, die mich nicht als ihren Herrscher wollen, obwohl sie von mir abstammen«, antwortete er.

»Haben wir sie deswegen gejagt? Weil du ihnen zeigen wolltest, dass du mächtiger bist?«, wollte ich wissen und hoffte, er würde das Zittern meiner Hand nicht bemerken, die sich nun doch rührte.

»Nein, eigentlich wollte ich den Wolf da schon unter meine Kontrolle bringen. Aber er musste dich ja schützen und so hat die Dunkelheit nicht dich verwandelt, sondern ihn. Damit konntest du ihn nicht mit dem Gift infizieren, das ich gebraucht hätte, um seinen Körper steuern zu können.«

»Aber ich hätte ihn töten sollen«, warf ich ein und jubelte innerlich, als meine Fingerspitzen die Spieluhr berührten.

»Das sollten die beiden Versagerinnen, die sich bei Leonid angebiedert haben, denken. Du solltest meine Waffe sein, um den Wolf zu bekommen. Es hätte dich gebrochen, wenn du ihn verletzt hättest und ich wäre euch beide losgeworden. Also entschied ich euch glauben zu lassen, der jeweils andere wäre in der Arena gefallen. Der Wolf wäre innerlich gestorben, wenn er bemerkt hätte, wen er heute getötet hat. Aber selbst diesen Kampf konnte der König nicht mehr steuern. Wie erbärmlich.«

Mein Blick wanderte zu Leonid, dessen Körper sich vollständig dunkel gefärbt hatte. Er stieß seinen letzten Atemzug aus und fiel in sich zusammen, löste sich auf, bis nur noch eine dunkle Pfütze übrig war, die silbern glänzte.

Mir lief die Zeit davon und ich konnte die Spieluhr immer noch nicht richtig fassen. Ich brauchte sie, um Kalliste und die anderen zu retten.

»Wenn ich das Licht deiner Schwester getrunken und ihre schöpferische Macht in mich aufgenommen habe«, sagte Dyral und schritt auf die Pfütze zu. Er löste eine Hand vom Körper meiner Schwester, bewegte die unförmigen Finger und die Flüssigkeit, die gerade noch Leonid gewesen war, erhob sich in die Luft. »Werde ich den Wolf zum neuen König machen. Und dann hole ich mir auch noch deine Macht. Es ist schon erstaunlich, dass ihr beide diese Kraft in euch tragt. Wie hatte ich das nur so lange übersehen können?«

Er vergrub seine Hand tiefer in Kallistes Körper. Sie schrie auf. Meine Angst verlieh mir Kraft. Ich streckte die Finger und packte die Spieluhr.

Die bleierne Schwere, die mich lähmte, fiel von mir ab und strahlendes Licht breitete sich zwischen meinen Fingern aus. Auch die anderen Krieger bewegten sich wieder und erschienen mit erhobenen Waffen neben mir.

»Sieh an, du hast die Spieluhr. Aber sie wird dir nichts mehr nützen!«, brüllte Dyral, stieß meine Schwester zu Boden und breitete seine Arme aus.

Das Licht, das mich gerade noch geblendet hatte, erstarb und Dunkelheit hüllte uns ein.

»Ihr Narren«, erklang Dyrals Stimme über uns und wir drängten uns näher aneinander. »Jetzt werdet ihr alle sterben.«

Kapitel 40

Feuchtigkeit legte sich auf meine Haut und das einzige Licht, das sich durch die undurchdringliche Dunkelheit brannte, ging von den Sternen auf dem Deckel der Spieluhr aus.

Meine Brust fühlte sich eng an, während ich meinen Kopf wandte und versuchte irgendetwas zu erkennen.

Neben mir flackerte ein Feuer auf. Citlalis Atem ging rasselnd. Sie schien all ihre Kraft zu benötigen, um die Flammen am Leben zu halten.

Um uns flackerten weitere Feuer auf, die von den Eulenkriegern erschaffen wurden. Sie alle atmeten schwer, während sie die Magie fließen ließen und den Raum erhellten.

»Emaya«, stöhnte meine Schwester und ich musste einen Schrei unterdrücken, als sie nach meinem Knie griff.

Langsam ging ich in die Hocke und hielt den schwachen Schein der Sterne vor ihr Gesicht. Ihre Haut war eingefallen und sie wirkte stark gealtert. Aber sie lebte und fiel mir um den Hals.

»Es tut mir so leid, ich wusste nicht, was er vorhat«, schluchzte sie. »Er meinte, er bringt mich zu dir. Ich wusste nicht …«

»Shhh«, machte ich und strich über ihren Rücken. »Es wird alles gut.«

»Schmerzt die Lüge nicht, die du ihr erzählst?«, erklang Dyrals Stimme über uns.

»Komm raus und kämpfe, du Feigling«, brüllte Koda und schwang den Morgenstern über seinem Kopf.

»Warum sollte ich kämpfen, wenn ich einem nach dem anderen sein Licht rauben kann?«

Ein Eulenkrieger keuchte und sank auf seine Knie. Das Feuer auf seiner

Hand erlosch und er verschwand in der Dunkelheit. Ein Schrei erklang. Dann war es wieder still.

Ich zog Kalliste an mich, als die Dunkelheit sich noch enger um uns schloss.

»Wie köstlich«, meinte Dyral. »Wen wähle ich als Nächstes?«

»Die Spieluhr«, hauchte meine Schwester. »Zieh sie auf.«

»Ich habe mich schon gefragt, wieso Leonid schwächer geworden ist«, sagte Dyral. »Als er eure Unterkünfte untersuchen ließ, wurde es mir klar. Ihr hattet sie. Aber es wird euch nichts nützen. Das Klangelement hat sich damals vollkommen umsonst geopfert.«

»Ich dachte, Leonid hätte sein eigenes Element zerstört, um seine Macht zu stärken«, rief ich der Decke entgegen.

Ein Lachen erklang, bevor ein Schrei ertönte und ein Bärenkrieger in der Dunkelheit verschwand. Die anderen Krieger rückten näher aneinander, schlossen einen Kreis, Schulter an Schulter. Das Summen der Spieluhr schwoll an.

»Ihr werdet ohnehin alle sterben«, verkündete Dyral und es klang, als würde er schmatzen. »Als ich diese Welt betrat und das Licht eurer Sterne und somit eure Magie verschlang, erhoben sich die Menschen gegen mich. Sie bekämpften die Kreaturen, die ich erschuf und schwächten mich dadurch, raubten das Licht der Sterne zurück. Aber nicht alle sind so selbstlos, mutig und dumm wie du, Emaya Sonnrad.«

Er lachte wieder und die Krieger ließen ihre Blicke schweifen.

»Ich traf Leonid, als er noch ein feiger Krieger des Klangelements war. Er versteckte sich, statt zu kämpfen und zitterte so sehr vor Angst, dass er sich eingenässt hatte. Er wollte nicht gegen die dunklen Kreaturen kämpfen und als ich ihm anbot ihn zum König zu machen, wenn er dafür sorgte, dass die Elemente sich trennten, nahm er schnell die Macht und den Preis, den sie fordert, an.«

»Und was ist der Preis?«, fragte ich.

Etwas Eiskaltes streifte meine Schulter, doch ich biss die Zähne zusammen und gab keinen Laut von mir.

»Er muss Magie in sich aufnehmen, um sein Leben zu verlängern und mich zu versorgen«, raunte Dyral mir ins Ohr. »Aber nicht irgendwelche. Sondern die Richtige. Und gelingt es ihm nicht ... nun, du hast gesehen, was dann passiert.«

Die Stimme entfernte sich und ich schüttelte die Kälte ab.

»Leider waren die Anführer der Elemente misstrauisch, als er ihnen den Vorschlag machte, ihre Magie auf ihn zu übertragen, um die dunklen Kreaturen zu bekämpfen«, fuhr Dyral fort. »Natürlich, er war immerhin ein schwacher Feigling. Also mussten sie sterben. Nur jener vom Klangelement entkam. Er wusste von meinem Plan und ahnte, dass er mich nicht aufhalten konnte. So opferte sich dieses Element und schmiedete die Spieluhr in deinen Händen. Aber leider nahmen sie das Geheimnis des Kästchens mit in die Vergessenheit, zu der ich sie verdammte.«

Dyral lachte und wieder schrie ein Krieger auf und wurde aus dem Kreis gerissen.

»Zeig dich endlich!«, brüllte Koda und riss sein Schwert aus der Hülle. »Kämpfe wie ein Mann.«

»Das bin ich nicht, du einfältiger Narr«, zischte Dyral. »Wieso sollte ich mich also so verhalten?«

Wind kam auf und Kalliste wimmerte in meinen Armen. Citlali zog sie und mich hoch und nahm sie mir ab. Sie deutete auf Dante und sah mich auffordernd an. »Geh und hol ihn«, flüsterte sie, bevor der Wind erstarb.

»Leonid erzählte den Menschen in meinem Auftrag, dass die Elemente fortan getrennt leben und in Prüfungen gegeneinander antreten mussten, um die Magie der Sterne zu bewahren«, fuhr Dyral fort, während ich mir überlegte, wie ich die Bahre erreichen sollte, ohne dass er es bemerkte. »Dann streuten wir das Gerücht, dass er mächtig war, weil er die Macht aller Elemente in sich vereint hatte. Niemand wusste, was wirklich geschehen war, aber viele unterschiedliche Geschichten verbreiteten sich. Damit niemand je die Wahrheit herausfand, ließ ich die Menschen, die Fragen stellten, verschwinden. Aber irgendwie haben sich Bruchstücke der Ereignisse wohl doch bis heute erhalten.«

Schweigen breitete sich um uns aus und die Schwärze schien noch dunkler zu werden. Mein Herz schlug wie wild und ich wagte es nicht, zu Dante zu blicken, aus Angst, dass Dyral ihn dann packen würde.

»Wieso?«, fragte ich schließlich.

»Die Macht, die in deinen Adern schlummert, ist einzigartig«, erklärte Dyral. »Sie nährt mich und lässt meine Magie noch stärker werden. Ich dachte, sie wäre mit dem Tod deiner Mutter versiegt. Als ihr noch Kinder wart, konnte ich sie nicht an euch spüren. Aber dann begann euer Vater Nachforschungen anzustellen und ich musste ihn loswerden. Dabei stieß ich auf euch. An Kalliste nahm ich die Kräfte sofort wahr. Deine erwachten erst, als du deinen Wolf retten musstest. Mit eurer Magie werde ich die Sonne und den Mond in mich aufnehmen können und endlich satt werden.«

»Das kannst du vergessen«, brüllte Citlali. »Du bekommst sie nicht.«

»Und wer will mich aufhalten?«, fragte Dyral und ich riss meinen Kopf herum, als ich eine Veränderung in der Dunkelheit vor uns wahrnahm. »Du?«

Ich sah das Schwert aufblitzen, mit dem er Citlali durchbohren wollte. Mein Körper setzte sich in Bewegung, aber es war nicht ich, die den Schlag abfing.

Metall klirrte auf Metall und Zenus keuchte, als das Schwert durch seine Brust stieß. Stöhnend presste er seine Hand auf Dyrals Schulter, während die Klinge immer tiefer in seinen Körper drang.

»Nein«, wimmerte Citlali.

»Schon gut«, sagte Zenus und hustete Blut. »Nur ein Kratzer.« Sein Schwertarm zitterte. »Dafür verliert das Ding den Kopf.«

Noch bevor er es ausgesprochen hatte, schlug ein anderer Schlangenkrieger Dyral den Kopf ab, der polternd auf dem Boden landete. Zenus fiel auf die Knie und Wyrla fing ihn auf. Sie hob ihre Hand an die klaffende Wunde und wirkte schwache Magie.

»Pass auf«, rief ich und wehrte Dyrals nächsten Angriff mit meinem Schwert ab.

»Narren«, verkündete er und ein neuer Kopf wuchs aus seinen Schultern heraus. »Dachtet ihr, ich bin so leicht zu bezwingen?«

Er spreizte seine Finger und aus der Dunkelheit wuchsen unzählige Kreaturen mit leuchtend roten Augen, die uns brüllend angriffen.

Dyral schlug mit dem Schwert nach mir. Er hatte zu viel Kraft und bewegte sich zu schnell.

Keuchend wich ich den Angriffen aus.

»Du hättest fliehen sollen, als der Wolf dir die Möglichkeit geboten hat«, zischte Dyral. »Vielleicht hätte ich dich ein paar Sonnenumdrehungen glücklich leben lassen.«

»Ich wäre nicht glücklich gewesen«, entgegnete ich und bohrte ihm das Schwert in die Brust. Als ich es herauszog, floss ein wenig Licht aus seinem Körper und tropfte auf den Boden. Die Wunde schloss sich sofort wieder, das Licht jedoch blieb.

»Wieso?«, zischte er. »Weil du deinen Wolf verloren hättest. Ihr wart so versessen darauf, euch füreinander zu opfern. Schwache menschliche Regungen.«

»An Liebe ist nichts schwach«, fuhr ich ihn an.

Diesmal drängte ich ihn zurück und Dyral schien tatsächlich Mühe zu haben, meinen Angriffen etwas entgegen zu setzen.

»Sie verleiht uns Kraft und Mut«, sagte ich und stieß das Schwert erneut in seine Brust. »Ein Wolf ist am gefährlichsten, wenn er das verteidigt, was er am meisten liebt.«

»Nur bist du kein Wolf«, erinnerte Dyral mich mit vor Hohn triefender Stimme. »Du bist ein Reh. Schwach und nur darauf bedacht zu fliehen.«

»Du unterschätzt mich«, erwiderte ich und zog die Klinge durch seinen Körper.

Dyral sank auf die Knie, aber ich wusste, dass ich ihn so nicht bezwingen konnte. Also stieß ich ihn um und mehrere Krieger stürzten sich gleichzeitig auf ihn. Die Funken Licht, die aus Dyral geflossen waren, schwebten auf die Spieluhr zu. Ich hielt einen Moment inne, dann rannte ich zu Dante. Mit zwei Hieben löste ich seine Fesseln und warf mich auf ihn.

Sein Herz schlug schwach, aber gleichmäßig unter meinen Fingerspitzen. Schnell bedeckte ich seine Lippen mit meinen und ließ Magie in seinen

Körper fließen. Ich fühlte seine Kräfte neu erwachen und betete, dass ich genug Zeit hatte, um ihm zu helfen.

Doch da packte Dyral mich bereits am Genick und zerrte mich zurück. Er schlug mir die Spieluhr aus der Hand und trat sie weg. Ich starrte auf das Schwert in seiner Hand, doch er ließ es fallen und berührte meine Brust mit seinen Fingerspitzen.

»Du hättest fliehen sollen, Reh«, knurrte er.

Ich schrie heiser auf, als seine Hand in meinem Brustpanzer verschwand. Doch Dyral keuchte plötzlich und zog die Hand zurück. Sie glänzte silbern. Er fluchte, stieß die Hand noch einmal in meine Rüstung und zog die Blume heraus, die ich darunter trug.

Als würde er sich daran verätzen, ließ er sie fallen und trampelte darauf herum.

»Das wird dir auch nichts nützen«, sagte er und fletschte die Zähne. »Deine Macht gehört mir.«

Feuer explodierte in mir, als er seine Finger in meinen Brustkorb stieß und die Magie aus mir heraussagte. Er lachte und schob seinen Arm tiefer hinein. Ich konnte nicht mehr atmen.

Die Krieger kämpften immer noch gegen die dunklen Kreaturen. Doch ich konnte sie kaum noch erkennen. Mein Blick verschwamm. Verzweifelt rief ich meine Magie, wollte Ranken erschaffen, die Dyral aufhalten sollten. Aber nichts geschah und ich fühlte, wie mein Bewusstsein immer mehr in der Dunkelheit des Monsters verschwand.

»Du hättest fliehen sollen, Reh«, wiederholte Dyral und lachte. »Etwas anderes kannst du nämlich nicht.«

»Sie kann so viel mehr«, sagte eine Stimme, die mir neue Hoffnung schenkte.

Dyral keuchte, ließ mich los und hielt sich die Ohren zu, als eine Melodie erklang. Ich fiel und erwartete den Aufprall, doch er kam nicht. Zwei Arme schlossen sich um meinen Körper und zogen mich an eine warme Brust. Ein vertrauter Geruch empfing mich.

Dyral kauerte sich auf dem Boden zusammen und wimmerte, während die Melodie weiterspielte.

»Dante«, seufzte ich und konnte die Tränen nur mit Mühe zurückhalten. »Du lebst.«

»Ich kann dich doch nicht allein lassen«, erwiderte er sanft und setzte mich ab. Dann hielt er mir die Spieluhr hin. »Ich denke, du musst das zu Ende bringen.«

»Wir müssen seinen wahren Kopf finden«, meinte ich.

»Darum kümmere ich mich«, sagte er und nahm mir das Schwert ab.

Bevor ich ihn aufhalten konnte, stürmte er auf Dyral zu. Einen Atemzug lang sah ich ihm zu, dann konzentrierte ich mich auf die Spieluhr, zog sie auf und öffnete den Deckel.

Die Magie, die sich erhob, durchströmte mich und ich schauderte wegen der unbändigen Macht, die sie mir verlieh.

»Nimm nicht zu viel«, warnte mich die Stimme meiner Mutter. »Sonst verglühst du im ewigen Sternenlicht.«

Ich nickte, sank auf die Knie und berührte den Boden. Meine Kräfte verbanden sich mit der Erde darunter und der Stein brach, durchstoßen von blühenden Ranken, auf. Die dunklen Kreaturen zischten, als meine Pflanzen sie einwickelten und einen nach dem anderen zerdrückten.

Nur Dyral wehrte die Ranken ab, kämpfte gegen Dante und sammelte das Licht, das sich aus den Kreaturen gelöst hatte, nachdem sie zerfallen waren, ein.

»Ich schaffe es nicht«, keuchte ich und hob die Spieluhr an. »Er ist zu mächtig.«

»Wir sind mächtiger«, sagte Kalliste und kniete sich neben mich.

Sie legte ihren Arm um mich und die Magie der Spieluhr umgab nun auch sie. Ihre Finger berührten den Boden und ihr Zauber verband sich mit meinem, durchdrang die Ranken, die auf Dyral zu schnellten.

Er keuchte, als er sich in unserem Netz verfing. Er wehrte sich, riss die Ranken aus und ließ Dunkelheit hineinfließen. Kalliste schrie vor Schmerzen und auch ich stöhnte, doch wir ließen die Magie nicht versiegen.

Dante stand vor Dyral und musterte den dunklen Körper. Dann hob er das Schwert und stach in den rechten Knöchel.

Dyral brüllte und wand sich, während Dante das Schwert zurückzog. Es knirschte und der Fuß flog durch die Dunkelheit. Ein markerschütternder Schrei klingelte in meinen Ohren.

»Das ist nicht das Ende«, keuchte Dyral, während sein Körper zu Lichtstaub zerfiel. »Es ist der Anfang.«

Kapitel 41

Die Stimme erstarb und Dyral zerfloss. Zähflüssige Schwärze verschwand in den Spalten des aufgebrochenen Bodens. Einen Moment wagte niemand, sich zu bewegen, doch dann kehrte das Licht in den Raum zurück.

Kalliste sank gegen mich. Ich ließ die Schatulle fallen und umarmte sie. »Die Göttin hat dich sicher zu mir zurückgebracht«, hauchte sie und berührte mit ihrem Daumen meine Stirn.

Meine Brust schmerzte und ich hatte fast jegliches Gefühl in den Händen verloren. Ich sammelte meine Kraft und hob meinen Daumen an ihre Sitrn. »Kamana sei Dank, dass wir einander wiederhaben«, erwiderte ich.

Dann ließ ich meinen Blick schweifen und schluckte, als ich all die Toten sah, die uns umgaben.

Zenus' leere Augen starrten mich direkt an, ebenso wie die von Dusan. Eulenkrieger beweinten Bären, Schlangen heilten Raben. Nele beugte sich über Koda und versorgte eine tiefe Schnittwunde mit Magie. Wyrla kümmerte sich um Citlali und presste ihre Hand auf eine Wunde an ihrem Bauch. Vespera rannte auf sie zu und fiel ihr um den Hals. Zum ersten Mal sah ich Tränen in den Augen der Eulen-Alpha, als sie die Rabenkriegerin umarmte und sich von ihr halten ließ.

Sie waren verletzt, aber sie lebten. Eine schwere Last fiel von meinen Schultern ab, dennoch zitterte ich. Erst als warme Hände sich auf meine Oberarme legten, konnte ich das Beben unterdrücken und in Dantes silberne Augen sehen.

»Bist du verletzt?«, fragte er und musterte meinen Körper.

»Nein«, erwiderte ich. »Denke ich zumindest.« Ich sank gegen seine Brust und zog Kalliste mit mir. »Ich bin … ich habe gedacht, ich hätte dich noch einmal verloren …«, schluchzte ich und vergrub mein Gesicht an seiner Schulter, »… ohne dir sagen zu können, dass ich dich liebe.«

Dante lachte leise. Ich schnaubte und wollte mich von ihm lösen, aber er hielt mich fest. »Mein kleines Rehlein«, sagte er und strich über meinen Rücken. »Das weiß ich doch schon längst.«

***

Mein Blick glitt über die vielen Steine, die man in den Boden eingelassen hatte. Durch den Schleier aus Tränen erkannte ich die Namen nur verschwommen.

Der Kampf hatte viele Opfer gefordert. Es hatte Tage gedauert, die Gräber auszuheben, die Toten zu bestatten und ihnen die Ehre zu erweisen, die sie verdienten. Während wir gegen Dyral gekämpft hatten, war es in der Arena zu Angriffen der dunklen Kreaturen gekommen. Nachdem wir Dyral besiegt hatten, waren sie verschwunden. Vorher hatten sie jedoch viele Leben genommen.

Der Himmel über mir verdunkelte sich bereits und ich atmete tief durch, als neben dem Mond eine Handvoll Sterne erschien. Es erinnerte mich daran, dass ich die Macht der Spieluhr entfesselt hatte. Ich konnte nur hoffen, dass gemeinsam mit dem Licht der Sterne auch die Seelen der Krieger befreit worden waren.

»Das ist zumindest ein Anfang«, murmelte ich und hielt inne, als ich Schritte hörte.

Ohne mich umzudrehen, wusste ich, wer mich hier gefunden hatte, obwohl ich mich heimlich aus dem Haus der Elemente gestohlen hatte, um auf dem Friedhof allein zu sein.

Die Menschen Alderichs wollten, dass ich ihre neue Anführerin wurde. Allerdings fühlte ich mich nicht bereit eine solche Verantwortung zu übernehmen. Nicht, wenn ich für so viel Tod verantwortlich war.

Die anderen Krieger machten es mir nicht leichter. Sie schworen mir ihre Treue und sicherten mir Unterstützung zu, sollte ich das Amt übernehmen. Keine Minute ließen sie mich allein und so hatte ich nicht in Ruhe mit meiner Schwester und Dante über alles reden können.

»Woher hast du gewusst, dass ich hier bin?«, fragte ich ihn und wandte mich ihm jetzt doch zu.

Er tippte sich auf die Nase und seine Mundwinkel wanderten nach oben. »Wyrla meinte, du bist schlafen gegangen. Aber ich habe geahnt, dass du dich davonstehlen würdest.« Das Lächeln verschwand aus seinem Gesicht. »Ich habe allerdings gehofft, du würdest zu mir kommen.«

»Ich weiß noch immer nicht, hinter welchem Fenster dein Zimmer liegt«, gestand ich. »Und durch das Haus konnte ich unmöglich gehen. Ich wäre nie bei dir angekommen.«

»Vermutlich«, stimmte er mir zu und kam näher.

Ich hielt ihn nicht auf, wandte meinen Blick aber wieder den unzähligen Gräbern vor uns zu.

»Ist es in Ordnung, dass ich hier bin, oder möchtest du allein über deine Zukunft nachdenken?«, fragte er, als er neben mir stand.

Ich lehnte mich an ihn und er legte einen Arm um meine Taille. »Ich komme immer wieder zum selben Ergebnis«, gestand ich nach einer Weile.

»Und das wäre?«

»Dass ich keine Anführerin bin«, erwiderte ich und seufzte. »Ganz gleich, wie sie mich sehen, ich weiß, dass ich diese Rolle nicht richtig ausfüllen kann.«

»So?«, hakte er nach. »Die Leute haben dich gewählt, weil du ihren Mut erweckt hast. Und du hast ihnen geholfen, als sie dich brauchten. In meinen Augen hast du alles, was eine Anführerin benötigt.«

Ich lachte freudlos. »Du bist ein Anführer, Dante. Das hast du bewiesen. Du bist umsichtig und kümmerst dich um andere.«

»Genau wie du«, meinte er und drehte sich zu mir. »Schon an unserem ersten Abend habe ich gedacht, dass eigentlich du die Alpha des Erdelements sein müsstest.«

»Mach dich nicht über mich lustig«, brummte ich.

»Das mache ich nicht.« Behutsam strich er mir eine Strähne aus dem Gesicht und ließ seine warme Hand über meinen Hals wandern. »Du warst so mutig und … starrsinnig.« Er lächelte. »Ich hätte so etwas nie von einem Reh erwartet.«

»Tja, vielleicht hatte ich immer schon etwas von einem Wolf in mir«, sagte ich und erwiderte das Lächeln. Dann wurde ich wieder ernst. »Wirst du ... bei mir bleiben, falls ich die Wahl annehme und ... was bin ich dann eigentlich?«

»Ratssprecherin«, sagte er und legte seine Arme um mich. »Und ja, ich bleibe bei dir. Du bist meine Gefährtin und du weißt doch, dass Wölfe ihr Herz nur ein einziges Mal verschenken.« Er beugte sich nach vorn und seine Lippen schwebten über meinen. »Wenn du das auch willst.«

Ich schloss die Entfernung zwischen uns und genoss das warme Prickeln, das sein Kuss in meinem Körper auslöste, versank in seinen Armen und seufzte, als er sich von mir löste.

»Heißt das Ja?«, hauchte er und obwohl ich meine Augen geschlossen hatte, wusste ich, dass er lächelte.

»Ja«, erwiderte ich und küsste ihn erneut.

Über uns funkelten die Sterne, die wir gemeinsam zum Strahlen gebracht hatten. Vielleicht hatte Dyral recht. Vielleicht war dies nicht das Ende, sondern ein neuer Anfang.

Aber was auch immer die Zukunft für uns bereithielt ... wir würden uns ihr gemeinsam stellen.

ENDE

DIE MACHT DER GEFÜHLE
TAUCH EIN IN ROMANTISCH-FANTASTISCHE GESCHICHTEN.
I M P R E S S
#IMPRESSBOOKS
ALLES VON IMPRESS HIER:
IMPRESSBOOKS.DE

Impress

Die Macht der Gefühle

Unser Versprechen für mehr Nachhaltigkeit
- Klimaneutrales Produkt
- Papiere aus nachhaltiger Waldwirtschaft
- Hergestellt in Europa

FSC www.fsc.org MIX Papier aus verantwortungsvollen Quellen FSC® C083411

Impress
Ein Imprint der Carlsen Verlag GmbH
Juli 2021

Lektorat: Fam Schaper
Umschlagbild: shutterstock.com / © Vadim Sadovski / © MoVille / freepik.com / © upkylak / © j.chizhe / © donlandscape / © lucabravo
Umschlaggestaltung: formlabor, Makita Hirt
Satz und Umsetzung: readbox publishing, Dortmund
ISBN 978-3-551-30396-7
www.impressbooks.de